W0064404

Passionnée par l'œuvre de Jane Austen, **Elizabeth Aston** a étudié à Oxford avec lord David Cecil, le biographe de la célèbre auteure. Elle vit en Angleterre et en Italie.

Elizabeth Aston

Les Aventures de Miss Alethea Darcy

Traduit de l'anglais (Grande-Bretagne) par Sophie Huitorel

Milady Romance

Milady est un label des éditions Bragelonne

Titre original :
The Exploits and Adventures of Miss Alethea Darcy
Copyright © 2004 A.E. Books Ltd.

© Bragelonne 2012, pour la présente traduction

1re édition : août 2012
2e tirage : février 2013

ISBN : 978-2-8112-0817-2

Bragelonne – Milady
60-62, rue d'Hauteville – 75010 Paris

E-mail : info@milady.fr
Site Internet : www.milady.fr

À Paul.

Prologue

La fenêtre coulissa sans un bruit, sans qu'aucun couinement ni grincement ne vienne rompre le silence de l'aube. Alethea enjamba le rebord, se pencha pour ramasser son baluchon de vêtements, puis hissa l'autre jambe pour aller se percher à près de cinq mètres du sol. Elle jeta un dernier coup d'œil dans la chambre à coucher. La silhouette immobile sur le lit ronflait doucement, un bras sur les couvertures, les cheveux ébouriffés. Les vestiges d'un feu crépitaient encore lorsqu'une bûche calcinée se brisa et se désagrégea en une pluie d'étincelles.

Alethea se laissa glisser sur la branche du magnolia en espalier adossé aux briques rouges de la maison. Les grandes fleurs couleur crème semblaient bien pâles dans la pénombre matinale. La jeune fille ferma la fenêtre en tirant sur le châssis, laissa tomber son baluchon, et amorça sa descente.

Elle atterrit sur le gravier dans un léger crissement, le cœur battant, la respiration courte. La peur se mêlait à l'excitation tandis qu'elle humait l'air brumeux du matin et savourait le parfum de la liberté. Elle ne s'arrêta pas pour reprendre son souffle ni pour songer à ce qu'elle était en train de faire. Le temps pressait, il n'y avait pas une seconde à perdre. Elle ramassa son baluchon et s'éloigna à pas de loup vers le coin de la demeure.

Personne ne bougea. Pas un chien n'aboya, pas un domestique matinal n'appela pour demander qui se trouvait là. À pas rapides et silencieux, elle traversa le petit chemin et la pelouse. Elle courait à présent le long de la grande allée, exposée au regard de quiconque se posterait derrière les rangées de fenêtres de l'imposante demeure. Aucune apostrophe, aucune exhortation à s'arrêter, rien ne vint rompre la paix de l'aube. Seulement le gazouillis des oiseaux, et au loin, dans la cour d'une ferme, le chant d'un coq.

Figgins attendait à côté du portail, le visage tendu par l'angoisse.

— Qu'est-ce que vous avez dans ce baluchon, Miss Alethea ? Je pensais que vous n'emportiez rien avec vous.

— Quelques vêtements, et je vous en prie, souvenez-vous qu'il n'est plus question de Miss, ni d'Alethea. Mr Hawkins, s'il vous plaît. Mr Aloysius Hawkins, gentleman.

Elles marchaient à présent d'un bon pas le long du chemin, l'énorme portail en fer forgé derrière elles, la majestueuse rangée de tilleuls les dissimulant aux yeux inquisiteurs. Mais pourquoi y aurait-il eu de tels yeux ? Qui aurait pu soupçonner que la dévouée et docile Mrs Napier s'enfuirait avant l'aube, abandonnant derrière elle mari, maison, tout ?

— Je croyais que vous ne vouliez rien prendre qui vienne d'ici.

— C'est mieux si l'on pense que j'ai quitté la maison habillée en femme. S'il manque une robe bleue, voilà ce qu'on va chercher : une femme en robe bleue, et non un gentleman. Dites-moi, sommes-nous encore loin de la voiture ?

— J'ai dit au postillon d'attendre au coin, là où le chemin croise la grande route.

Alethea avançait à grandes enjambées, se délectant de l'aisance que lui procuraient son pantalon et ses bottes, de la possibilité d'allonger les jambes à loisir au lieu de marcher à petits pas distingués. Elle ralentit lorsque Figgins trébucha sur une grosse pierre.

— Je déteste ces chemins de campagne, pesta la domestique. Comment peut-on supporter de vivre comme ça en pleine nature ? Ce n'est pas naturel ; les gens sont faits pour résider en ville.

— Nous ne sommes pas vraiment en pleine nature ; nous sommes à peine à dix-sept miles de Londres.

— On pourrait aussi bien être sur la lune, tant ce monde-ci est différent, et je ne l'apprécie pas. C'était si calme quand je vous attendais, que j'en ai eu la chair de poule. Et quelque chose dans l'arbre au-dessus de ma tête a poussé un horrible cri, comme un ululement.

— Une chouette.

— Les chouettes portent malheur.

— Pas celle-là.

Elles arrivaient au bout du sentier. Là, postée dans la brume que dégageait le sol en se réchauffant, se trouvait une voiture ; un postillon patientait près de deux chevaux. Les voyant approcher, il se dirigea vers la portière et abaissa le marchepied.

Alethea lui adressa un rapide « bonjour » puis grimpa dans le véhicule, suivie par Figgins. Le marchepied replié, la portière fermée, le cocher sauta à son poste et fit claquer sa langue pour faire démarrer les bêtes.

Alethea s'était échappée.

Première partie

Chapitre premier

— Ne vous donnez pas la peine de prétendre que mon frère n'est pas là, dit lady Jerrold en franchissant le seuil de la maison de Milburn Street. Il ne s'agit pas d'une visite de courtoisie, alors s'il est encore au lit, je patienterai dans la salle à manger. Annoncez-moi, je vous prie.

Le valet de chambre n'avait d'autre choix que d'obéir, et lady Jerrold s'assit pour attendre Titus. Que son frère soit encore couché à cette heure ne la surprenait pas le moins du monde, avec l'existence erratique qu'il menait. D'après sa sœur, Titus Manningtree était un homme chanceux : intelligent, bien né, riche, beau, possédant une splendide résidence à la campagne, une belle demeure en ville, jouissant de nombreuses relations et de l'amitié de plusieurs proches.

Pourtant, c'était l'individu le plus amer de Londres. Il avait derrière lui une belle carrière militaire – il avait eu de l'avancement, avait été cité à l'ordre du jour, et avait bénéficié de la confiance du duc de Wellington – ainsi qu'une carrière politique ; Titus était du genre à ne pas mâcher ses mots à la Chambre sur des questions qu'il valait mieux laisser de côté. Sa maîtresse l'avait abandonné, et il avait réussi à s'aliéner le roi. Il était grand temps, estimait lady Jerrold, qu'il se reprenne en main.

Perdue dans ses pensées, elle ne l'entendit pas approcher. En levant la tête, elle fut surprise d'apercevoir son frère qui lui faisait les gros yeux depuis l'embrasure de la porte.

—Que faites-vous ici?

Elle haussa les sourcils, et lui conseilla d'un ton narquois de se servir une tasse de café et de se couper une tranche de jambon.

—Car je suis convaincue que votre méchante humeur est due à un estomac vide, et que vous recouvrerez le doux tempérament qui vous caractérise dès que vous aurez mangé.

Il rit.

—Cora, votre venin ferait pleurer une vipère. Je ne comprends pas comment Jerrold vous supporte, vraiment, cela me dépasse.

—Jerrold m'aime tendrement, comme vous le savez, et il ne fait guère les frais de ma langue acérée puisqu'il est doté d'une authentique douceur de caractère. Contrairement à vous, Titus. Maintenant, asseyez-vous que je vous expose la raison de ma visite ; ensuite, je m'en irai et vous pourrez terminer votre petit déjeuner en paix. En attendant, vous pouvez me servir une tasse de café.

Il toucha la cafetière et sonna vigoureusement la cloche, furieux.

—C'est complètement froid. J'ai dans cette maison une horde de domestiques, qui me coûtent les yeux de la tête, et le café est froid.

—Ce qu'il faut à cette maison, c'est une maîtresse.

—Oh, vous n'allez pas recommencer ! Cette maison n'en a nullement besoin.

— Vous vous trompez. Et je suis sûre qu'avec Emily mariée à son Italien, vous devez ressentir un grand vide dans votre vie, un manque de compagnie féminine agréable.

— Occupez-vous de vos affaires, Cora, et laissez-moi m'occuper des miennes. Et laissez Emily en dehors de tout ça.

— Pas question, puisque c'est Emily elle-même qui m'a demandé de vous aider.

— Emily vous a demandé de m'aider ? Comment ose-t-elle !

— Elle a énormément d'affection pour vous, vous ne l'ignorez pas : vous avez été si proches ces cinq dernières années.

— Pas assez d'affection cependant pour accepter de m'épouser lorsqu'elle est devenue veuve.

— Elle pensait que vous ne feriez pas un bon mari pour elle. Vous êtes trop agité, trop instable et en colère contre la vie.

Il émit un rire sans joie.

— Parce que ce musicien endimanché va lui faire un bon mari ?

Sa sœur perçut la douloureuse amertume derrière ces mots durs. Le visage de Titus se ferma et il prit un air grave, un air qu'elle ne connaissait que trop bien.

— Oublions Emily, répondit-elle précipitamment. Tout cela fait partie du passé maintenant, et vous devez envisager l'avenir. Vous ne rajeunissez pas, et…

— Je vous remercie, mais je ne crois pas être dans mes vieux jours, ni que trente-cinq ans soit un âge avancé.

— Vous avez raison. C'est l'âge de la maturité, le moment où un homme est le plus en paix avec lui-même, et où il a le plus à offrir à une femme.

—Au diable vos épouses. (Il balaya d'un geste les protestations de sa sœur face à la véhémence de ses propos.) Ne faites pas la délicate, Cora, et ne prétendez pas que vous n'entendez pas bien pire chaque jour que Dieu fait.

—Pas dans les cercles que je fréquente.

—Alors vous fréquentez des gens bien ennuyeux. Je n'ai aucune envie de me marier pour l'instant, alors inutile de gaspiller votre salive. J'ai une femme en vue et en tête, cependant, et elle va occuper tout mon temps ainsi que toute mon énergie au cours des prochaines semaines. Je ne connaîtrai nulle satisfaction tant que je ne l'aurai pas dans cette demeure, où est sa place.

—Vous allez amener une femme chez vous ? Ici ? Dans cette maison ? Une maîtresse ? Vous ne pouvez pas, c'est hors de question.

—Je ne vois pas pourquoi ; je pourrais vous nommer des dizaines d'hommes qui ont agi de la sorte. En fait, je n'ai nul besoin de le faire, vous les connaissez aussi bien que moi. De plus, elle n'est pas ce genre de femme. Vous avez l'esprit mal tourné, Cora, avec vos remarques incessantes sur les maîtresses et les liaisons. Ce dont je vous parle, c'est de beauté, une beauté comme vous n'en verrez jamais honorer vos bals, vos soirées mondaines et vos réunions.

—Qui est-ce ?

Lady Jerrold, perchée au bord de sa chaise, se penchant avec avidité, cédait à présent à la curiosité.

—Vous souvenez-vous de mon voyage à l'étranger avec notre père, il y a des années de cela, lorsque vous étiez encore à l'école ? poursuivit-il. La deuxième année, pendant la paix d'Amiens ?

— Je me souviens du voyage de papa en France, et je me rappelle que maman était dans un état abominable, car elle affirmait que Napoléon allait reprendre les combats à tout moment, et que papa serait jeté en prison, enfin, s'il ne se faisait pas couper la tête, et que nous ne le reverrions jamais. En revanche, je n'ai pas souvenir que vous l'ayez accompagné. Je pensais que vous étiez à Oxford à l'époque.

— Non, j'ai voyagé avec lui. Il m'a emmené avant mon entrée à Oxford. Comme maman, il ne s'attendait pas à ce que la paix dure, et il estimait que cela pouvait compromettre mes chances de parcourir le continent. Et il avait raison ; il s'est passé plusieurs années avant que je puisse visiter la France de nouveau.

— Qu'est-ce que tout cela a à voir avec votre beauté ?

— C'est simple. Lorsque vous étiez en Italie, notre père a acheté un grand nombre de tableaux. L'un d'entre eux était un Titien. Oh, c'est une toile magnifique qui représente une de ces beautés rousses, une créature des plus voluptueuses.

— Une créature qui ne porte pas de vêtements, je suppose, à en juger par votre ravissement.

— En effet, et sa silhouette est exquise ; mais c'est son visage qui enchante. Ses yeux, ses traits, sa bouche !

— On vous croirait amoureux, réagit lady Jerrold, déconcertée par l'enthousiasme de son frère.

— Ne soyez pas stupide. Je ne suis pas en proie à une quelconque ineptie poétique qui me ferait soupirer après un tableau. Il s'agit d'une œuvre qui a disparu, et qui m'appartient. Je veux la récupérer, je veux la voir suspendue à mon mur. Au-dessus de la cheminée dans le salon rouge à Beaumont. Ou éventuellement ici même, dans l'escalier. C'est la seule femme qui m'intéresse pour le moment, et la conquérir va me demander toute mon énergie et tout mon temps. Alors, si vous avez en tête une ribambelle de demoiselles acceptables à qui je pourrais faire la cour, vous pouvez les renvoyer.

Lady Jerrold lui lança un regard noir.

—Des demoiselles acceptables? Étant donné la nature de votre liaison avec Emily ces cinq dernières années, il n'y a pas, en ville, une seule mère qui se respecte qui vous laisserait approcher de sa fille. Vous êtes dangereux, Titus. Le mieux que vous puissiez espérer maintenant, c'est une riche veuve, et justement, il se trouve que…

—Non.

Elle connaissait cette intonation. Elle se leva pour prendre congé.

—Je vous souhaite bien du succès dans votre recherche de tableau, assena-t-elle d'une voix glaciale.

—Menteuse. Vous espérez que je m'attire des ennuis, et que je finisse les poches allégées mais bredouille.

—Vous avez les poches suffisamment profondes pour vous acheter votre propre Titien. Je ne vois pas pourquoi vous faites toute une affaire autour de celui-ci en particulier.

—Parce que c'est mon tableau, il appartenait à notre père, il m'appartient dorénavant, et je veux le récupérer. De plus, il apparaît que le roi a eu vent de son existence et qu'il désire l'ajouter à sa collection. Plutôt être pendu que d'accepter qu'il mette ses sales pattes dessus!

Cora avait atteint la porte, mais le ton hargneux de son frère la poussa à s'arrêter et à faire demi-tour. Elle revint dans la pièce et s'assit près de la fenêtre.

—Titus, calmez-vous, vous me dites sans cesse qu'il faut que je sois raisonnable, maintenant c'est à votre tour. Pourquoi, si papa a acheté ce tableau, ne se trouve-t-il pas déjà à Beaumont ?

—Il y a eu la guerre. Napoléon a pris une malheureuse initiative, et une fois de plus, nous nous sommes tous retrouvés à inonder de sang les champs de bataille à travers l'Europe. Impossible alors pour notre père de rapporter toutes les acquisitions qu'il avait faites au cours de ce voyage ; à moins de s'aventurer à retraverser la Manche, au risque de se faire jeter dans une geôle française pour l'éternité.

—D'autres œuvres d'art ont donc été égarées.

—Oui, mais aucune n'était aussi belle que le Titien.

—Et en 1812, pourquoi papa n'est-il pas retourné en Italie pour retrouver le tableau ?

—Je n'en ai aucune idée.

—Et il a refait surface, n'est-ce pas ? Possédez-vous des documents qui prouvent que vous en êtes le propriétaire ? Vous pourrez en demander un bon prix au roi, vous savez.

—Vous ne comprenez pas. Moi, propriétaire de cette peinture, je n'ai pas ma place dans ces négociations. Ce chien de George Warren l'a localisée, et compte bien faire affaire avec celui qui est en sa possession. Au nom du roi. Il va empocher une belle commission de notre imbécile de monarque et n'en sera que plus riche.

—Sait-il que la toile vous appartient ?

—Oui. On a beaucoup de renseignements sur ce tableau ; la description qu'il en a faite au souverain correspond dans les moindres détails.

—Si vous êtes sûr de votre fait, alors rendez l'affaire publique ; montrez à quel point le comportement de Warren est mesquin.

—Cela ne servirait pas à grand-chose ; la bassesse de Warren est notoire dans tout Londres. Et ce filou n'est pas le seul de cette espèce, car je peux vous assurer que Sa Majesté elle-même sait que l'œuvre appartenait à mon père.

—Ne vous êtes-vous pas suffisamment mis le roi à dos ?

—Je serais bien aise de pouvoir le contrarier un peu plus, et si je peux y arriver en l'empêchant d'ajouter un Titien à la collection royale, tant mieux. Quelle belle revanche que de m'emparer de cette Vénus avant Warren, et de la rapporter à Beaumont, où est sa place.

Soulagée de constater que son frère ne souffrait pas d'un complexe de Pygmalion, lady Jerrold s'inquiéta néanmoins de le voir exprimer une si franche hostilité envers le roi. Toutefois, il était impensable de le lui dire ; une fois que Titus avait une idée en tête, le détourner de son objectif se révélait impossible.

—Savez-vous où se trouve le tableau ?

—Non, mais j'ai bien l'intention de le découvrir, même si je dois pour cela flanquer un bataillon d'espions aux trousses de Warren.

—Bootle suffira, j'imagine ; cet individu est au courant de tout ce qui se passe à Londres, rien ne lui échappe.

Bootle était le valet de chambre de Titus, un homme que Cora désapprouvait au plus haut point. Elle devait concéder qu'il ne colportait jamais de commérages sur son maître, mais c'était, à ses yeux, la seule chose qui pouvait le racheter.

Elle enfila ses gants.

—Je suppose que cela signifie que vous allez partir pour l'étranger, à moins que le Titien ne soit caché en Écosse, dans quelque château isolé ?

—Cora, ma chère, vous lisez bien trop de romans à sensation.

—Et vous, mon cher frère, êtes déterminé à mener une vie à sensation. Vous allez titiller le roi une fois de trop, et ensuite, vous devrez fuir ce pays pour de bon.

Il se pencha pour l'embrasser sur la joue.

—J'espère que mes malicieux neveux et nièces sont en excellente santé et ont bon moral.

—Tout à fait, et ils souhaitent que leur oncle Titus vienne les voir et joue de nouveau à saute-mouton avec eux. Je leur ai dit que vous étiez un mouton migraineux ces temps-ci, et que vous n'étiez pas d'humeur joueuse.

Bootle savait ce qui allait se passer lorsqu'il apporta à son maître la nouvelle que Warren était en route pour Paris.

—Que le diable l'emporte, s'exclama Titus. Il est parti récupérer le tableau ; eh bien, il n'est pas au bout de ses peines. Bootle, préparez nos bagages.

Ce que le domestique avait déjà fait, et avec grand plaisir. Un voyage à l'étranger, même avec ses désagréments, calmerait peut-être l'impétuosité de son maître. Il ne l'avait jamais vu de si mauvaise humeur aussi longtemps ; Mrs Thruxton y était peut-être pour beaucoup, mais cela n'expliquait pas tout. Mr Manningtree était le genre d'homme qui avait besoin de donner un sens à sa vie. Ses biens étaient parfaitement en ordre, et il n'était pas l'un de ces gentlemen-farmers qui se contentaient de veiller sur leurs cultures et leurs terres. La vie mondaine de

Londres l'ennuyait, et Bootle était conscient que ses longues séances d'escrime à la salle d'armes d'Angelo ainsi que son habitude de se rendre partout à pied lorsqu'il était en ville n'étaient qu'une façon de dépenser un peu de son surplus d'énergie.

Avec la politique, il semblait avoir trouvé un moyen d'occuper une grande partie de son temps et de son attention, mais cela n'avait pas fonctionné ; c'était là tout le problème avec un homme comme Mr Manningtree ; il était trop vif, avait l'esprit trop bouillonnant, pour ces vieux gâteux de la Chambre des Communes. Oui, un séjour à l'étranger, l'air marin, les incommodités du voyage, cela apaiserait son maître – du moins pour un moment.

Cela pourrait même le débarrasser de son obsession pour ce vieux tableau ; pourquoi un tel emportement pour un objet ? C'était comme si toute sa déception et toute sa rage s'étaient concentrées sur le Titien, sans parler de Mr Warren. Tant d'histoires pour une peinture italienne, cela n'avait aucun sens.

Chapitre 2

—*J*'ai réservé ce cabriolet jusqu'à Butley, comme vous le souhaitiez, annonça Figgins. J'ai dit au cocher qu'on changerait là-bas pour la chaise de poste, en direction du nord.

— En laissant une fausse piste, précisa Alethea tandis qu'elle s'enveloppait un peu plus étroitement dans sa cape.

— On a des places dans la diligence qui passe à 7 heures. Quand pensez-vous qu'on va s'apercevoir de votre absence et donner l'alerte ?

Alethea bâilla.

— Bien plus tard dans la matinée. Napier va encore dormir pendant des heures, et j'ai versé un peu de laudanum dans le reste du lait que ma femme de chambre m'a apporté juste avant d'aller se coucher – elle finit toujours ce que je laisse. Elle ne se lèvera pas aux aurores comme à son habitude.

— Quelle goulue ! Et plutôt une geôlière qu'une femme de chambre ! Bien fait pour elle si elle ne se réveille jamais.

Alethea ferma les yeux. Des images de la vie qu'elle avait laissée derrière elle défilaient dans son esprit exténué après une nuit sans sommeil – et les nombreuses autres qui l'avaient précédée – et éprouvé par ces douloureux mois de chagrin.

Comme elle aurait aimé pouvoir remonter le temps, effacer ces mêmes mois, et redevenir celle qu'elle était avant son mariage : Miss Alethea Darcy, célibataire et cœur à prendre. Insouciante.

Sauf qu'elle n'avait pas été un cœur à prendre, c'était bien là le problème. C'était la raison pour laquelle elle s'était précipitée dans cette union. « Qui se marie à la hâte se repent à loisir », disait le proverbe. Comme cela était vrai dans son cas ! Comment avait-elle pu se montrer aussi imprudente ? Même au plus fort de son supplice, elle aurait dû savoir que Norris Napier n'était pas l'époux qu'il lui fallait.

À sa décharge, elle avait eu le sentiment que seul l'homme qu'elle ne pouvait justement pas épouser aurait pu satisfaire ses attentes. Et son orgueil, son maudit orgueil, l'avait persuadée qu'un mariage – n'importe lequel – était le seul moyen de détourner la pitié, la fausse compassion et même la délectation qu'avait manifestées la bonne société à son égard.

Elle ne voulait pas repenser à ces horribles journées qui avaient suivi l'annonce des fiançailles de Penrose et de Miss Gray, et pourtant, ces souvenirs la hantaient : le trajet de retour – cauchemardesque – vers la maison de ses cousins à Aubrey Square, le soulagement intense lorsqu'elle avait regagné l'intimité de ses appartements et s'était écroulée sur son lit, anéantie et épuisée ; Dawson, la femme de chambre de lady Fanny, qui était entrée en lui prodiguant de vifs encouragements que démentait son regard plein d'empathie, et qui lui avait donné un breuvage qui l'avait plongée dans un sommeil tourmenté et pénible.

L'air pincé de Mr Fitzwilliam, lui reprochant d'avoir ouvertement témoigné de l'affection à Penrose, et cependant furieux contre les Youdall pour la façon dont ils avaient traité un membre de sa famille.

Fanny, douce et compréhensive, assise à ses côtés, lui racontant ses propres chagrins lorsque, jeune fille, elle n'avait pas été autorisée à épouser l'homme qu'elle aimait.

—Il était très beau et avait fière allure, lui avait-elle expliqué, mais il était pauvre et sans titre, sans situation, et moi, j'étais la fille d'un comte, je devais me souvenir de mon devoir envers les miens, et faire ce qu'ils appelaient un bon mariage. J'ai été malheureuse pendant des semaines, et pourtant, j'ai fini par revenir à la raison et reprendre goût à la vie. Puis, lorsque j'ai rencontré mon cher Mr Fitzwilliam, j'ai définitivement oublié ce premier amour.

Cela était-il censé la consoler, de savoir qu'elle pourrait faire la connaissance d'un homme comme Mr Fitzwilliam ? Que Dieu l'en garde ! Et comment Fanny pouvait-elle lui suggérer d'envisager ne serait-ce qu'un instant un Mr Fitzwilliam alors qu'elle était amoureuse d'un Penrose ?

—Cette fille n'est qu'une boulotte ! s'était exclamée Alethea.

—Diana Gray ? Personnellement, je ne l'aime pas beaucoup, et assurément, si on la compare à vous… Cependant, là n'est pas le propos. Ce mariage est une question d'argent et de convenances, il s'agit de la volonté d'une mère impérieuse imposant à son fils ce qu'elle pense être le mieux pour lui. Et vous savez, ma chère, Penrose fait preuve de faiblesse en s'y soumettant. Les gens disent que c'est un fils dévoué ; moi, je dis que c'est un comportement de couard que d'épouser une femme sur ordre de sa mère alors qu'on en aime une autre.

Alethea avait fondu de nouveau en larmes : comment Fanny pouvait-elle traiter Penrose de couard ?

— Le premier amour est toujours parfait jusqu'à ce qu'on rencontre le second, avait ajouté tristement sa cousine.

Alethea ne savait pas à quel point sa cousine avait été désolée pour elle. Fanny s'était attendue à ce que ces deux-là se marient, trouvant qu'ils formaient un très joli couple. Cependant, elle n'avait pu partager son indignation devant le comportement de Penrose qu'avec Dawson, car Mr Fitzwilliam avait décrété que le nom de cet individu ne devait plus être prononcé sous son toit, et Alethea n'admettait absolument pas qu'on le critique.

En retour, Fanny avait insisté pour que Mr Fitzwilliam ne plaigne pas Alethea, même s'il pouvait faire preuve de bonté envers elle : sous ses airs plutôt conventionnels, c'était un homme sensible.

— Faites-moi confiance, mon chéri, la seule chose qu'Alethea ne pourra pas supporter est la pitié. Elle a hérité l'orgueil de son père, et votre sollicitude l'aidera à traverser cette mésaventure, mais elle ne tolérera pas ceux qui lui témoigneront de la pitié.

— Non, en effet. Elle les prendra de haut, comme elle sait si bien le faire.

— Elle ne fait rien de tel, elle est toujours débordante de joie ! s'indigna Fanny. De quoi parlez-vous donc ?

— Elle ressemble bien trop à son père lorsque quelque chose lui déplaît. Elle est hautaine. Et même si elle arrive à oublier cette histoire, elle ferait mieux d'apprendre à contenter un homme, ou bien elle ne trouvera jamais de mari.

Fanny rapporta ces paroles avec quelque indignation à son amie Belinda Atcombe, venue lui rendre une visite matinale dans le seul dessein de découvrir la vérité derrière toutes les rumeurs qui circulaient à travers Londres.

— Elle possède l'orgueil des Darcy, c'est vrai, mais c'est une personne très chaleureuse, et n'importe quel homme digne de ce nom pourrait s'en rendre compte.

— Chaleureuse ou non, elle a des ennuis. Allons, vous savez que vous pouvez me faire confiance, Fanny, affirma Belinda, lissant sa jupe tout en s'asseyant. Car, même si je suis une commère jusqu'au bout des ongles, je sais aussi me montrer discrète quand il le faut. Alethea fait partie de votre famille, je l'aime bien, et je la plains de tout mon cœur. L'amour naissant – un premier attachement, j'imagine ? – comme on se souvient bien de ce supplice ! Je peux vous être d'une grande utilité pour étouffer le scandale, mais je dois entendre toute l'histoire.

Fanny inspira profondément avant de raconter à son amie à la fois ce qu'elle savait et ce qu'elle soupçonnait.

Belinda Atcombe en fut horrifiée.

— Pourquoi a-t-il fallu qu'elle tombe amoureuse de ce bon à rien ? s'exclama-t-elle. Si vous voulez mon avis, bon débarras !

— Ils formaient un très beau couple et semblaient parfaitement bien assortis.

— Balivernes ! Alethea a bien trop de caractère et d'esprit pour un balourd comme Penrose. Nul besoin d'avoir inventé l'eau chaude pour comprendre qu'il va vivre sous la coupe de sa mère jusqu'à ce qu'elle passe miséricordieusement l'arme à gauche, et que d'ici là, elle lui aura transmis son caractère étriqué et borné.

Son père valait un peu mieux, mais c'était l'homme le plus ennuyeux de toute la chrétienté. Est-ce qu'Alethea erre dans la maison en se lamentant et en pleurant ? Mon Dieu, comme les jeunes filles sont difficiles à cet âge ! Vous pourriez la renvoyer à Pemberley, bien sûr, si elle demeurait inconsolable, mais cela ne ferait qu'alimenter les commérages malveillants. Que disent ses parents de la situation ? Savent-ils à quel point elle s'est attachée au jeune homme ?

Fanny secoua la tête.

— J'ai écrit à Lizzy pour l'informer qu'Alethea aimait beaucoup Penrose, mais je n'ai pas souhaité lui en révéler trop.

Elle hésita avant d'ajouter :

— En vérité, je ne crois pas que Penrose Youdall ferait bonne impression à Mr Darcy.

— J'en suis convaincue, et il y en a d'autres à qui il ne plaît pas beaucoup. Je corresponds avec Hermione Wytton – elle vit à Venise en ce moment, vous savez – et elle m'a rapporté que son fils avait été consterné d'apprendre l'attachement de sa belle-sœur pour Penrose.

Alexander Wytton, le fils aîné de lady Hermione, était marié à la sœur préférée d'Alethea, Camilla.

— Connaît-il le jeune Youdall ? Je n'aurais pas songé qu'ils aient quoi que ce soit en commun.

— Alexander le connaît suffisamment, d'après ce que j'ai compris, pour le mépriser. Je ne doute pas qu'il pense que Miss Gray sera un meilleur parti pour Penrose.

Les deux femmes passèrent quelques joyeuses minutes à débattre des nombreux défauts de cette demoiselle, puis Belinda, prenant une profonde inspiration, déclara :

— Tout cela est fort bien, mais nous devons à présent réfléchir au moyen de permettre à Alethea de sauver sa réputation.

Alethea avait ses propres projets. Fanny avait raison d'affirmer que la jeune fille méprisait la pitié par-dessus tout, et cette dernière n'avait aucunement l'intention d'étaler sa détresse aux yeux des curieux. Faisant appel à toute sa volonté, elle força ses nerfs engourdis à lui obéir, et réintégra cette société qu'elle en était venue à détester, armée de dignité, de froide indifférence, et de ce qu'une autre débutante, malveillante, appelait «l'arrogance ridicule des Darcy». Elle mit au défi quiconque d'être désolé pour elle, prit part à toutes les danses dans tous les bals, acheta et porta de nouveaux vêtements, monta à cheval à l'heure où les gens du monde étaient de sortie, prononça les bons mots au bon moment, et trompa presque tout le monde à l'exception de Fanny et de Figgins.

Fanny éprouvait pour Alethea une admiration sans bornes.

— Elle se comporte admirablement, déclara-t-elle un jour à son mari.

— Elle est insensible, si vous voulez mon avis, répondit-il.

Les pires moments furent réservés à Figgins : lorsque Alethea baissait sa garde, sa femme de chambre pouvait entrevoir la profondeur de son désarroi et de sa colère. Avec le temps, ces émotions se transformèrent en indifférence – ce que Figgins trouvait encore plus inquiétant. C'était comme si les couleurs avaient disparu de la vie de Miss Alethea, confia-t-elle à Dawson. Cette dernière fit la moue et répliqua que plus tôt la demoiselle serait mariée et aurait à s'occuper d'une famille, mieux ce serait.

— Ce Mr Napier fera très bien l'affaire, il lui témoigne beaucoup d'attention, et il paraît que c'est un être chaleureux.

Il était peut-être chaleureux, mais Figgins ne l'aimait pas, et se demandait à quel point sa maîtresse l'appréciait vraiment.

Si elle avait eu l'occasion de poser la question à Alethea, et si la jeune fille lui avait répondu sincèrement, celle-ci lui aurait dit qu'elle était incapable d'éprouver le moindre sentiment pour un homme, ni de ressentir quoi que ce soit, d'ailleurs. Néanmoins, Napier était d'un grand soutien pour elle à l'époque, l'encourageant à chanter et à jouer du piano forte. Au départ, rien ne la tentait moins ; la musique allait réveiller toutes les douloureuses émotions qu'elle réprimait si désespérément. Il lui fit remarquer poliment, en passant, que si elle arrêtait la musique, cela susciterait la suspicion des gens, et lorsque, à contrecœur, elle finit par retourner au clavier, elle constata que cette activité soulageait son esprit tourmenté.

Les langues commencèrent à se délier. En fin de compte, Miss Alethea n'était pas si attachée que cela à Penrose Youdall, disait-on ; la jeune fille était insensible, une simple coquette qui passait d'un homme à l'autre. Napier était plus riche, constituait un meilleur parti, mais elle ne le conduirait jamais à l'autel, car des mères intrigantes lui couraient derrière depuis toujours. Qui plu est il aurait une maîtresse cachée à la campagne ; ce serait une bonne chose si Alethea se fiançait à Norris

Napier, prétendait-on, car cela réduirait à néant le triomphe de la présomptueuse Diana Gray. Avait-on remarqué l'expression de Penrose Youdall lorsqu'il regardait Alethea danser avec Napier au bal de la veille ?

Belinda Atcombe revint s'entretenir avec Fanny.

—Alethea est-elle vraiment amoureuse de Norris Napier ? Personne ne m'a jamais dit du mal de lui, et pourtant, j'ai ce sentiment…

Fanny ne parvint pas non plus à formuler pourquoi elle aussi se sentait mal à l'aise en présence de Napier.

—Il a voyagé en poste jusqu'au Derbyshire pour s'entretenir avec Mr Darcy. La famille ne connaît pas bien les Napier ; elle a demandé son avis à Mr Fitzwilliam.

—Qui est favorable, je présume. Napier est un conservateur, n'est-ce pas ?

Fanny voulut prendre la défense de son mari, mais se résigna.

—D'après lui, Napier est fort sympathique.

—Fitzwilliam n'a jamais bien su jauger les gens, n'est-ce pas ? fit remarquer Belinda, toujours objective. Les hommes jugent si souvent d'après les apparences et la politique. Alethea a enduré tant de souffrances à cause de Penrose que je ne supporterais pas de la voir faire un mariage malheureux.

—Il y a la musique. Alethea est tellement enthousiasmée par sa musique que cela contribue à resserrer les liens entre eux.

—Suffisamment, croyez-vous ? J'en doute. Je pense qu'Alethea ferait mieux d'attendre. Pour le moment, elle se figure que plus jamais elle ne s'intéressera vraiment à un autre homme. Alors, qu'importe qui elle épouse. Retardez cette affaire si vous le pouvez, Fanny, vous trouverez un moyen, j'en suis sûre.

31

Fanny n'en eut pas l'occasion. La date de l'union de Youdall et de Miss Gray fut communiquée, et dans les jours qui suivirent, la *Gazette* annonçait les noces prochaines de Miss Alethea Darcy, cadette de Mr Darcy de Pemberley, Derbyshire, avec Norris Napier de Tyrrwhit House, Hertfordshire.

Chapitre 3

*L*a diligence était bien moins confortable que la chaise de poste. Figgins était coincée entre un ecclésiastique corpulent et un marchand solidement charpenté, chacun d'entre eux occupant une place considérable, qui aurait justifié qu'ils paient un supplément. Alethea, assise en face, regardait les pieds de Figgins sans les voir. Admirait-elle le magnifique lustre qui patinait les bottes d'officier de la femme de chambre ? Figgins en doutait. La jeune fille broyait du noir, plus vraisemblablement.

Alethea leva les yeux, lança un regard sévère à l'ecclésiastique dont elle semblait avoir pris le visage en grippe, et ferma les paupières pour le faire disparaître.

Figgins soupira et gigota jusqu'à trouver une position plus agréable. Eh bien, Miss Alethea – pour elle, elle ne serait jamais Mrs Napier – avait bien des raisons de ruminer, Dieu en était témoin. Elle-même, dont l'esprit était habituellement bien ancré dans le présent, commença à décortiquer les événements passés, tournant et retournant dans sa tête toutes les circonstances qui les avaient conduites, sa maîtresse et elle, dans cette voiture bruyante qui filait à toute allure ; elle repensa aux péripéties qui les avaient poussées à se mettre en route pour Londres, puis pour Douvres et enfin pour l'étranger.

L'étranger !

Figgins connaissait bien l'étranger ; elle y était allée, et n'avait pas apprécié outre mesure. Pourtant, il s'était agi d'un voyage soigneusement organisé, entrepris dans le confort, avec des domestiques convenables et sans cette impression de danger ni d'urgence.

Le voyage avait eu lieu avant qu'Alethea fasse ses débuts dans le monde, lorsque sa maîtresse ne savait pas encore que des hommes comme Norris Napier – *qu'il aille au diable* – existaient. Elle, Figgins, aurait pu lui dire ce que la plupart d'entre eux valaient, mais Alethea avait été élevée dans une famille heureuse, en compagnie d'hommes respectables et bons ; elle n'avait aucune raison d'avoir une opinion aussi cynique du sexe opposé.

Eh bien, la jeune fille avait découvert la triste vérité à ses dépens, et Figgins aurait tout donné pour lui épargner ce qu'elle avait subi. Quelle erreur que ce mariage, et dans quel pétrin cela les avait conduites ! C'était bien joli de rouler bon train à travers la campagne derrière un attelage galopant, mais où cela les mènerait-il ?

Pourtant, si Miss Alethea voulait aller à l'étranger, alors elle aurait besoin d'une compagne, et qui pouvait mieux remplir cet office que sa femme de chambre de toujours ? Figgins avait été piquée au vif lorsque l'époux de Miss Alethea l'avait renvoyée avec mépris, le jour même de leur mariage ; cela, elle ne l'oubliait pas.

— Votre domestique devra être congédiée, avait-il déclaré, comme si elle n'était qu'un vieux morceau de fromage moisi bon à jeter au chat de l'office. Il n'y aura sous mon toit que des serviteurs que j'aurai personnellement choisis.

Miss Alethea s'était retrouvée à discuter bec et ongles, mais elle aurait pu tout aussi bien s'adresser

34

à la statue du parc vu l'attention que Mr Napier lui prêta. Et il lui avait trouvé une servante « respectable » par-dessus le marché, une femme méchante et brutale, qui n'avait pas de véritable considération pour son travail et qui était là tout autant pour espionner sa maîtresse que pour s'occuper d'elle.

Lady Fanny avait repris Figgins chez elle lorsqu'elle avait appris ce qui s'était passé.

— Pourvu qu'il ne se révèle pas être un homme jaloux ! s'était-elle exclamée. Il n'y a rien de plus pénible qu'un époux jaloux.

La jalousie, eh bien, cela faisait peut-être partie du caractère de Napier, mais ce n'était pas ce qu'il y avait de pire chez lui, loin de là. Figgins ne l'avait jamais apprécié, pas plus qu'elle n'avait fait confiance à ce Mr Youdall qui avait brisé le cœur de Miss Alethea, et qui s'était si mal comporté avec elle, l'attirant dans son lit pour finalement en épouser une autre.

Figgins n'avait que faire des hommes ou du mariage. Elle n'avait qu'à se rappeler sa mère, sept enfants en vie et autant de bouches à nourrir ; trois étaient morts avant même d'être nés, et quatre avant leur cinquième année. Ce n'était pas une vie ! C'était un miracle que maman ait survécu. Et quelle ne fut pas sa joie lorsqu'elle fut absolument sûre et certaine de ne plus jamais avoir d'enfants !

— C'est le plus beau jour de la vie d'une femme, ma petite Martha, avait-elle dit à sa fille. Quand vous savez que le Seigneur ne vous enverra plus d'enfants.

Le Seigneur aurait pu suspendre ses livraisons bien avant, pensait Figgins. Mieux valait ne pas se marier, ne pas risquer une grossesse, et ne pas se mettre à la merci d'un homme et d'une nichée de gamins. Elle aimait bien ses petits frères et sœurs, et elle avait accompli son devoir auprès de la progéniture des Fitzwilliam, mais le plus beau jour de sa jeune existence fut celui où elle laissa la nursery derrière elle et fut promue dans le monde bien différent des adultes, auprès d'une maîtresse qui se révéla avant tout une amie.

Elle n'oublierait jamais l'expression sur le visage de Miss Alethea ce jour-là, lorsqu'elles avaient quitté la maison de lord et lady Milton. Non, elle n'oublierait jamais combien sa maîtresse était dévastée. Figgins avait pu le prévoir dès lors qu'elle avait eu vent, dans le quartier des domestiques, des fiançailles de Mr Youdall avec la prétentieuse Miss Gray, une jeune fille désagréable et méprisable, qui méritait bien l'époux volage que deviendrait certainement ce Penrose.

Bon débarras! Voilà en tout cas ce qu'elle aurait affirmé si Miss Alethea n'avait pas fini avec un mari mille fois pire. Figgins avait eu envie de pleurer en observant la déchéance de sa maîtresse ; la jeune fille si fière et indépendante qu'elle avait connue n'était plus que l'ombre d'elle-même, blessée dans son corps et dans son âme, et conduite à des mesures désespérées qui la mettraient au ban du monde dans lequel elle était née si cela venait à se savoir.

C'était mal, la façon dont on laissait Napier s'en tirer impunément alors qu'il tourmentait Miss Alethea comme un petit garçon torture un animal. Il l'avait enfermée dans cette demeure, la surveillant, lui prenant tout, de ses lettres à ses bijoux, ne lui donnant jamais d'argent. Et elle qui était si riche et qui lui avait apporté une telle fortune ! Il lui avait dit qu'elle et tout ce qu'elle possédait étaient désormais à lui, et qu'il pouvait en disposer selon son bon plaisir.

Figgins avait dû agir de façon très sournoise afin de se rapprocher de sa maîtresse, chose qu'elle avait entrepris de faire le jour même où elle avait appris, de manière détournée, les terribles ennuis de Miss Alethea. Betty, la femme de chambre de Mrs Barcombe – ou « Miss Letty », comme on appelait la sœur aînée de Miss Alethea avant son mariage avec le révérend Mr Barcombe –, l'en avait informée lorsque ses employeurs étaient venus passer quelque temps à Aubrey Square.

Betty était une jeune femme rusée et perfide, qui écoutait aux portes dès que l'occasion se présentait. Pourtant, cette fois-là, Figgins lui en fut reconnaissante. Sinon, comment aurait-elle pu savoir que Miss Alethea, autorisée exceptionnellement à rendre visite à sa sœur, avait raconté à cette dernière des choses sur son mariage qui avaient donné la chair de poule même à Betty ?

— Tu ne le croirais pas, Martha, avait déclaré Betty. Bien qu'elle soit sa sœur Mrs Napier a eu bien du mal à arranger une rencontre en tête à tête avec ma maîtresse, car son mari la surveille comme s'il était son geôlier.

— Je ne peux pas le croire ! s'était exclamée Figgins.

— Et pourtant, je te l'affirme. Il fait la loi comme si elle n'était qu'une enfant, lui dit quand se lever, quand aller se coucher et quelles robes elle peut mettre. Il lui a pris ses bijoux – ses propres bijoux, ceux qu'elle a eus en cadeaux de mariage – et il ne lui donne que ceux qu'il décide de la voir porter. Ensuite, le soir, elle doit tous les lui rendre et il les enferme dans un coffre. Il l'oblige aussi à chanter, car il adore l'écouter ; c'est juste une horrible cacophonie si tu veux mon avis, mais comme tu le sais, le beau monde aime ce genre de musique. Elle ne peut pas choisir ce qu'il lui plaît, mais doit attendre que son époux lui dise ce qu'elle peut chanter et jouer. Elle a raconté à sa sœur qu'elle n'avait presque plus de voix, et ma maîtresse lui a répondu que c'était une bonne chose, qu'il était grand temps qu'elle abandonne sa passion pour la musique, à présent qu'elle était mariée et que, de toute façon, elle aurait bientôt des enfants pour occuper ses pensées, et que cela mettrait un terme à toutes ces inepties musicales. Alors Mrs Napier lui a rétorqué vivement qu'elle espérait qu'il n'y aurait jamais d'enfants, pas avec la façon d'être de Mr Napier, et ma maîtresse s'est bouché les oreilles…

— Comment sais-tu tout ça? avait demandé Figgins. Je savais que tu avais l'ouïe bien exercée, mais j'ignorais que tu pouvais voir à travers les murs.

— Elles parlaient si fort que je n'ai pas eu à me presser contre la porte. Le trou de la serrure est grand, et il n'y avait pas de clef, alors j'ai jeté un coup d'œil et je l'ai vue avec ses mains sur les oreilles. Mrs Barcombe a déclaré: «Je n'écouterai pas un mot de plus, je ne veux pas entendre des choses pareilles, vous me racontez des histoires.» Puis celle-ci a poursuivi en disant à quel point il était malicieux de la part de sa sœur d'inventer de tels mensonges et que c'était son devoir, en tant que femme mariée, d'obéir en tout point à son époux. (Betty s'interrompit avec une grimace.) C'est un peu l'histoire de la paille et de la poutre, car ma maîtresse aime faire la loi chez elle, et le révérend se garde bien de polémiquer avec elle: il veut mener une vie calme.

Mrs Barcombe était bien du genre à donner des leçons de morale. Figgins n'avait jamais vraiment supporté la sœur aînée de Miss Alethea. Non, pas plus que les jumelles, dont la jeune fille était directement l'aînée; une paire de demoiselles frivoles, qui ne se préoccupaient jamais de personne d'autre que d'elles-mêmes.

Mr Barcombe était un gentleman plutôt agréable, en revanche ; peut-être était-il dommage que Miss Alethea ne lui ait pas parlé à lui. Mais, étant donné ce qu'avait dit Betty, il n'aurait peut-être pas osé contredire son épouse, même s'il avait cru Miss Alethea. Maman avait toujours affirmé que les maris et leurs femmes ont des mœurs bien à eux, et qu'il n'y a pas deux mariages identiques. Figgins pensait que tous les hommes, quels que soient leurs travers, faisaient de la vie de leur femme un enfer. Quand ce n'étaient pas les coups et les gifles, c'étaient des mots méchants, et dans le cas d'une jeune personne comme Miss Alethea, les uns valaient bien les autres.

Non, vraiment, Miss Alethea avait eu raison, même si déserter le domicile conjugal était considéré comme un grand scandale. Elle n'avait eu d'autre choix que de fuir. Et si c'était une folie que de se travestir et de mettre les voiles vers des contrées étrangères, chose qu'elle ne pouvait faire qu'en jouissant de la même liberté qu'un homme, eh bien, elles seraient folles toutes les deux.

Elles formaient une assez jolie paire d'hommes, pensa Figgins en jetant un coup d'œil à Alethea. Cette dernière, vêtue d'un pantalon et de bottes, était adossée à la banquette, ses longues jambes étendues devant elle. Les quelques courbes féminines qu'il lui restait – elle avait perdu beaucoup de poids pendant son mariage avec ce monstre – étaient bien dissimulées par le manteau de bonne coupe et les plis de sa cravate.

Quant à Figgins, elle avait toujours été mince. Maigre comme un poulet, disaient toujours ses frères, et ils affirmaient aussi qu'aucun homme ne voudrait l'épouser pour se retrouver à câliner un sac d'os au réveil.

Très bien ! Mais à présent qu'elle était habillée dans la tenue discrète et sobre d'un valet de chambre, personne ne la regarderait à deux fois, ni ne soupçonnerait un seul instant qu'elle n'était pas ce qu'elle semblait être.

Le récit de Miss Alethea à sa sœur, relayé par une Betty haletante et aux yeux écarquillés, poussa Figgins à agir. Elle donna sa démission à lady Fanny sans réfléchir, ayant au préalable chipé du papier à lettres pour s'écrire elle-même une lettre de recommandation. Elle récupéra ensuite ses économies dans le bas de coton caché sous son matelas et se mit en route pour le Hertfordshire, se faisant emmener en voiture jusqu'à Butley puis marchant jusqu'au petit hameau de Tyrrwhit.

Elle n'avait pas de plan établi ; tout ce qu'elle voulait, c'était approcher suffisamment Miss Alethea, d'une manière ou d'une autre, pour pouvoir lui parler. Si Betty n'avait pas exagéré, si Napier gardait bel et bien un œil sur sa femme en permanence, cela ne serait pas une mince affaire.

Elle eut de la chance, cependant. Tandis qu'elle avançait le long du sentier herbeux qui menait à Tyrrwhit, elle rencontra une jeune fille en pleurs qui arrivait en sens inverse. Son empathie naturelle, doublée d'une insatiable curiosité relative aux manigances de ses prochains, poussa Figgins à s'arrêter pour lui offrir quelque réconfort et découvrir pourquoi la jeune fille se trouvait dans un tel état.

Cette Meg Jenkins venait d'être renvoyée par Napier ; eh bien, Figgins était bien placée pour comprendre ! À quinze ans à peine, Meg n'avait pas de références et, confia-t-elle entre deux sanglots, n'aurait jamais accepté de faire ce que Mr Napier exigeait d'elle, plutôt pourrir en enfer pour l'éternité ! Qu'allait-elle devenir ? Son père ne la reprendrait jamais chez lui maintenant qu'elle avait été congédiée.

Que la jeune fille reçoive une telle récompense pour avoir refusé de laisser son maître faire ce qu'il voulait d'elle n'étonna guère Figgins.

— Et cette horrible Mrs Gillingham, la galante de Mr Napier, elle a été si méchante avec moi, me disant que j'étais une pauvre idiote, une petite pudibonde qui ne savait pas où se trouvait son propre intérêt.

Cette remarque piqua la curiosité de Figgins.

— Sa galante ?

— C'est sa maîtresse, depuis des années paraît-il, et tout le monde se moque de cette pauvre Mrs Napier parce qu'elle doit supporter qu'une telle femme soit invitée sous son propre toit.

On se moquait, tiens donc !

— Qu'est-ce que vous allez faire ?

La jeune fille avait l'intention de se rendre à Londres à pied et d'y chercher un emploi, en tant que femme de chambre dans une demeure respectable. Figgins leva les yeux au ciel devant tant de naïveté, donna une tranche de pain et un morceau de fromage à la malheureuse – elle avait été congédiée sans rien à se mettre sous la dent – et lui indiqua le chemin pour se rendre jusqu'à la maison de sa mère.

— Dites-lui ce qui s'est passé et précisez que c'est Martha qui vous envoie, d'accord ?

Figgins regarda la triste silhouette diminuer au loin, puis reprit sa route vers Tyrrwhit. Elle se dit que la jeune fille ne se rendrait jamais chez sa mère ; avec son joli minois et son manque de jugeote, elle se ferait sauter dessus bien avant d'avoir atteint cette partie de la ville.

Cependant, cela lui avait donné une idée. Là où une domestique venait d'être renvoyée, on en chercherait une autre. De plus, l'infortunée Meg Jenkins avait mentionné que la maisonnée manquait de personnel et ce depuis toujours. Figgins savait que lorsque Napier l'avait congédiée le jour du mariage, cela n'avait rien de personnel ; il ne l'avait pas plus remarquée qu'il ne l'aurait fait d'un chien errant dans le caniveau. Non, c'était parce qu'elle faisait partie de l'ancienne vie de sa fiancée, et il voulait l'en couper autant que possible. Ferait-il le lien entre l'ancienne femme de chambre de son épouse et une nouvelle servante sans prétention se faisant appeler Susan Peters ? *Bien sûr que non*, se dit Figgins.

Une chance pour toutes les deux : le frère de Figgins était apprenti chez un tailleur, un homme qui possédait une échoppe près de la halle au blé. Ce dernier ne confectionnait pas pour le grand monde, mais se débrouillait plutôt bien avec sa clientèle prospère et arriviste, et Joseph Figgins, en artisan zélé, réalisa avec plaisir plusieurs toilettes convenables pour Alethea, ainsi que des vêtements plus ordinaires pour Martha.

— Je ne sais pas à quoi tu joues, frangine, lui dit-il. Mais l'argent, c'est l'argent, et je ne doute pas que tu as obtenu cette somme honnêtement, sinon, tu passerais ton temps à regarder par-dessus ton épaule de crainte que maman ne vienne te réduire en pièces. C'est sûrement encore une de ces farces que tu manigances avec cette Miss Alethea pour qui tu travaillais avant, mais les tours de cette demoiselle ne me regardent absolument pas. Je ne pose pas de questions et je ne veux rien savoir.

— Et c'est aussi bien, mon petit Joe, car je n'avais pas l'intention de te révéler quoi que ce soit. Et si jamais maman commence à demander où je suis – ce qui est très possible – tu lui expliqueras que je suis retournée au service de mon ancienne maîtresse, et que nous sommes parties dans… oh, je n'en sais rien, tu n'as qu'à lui dire le Yorkshire.

— Vraiment ? Tu ne me donnes pas l'impression d'être dans le Yorkshire.

— Ne sois pas impertinent, Joe, et montre donc un peu d'entrain à me confectionner ces chemises. Je te donnerai ensuite l'argent pour les manteaux et de quoi payer la couturière pour le reste du travail, et après tu oublies tout de cette petite besogne. Vu que c'est en dehors de ton gagne-pain officiel, et que ton maître te pendrait par la peau du cou s'il apprenait que tu avais travaillé pour ton propre compte, c'est mieux pour nous deux.

— Ce n'est pas comme si je travaillais pour des étrangers, répondit Joe d'un air inquiet. Il s'agit de quelqu'un de mon sang, après tout. Il n'y a pas de mal à ça.

— Non, tu as raison, et il n'y a pas de mal à tenir sa langue non plus !

Elle entassa les manteaux, les chemises et les hauts-de-chausses dans un grand sac qu'elle avait apporté. Ensuite, elle se pencha en avant et planta une bise sur la joue de son frère.

— N'oublie pas de rendre visite à maman de temps en temps, et assure-toi qu'elle ne s'inquiète pas à mon sujet.

— Et tu t'es procuré cet argent légalement ? demanda-t-il de nouveau tandis qu'il lui ouvrait la porte.

— Il appartient à la personne qui portera ces manteaux et ces pantalons. Chaque centime lui appartient… (Elle marqua une légère pause.)… légitimement.

Et qui plus est, il a été obtenu de façon honnête. La plus grande partie du matelas de billets — comme disaient les messieurs — ainsi qu'un tas de pièces d'or sonnantes étaient à présent camouflées sur la personne d'Alethea, tandis qu'une réserve avait été confiée à Figgins — plus d'argent qu'elle n'en avait jamais vu.

— Pas tous les œufs dans le même panier ! avait dit Miss Alethea. Tenez, prenez cet argent. Nous pourrions être séparées, et je ne veux pas que vous vous retrouviez seule et sans le sou dans un pays étranger.

Seule, dans un pays étranger ? Dieu l'en préserve ! Et aucun risque que cela arrive ; elle suivrait Miss Alethea comme son ombre. Elle tâta sa poche, où l'un des billets était épinglé à la doublure.

Sa visite à *Trimble & Kedges*, joaillier de la noblesse, avec le collier en diamant, le bracelet et le peigne enfouis dans son manteau avait tout de même été un moment délicat.

Les joailliers avaient l'habitude de voir des femmes de chambre leur apporter les bijoux de leur maîtresse pour les faire nettoyer ou remonter, aussi les assistants ne lui prêtèrent-ils guère attention ; occupés par d'autres clients plus importants, ils la laissèrent faire le pied de grue jusqu'à ce qu'un employé novice se trouve disponible.

Elle sortit la boîte en velours et la plaça sur le comptoir. Elle appuya ensuite sur le fermoir avant de soulever le couvercle. Le commis haussa les sourcils tandis qu'il évaluait la qualité des diamants, posés là sur leur lit moelleux.

— C'est pour un nettoyage ?

— Pour les vendre, répondit Figgins avec audace.

L'expression de l'employé changea.

— Les vendre ? Et comment vous êtes-vous procuré de tels bijoux ?

— Ils appartiennent à quelqu'un d'autre, et cette personne souhaite que je les vende pour elle.

Un homme plus âgé et plus expérimenté, en entendant Figgins, s'approcha de son jeune collègue.

— Elle dit qu'elle veut vendre ces bijoux.

— Je vais appeler Mr Kedge, déclara d'un ton doucereux l'homme plus âgé. Laissez-moi m'en occuper ; vous pouvez disposer et servir ce client qui attend.

Mr Kedge était un individu petit et svelte, au crâne lisse parsemé de quelques rares touffes de cheveux grisonnants. Il jeta un coup d'œil aux diamants, puis regarda Figgins.

— Au nom de votre maîtresse, avez-vous dit ?

— Exactement, et j'ai une lettre pour le prouver.

— Suivez-moi.

Dans la pièce privée, il désigna à Figgins une chaise droite, et s'installa de l'autre côté de la table.

— Je n'ai pas besoin d'examiner cette parure, je m'en souviens très bien. Donnez-moi la lettre, je vous prie.

Figgins s'exécuta.

— Ces bijoux ne faisaient pas partie de l'inventaire de Miss Alethea Darcy lorsqu'elle s'est mariée. Je crois qu'ils lui ont été légués par une grand-tante, et qu'ils nous ont été confiés pour un nettoyage. Lorsque je lui ai mentionné cet oubli, elle a ri et a dit que cela n'avait pas d'importance, qu'elle demanderait à son père de s'assurer qu'ils soient ajoutés à la liste.

Quelle chance que Miss Alethea n'en ait jamais rien fait! Par un heureux hasard, elle avait oublié d'en parler, et le jour de son mariage, une sorte d'instinct l'avait poussée à les jeter dans les mains de Figgins, en priant cette dernière dans un murmure précipité d'en prendre soin pour elle. Figgins n'avait pas manqué à son devoir, et quelle bénédiction, car s'enfuir sans un sou en poche était le meilleur moyen de courir au désastre.

— Ils appartiennent à Miss Alethea, en personne, et elle désire les vendre.

Mr Kedge avait l'habitude que des dames très importantes aient besoin d'échanger leurs bijoux contre des espèces sonnantes et trébuchantes, généralement pour acquitter des dettes de jeu contractées à l'insu de leur mari. À une ou deux reprises, il avait eu à traiter une affaire où de l'argent était nécessaire pour se débarrasser d'un maître chanteur. Tout cela revenait au même pour lui. Il avait reconnu Figgins, qui avait accompagné Miss Alethea Darcy chez les bijoutiers à plus d'une occasion. Il connaissait toutes les demoiselles Darcy, comme on les appelait avant qu'elles se marient, ainsi que le père de Miss Alethea. Mr Darcy faisait affaire avec lui depuis de très nombreuses années.

Si la fille de ce dernier avait besoin d'argent, pour quelque raison que ce soit, il était de son devoir de lui venir en aide, à la fois dans l'intérêt de son commerce et pour rendre service à un précieux client de toujours. Quant au fait que Mr Napier ne soit probablement pas au courant de l'existence de ces bijoux, et encore moins de leur vente, cela ne le dérangeait pas. Il avait pris Mr Napier en grippe dès leur première – et unique – rencontre, et ne lui devait aucune sorte de loyauté.

—En principe, en tant que joailliers, nous n'avançons qu'une partie de la valeur d'une telle parure, avait-il expliqué à Figgins d'une voix austère. Car nous devons réaliser un profit lors de la vente des objets.

Figgins s'alarma. La vision de la parure exposée dans la devanture du magasin, où elle pourrait être reconnue par un membre de la famille Darcy qui passerait par là, ou même par lady Fanny, lui traversa l'esprit.

Mr Kedge lut l'inquiétude sur le visage de Figgins.

—Nous sommes toujours extrêmement discrets lorsque nous vendons de tels bijoux. Il n'est pas question que les diamants soient exhibés à la vue de tous. Et, dans notre cas, il se pourrait que Mrs Napier souhaite un jour racheter sa parure, étant donné qu'il s'agit de bijoux de famille qui ont sans doute une valeur sentimentale à ses yeux. Rassurez donc votre maîtresse et dites-lui que je les mettrai de côté pendant un moment, pour qu'elle puisse les récupérer si d'aventure elle le désirait. Bien sûr, nous ne pouvons pas les garder éternellement, mais nous nous efforcerons de les conserver aussi longtemps que cela nous semblera raisonnable.

Il ouvrit le coffre-fort et en sortit une caisse.

—Ceci est plus que ce que je paierais en temps normal, mais je ne souhaite pas que Mrs Napier soit perdante dans une telle transaction. Surtout, disons, si elle a des dettes de jeu urgentes.

Il lui tendit les billets et les pièces.

—Cachez tout cela, s'il vous plaît, et je vais demander à l'un de mes jeunes employés de vous faire appeler une chaise. Il n'est pas question que vous erriez dans les rues de Londres avec une pareille somme sur vous.

Des dettes de jeu, se dit Figgins tandis qu'elle contemplait, par la petite vitre de la voiture, le matin de

printemps qui annonçait une belle et chaude journée.
Eh bien, c'était vrai en un sens, car ce qu'avait prévu
Miss Alethea était effectivement un jeu.

Chapitre 4

George Warren n'éprouvait aucun scrupule à s'approprier le tableau de Manningtree afin de le céder ensuite, moyennant une importante commission, à Sa Majesté, le roi George IV. Ce faisant, il réglerait de vieux comptes avec Manningtree – l'homme lui inspirait une profonde antipathie –, s'assurerait la gratitude de son monarque, toujours utile à qui a les dents longues, et empocherait une coquette somme.

Seuls les inférieurs ont des scrupules, se dit-il tout en présentant son cou aux mains habiles de son barbier. *La confiance, en revanche, voilà une chose étrange.* Le barbier lui en inspirait : l'homme, pour sûr, ne lui trancherait pas la gorge. Pourtant, c'était peut-être seulement la peur qui le retenait – et aussi la certitude qu'une goutte de sang versée suffirait à lui faire perdre sa rémunération ainsi que son client.

Non pas que ce barbier l'intéressât de toute façon. Des barbiers, même doués, on en trouvait à foison. Celui-ci pouvait bien se trancher lui-même la gorge, Warren s'en moquait éperdument ; il n'aurait même pas le désagrément d'avoir à en chercher un autre, aussi adroit, pour le raser. Son valet de chambre s'en occuperait.

Les domestiques restaient à vos côtés et accomplissaient leur devoir uniquement dans leur propre intérêt.

Vous leur faisiez confiance parce que c'était plus simple ainsi, et parce que avec une bonne connaissance du monde, il était aisé de repérer un serviteur perfide et de le renvoyer. À condition d'avoir un allié dans le quartier des domestiques, comme son inestimable valet de chambre, Nyers.

Aussi, il faisait confiance à Nyers. Oui, car cet homme dépendait de lui pour percevoir ses gages, pour avoir un toit au-dessus de la tête, et pour maintenir sa réputation de serviteur de premier ordre. Si lui, Warren, le décevait en se rendant chez un tailleur médiocre ou en négligeant l'ajustement de sa cravate, alors Nyers l'abandonnerait et s'en irait trouver un meilleur maître. Mais tant qu'il resterait à son service, il se montrerait digne de foi, tout simplement parce que leurs intérêts coïncidaient.

Il pencha la tête afin que le barbier, après avoir essuyé une trace de savon sur le menton de son client, puisse s'occuper de ses tempes.

Au sein de la bonne société, les choses étaient radicalement différentes. C'était à ses risques et périls qu'un homme accordait sa confiance à un ami ou à une maîtresse. L'un ou l'autre pouvait très bien vous trahir sans crier gare, c'était même presque inévitable. Si fidèle fût-elle – à sa façon –, Mrs Beecham elle-même n'était pas digne d'un crédit supérieur à celui que garantissait l'intimité d'un après-midi. Et pourtant son intérêt pour le bien-être de Warren, il en était convaincu, était sincère.

Sa belle-mère lui inspirait confiance – et il était sans doute le seul dans ce cas, car c'était une femme inconstante, vengeresse et malveillante. Son mari, le père de Warren, la craignait, et ses relations avaient tendance à se méfier d'elle. Mais lui, Warren, lui confiait son argent, ses humeurs et ses secrets.

Il irait lui rendre visite ce matin. Elle serait ravie d'apprendre ce qu'il manigançait avec le Titien de Manningtree, comme il se plaisait à le désigner, et partager ses machinations ajouterait encore du piquant à la satisfaction de jouer un mauvais tour à cet homme.

Elle se réjouit lorsqu'il l'informa de son plan à peine une heure plus tard. Il se présenta sans cérémonie, le majordome de lady Warren se gardant bien de dire à Mr Warren que celle-ci n'était pas chez elle. Elle était installée dans son boudoir, en train d'écrire des lettres, un petit tas de missives et d'invitations posé devant elle sur son ravissant bureau en noyer.

Il la regarda avec approbation. Ayant lui-même une mise irréprochable, sans le moindre faux pli sur son manteau ou sur son pantalon, ni l'ombre d'une tache sur ses bottes lustrées, il aimait voir qu'une femme prenait soin de son apparence, même quand elle n'était pas, pour ainsi dire, en service.

Caroline Warren n'avait jamais été d'une grande beauté, mais elle avait du goût et de l'argent, et jugeait bon d'être élégante en toute circonstance. Le somptueux brun roux de sa robe en soie mettait en valeur son teint mat, et les bijoux d'ambre qu'elle portait autour du cou et aux oreilles complétaient admirablement sa tenue.

C'était George qui lui avait offert cette parure d'ambre et il était enchanté de constater qu'elle faisait son effet.

Lady Warren embrassa son beau-fils et l'informa qu'elle avait fait confectionner la robe spécialement pour aller avec la parure d'ambre. Cela aussi lui fit plaisir ; il aimait que ses présents soient pris au sérieux.

— Faudra-t-il que je sois à l'affût d'un beau camée pendant mon séjour en Italie?

Elle pinça les lèvres.

— Vous repartez déjà? Et pour l'Italie, à cette époque de l'année? Ce voyage ne promet-il pas d'être fastidieux? Vous risquez d'être surpris par la neige et les avalanches dans les Alpes, et par des rivières en crue de l'autre côté des montagnes?

— Vous avez tout à fait raison, mais j'y vais pour les affaires, et elles sont si urgentes qu'elles n'attendront pas un climat plus serein. Du reste, le printemps est bien avancé. Je suis certain qu'il fait un temps magnifique dans les Alpes.

Elle lui désigna un fauteuil, et s'installa elle-même dans une méridienne.

— Les affaires? Quel genre d'affaires?

— Des affaires royales, répondit-il avec un sourire carnassier. Des affaires lucratives, qui me feront bien voir de Sa Majesté et qui pourraient mener à d'autres commissions de nature similaire.

— Racontez-moi cela.

Il croisa les jambes avec une décontraction mesurée, s'adossa à son fauteuil, et lui conta l'histoire du Titien égaré.

Elle rit de bon cœur en pensant à la rage de Titus Manningtree lorsqu'il serait contraint de reconnaître que tous ses plans pour récupérer le tableau avaient été déjoués par ceux, plus ingénieux, de George Warren.

— Soyez prudent, conseilla-t-elle à son beau-fils. Lorsqu'on le contrarie, cet homme devient mauvais, et il est bon tireur.

— Oh, je m'en moque éperdument. Une fois la peinture bien en sécurité dans la collection royale, il ne pourra rien faire de plus que tempêter et ronger son frein.

— Son père était un favori du roi, si je me souviens bien. Remarquez, cet homme ne m'a jamais intéressée, et son fils est exactement comme lui, avec le même nez busqué et la même suffisance. Je n'ai jamais été impressionnée par ces anciens militaires à la réputation de courage et de poigne ; la plupart du temps, on leur invente ces qualités après les événements.

— On ne peut pas dire que le fils soit un favori du roi George. C'est tout le contraire, en fait. Il y a eu une histoire à propos d'une loi à la Chambre, et cela a coûté sa carrière politique à Manningtree.

— C'est de notoriété publique.

— Ah, mais tout le monde ne sait pas que ses machinations ont tellement exaspéré le souverain qu'elles lui ont valu sa plus amère hostilité. Voilà pourquoi Manningtree a dû abandonner tout espoir d'avancement politique. Le pays et le Parlement ont beau haïr le monarque, celui-ci détient encore un pouvoir considérable, sans parler de son influence, et il est parfaitement en mesure de détruire un homme si cela lui chante. D'ailleurs, Manningtree ne s'est pas facilité les choses ; il a trop de franc-parler pour réussir à la Chambre, et nombre de membres souhaitaient le voir tomber. Non, il ne pourra que ravaler son ressentiment à propos du Titien et se retirer un certain temps à Beaumont pour y ruminer sa colère.

— Le fait qu'Emily Thruxton l'ait éconduit a été un coup dur pour lui.

Le visage de George Warren s'éclaira de joie à la perspective d'un authentique commérage.

— L'a-t-il vraiment demandée en mariage ? En êtes-vous absolument certaine ?

— Je sais qu'il désirait l'épouser et qu'il a très mal pris qu'elle lui préfère un moins-que-rien d'Italien. Quel affront pour sa fierté ! Cela dit, l'avoir pour épouse n'aurait pas été si merveilleux que ça, car elle a fait une mésalliance par le passé, et ce genre de chose laisse des traces.

— J'étais au courant pour le moins-que-rien, bien sûr, mais j'avais supposé qu'elle l'avait épousé parce que Manningtree n'était pas à la hauteur de ses attentes. Bien, très bien. (Il se frotta les mains.) Ainsi, c'est l'Italien qui récupère la fortune de Thruxton ; voyons à quelle vitesse il va la dilapider. À n'en pas douter, Manningtree va l'avoir mauvaise, et pour couronner le tout, il devra contempler son précieux Titien exhibé sous ses yeux sur le mur du pavillon royal de Brighton ou dans quelque autre endroit invraisemblable où le roi choisira de le suspendre.

— Quand partez-vous ?

— Je prends une chaise de poste pour le port de Douvres dès aujourd'hui, afin d'attraper la malle. Il est fort probable que je passe par Paris, soit à l'aller, soit au retour ; y a-t-il une quelconque commission que je puisse faire pour vous ?

Il y en avait. Des soies, et aussi du parfum, que George passerait en contrebande, lui feraient faire de belles économies. Ses requêtes étaient précises, et George, sensible aux préoccupations féminines, s'intéressa sérieusement au sujet et fit lui-même plusieurs suggestions.

Lady Warren l'embrassa sur la joue et lui dit « au revoir ».

— Votre père sait-il que vous quittez le pays ?

— Je vais lui rendre une rapide visite afin de l'en informer. Je vais avoir besoin d'un peu plus d'argent, je suppose.

Sa belle-mère saisit l'allusion, et retira plusieurs billets du petit tiroir de son bureau.

George descendit prestement les marches de la maison, satisfait de sa visite. Il avait bien l'intention de soutirer de l'argent à son père, par-dessus le marché ; il le trouverait probablement à son club à cette heure de la journée. Rien n'était jamais trop beau lorsque l'on voyageait à l'étranger ; allez savoir quels compagnons aux goûts de luxe on pouvait rencontrer, ou quels magnifiques objets et raretés on pouvait convoiter ?

Chapitre 5

L' argent camouflé dans son manteau donnait à Alethea autant de satisfaction qu'en ressentait George Warren avec ses billets. En tant que Mrs Napier, elle ne s'était pas vu accorder un penny pour son usage personnel. Après son mariage, en vertu de la loi, tout ce qu'elle possédait était devenu la propriété de son mari. Sa fortune, ses bijoux, ses vêtements, ses livres, sa musique, jusqu'à la crème qu'elle mettait sur ses mains, tout appartenait à son époux.

En pratique, dans le monde moderne, les épouses n'étaient plus les esclaves de leur mari ; en fait, Alethea doutait que la plupart des femmes l'aient jamais été, même au Moyen Âge ou dans les temps immémoriaux. Les maris sévères et tout-puissants, ou qui prétendaient l'être, n'étaient généralement rien de tel. Prenez son cousin Fitzwilliam. Fanny, sa femme, le laissait penser qu'il était maître chez lui, alors qu'en vérité, il était complètement sous l'emprise de celle-ci.

Alethea avait eu une amie, une jeune femme de deux ou trois ans son aînée, qui avait fait un mariage désastreux. Affable en société, son époux s'était révélé un tyran dans l'intimité. À peine six mois après avoir quitté l'église à ses côtés, son amie avait pris la poudre d'escampette et avait sauté dans une chaise de poste pour retourner dans sa famille.

Son père, guère enchanté par la situation, s'était toutefois indigné, et à juste titre, de la façon dont sa fille avait été traitée, et ne l'avait nullement blâmée d'avoir abandonné le domicile conjugal.

Tout comme Alethea était sûre que son propre père ne la blâmerait pas. Elle soupira intérieurement. Si seulement elle avait écouté les avertissements de Fanny à propos de Napier lorsqu'elle lui avait annoncé son intention de l'épouser. Fanny avait reconnu qu'il avait du charme, mais avait mis en doute sa gentillesse. Elle avait perçu, au contraire d'Alethea, trop bouleversée, la rigidité sous les dehors suaves et chaleureux.

— Prenez garde, Alethea, de ne pas gâcher votre existence pour un homme auquel vous n'êtes pas fortement attachée. Cela vous importe sans doute peu pour le moment, mais je vous supplie de vous souvenir combien les vœux du mariage vous engagent. Prenez votre temps, apprenons tous à mieux connaître Mr Napier, afin que nous soyons tous certains qu'il est bien celui que vous pensez.

Fanny avait eu raison sur toute la ligne. Même si elle semblait heureuse, protégée par le cocon serein de sa vie conjugale, sa cousine se révélait fine psychologue de la nature masculine. Et Alethea avait l'impression que Fanny savait parfaitement ce qui s'était passé entre elle et Penrose. Dotée d'un sens moral sans faille, Fanny n'approuverait jamais une liaison clandestine comme celle-ci. Et finalement, elle n'avait guère insisté dans ses mises en garde ; sans doute pensait-elle qu'Alethea pourrait bien refaire ce qu'elle avait déjà fait une fois, et, à ses yeux, le seul endroit raisonnable pour assouvir ce genre de désir était le lit conjugal.

Alethea refoula les larmes qui pointaient dans ses yeux au souvenir de cette nuit d'amour dérobée. Oui, elle avait mal agi, s'était égarée, son attitude avait certainement été stupide, mais quelle différence avec ce qui passait pour l'acte d'amour entre elle et Norris Napier !

Enfin, tout cela était derrière elle. Ses parents seraient choqués d'apprendre la façon dont son mari l'avait traitée. Comme elle aurait souhaité que papa et maman se trouvent en Angleterre, qu'elle soit à présent en route pour Pemberley.

Mais ils n'étaient pas là ; une fois William complètement rétabli, courant de-ci de-là dans le domaine familial et menant la vie dure à son précepteur, Mr Darcy avait répondu à une requête du gouvernement lui enjoignant d'entreprendre une seconde mission diplomatique. Sa dernière expédition à Constantinople avait été couronnée de succès ; il devait maintenant faire un séjour de plusieurs mois à Vienne, accompagné, comme la fois précédente, de sa femme. Celle-ci avait déclaré ne plus craindre pour la vie de William, et d'ailleurs, Vienne n'était pas Constantinople ni la Chine ; ils pouvaient très bien correspondre régulièrement avec les leurs.

Alethea aurait pu leur faire parvenir clandestinement une lettre, après avoir renoué le contact avec l'ingénieuse Figgins, mais elle avait hésité. Une lettre pouvait être retardée, ouverte, lue, ou encore tomber entre de mauvaises mains. Et il lui était impossible de coucher par écrit tout ce qu'elle avait à dire sur son union. Quant à formuler ses révélations de vive voix, elle n'était pas certaine d'y arriver ; elle ne connaissait que trop bien les redoutables colères dont son père était capable. Et s'il jugeait bon qu'elle retourne aux souffrances de son mariage, et essaie de faire contre mauvaise fortune bon cœur ?

Aussi était-elle en chemin pour Venise et non pour Vienne.

Sa sœur Camilla et son mari se trouvaient à Venise à ce moment-là. Camilla, la deuxième des filles Darcy, était celle de ses sœurs qu'Alethea aimait le plus ; elle pouvait lui confier n'importe quel secret sans craindre d'être trahie. Oui, et à Alexander Wytton aussi ; plus d'une fois, il avait prouvé qu'il était un homme de parole, et possédait un vif sens de l'honneur. Quelle chance avait Camilla, d'être mariée à un gentleman comme lui !

Non, Alethea n'allait pas perdre son temps à ressasser de telles pensées ; c'était s'apitoyer sur son sort, et l'apitoiement sur soi était méprisable. Elle devait s'estimer heureuse ; au moins y avait-il dans le monde une personne à qui elle pouvait s'ouvrir sans réserve. Elle avait même l'impression qu'elle pourrait révéler les pires aspects de son malheureux mariage à un homme aussi compréhensif que Wytton. Sa sœur et son beau-frère l'accueilleraient et la conseilleraient sur la meilleure façon d'approcher ses parents.

Tandis que les lieues défilaient, elle envisageait le voyage qui l'attendait. Ne pas brûler les étapes, voilà ce que disait toujours Griffy. Lorsque Alethea se lançait dans une sonate difficile, s'essayait à une nouvelle danse, ou était impatiente de parler une langue étrangère avant même d'avoir ouvert un livre de grammaire, Griffy lui recommandait d'avancer progressivement.

— Vous aurez beau le désirer ardemment, vous ne pourrez pas franchir un escalier d'un seul bond ; certainement pas pour descendre, et encore moins pour monter. Mais empruntez une marche après l'autre, et voilà, vous vous retrouverez au sommet ou en bas, ni essoufflée ni décomposée.

Alethea savait qu'elle avait tendance à se précipiter. Elle s'était jetée corps et âme dans son amour pour Penrose, tout comme dans son mariage avec Napier. Puisqu'elle ne pouvait pas avoir Penrose, peu importait qui elle épousait, s'était-elle dit, imprudente. De nombreuses femmes ne parvenaient-elles pas à se construire une vie relativement heureuse après un mariage avec un homme dont elles n'étaient pas vraiment amoureuses ? Et sa précipitation avait aussi une autre cause, qui la peinait à présent : elle avait agi par orgueil, poussée par le désir désespéré de ne pas paraître trop affligée par l'abandon de Penrose.

En se fiançant si rapidement avec Napier, elle avait fait taire les commérages ; quelle folie de s'en être souciée ne serait-ce qu'un instant ! Non, elle ne laisserait plus Penrose ni Napier envahir ses pensées. Elle ne devait pas s'appesantir sur le passé. Bientôt, Figgins et elle seraient à Londres. Le transfert vers la diligence s'était effectué sans accroc, et à l'auberge, si l'on venait à enquêter sur les voitures arrivant de la région de Tyrrwhit House, on répondrait que deux jeunes hommes avaient continué leur route vers le nord – si toutefois quelqu'un se souvenait de les avoir vus dans une auberge relais grouillant d'activité, en ce jour particulier.

Napier s'attendrait à ce qu'Alethea voyage seule ; une femme sans sa servante et sans bagages semblait en effet suspecte. Il ne s'attarderait donc pas un instant sur des hommes qui voyageaient confortablement et se dirigeaient dans la mauvaise direction.

Une fois à Londres, elles s'affairèrent des heures durant à se procurer les choses nécessaires que Figgins n'avait pu obtenir. Avoir fui son mariage, pensa Alethea, avait été comme une renaissance. « Nous n'avons rien apporté dans ce monde » – les mots du service funèbre s'entrechoquaient dans sa tête tandis qu'elle cherchait une lecture convenable pour l'occuper pendant le long voyage à venir.

La formidable Figgins avait tout arrangé. À l'heure prévue, elles montèrent dans la malle-poste qui devait les emmener à Douvres – « Six pence la lieue, pour chacune, eh bien, c'est de l'escroquerie ! » l'informa la femme de chambre – et trouvèrent les autres voyageurs déjà en train de se mettre à l'aise pour la nuit avec des couvertures, des bonnets de nuit, et même, dans le cas d'un élégant jeune homme, un masque pour se couvrir les yeux.

—Je ne vois pas à quoi ça va lui servir, murmura Figgins à Alethea. Il fera nuit noire dès que nous aurons quitté la ville.

En effet, le temps s'était dégradé ; un ciel chargé ainsi qu'un léger crachin venaient accentuer l'inconfort de ceux qui avaient choisi de voyager sur le toit de la malle-poste.

Alethea était persuadée qu'elle ne fermerait pas l'œil de la nuit. Ces voitures étaient conçues pour la vitesse, pas pour le confort, comme elle s'en rendit compte rapidement. Néanmoins, la fatigue d'une nuit sans sommeil, l'épuisement d'avoir autant voyagé, l'agitation de son esprit qui s'était peu à peu muée en une lassitude hébétée, tout cela fit que ses paupières s'affaissèrent bientôt, et à peine quelques minutes plus tard, elle dormait profondément, la tête reposant sur l'épaule de Figgins.

Figgins dormit elle aussi, bien que d'un sommeil léger, comme un chat, à l'affût du moindre mouvement de sa maîtresse et de toute remarque que celle-ci pourrait faire en s'éveillant et qui serait susceptible de les trahir toutes les deux. Mais Alethea dormit paisiblement pendant tout le trajet, remuant à peine lors des nombreux changements de chevaux, et ne s'éveilla que lorsque la voiture rencontra, dans un bruit de ferraille, les pavés de la cour de l'auberge à Douvres.

Douvres, où la mer, masse grise se soulevant et s'abaissant, était assortie aux nuages qui filaient dans le ciel ; où la malle tanguait le long du quai, et où les marins assuraient que le vent était excellent et que la traversée serait rapide. Alethea et Figgins descendirent dans la minuscule cabine avec ses deux couchettes, rangèrent leurs sacs et remontèrent sur le pont faire leurs adieux aux blanches falaises. Les mouettes descendaient en piqué au-dessus du bateau, leurs cris mélancoliques et sinistres résonnant aux oreilles des deux femmes. Les cordages furent défaits, les voiles hissées, et le bateau commença à s'éloigner du rivage.

Lorsque le vaisseau laissa derrière lui la digue du port et se heurta à la pleine force du large, Figgins annonça qu'elle redescendait dormir un peu, si Miss… Mr Hawkins n'y voyait pas d'inconvénient, et qu'elle – *il*, voulait-elle dire – devrait en faire de même, tant qu'elle – il – en avait l'occasion.

—Êtes-vous souffrante ? Est-ce le mal de mer ? s'enquit Alethea.

Non, ça n'était pas le mal de mer, seulement la vue de cette méchante étendue d'eau. Si Dieu avait destiné les hommes à voguer sur les flots, il leur aurait donné des nageoires, et puisqu'il ne l'avait pas fait, le meilleur moyen qu'avait un bon chrétien d'endurer ce voyage était de s'enfermer et de prétendre être ailleurs.

Alethea resta sur le pont, se divertissant un moment du roulis du vaisseau, du cliquetis de la drisse, du claquement du gréement et du bruit imposant des voiles. L'écume blanche bouillonnait en dessous d'elle, le vent lui rougissait les joues, le sel lui piquait les yeux ; une folle exaltation la gagnait.

Elle avait réussi. Elle s'était échappée de sa cage, avait laissé derrière elle toute cette vie de souffrances. Elle partait pour l'aventure, vers l'inconnu, et elle voyageait – bonheur suprême – en tant qu'homme, et non en tant que femme entravée par une fragilité réelle ou supposée, par de longues jupes et par les conventions. Elle était pleinement maîtresse de son destin.

Puis le mouvement du bateau se fit moins plaisant, et les sensations d'Alethea devinrent plus prosaïques lorsque arrivèrent les premiers effets du mal de mer.

De Belinda Atcombe, à Londres, à son amie, lady Hermione Wytton, à Venise :

« Ceci n'est pas une réponse à une lettre de votre part, puisque voilà maintenant trois semaines que je suis sans nouvelles de vous. Sans doute les charmes de Venise vous attirent-ils à l'extérieur nuit et jour, car autrefois, vous n'étiez pas une correspondante aussi négligente. Toutefois, il se peut que vous soyez alitée à cause d'un rhume ou d'une quelconque indisposition, comme cela a été mon cas la semaine dernière. Mon état s'améliore lorsque je reste à la maison, et empire dès que je m'aventure dehors, mais que puis-je y faire ? Rester enfermée à longueur de journée et bâiller à m'en décrocher la mâchoire ? Et cela, à cette époque de l'année où tous les gens dignes d'intérêt sont en ville et où la liste des réjouissances s'allonge chaque jour !

J'ai rendu visite aux Quintock hier soir. Louisa a énormément grossi cet hiver, je suppose qu'elle cherche à ressembler à la *dulcinée* de Henry Quintock, et son postérieur étonne absolument tout le monde. Pourtant, tout cela est peine perdue, car cette *dulcinée* est l'une de ces beautés latines enchanteresses aux yeux de biche, dont les courbes généreuses inspirent une admiration universelle. Louisa ne ressemble qu'à son carlin obèse et ses filles sont formidablement furieuses contre elle depuis qu'elle est la risée de tous.

Vous me demandez ce qu'il advient du mariage des Youdall. Je dois dire que la mariée est une jeune femme à qui cette alliance n'a pas profité, sa timidité toute rougissante ayant cédé la place à un aplomb sidérant ; remarquez, son mari ne semble guère s'en rendre compte. Quel imbécile d'être à ce point soumis à la poigne de fer de sa mère ! Et à présent, le voilà forcé de satisfaire les deux femmes, de s'incliner et fléchir en tout point devant leur puissante autorité. Au temps pour sa virilité ! Cela explique peut-être la silhouette encore mince de son épouse, qui ne montre aucune velléité à engendrer l'héritier dont rêve Mrs Youdall.

Les gens disent qu'il aurait dû épouser la demoiselle Darcy qui lui faisait tant tourner la tête, la sœur de votre belle-fille Camilla. Alethea est assez belle, les demoiselles Darcy sont toutes plutôt jolies, mais elle a fait un choix malheureux en se mariant avec Norris Napier, si séduisant soit-il. Il paraît qu'ils ne sont pas heureux ensemble. Il l'a enterrée à la campagne, et, à ma connaissance, il n'y a pas d'enfant en route ; on raconte aussi qu'il l'oblige à chanter à toute heure, même au milieu de la nuit.

Les Napier ont beau avoir une longue et prestigieuse ascendance, je n'aimerais pas que l'une de mes filles entre par alliance dans cette famille. Il y avait cet oncle au comportement si étrange, vous vous en souvenez ? Ils ont fini par le faire enfermer. Lady Fanny Fitzwilliam, une bonne amie à moi, s'inquiète grandement des rumeurs, mais comme elle dit, que peut-on y faire ? Les couples mariés doivent régler leurs problèmes personnels du mieux qu'ils peuvent.

Comment vont Wytton et son épouse ? Ils sont aussi excentriques l'un que l'autre, ce qui ne rend peut-être pas leur mariage des plus faciles. Rappelez-moi au bon souvenir de Wytton, pour qui j'ai un faible, comme vous le savez ; si j'avais vingt ans de moins, j'aurais supplanté sa riche demoiselle Darcy. Sont-ils établis à Venise ? C'est un tel vadrouilleur, on entend qu'il est tantôt en Turquie, tantôt en Égypte.

À propos, le vieil ami d'Alexander, Titus Manningtree, a quitté le pays de façon tout à fait théâtrale, comme à son habitude, après avoir rendu visite à sa sœur, botté et éperonné, pour lui annoncer qu'il se mettait en route pour Falmouth afin d'embarquer sur son voilier et de naviguer vers la France. Il est encore très affecté par l'abandon d'Emily Thruxton – c'est ainsi qu'il voit les choses – et il pense sans doute que de lointaines contrées l'aideront à recouvrer la sérénité ; s'il y a bien un homme qui a besoin d'une épouse, c'est Titus. Seulement, où trouver celle qui saura lui tenir tête et le satisfaire ? On frémit d'horreur à la pensée que sa belle-sœur pourrait un jour faire la loi à Beaumont, mais cela arrivera fatalement ; je crains qu'il n'ait atteint cet âge où le mariage semble une entreprise bien trop décourageante pour être envisagée.

Je suis tout à fait esseulée ces temps-ci, avec à peine un chevalier servant ou deux pour me tenir compagnie. Freddie est parti en Écosse, et il ne sera pas de retour avant une semaine ; je lui souhaite bien du plaisir avec les bruyères et les gardes-chasse, et je suis bien contente d'être à Londres. Un époux qui a un penchant pour les étendues sauvages du Nord n'est pas une mauvaise chose ; si seulement son frère partageait cette disposition ! Cet homme odieux, désagréable et revêche est venu hier et est resté une heure entière, et tous mes bâillements ne sont pas parvenus à le déloger ; quel soulagement lorsque sa voiture a été appelée et que j'ai pu respirer de nouveau !

J'ai été ravie d'apprendre que le beau temps à Venise avait finalement eu raison des brouillards et dans votre prochaine lettre, j'attends que vous me décriviez en détail la façon dont le soleil fait miroiter Saint-Marc et dont les eaux de l'Adriatique scintillent à vos pieds, sans parler des rues et des canaux où se pressent de charmants Vénitiens.

Votre amie dévouée,
Belinda »

Deuxième partie

Chapitre 6

*P*aris, par une journée grise et froide, le vent troublant les eaux de la Seine et agitant les branches des arbres encore dépouillés dans le printemps tardif.

Après les interminables heures de voyage qu'elles avaient endurées depuis qu'Alethea s'était glissée par la fenêtre à Tyrrwhit House, la jeune fille et sa femme de chambre se réjouirent de ce répit ; toutefois, cette étape ne se déroula pas dans l'insouciance. Elle avait beau se raisonner et se dire qu'il était très improbable que Napier connaisse sa destination et se soit mis à sa poursuite, et qu'il était impossible qu'il se trouve en ce moment à Paris, Alethea ne pouvait s'empêcher de regarder par-dessus son épaule et de sursauter chaque fois qu'un attelage arrivait au *Poisson d'or*, l'auberge où elles étaient descendues.

Figgins la secoua :

— Il ne peut pas être ici, à moins que des ailes ne lui aient poussé et qu'il n'ait franchi cette maudite Manche en volant. C'est une question de bon sens : on a voyagé à un rythme effréné, d'abord jusqu'à Douvres, puis tout d'une traite de Calais à Paris. S'il devait être à nos trousses, ce dont je me permets de douter, on serait hors de la ville et en route pour l'Italie avant même qu'il ait posé le pied sur un de ces vieux ponts crasseux.

Figgins n'aimait pas Paris. Comparé à Londres, disait-elle, c'était sordide et dégoûtant, et elle n'était guère enthousiasmée par les beaux bâtiments qu'elle voyait.

— Ces Français se donnent des airs parce qu'ils ont érigé un ou deux palais grandioses, d'ailleurs sûrement utilisés comme prisons ou quelque chose comme ça. Regardez comment ils se sont débarrassés de ce pauvre couple royal ! Et pour chaque immeuble cossu, il y a une rue pleine de taudis. Ah, çà ! Et les rues ne sont jamais nettoyées, et on dirait qu'ils ne connaissent pas l'éclairage au gaz. Je préfère de loin Londres. Voilà une ville digne de ce nom, et les gens qui y vivent sont respectables contrairement à ces types sournois, qui vous escroquent dès qu'ils ont posé les yeux sur vous ; pas besoin de parler leur langue pour s'en rendre compte, ça se voit dans leur regard.

La première fois qu'elle était venue à Paris, Alethea avait accompagné les Wytton lors d'une visite à sa sœur Georgina, mariée à un riche Anglais, sir Joshua Mordaunt. Celui-ci avait précipitamment quitté l'Angleterre après avoir tué son valet au cours d'un duel et depuis, il s'était installé en France. Georgina s'était enfuie avec lui de la manière la plus inconvenante qui soit, mais c'était un vieux scandale à présent, et qui avait été bien étouffé. Désormais, elle était lady Mordaunt, mère de deux jumeaux, et ceux qui avaient prédit que cette union serait un échec en étaient restés stupéfaits. Sir Joshua aimait tendrement sa belle et jeune épouse, et était très fier de sa progéniture. Georgina avait rapidement trouvé ses marques dans la société parisienne, et s'était employée à montrer à sa petite sœur – qui la dépassait d'une bonne demi-tête

– combien ce monde était chic et infiniment supérieur à Londres.

— Londres, où les salons regorgent de manants, où des hommes éminents se voient refuser l'accès à des réceptions au prétexte que leur père n'est pas lord ! Nous sommes bien plus civilisés ici, à Paris ! Et vous le découvrirez lorsque vous ferez vos débuts dans le monde ; j'insisterai pour que maman vous emmène à Paris et vous vous rendrez compte par vous-même de la supériorité de la société parisienne.

Alethea, qui n'était pas du genre à se laisser impressionner et qui n'avait guère de respect pour ses deux sœurs jumelles, avait répondu ce qui semblait convenir à Georgina, tout en pensant en son for intérieur que tout cela n'était qu'un tissu d'inepties.

Combien sa deuxième visite à Paris était différente des délicieuses perspectives que Georgina avait prévues pour elle ! Alethea baissa les yeux sur son manteau terne et se mit à rire.

Figgins désapprouvait fortement le projet d'Alethea de rendre visite à sa sœur.

— Autant crier sur tous les toits que vous êtes ici !

— Non, car je n'irai pas la voir chez elle ; je vais plutôt lui envoyer un message lui demandant de me retrouver dans un lieu très discret. Dans un parc ou un endroit de ce genre, où personne ne fera attention à nous.

— Pensez donc ! Elle va venir avec son fouineur de mari, et la simple idée qu'une jeune femme puisse fuir le domicile conjugal comme vous l'avez fait le fera monter sur ses grands chevaux ; puis il ordonnera que vous restiez sous étroite surveillance le temps qu'il envoie un courrier en Angleterre pour faire savoir où vous vous trouvez.

— Georgina viendra seule, lorsqu'elle aura lu ce que j'ai à écrire.

— Et elle rentrera en courant tout raconter à sir Joshua aussitôt qu'elle le pourra !

— Ce qui ne l'avancera pas à grand-chose, puisque je ne lui dirai pas où je suis descendue, et elle n'envisagera pas un seul instant que je puisse loger dans une auberge comme *Le Poisson d'or*. Qui plus est, elle cherchera Mrs Napier, pas Aloysius Hawkins.

Alethea revêtit la robe que Figgins avait judicieusement glissée dans sa grosse valise, roulée à l'intérieur d'une paire de hauts-de-chausses, pour éviter qu'une femme de chambre un peu trop curieuse la découvre. Alethea n'avait pas jugé cela nécessaire, et l'avait dit à Figgins, mais celle-ci avait un peu plus de bon sens.

— Miss Camilla, enfin, je devrais dire Mrs Wytton, n'est pas spécialement portée sur les conventions, mais elle n'a guère apprécié votre façon de sillonner Londres en hauts-de-chausses quand vous étiez plus jeune ; or vous voulez qu'elle vous aide, pas qu'elle s'indigne de votre cavale à travers l'Europe, avec des vêtements d'homme.

La robe n'était guère élégante, et elle suscita la désapprobation instantanée de Georgina.

— Comme vous êtes mal fagotée ! Et quel affreux chapeau ! Où avez-vous dégotté une chose aussi laide ?

— C'est à la mode à Londres, mentit Alethea.

Elle avait envoyé Figgins acheter le chapeau chez le marchand de nouveautés qui se trouvait dans la rue adjacente à leur auberge.

Figgins l'avait critiqué au moins autant que Georgina.

— Cet objet est infâme et démodé : aucune dame ne devrait être vue attifée de la sorte.

— Je ne suis pas une dame, je suis un homme, et ainsi vêtue, je n'attirerai pas l'attention, avait répondu Alethea.

— Mr Napier ne vous donne-t-il pas d'argent pour vos tenues ? demanda Georgina, incapable de surmonter le choc.

— Cette robe n'a aucune importance !

— Norris n'est pas avec vous ?

Alethea se lança :

— Georgie, je me suis enfuie. Il est…

Elle ne put terminer sa phrase.

— Enfuie ! Vous voulez dire que vous êtes seule ici, à Paris ?

— J'ai un domestique avec moi.

— Un domestique ! Pourquoi donc avez-vous fait une chose aussi abominable ?

— Je vous le dirai si vous m'écoutez.

Ce qu'elle fit, et Georgina l'écouta, mais d'une oreille peu compatissante.

— Vous avez toujours adoré jouer la comédie, Alethea. Ce que vous avez fait est mal, vraiment très mal : abandonner ainsi votre mari ! Et je ne crois pas un mot de ce que vous me racontez à son sujet. Letty m'en a parlé ; elle m'a expliqué que vous étiez venue la voir dans le Yorkshire, et que vous vous étiez plainte de Norris, alors qu'il était là avec vous, et elle a ajouté qu'elle n'avait jamais vu d'époux plus attentionné. Vous inventez des histoires, Alethea, vous vous êtes mise en fâcheuse posture et pensez pouvoir vous en tirer en vous enfuyant. Et venir à Paris ! Quelle idée ! Quel scandale si cela venait à se savoir !

Au début, Georgina eut l'avantage moral. Alethea se sentait misérable et gênée, et elle détestait devoir évoquer les détails sordides de sa relation avec son mari. Tout comme elle haïssait devoir demander une faveur à sa grande sœur. Elles étaient certes attachées l'une à l'autre, mais n'étaient pas proches, et Georgina avait toujours un peu redouté la langue acérée et l'esprit vif de sa cadette. La perspicacité d'Alethea était aussi affûtée que ses mots, et la jeune fille savait comment mettre les jumelles mal à l'aise quand l'envie lui en prenait. De plus, elle se moquait d'elles, et Georgina était de celles qui se prennent très au sérieux.

— Un scandale ! répliqua Alethea. Si scandale il y a dans mon mariage, cela n'est rien comparé à la façon dont vous vous êtes comportée lorsque vous avez fui avec sir Joshua ! Parfaitement ! Vous avez vécu avec lui avant de l'épouser, et avant cela, vous avez été sa maîtresse !

Georgina esquissa une moue boudeuse.

— Nous nous sommes mariés presque aussitôt.

— Oui, et vous avez eu des jumeaux huit mois plus tard !

— Cela n'a rien d'étonnant, les jumeaux vont rarement au terme. Il n'y a pas une âme dans Paris qui ne m'admire pour avoir donné un héritier à sir Joshua si vite après notre union.

— Eh bien, je ne vous admire pas pour cela. (Elle se reprit.) Non, ce n'est pas ce que je voulais dire, ce sont de gentils garçons, et je me réjouis de votre bonheur. Mais ne vous rendez-vous pas compte, Georgina, que mon mariage n'est pas heureux ? Ne souhaitez-vous pas que je connaisse la même félicité dans la vie conjugale que vous ?

— Mr Napier est un homme convenable, il est beau, riche, bien élevé et bien né ; que pouvez-vous demander de plus ? En outre, c'est un mélomane ; rien que cela devrait vous le rendre acceptable.

— C'est la façade qu'il présente au monde. Laissez-moi vous dire qu'une fois dans l'intimité, c'est une personne bien différente.

— Ah, mais c'est parce que vous êtes pudibonde, si j'ose dire, et pas tout à fait habituée aux exigences du lit conjugal. Vous finirez par vous y faire, et par y prendre du plaisir.

— Je ne crois pas que sir Joshua prenne son plaisir avec vous de cette façon.

Georgina plaqua ses mains sur ses oreilles.

— Je n'écouterai pas. Vous racontez des histoires. Letty m'avait prévenue que ce serait le cas.

— Vous êtes devenue bien impitoyable, oui, et égoïste.

Georgina lui tendit les mains.

— Ce n'est pas vrai, répondit-elle d'une voix cajoleuse. Où logez-vous ? Je vais envoyer un domestique chercher vos affaires ; vous savez que vous pouvez rester chez nous à Paris autant que vous le désirez.

— Pour que sir Joshua s'empresse d'envoyer un exprès, et qu'avant même que j'aie le temps de me retourner, Mr Napier soit sur le seuil de la porte ! Je vous remercie, mais non.

— Alethea, vous ne pouvez pas déserter votre mariage ainsi, croyez-moi, ce n'est pas possible. Vous avez échangé des vœux, et vous êtes mariée depuis à peine quelques mois. Vous n'avez guère eu le temps d'apprendre à vous connaître l'un l'autre.

— Il m'a suffi d'une nuit pour découvrir la véritable nature de Napier.

— Je ne veux plus entendre un seul mot à ce sujet. Est-ce pour me dire tout cela que vous êtes venue me voir ?

C'était une bonne question, qu'Alethea elle-même se posait. Elle savait pourquoi elle était à Paris : par commodité, cette ville étant une étape logique vers l'Italie.

Quant à savoir pourquoi elle avait décidé de rendre visite à Georgina, c'était une question plus complexe. Les alliances de l'enfance, la solidarité entre sœurs n'y étaient pas étrangères : en effet, toutes les trois, Georgie, Belle, et Alethea, avaient l'habitude de s'attirer des ennuis. Les jumelles étaient à peine plus âgées qu'elle, et leur approche insouciante et impulsive de la vie avait séduit leur cadette, si naturellement éprise de liberté.

Mais pour le moment, Belle était blottie dans le bonheur tout féminin qui précède la maternité ; elle s'était apaisée et adoucie, et pour rien au monde Alethea n'aurait voulu lui demander son soutien ou ses conseils alors qu'elle était si proche de son terme.

Letty, très collet monté, avait réagi exactement comme on pouvait s'y attendre ; il était vain d'espérer un changement d'état d'esprit de sa part. Georgie, sauvage, faisant fi des conventions, était encore différente – c'est en tout cas ce qu'avait cru Alethea.

À présent, en regardant le beau visage méfiant de sa sœur, la jeune fille comprit qu'elle avait fait une erreur. Elle n'obtiendrait ni réconfort, ni compassion, ni soutien de sa part. Georgina était heureuse dans son mariage, assurée de sa position, et n'avait guère l'habitude de faire preuve d'empathie pour tout ce qui ne la concernait pas directement ; de plus, elle serait sans doute réticente à prendre des mesures que son époux pourrait désapprouver.

Comme si elle était capable de lire dans les pensées d'Alethea, Georgina déclara :

— Sir Joshua considère que vous exercez une mauvaise influence. En fait, il dit que l'idée même de cinq sœurs le perturbe. Il souhaite que je ne lui cache rien et serait furieux de découvrir que je prends part, derrière son dos, à des affaires vous impliquant vous, Belle, Letty ou Camilla.

Autrement dit, Georgina rapporterait à son mari qu'elle avait vu sa cadette, même si Alethea la suppliait de ne pas le faire. Elle était une Mordaunt à présent, jusqu'au bout des ongles, plus une Darcy.

Alethea se leva pour prendre congé.

— Rentrez avec moi, la pria Georgina. Venez au moins prendre un rafraîchissement, et ensuite, nous pourrons discuter un peu plus. Vous ne pouvez pas rester seule à Paris.

— Je n'en ai pas l'intention.

— Que voulez-vous dire ? Oh, vous retournez en Angleterre ?

— Non, répondit rapidement Alethea. Je vais en Autriche, ajouta-t-elle.

— Vous n'avez tout de même pas l'intention d'aller à Vienne ! Pensez seulement à la colère de papa !

Cette entrevue avait été une erreur. Sa sœur allait rentrer en courant auprès de son mari et ne manquerait pas de lui annoncer la stupéfiante nouvelle ; sir Joshua ferait prévenir Napier immédiatement et, Alethea en était persuadée, ce dernier se mettrait à sa poursuite.

Eh bien, qu'il le fasse, et qu'il se rende à Vienne. Une fois là-bas, il ne trouverait nulle trace de son épouse, mais Alethea doutait qu'il approche son père. Napier était peut-être capable de duper Letty, qui était une sotte dans ce domaine, mais il ne pouvait espérer tromper Mr Darcy.

Après avoir repoussé Georgina, qui tentait de la retenir d'une main, Alethea s'éloigna du parc à la hâte. Sa sœur pouvait tenter de la suivre, mais seule, elle n'irait pas loin, pas avec les chaussures qu'elle avait aux pieds. Alethea aurait disparu, dans sa robe vieillotte, bien avant que son aînée puisse la rattraper.

—Ah, çà! J'aurais pu vous dire que ça se passerait comme ça, mais est-ce que vous m'auriez écoutée? Non, et maintenant, c'est vite, vite, vite, plions bagage et partons! (La voix de Figgins était stridente et pleine de reproches.) Et on va s'enfuir comme des voleuses, aux premières lueurs de l'aube, et sans même prévenir le tenancier! Un voyage méthodique, que vous aviez dit, voilà ce qu'on entreprenait, un voyage méthodique. Eh bien, cela aurait pu être le cas si vous ne vous étiez pas mis en tête de rendre visite à Miss Georgina.

Laquelle, à la connaissance de Figgins, n'avait jamais aidé sciemment un autre être humain.

—Pour l'amour de Dieu, parlez moins fort! L'aubergiste va avoir des soupçons s'il entend votre voix si haut perchée.

Figgins se tut, mais continua de marmonner dans sa barbe tout en faisant prestement leurs bagages: elle avait su que ça tournerait mal; Miss Alethea n'avait pas besoin qu'une autre de ses sœurs lui tourne le dos;

mieux valait ne pas demander ce que l'on n'était pas sûr d'obtenir.

— Heureusement que vous avez fait réserver des places dans la diligence… Si vous estimiez qu'on en aurait besoin, alors pourquoi partir à fond de train voir lady Mordaunt ?

— C'était par mesure de précaution, répondit Alethea avec lassitude. Et cela s'est révélé utile. Eh bien, nous pouvons au moins affirmer ceci : plus vite nous nous remettrons en route, plus vite notre voyage sera terminé. J'ai hâte d'être à Venise.

Au moins Miss Camilla ne battrait-elle pas froid à sa sœur. Les gens disaient d'elle que c'était une dame honorable, et ce Mr Wytton n'était pas un ecclésiastique naïf ; il n'aurait aucun problème à croire ce que Miss Alethea avait à déclarer sur son mari et ses pratiques dégoûtantes.

Figgins tendit les sangles avec un grognement de satisfaction.

— Nous y voilà, tout est en ordre. Je vais appeler le garçon, qu'il emporte tout ça pour nous jusqu'au relais de poste dans sa charrette à bras. Et reprenez courage, Miss Alethea ! Chaque lieue vous éloigne de Mr Napier, et vous rapproche d'autant de votre famille, qui prendra votre défense. Vous rêviez de voyager lorsque vous étiez en salle d'étude avec Miss Griffin : comme vous prêtiez l'oreille à ses histoires de gens sillonnant le monde ! Avec tous ces loups, ces brigands et ces fantômes dans les bois, je suppose que notre voyage va être mouvementé !

— Oui, profitons de notre équipée du mieux possible, même si je ne m'attends à croiser ni fantômes ni brigands. Je crois qu'une roue cassée est le pire que nous devions craindre.

Figgins eut un pressentiment en voyant la lueur naissante dans les yeux de Miss Alethea.

—Nous avons à présent quelques heures devant nous, ne restons pas enfermées dans cette auberge. Les jeunes hommes que nous sommes désormais peuvent sortir où bon leur semble et profiter de toutes les réjouissances parisiennes.

Figgins protesta à cette idée, mais il était impossible de raisonner sa maîtresse quand celle-ci était d'humeur aussi insouciante.

—Quel bonheur de sortir sans contraintes! dit Alethea. Seuls les hommes jouissent d'une telle liberté, alors saisissons l'occasion.

—Et jetons-nous tête baissée dans Dieu sait quels dangers, grogna Figgins tandis qu'Alethea l'enveloppait dans son manteau et la poussait dehors.

Chapitre 7

$\mathscr{D}$ ans sa jeunesse, Titus avait adoré Paris.
Cette ville avait beau être sale, absolument
moyenâgeuse, et deux fois plus petite que Londres, elle
était néanmoins vivante, et des gens de toutes les classes
s'y fréquentaient et y vivaient côte à côte. Les frontières
rigides de Londres n'y existaient pas, et l'on ne se
préoccupait pas de savoir quelles conversations
étaient socialement acceptables et lesquelles étaient
inadmissibles. Titus aimait l'énergie du lieu, les cafés
en plein air, les musiciens et les jongleurs du Palais-
Royal, le bourdonnement des conversations dans les
rues, la courtoisie des Parisiens, nobles ou roturiers.

Treize années plus tard, il avait retrouvé une ville
différente, plus sombre, accusant le contrecoup de la
défaite. C'était en 1815 ; à présent, cinq ans après, la cité
était revenue à la vie. Les constructions allaient bon
train, on allait s'occuper, disait-on, des égouts méphi-
tiques et des routes fangeuses, démunies de pavés.
Les Parisiens étaient de nouveau élégants, bavards et
débordants de vivacité, mais tout cela ressemblait à
un vain simulacre aux yeux de Titus ; il aurait préféré
n'avoir pas eu à venir à Paris. Cependant, Bootle était
certain que là était la destination de George Warren, et
où celui-ci irait, Titus suivrait, jusqu'à ce qu'il pende ce

misérable par la peau du cou et lui arrache son Titien des griffes.

Titus avait mené sa propre enquête, et était convaincu que le tableau se trouvait en Italie. Néanmoins, des achats et des ventes pouvaient se conclure à Paris comme partout ailleurs. Cette ville fourmillait d'œuvres d'art volées et pillées : on pouvait tout obtenir, pourvu qu'on y mette le prix.

Bootle était sacrément agaçant. Déterminé à faire montre de tout son zèle dans la capitale de la mode, il pourchassait le moindre grain de poussière avec obsession et exigeait que chacun des plis de la cravate de son maître soit ajusté à la perfection. Il insistait également pour que celui-ci porte des pantalons de couleur claire, et se lamentait ensuite lorsque Titus revenait avec de la crasse dessus.

— Paris est une ville sale, Bootle. Trois pas au-delà de cette porte, et toute votre perfection tombe à l'eau.

— Dans ce cas, monsieur, comment se fait-il que ces Français restent si élégants ?

Bootle avait entrepris de découvrir tout ce qu'il pouvait sur les allées et venues de George Warren en interrogeant les domestiques des Anglais qui résidaient à Paris. De son côté, Titus se rendit chez des marchands d'art, visita de vieilles connaissances et rencontra les nouveaux venus dans ce domaine. Personne n'avait vu de peinture semblable à celle qu'il décrivait ni reçu de proposition concernant pareille toile ; personne n'avait seulement eu vent de son existence.

— La dernière guerre…, avait dit M. Dubenois en secouant sa tête lisse et grise. Quel revers pour notre profession ! Quelle période instable ! Hélas, n'espérez pas trop retrouver le tableau de votre père. (Son visage s'illumina.) Néanmoins, les récents troubles ont aussi suscité quelques occasions. J'ai quelques très beaux objets qui, j'en suis sûr, vont vous intéresser.

Ce ne fut pas le cas. Titus n'était pas venu à Paris pour chiner, marchander ni acheter. Puis, il eut des nouvelles de Warren : le misérable promenait ses manières doucereuses dans les rangs de la société, savourant les commérages, reprenant le cours de vieilles amitiés, exactement comme le faisaient tant d'autres de ses compatriotes.

Warren semblait n'être que de passage à Paris. Titus fut bientôt convaincu que son étape ici était une simple visite d'agrément qui ne s'éterniserait pas, et qu'en outre, l'homme n'entreprendrait aucune négociation en lien avec le monde de l'art. Warren fréquentait le salon d'une certaine Mme de Faillaise, lui annonça Bootle. En revanche, lui non plus n'avait pu obtenir d'informations relatives à un Titien d'exception qui serait dans la capitale française.

Titus se souvenait de Mme de Faillaise. Certes, elle avait un joli pied, et ses charmes étaient tout à fait de nature à séduire Warren. *Que le diable l'emporte !* Pourquoi ne pouvait-il cesser ses badinages et poursuivre son voyage ?

Titus n'appréciait pas le temps passé ici. Il était peu disposé à prendre part à la vie sociale et fut contrarié lorsque sa cousine Eliza, une femme pleine de vie mariée à un diplomate, l'entraîna contre son gré dans des soirées et des bals.

— Titus, vous n'avez guère plus de trente ans et vous comportez déjà comme un vieux grincheux. Il y a en ces lieux une multitude de beautés, françaises, anglaises et de toutes les nationalités possibles et imaginables. Si un homme ne trouve pas une compagne charmante dans cette ville, alors il n'y a plus rien à faire pour lui.

— Si par compagne vous voulez dire…, commença-t-il.

Elle lui lança un regard coquin.

— Je sous-entends qu'il est grand temps de vous marier et de fonder votre propre maisonnée, toute la famille le dit. Saisissez votre chance! Avec toutes ces délicieuses créatures, il y a du printemps dans l'air, même les arbres respirent l'amour! Ne restez donc pas assis avec cet air renfrogné; prenez plutôt part à la danse et montrez que vous savez profiter de la vie.

— Oh! Pour ce qui est de cela, je suis un célibataire endurci, vous savez.

— Ce n'est pas ce que j'ai entendu dire. Il paraît qu'Emily vous a éconduit; aussi, vous voyez bien que vous êtes le genre d'homme qui se marie, et tout comme il faut remonter en selle après avoir chuté de cheval, vous devez réapprendre à aimer, tout de suite, et non pas sombrer dans la mélancolie parce qu'une femme vous a rejeté. J'ai la plus grande estime pour Emily, mais vraiment, elle ne vous aurait pas convenu. Avec elle, vous vous reposiez sur vos lauriers; vous avez besoin de trouver une demoiselle qui vous donnera du fil à retordre et qui vous changera les idées.

Titus sentit monter la colère. Comment osait-elle ainsi bafouer ses sentiments? D'abord sa sœur, et maintenant sa cousine. Pourquoi les femmes pensaient-elles avoir le droit de dire tout ce qu'elles voulaient sur ces questions?

— Vous ne savez pas de quoi vous parlez, rétorqua-t-il froidement.

—Oh! Mais bien sûr que si, et les gens ne discutent que de ça ; aussi, vous devez à votre famille de garder votre calme. Montrez au monde que vous n'avez que faire d'Emily, et que vous avez d'autres distractions amoureuses.

—À chacune de nos rencontres, vous me semblez un peu plus légère et impertinente, déclara-t-il avec humeur.

Eliza se formalisa à peine.

—Comme il est discourtois de votre part de me dire cela ! Vous n'êtes qu'un ours ! Venez à ma fête ce soir, je vous promets un essaim de jolies jeunes filles et de belles femmes.

Il s'y était rendu, et avait constaté qu'elle ne mentait pas. Les femmes étaient jolies, en effet, et il y avait parmi elles quelques beautés, mais elles l'avaient laissé de marbre. Il n'avait pas aimé Emily pour son apparence, même s'il l'avait toujours trouvée séduisante et élégante, mais pour son humour, sa chaleur et sa gentillesse.

La gaieté de la scène, les yeux pétillants et les corsages délicieusement exposés, les regards engageants, les cascades de rires, les parfums flottant dans l'air – tout cela ne servit qu'à accroître sa morosité. La présence palpable de tant de femmes désirables éveilla son ardeur, mais ne lui apporta ni joie ni sentiment de pouvoir. Il pouvait passer une nuit avec n'importe laquelle d'entre elles et l'oublier aussitôt le lendemain matin. C'était un autre genre de femmes qui manquait à sa vie, de celles qui ne seraient pas qu'une présence dans son lit destinée à soulager la démangeaison dans le bas de ses reins.

Il s'excusa et partit de bonne heure. La nuit étant assez chaude, il décida de rentrer à pied jusqu'à la rue du Pélican où Bootle attendait son retour pour le débarrasser de ses vêtements de soirée. Titus, n'étant pas pressé de retrouver les plaintes continuelles de son valet de chambre, parcourut de long en large les ponts de Paris, contemplant tantôt les profondeurs troubles de la Seine, tantôt les lumières qui scintillaient sur chaque rive.

La ville était animée et éveillée, et l'endroit lui sembla plus attrayant à présent que la pénombre était tombée, un peu comme une prostituée laide revêt ses charmes de jeunesse dans la douce lumière du crépuscule et des chandelles.

À peine décida-t-il de retourner sur la rive droite par le pont Royal qu'il entendit un cri effrayé, une échauffourée, et le bruit de pas rapides. Une minute plus tard, une silhouette déboula en trombe du coin d'une ruelle sordide et le heurta de plein fouet.

Les excuses furent d'abord prononcées en anglais, instinctivement, puis, tout en recouvrant son équilibre, la menue silhouette passa au français.

— L'anglais fera l'affaire, assura Titus dans cette langue. Qu'est-ce qui ne va pas ? Avez-vous été attaqué ? Vous êtes bien inconscient de passer par une rue pareille !

Il s'agissait manifestement d'un très jeune homme, qui visitait sans doute Paris avec son père ou son précepteur ; son élocution était soignée et il paraissait être de bonne naissance.

— J'ai tourné au mauvais endroit et je me suis égaré dans un dédale de venelles. Je vous remercie, monsieur. Je vous présente mes excuses pour vous avoir heurté, mais la présence d'une tierce personne a effrayé mon poursuivant.

—Comment se fait-il que vous soyez seul ? Paris est un lieu dangereux à la nuit tombée, quant à ces rues, elles le sont à tout moment.

Ils se dirigèrent vers une zone éclairée par la lumière d'une taverne. Titus fut frappé par la beauté juvénile, par les sourcils hauts et bien dessinés, par la bouche généreuse. Le visage lui semblait familier ; qui était ce beau jeune homme ?

Il se reprit, choqué. Il n'avait jamais eu ce genre de penchant, pas même lorsqu'il était à l'école ; non pas par manque de témérité ni de curiosité, mais parce que son attention avait été retenue très tôt par les attraits du sexe opposé. Puis, il eut une illumination. Bon Dieu ! Il ne s'agissait pas d'un jeune Anglais bien élevé qui se débauchait à l'occasion de son premier voyage à l'étranger, comme il l'avait d'abord cru. C'était une jeune fille, parée de vêtements d'homme, racolant sans doute des clients qui avaient ce genre de prédilection.

Et dire qu'elle avait réussi à le duper l'espace d'un instant ! Il devait se ressaisir. Quel dommage qu'une si jolie demoiselle ait ainsi sombré.

La jeune androgyne murmura quelques paroles de remerciement puis, avant que Titus puisse avancer une main pour la retenir, pivota sur ses talons et s'en fut.

Elle sait courir, pensa Titus. *Et je me demande où elle a appris à parler anglais comme ça. Enfin, j'espère qu'il ne lui arrivera plus rien.*

Tout cela rappela à son souvenir la silhouette harmonieuse d'une certaine Mathilde Rosarie, nièce du comte de Montesquieu, dont il avait fait la connaissance à la soirée donnée par Eliza. La demoiselle avait laissé entendre qu'un visiteur tardif serait le bienvenu.

— Il nous arrive parfois de jouer aux cartes jusqu'à l'aube, l'avait-elle informé.

Il n'était pas d'humeur joueuse, mais sentit soudain un grand besoin de compagnie, une envie de s'éloigner de ces rues sombres, et d'ailleurs, qui savait comment une partie de cartes pouvait finir lorsque les enjeux étaient élevés ? Mathilde avait une splendide chevelure auburn, d'un roux à la Titien, une couleur qui allait de pair avec sa peau crémeuse et ses yeux noisette lumineux. Il imagina ses cheveux épars sur un oreiller de satin, et hâta le pas.

Chapitre 8

A lethea jugea impossible de rejoindre Figgins dans la rue ; elle retournerait au *Poisson d'or* et l'attendrait là-bas. Elle était inquiète ; Figgins, qui possédait à peine deux mots de français, saurait-elle retrouver son chemin jusqu'à l'auberge ?

Ses craintes étaient sans fondement. Figgins l'avait devancée, patientant dans la chambre de la jeune fille, son visage maigre animé par l'appréhension.

— Enfin, vous voilà, Miss… je veux dire Mr Hawkins… et moi qui suis assise ici depuis une demi-heure, sur des charbons ardents, sans la moindre idée de l'endroit où vous vous trouviez ni même si vous étiez vivante !

— Pourquoi ne serais-je pas vivante ?

— Une minute auparavant vous vous teniez là, dans cette rue à mes côtés, parmi tous ces Français chahuteurs… je vous quitte des yeux l'espace d'un instant, le temps de regarder une robe en velours à la dernière mode, très élégante, portée avec une pièce d'estomac, et voilà que vous avez disparu comme si vous n'aviez jamais été là ! Que pouvais-je penser ? Alors, après avoir fait de mon mieux pour vous retrouver, je me suis dit qu'il n'y avait rien d'autre à faire que de rentrer ici et trembler de frayeur en songeant à tout ce qui avait pu vous arriver.

Figgins lança à Alethea un regard hargneux. Celle-ci, la mine aussi radieuse que le moral à présent qu'elle avait retrouvé Figgins saine et sauve à l'auberge, se laissa choir sur le lit, les pieds touchant toujours le sol, et éclata de rire.

—Figurez-vous qu'il m'est arrivé une aventure, déclara-t-elle une fois qu'elle fut calmée. Et j'ai été secourue par un beau gentleman anglais. Il m'a d'abord regardée bizarrement, puis avec tant de colère et de perplexité que j'ai dû m'enfuir en courant !

—Secourue !

—Cela s'est passé alors que je me tenais à vos côtés. Je n'étais pas en train de perdre mon temps à contempler une quelconque robe en velours, mais je regardais le cracheur de feu : j'aimerais tellement savoir comment il fait ! Puis j'ai senti que quelqu'un se pressait contre moi, d'une manière bien trop familière pour être fortuite. J'ai pensé que c'était une belle de nuit, mais il n'en était rien : lorsque je me suis retournée, c'était un homme ! Enfin, le genre d'homme qui a beaucoup de rouge à joues et une bouche très molle. Il était grand et vêtu avec beaucoup d'élégance, ce n'était pas l'un de ces voleurs, qui essayait de me faire les poches comme je l'ai d'abord cru.

—Un gentleman, qui vous faisait des avances ? Je n'ai jamais rien entendu de tel ! Comment a-t-il osé ?

—Bien sûr que vous avez déjà entendu de pareilles histoires ! N'avons-nous pas découvert, lorsque nous sillonnions Londres en tous sens vêtues de hauts-de-chausses, qu'autant d'hommes que de femmes nous faisaient de l'œil ?

—Ah, çà ! Il y a bien trop de pervers qui préfèrent un jeune garçon maigrichon à une femme, mais ici, à Paris… et dans la rue ! Où tout le monde aurait pu voir ce qu'il traficotait !

— Je ne lui ai pas laissé l'occasion de traficoter quoi que ce soit. Je me suis écartée de lui, rapidement, comme vous pouvez l'imaginer, et c'est alors que je vous ai perdue de vue. Néanmoins, je n'avais guère réussi à me débarrasser de ce gentleman obstiné, qui se faufilait de nouveau vers moi, alors j'ai plongé dans la foule et j'ai pris mes jambes à mon cou dès que j'ai été en mesure de le faire.

— C'est un miracle que vous ne vous soyez pas égarée !

— Oh, mais si. Je me suis retrouvée dans un dédale de venelles étroites et puantes ; je n'avais pas la moindre idée de l'endroit où j'étais.

— Pensez-vous ! Où qu'on aille dans Paris, il n'y a que des rues crasseuses. Qu'avez-vous fait ensuite ?

— J'ai couru encore plus vite, mais je me suis aperçue que mon élégant gentleman était toujours à ma poursuite. J'ai trébuché sur un pas de porte dans ma hâte, et il m'a rattrapée. Alors j'ai hurlé, en français, en me souvenant de garder ma voix la plus grave possible, et je lui ai balancé un coup de pied. Je pense que je lui ai fait mal, car il a crié et m'a lâchée pour attraper sa jambe. Cela a été ma chance. Puis j'ai distingué le fleuve au bout de la ruelle. Un fleuve, vous savez, est d'un grand secours dans une ville comme Paris. C'est lorsque j'ai atteint le coin de la rue que j'ai heurté l'autre homme, celui qui a voulu venir à mon secours.

— Et que faisait-il, à errer dans ce genre de quartier ? Encore un autre du même acabit, vous pouvez me croire, qui rôdait en quête d'une persilleuse ou d'une catin !

Alethea essaya de se rappeler. Son impression sur l'inconnu avait été rapide, instinctive et favorable. Elle avait aussi le sentiment de l'avoir déjà rencontré quelque part, et n'avait pas été le moins du monde surprise lorsqu'il s'était adressé à elle en anglais. Et il avait eu cette lueur dans les yeux ; ces temps-ci, elle n'aimait guère que les hommes aient des étincelles dans le regard. Ce genre d'éclat ne lui avait apporté que des ennuis. Au moins M. Fard-à-joues ne s'était-il entiché d'elle que parce qu'il l'avait prise, de façon assez légitime, pour un jeune homme.

Alethea bâilla.

— Figgins, je n'en sais rien et cela m'est égal. Je ne reverrai jamais aucun d'entre eux ; chacune de ces rencontres n'a été que le fruit du hasard, alors n'en parlons plus. Mon Dieu ! Comme j'ai sommeil !

Cette nuit-là, elle ne s'endormit ni rapidement ni facilement. Alethea avait goûté une fois de plus aux délices de la liberté : elle n'était pas seulement libérée des chaînes de son mariage désastreux, mais aussi des contraintes de la féminité. Elle avait beau faire contre mauvaise fortune bon cœur, elle avait été terrifiée ; pour rien au monde elle ne révélerait à Figgins combien elle avait eu peur, même si elle percevait le côté amusant de son escapade, à présent qu'elle était bien à l'abri entre les murs de l'hôtellerie.

Figgins et elle devraient se montrer bien plus prudentes à l'avenir. C'était aussi bien que leur voyage ne les mène pas dans d'autres villes comme Paris. Berne, à ce qu'elle avait entendu dire, était une cité calme et assommante. Elles trouveraient une auberge respectable là-bas, ainsi qu'à chacune de leurs escales, et ne s'aventureraient plus à l'extérieur. Ses pensées dérivèrent d'abord vers Venise, et les symphonies de Vivaldi – qu'elle avait entendu jouer aux concerts de la Société de musique ancienne – puis voguèrent vers les canaux, le carnaval, les masques, et enfin, à son grand soulagement, vers sa sœur et Wytton.

Ce dernier saurait ce qu'il y avait de mieux à faire. Wytton et Camilla seraient peut-être choqués, et en colère, mais ils ne lui tourneraient pas le dos comme l'avait fait Georgina.

Chapitre 9

*F*iggins regardait les montagnes d'un air ébahi. Tandis que les chevaux fumants gravissaient avec peine la route sinueuse qui menait au col, elle se contorsionna pour contempler par la vitre de la lourde diligence les âpres rochers et les cimes escarpées qui se dressaient de manière imposante au-dessus d'elles.

À son côté, Alethea observait la scène hivernale avec moins d'émerveillement. Les montagnes majestueuses, avec leurs parois d'un blanc pur, l'impressionnaient, mais elle avait su, en imagination, à quoi elles ressembleraient. Vivant dans le Derbyshire, elle était habituée à voir la neige couvrir les hauts sommets des semaines durant ; de plus, elle avait lu tant de romans d'aventures, de récits de voyages alpins que tout cela était presque du déjà-vu pour elle.

— Elles ne sont pas blanches ! s'étonna Figgins. Pas comme on pourrait s'y attendre… Elles sont bleues, et violettes, et roses, et de plein d'autres couleurs encore ! (Elle soupira de plaisir.) Et dire que j'aurai vécu pour voir cela ! Maman va faire les yeux ronds lorsque je vais lui raconter !

— Vous aurez eu votre content de montagnes d'ici à ce que nous atteignions l'Italie.

Elles étaient seules dans la diligence. C'était inhabituel, mais des rumeurs de neige tardive et abondante, de cols bloqués et d'arrêts interminables avaient circulé. Le cocher s'était moqué de ces prévisions alarmantes dans un allemand guttural que le tenancier de l'auberge avait dû traduire à Alethea. Les autres voyageurs, qui avaient fait une grande partie du trajet avec elles depuis Paris, avaient choisi de rester à la dernière étape jusqu'à ce que leur parviennent des nouvelles plus rassurantes sur l'état des hauts cols enneigés.

Alethea n'avait pas hésité : elles continueraient leur route. Mais l'imprudence les guettait ; avec une telle proximité, ce n'était qu'une question de temps avant qu'elle ou Figgins fasse un impair et donne à leurs compagnons de voyage une raison de se pencher plus avant sur ces deux jeunes Anglais. Et en plus de cela, Napier pouvait très bien être sur leurs talons. Elle en frissonna, l'imaginant surgir à l'hôtel particulier des Mordaunt à Paris, écouter le rapide exposé des circonstances entourant l'arrivée de son épouse dans cette ville, la feinte inquiétude de sa sœur, l'immense désapprobation de son beau-frère. Non, l'inquiétude de Georgina ne serait pas totalement feinte : elle craindrait avant tout pour la réputation de sa famille, pour sa propre position inattaquable de femme mariée et de mère, pour le maintien d'un monde bien discipliné où les jeunes épouses ne se sauvaient pas de la maison de leur mari ; mais elle ne se tourmenterait pas pour sa cadette.

Et que se passerait-il si Georgina venait à découvrir la façon dont Alethea voyageait – habillée en homme ? En regard, sa fuite paraîtrait dérisoire ! Avoir osé transgresser les frontières ténues de sa vie respectable, pas seulement en imagination, mais aussi de manière concrète… voilà qui était bien pire que tout le reste de la part d'une femme. Endosser la liberté conférée par des vêtements d'homme et une identité masculine ne constituait pas seulement une menace pour l'élégance féminine et ses petits pas affectés. C'était une atteinte à l'ordre naturel des choses ; cette seule pensée épouvanterait sir Joshua et plongerait Georgina dans la plus vive inquiétude.

Il était impossible que celle-ci soit au courant pour son déguisement, se dit Alethea. Elle avait brouillé les pistes bien trop soigneusement.

Alethea se demanda si Georgina avait eu connaissance de ses précédentes escapades, lorsqu'elle sortait à pas de loup de la salle d'étude, vêtue de hauts-de-chausses et d'un manteau, pour se mêler à des musiciens de métier, jouer de la flûte dans les bals et les réunions, et sillonner à loisir les rues de Londres.

La jeune fille en doutait. Elle était sûre qu'à l'exception de Camilla, de Wytton, et de Sackree, la femme de chambre de Camilla, personne n'avait eu vent de ses aventures d'alors. Cela ne l'effrayait pas. Mais Napier à Paris, oui ; Napier en route pour Vienne, oui ; et Napier à ses trousses à travers la Suisse ? Non. Il ne pouvait plus lui faire de mal ; elle était à l'abri de toute poursuite.

Le soleil déclinait, décochant sur les montagnes ses dernières flèches enflammées, lorsque les chevaux fatigués s'arrêtèrent devant l'auberge. Alethea regarda avec admiration l'imposant toit pentu de l'édifice, douillettement couvert d'une épaisse couche de neige. Au grand nombre de fenêtres, chacune surmontée de son propre petit toit de tuiles, elle présuma que c'était la principale hôtellerie de la petite ville de Brigue, un établissement où elles seraient assurées d'avoir une chambre confortable et une nourriture convenable.

Figgins n'était pas tatillonne en ce qui concernait les chambres, mais elle tenait beaucoup à son souper.

— Je meurs de faim, déclara-t-elle tandis qu'elles montaient les larges marches qui menaient à l'intérieur de l'auberge.

Leur hôte, un Suisse de petite taille, d'une quarantaine d'années, à qui rien n'échappait, parlait par bonheur un bon anglais.

— Il le faut bien, avec tous ces visiteurs anglais qui passent par ici à présent que la guerre est terminée. Et ceux qui parlent allemand n'entendent rien à nos dialectes suisses… Vous savez, dans mon pays, chaque vallée a son propre parler. On dit que les Anglais ont cent religions; eh bien, nous autres Suisses avons autant de versions différentes de notre langue! (Il rit à son bon mot et sonna la cloche pour qu'un serviteur vienne prendre leurs bagages.) Nous n'avons que peu de visiteurs; la saison n'a pas encore commencé, et la neige tardive a incité de nombreux voyageurs à repousser les déplacements qui n'étaient pas absolument indispensables.

Il haussa les sourcils d'un air interrogateur, mais Alethea n'était pas disposée à lui répondre. Elle signa le registre, d'un «Aloysius Hawkins, avec domestique, de Londres» d'une main fluide, et le rendit au tenancier. Elle réserva une chambre pour une seule nuit, annonçant à celui-ci son intention de poursuivre leur voyage dès le lendemain.

Herr Geissler pinça ses lèvres plutôt charnues et émit un «tss-tss» pessimiste. Certes, la voiture de ce matin était partie à l'heure, mais celle qui revenait en sens inverse avait largement dépassé son horaire habituel, et il doutait qu'elle se soit seulement mise en route, compte tenu de l'importante chute de neige qui avait eu lieu. Cependant, s'il cessait de neiger et que le vent continuait à souffler dans cette direction, alors tout était possible.

— Vous trouverez une de vos compatriotes dans le salon où l'on prend le café, l'informa-t-il tout en la précédant dans l'escalier en bois richement sculpté. Une certaine signora Lessini ; elle est anglaise, bien que son mari soit italien.

Alethea ne s'intéressait pas à la compagnie, anglaise ou italienne. Elle était si lasse et si remuée par la dure journée de voyage qu'elle n'avait aucune envie de soutenir une conversation civilisée avec qui que ce soit. Un repas, puis elle irait se coucher.

Le tenancier la conduisit dans une chambre agréable, dont les fenêtres assez petites étaient munies de volets bien fermés, et dont le lit en bois ciselé était garni de draps aussi immaculés que l'épaisse couche de neige qui couvrait les flancs des montagnes au-dehors. Figgins se vit octroyer une petite pièce adjacente, et lorsque l'aubergiste eut allumé une lampe et se fut retiré, elle laissa échapper une exclamation de surprise à la vue des énormes édredons douillets posés sur chacun de leurs lits.

— Seigneur ! Faut-il dormir au-dessus ou en dessous de ces choses-là ? (Elle secoua le sien de manière suspicieuse.) Des plumes étrangères… Qui sait où ont traîné ces oiseaux ?

— Je crois que l'on dort en dessous, répondit Alethea. C'est sans doute très confortable.

— Les draps sont plutôt propres, admit Figgins à contrecœur. Maintenant, vous feriez bien de vous affairer si vous voulez dîner en bas.

Alethea fit une drôle de tête.

— Je préférerais éviter. Assurément, cette dame brûlera de savoir qui sont mon père et tous mes ancêtres, et me demandera si je connais lady Unetelle et lord Untel…

— Pourquoi ne serait-elle pas une honnête femme qui a des choses plus intéressantes à dire ?

— Parce que seules les femmes qui ont une certaine position dans la société ont le loisir et les moyens de voyager. On peut rencontrer beaucoup d'hommes sur la route, vaquant à leurs affaires, mais pour les femmes, c'est une autre histoire.

Alethea enfila son meilleur manteau, celui dans lequel elle n'avait pas voyagé. C'était un habit d'un bleu très foncé, qui lui allait bien ; Joe, le frère de Figgins, pouvait être fier de son travail. La jeune fille scruta son visage dans le miroir.

— Cela va sembler étrange que j'aie l'air d'avoir pris le temps de me raser après un voyage, avant même d'avoir dîné…

— Bien des jeunes hommes à la peau claire utilisent un rasoir moins d'une fois par semaine. Il n'y a pas de mal à ne pas être un ignoble mâle velu. En fait, beaucoup de femmes préfèrent les garçons aux joues douces, sans un poil sur le torse.

— Espérons que je n'attire pas les faveurs de ce genre de femmes, répondit Alethea. (Elle se remémora sa mésaventure parisienne.) Non, et d'aucun homme non plus. (Elle rit.) Et dire que je suis plus exposée aux affronts déguisée ainsi que si j'étais une femme voyageant seule ! Cela ne fait honneur ni à la moralité masculine ni aux mœurs féminines.

Signora Lessini était une dame mince qui dégageait une élégance sobre. Sa robe était simple, comme il convenait à une voyageuse, mais de bonne confection ; Figgins murmura à l'oreille d'Alethea qu'à coup sûr, Mrs L. avait fait fabriquer ses vêtements à Paris. Il n'y avait qu'à observer la coupe et le style.

Le *signore*, petit et grassouillet, n'était lui pas du tout élégant, mais il avait des yeux noirs malicieux et un grand sens de l'humour. Il avait, dit-il à Alethea tandis qu'on apportait la soupe, vécu en Angleterre pendant tant d'années qu'il se considérait comme parfaitement anglais.

— Imaginez mon désarroi lorsque ma chère Emily a déclaré, de la façon la plus cruelle qui soit, que je ne pouvais me figurer un seul instant passer pour un Anglais. Et vous, monsieur, qu'en pensez-vous ?

— Je pense que c'est très bien d'être italien.

— Ah… Vous autres jeunes Anglais êtes très courtois, très bien élevés, et vos manières sont excellentes. Pourtant, vous méprisez tous les étrangers du fond du cœur… Allons, admettez-le !

— Ce n'est pas mon cas, vraiment. Je n'ai pas rencontré beaucoup d'étrangers ; néanmoins, je connais l'un de vos compatriotes, un certain signore Silvestrini, et je peux vous assurer que j'ai la plus grande admiration pour lui.

Les mots furent à peine sortis de sa bouche qu'Alethea les regretta. Et si Lessini connaissait Silvestrini, qui lui avait enseigné le chant dès sa première visite à Londres ? Son professeur, qui était plus ou moins au courant de ses exploits de *musicien*, et qui les avait vivement désapprouvés, ne pourrait-il pas la trahir plus tard ?

Elle écarta cette pensée préoccupante. Tout cela relevait de l'avenir. Lessini était en route pour l'Italie ; il pourrait s'écouler de nombreux mois, de nombreuses années même, avant que son épouse et lui retournent en Angleterre. À ce moment-là, il ne se souviendrait pas d'une rencontre fortuite avec un jeune Anglais insignifiant dans une auberge en Suisse.

Malheureusement, le nom de Silvestrini sembla intéresser Lessini au plus haut point.

— Mon cher ami ! Et sa femme ! Ah ! Quelle beauté ! (Il embrassa le bout de ses doigts.) Elle est si délicieuse… Vous avez sans doute fait sa connaissance ?

Alethea, qui désirait vivement s'écarter du sujet de la famille Silvestrini, répondit par un grognement évasif et s'occupa de sa soupe. Les manières de la jeune fille, inculquées avec soin, pouvaient trahir son raffinement. Elle devait donc se concentrer sur chacune de ses bouchées. Elle décida de s'inspirer de la gestuelle de son détestable époux. Combien de fois s'était-elle assise en face de lui, à l'autre bout de la table, le regardant manger, sans appétit elle-même, et le haïssant au point d'en avoir la nausée !

Non pas que les manières de Napier n'aient pas été raffinées, mais Alethea avait découvert, lorsqu'elle se faisait passer pour un jeune garçon, que les hommes agissaient différemment. Il y avait une énergie, une vigueur et un enthousiasme dans leur façon de manger qui provoqueraient quelques froncements de sourcils dans la société distinguée si d'aventure un membre de la gent féminine s'avisait d'en faire autant.

Alethea était suffisamment jeune et en bonne santé pour avoir un solide appétit, et celui-ci était d'autant plus aiguisé par les rigueurs du voyage. Aussi avala-t-elle rapidement sa soupe, sans application excessive. Très différemment, pour tout dire, des gorgées délicates de signora Lessini, assise en face d'elle.

Tandis qu'ils attendaient le plat suivant, il y eut du brouhaha dans l'entrée ; on s'exclamait en anglais, se plaignant du froid, de l'heure tardive, de la lenteur pénible du trajet, et du besoin de se rassasier immédiatement.

La voix haut perchée d'une femme bien élevée leur parvint :

— Je suis certaine que les autres convives nous pardonneront de venir dîner dans nos vêtements poussiéreux. Car j'avoue que je suis affamée, et ne désire rien d'autre qu'un bon repas devant un bon feu de cheminée.

Une voix d'homme, languissante et affectée, lui recommanda de se faire porter un repas dans sa chambre, où elle pourrait dîner tranquillement et confortablement, mais sa compagne ne voulut rien entendre.

— Comment ? Après toutes ces heures enfermée dans une voiture avec vous pour seule compagnie ? Et quelle compagnie morose : vous n'avez cessé de vous plaindre des mauvaises suspensions de la diligence et du piteux état des routes ! Je vous remercie, mais non. Herr Geissler nous dit que des Anglais sont descendus ici. Rejoignons-les et profitons d'une société agréable pendant notre dîner.

À l'expression de signora Lessini, Alethea devina que la jeune femme avait reconnu une voix familière parmi les nouveaux arrivants, et que la perspective qu'ils se joignent à eux ne l'enchantait guère. Cependant, lorsque les visiteurs impromptus entrèrent dans la salle à manger, elle sourit et les salua avec courtoisie. Son mari se montra plus extravagant, bondissant de son siège pour les conduire à leurs places, et demandant au serveur d'apporter plus de soupe.

Alethea se leva et salua de la tête. Elle était consciente qu'un regard pénétrant la parcourait de la tête aux pieds, et elle sentit, à son grand mécontentement, que ses joues s'empourpraient.

— Voici mon compagnon de voyage, mon cousin, lord Lucius Moreby, annonça la femme. Je suis Mrs Vineham, précisa-t-elle en inclinant la tête vers Alethea. Je ne pense pas que nous nous soyons déjà rencontrés ?

— Je ne crois pas avoir déjà eu le plaisir de faire votre connaissance, répondit Alethea avant de regagner sa chaise pendant que les autres s'asseyaient.

Ce qui était un mensonge, car elles avaient été présentées au bal d'*Almack*. Alethea espérait de tout cœur que cette rencontre ne serait pas de celles dont se souviendrait Mrs Vineham. À l'époque, cette dernière avait à peine daigné lui présenter sa main à baiser et lui murmurer un « Enchantée » ; Mrs Vineham, tirée à quatre épingles, n'avait eu aucune envie de perdre son temps avec une débutante sans importance particulière.

Une demoiselle enjouée, dans sa deuxième saison mais pleine d'entrain après l'annonce récente de ses fiançailles avec un charmant et riche jeune homme, avait attiré Alethea à l'écart.

— C'est une veuve fringante, lui avait-elle confié. Elle est prodigieusement en vue, et on la surnomme « la Vipère », car elle a les yeux les plus perçants et la langue la plus acérée de tout le royaume.

Au souvenir de ces paroles ingénues, Alethea regretta profondément de devoir partager sa soirée avec ces deux individus. Car en y regardant de plus près, elle reconnut également l'aristocrate qui escortait Mrs Vineham. Il s'agissait vraisemblablement de l'individu qui s'était glissé contre elle dans cette rue bondée à Paris, et qui l'avait poursuivie à travers la ville. Lui ne semblait pas l'avoir reconnue, mais son regard s'anima d'une étincelle avide qui ne laissait rien présager de bon pour le frêle jeune homme pour qui il la prenait.

Dans quel pétrin elle se trouvait ! Elle attendait avec impatience que le repas s'achève, si bon soit-il, afin de pouvoir fuir dans sa chambre. Dès le lendemain, elle et Figgins reprendraient la route, et avec un peu de chance, elles ne croiseraient plus ces deux-là.

Hélas, Alethea ne put s'échapper aussi facilement. Les femmes se retirèrent dans un petit salon, laissant les hommes à leur vin, et la jeune fille ne souhaita pas se faire remarquer en prenant congé immédiatement.

Figgins rôdait, espérant que sa maîtresse ne ferait pas l'erreur de boire autant de verres de vin que ces messieurs ; trouveraient-ils étrange que le jeune homme qu'elle prétendait être ne le fasse pas ? Alethea aurait dû s'excuser et se retirer : se joindre aux gentlemen et faire ribote avec eux était bien trop risqué.

L'attention de Figgins fut attirée par des voix émanant du salon, voix féminines et courtoises, dans lesquelles pointait néanmoins de la tension. L'une d'entre elles appartenait à la femme de l'Italien. Dire qu'une si jolie lady était l'épouse d'un étranger ! D'après sa servante, elle était mariée depuis peu et allait rendre visite à sa nouvelle famille. Imaginez un peu, avoir une ribambelle de frères et sœurs italiens ! Mieux valait ne pas y penser.

Non pas que signore Lessini ait l'air d'être désagréable, mais il n'avait pas des manières d'Anglais. Son domestique assurait que son maître était aussi bienveillant que possible et que pour rien au monde il n'échangerait sa place pour aller servir un de ces élégants gentlemen anglais qui n'hésitaient pas à vous envoyer au diable au premier coup d'œil et à vous jeter une botte à la tête.

D'ailleurs, le valet de chambre de l'Italien était lui-même un homme assez aimable, l'incarnation du parfait majordome. En revanche, on ne pouvait pas en dire autant du valet de lord Lucius, un individu sournois et railleur, comme Figgins n'en avait jamais vu. Il devait probablement grimer le visage de son maître tous les matins ; quelle idée qu'un fils de duc se mette du rouge sur les lèvres et sur les joues comme s'il était sur scène !

L'autre femme, cette Mrs Vineham… Ah, celle-là ! Elle pouvait bien se donner des airs, mais si elle était une veuve respectable, pourquoi parcourait-elle l'Europe en compagnie d'un excentrique comme lord Lucius ? Pour peu qu'on ait des yeux pour voir, il était évident qu'il n'irait pas se glisser dans le lit d'une femme à la nuit tombée… Mais était-ce pour autant le genre de compagnie acceptable pour une lady ?

Figgins, toujours aux aguets, perçut le nom de Hawkins. Elle regarda rapidement autour d'elle. *Non, pas la porte…* Un serviteur zélé pourrait passer par là et la surprendre l'oreille collée au trou de la serrure. Et la porte adjacente, où menait-elle ? Elle souleva le loquet et entrouvrit la porte de quelques centimètres. C'était un placard, avec du linge de maison et des verres. D'où on pouvait entendre chacun des mots prononcés dans le salon aussi clairement que si on s'y trouvait.

Figgins se glissa à l'intérieur et referma derrière elle.

Mrs Vineham parlait de son voyage. Comme il était épuisant de voyager à l'étranger! Ce que les étrangers pouvaient être pénibles… Combien il était encore plus déplaisant de croiser constamment ces mêmes Anglais que vous cherchiez à éviter en quittant Londres!

—Est-ce là vraiment ce que vous pensez? demanda signora Lessini. En ce qui me concerne, je prends toujours plaisir à voyager, aussi bien dans ma terre natale qu'à l'étranger.

Mrs Vineham eut un rire affecté.

—Ah, mais, ma chère Emily, vous allez devoir décider quel pays est le vôtre, à présent que vous avez épousé un Italien. Je peux vous assurer que l'annonce de votre mariage m'a choquée au plus haut point. Dire que vous avez épousé un signore Rien-du-tout alors que vous aviez un Titus Manningtree à vos pieds! C'est du moins ce qu'on racontait en ville, même si je sais très bien qu'un tel attachement ne mène pas toujours à l'autel… La maîtresse d'un homme a tendance à disparaître du jour au lendemain une fois que le mariage devient possible, vous n'êtes pas d'accord?

—Lavinia, je ne discuterai ni avec vous ni avec personne d'autre de ma vie privée.

—Privée! s'écria Mrs Vineham. Je vous en prie! Comment votre vie peut-elle être privée, alors qu'abso-lument tout le monde savait que vous trompiez votre défunt mari avec Titus Manningtree?

Un silence s'ensuivit. *Mrs Lessini a bien raison de se taire*, pensa Figgins. *Impossible d'avoir le dernier mot avec une langue de vipère comme cette Mrs Vineham.*

— Bien sûr, poursuivit cette dernière, nous comprenions tous votre situation, unie comme vous l'étiez à un homme que vous n'auriez jamais pu aimer… C'est toujours une erreur de se marier en dehors de son rang, n'est-ce pas ?

— J'aimais Jonathan, et ses nombreux amis l'appréciaient également, répondit Mrs Lessini d'un ton empreint d'une froide dignité. Je m'estime chanceuse d'avoir eu un mariage aussi heureux.

Mrs Vineham émit de nouveau son petit rire.

— Oh, les mariages heureux, parlons-en… Cela n'existe pas ! Ce n'est qu'une mascarade que nous autres femmes orchestrons autour de nos existences, n'est-ce pas ? Aux yeux du monde, j'avais l'air d'une épouse comblée, mais mon défunt mari et moi-même nous détestions cordialement, presque depuis le premier jour de nos noces. Autant dire que nous pouvions remercier le ciel à la fin d'une journée passée sans nous parler ni nous voir. Et c'est le cas de la plupart des femmes, ou plutôt, de toutes les femmes.

— C'est votre point de vue, j'imagine, répondit signora Lessini. Je me réjouis de ne pas partager votre vision amère de la vie conjugale.

— Allons, voyons ! Nous sommes femmes toutes les deux… Reconnaissez qu'il est plus agréable, infiniment plus agréable, d'être veuve que d'être mariée.

— Vous oubliez que je suis une femme mariée.

— Oui, et cela me surprend. Votre défunt mari a dû vous laisser une jolie petite fortune. Et que vous en ayez profité pendant si peu de temps avant de placer une fois de plus votre existence, votre bonheur et votre richesse entre les mains d'un époux semble être de la folie pure.

— Vraiment ?

— Signore Lessini possède peut-être des vertus hors du commun. Néanmoins, il est tout à fait possible de jouir de ce qu'un homme a à offrir sans que les liens d'un mariage nous enchaînent à lui.

— Lavinia, même si vous viviez cent ans, vous ne comprendriez pas tout ce qu'un homme comme Lessini a à offrir.

Et aucune chance que Mrs Vineham vive aussi longtemps, se dit Figgins en se contorsionnant dans sa cachette exiguë. Un verre glissa le long de l'étagère et chuta sur le sol, se brisant dans un tintement.

— Qu'est-ce donc? s'écria Mrs Vineham.

— Un domestique maladroit qui a fait tomber quelque chose, répondit signora Lessini. Laissez-moi vous conseiller de boire une liqueur pour vos nerfs. Je dois avouer que voyager en compagnie de lord Lucius suffit à ébranler les nerfs d'une femme, même si elle est peu émotive. Vous êtes à cran; de grâce, prenez soin de vous. Autrement, qui sait dans quel état vous pourriez vous retrouver? Le veuvage n'est pas une situation facile, vous savez; personne ne s'inquiète vraiment du bien-être d'une veuve. Ses enfants ne font que compter les jours qui les séparent de leur héritage ou qui les libéreront du poids de sa charge, et les gentlemen de sa connaissance ne manqueront pas de la lâcher au moindre signe de maladie.

Figgins approuva fermement cet assaut sans pitié de Mrs Lessini. Cependant, même s'il était amusant d'écouter, elle ferait mieux de vaquer à ses occupations, décida-t-elle. Mais, tandis qu'elle s'apprêtait à sortir de son placard, elle entendit mentionner le jeune Mr Hawkins, et oublia aussitôt ses bonnes résolutions.

— Un joli garçon avec des façons qui vont de pair, déclara Mrs Vineham.

— Lord Lucius est également de cet avis.

— Je l'avoue, je trouve qu'un jeune homme fringant aux joues douces et aux manières rougissantes est un vrai délice. Mr Hawkins est très jeune, à peine sorti de l'université, s'il y a seulement été. Et c'est le fils d'un gentleman, cela se voit au premier coup d'œil. Pourtant, je ne connais pas de Hawkins, ce n'est pas un nom de noble. Je ne suis même pas sûre que ce soit un nom de gentleman, même si avec ces familles qui viennent du Nord ou de je ne sais où, c'est difficile à dire. Peut-être le connaissez-vous, vous qui évoluez dans des cercles plus larges que la plupart d'entre nous ?

— Il a un air qui me rappelle quelqu'un. Je ne serais pas surprise de découvrir que j'ai rencontré son père, même si son nom ne m'est pas familier. Ou sa mère ; il se peut qu'il ressemble à sa mère. Mais peu importe. Il a dit qu'il continuerait sa route vers l'Italie demain, et je crois que nous ne serons pas longs à suivre son exemple. Mon cher mari est impatient de retrouver les siens.

— Et d'où vient sa famille ?

— De Rome. C'est là-bas que nous nous rendons, même si nous ferons d'abord halte à Venise, où l'attend une certaine mission.

— Une mission ?

La voix chaude de Mrs Vineham était pleine de mépris.

— C'est un musicien, comme vous le savez sans doute. Il est très estimé en tant que spécialiste, et son avis est requis pour évaluer l'authenticité d'un manuscrit.

Mrs Vineham se mit à rire.

— Un manuscrit ! Eh bien, il faut que chaque homme s'occupe de sa partie. Pour certains, c'est l'exploitation d'une terre, la gestion d'une énorme fortune, ou la collection d'œuvres d'art. Pour d'autres, c'est un manuscrit.

Signora Lessini ne tint pas compte de l'acidité dans le ton de sa compagne.

— Nous ne nous attarderons pas à Venise. Mon époux n'aime pas cette ville. C'est le cas de la plupart des Romains, à ce que j'ai compris.

— Quant à moi, je suis passionnément attachée à Venise. À cette époque de l'année, on y trouve une excellente société. Nous avons prévu d'y rester quelques semaines.

Figgins fut consternée d'entendre cela. Elle estimait qu'Alethea pouvait très bien se passer de la compagnie de ces deux-là. Mais enfin, il y avait peu de chances qu'elles se croisent une fois dans la cité.

Mrs Vineham bâilla prodigieusement.

— Seigneur ! Comme je suis fatiguée ! Sonnez la cloche, Emily, que je fasse appeler ma femme de chambre. Elle est sûrement en bas, dans les cuisines, à frayer avec la paysannerie suisse.

Figgins entendit une porte s'ouvrir, et Mrs Vineham demanda à la servante de l'auberge de mander sa femme de chambre. Il était trop tard pour que Figgins puisse se glisser hors du placard sans se faire voir ; elle se cramponna donc à la porte et attendit, en retenant son souffle, que s'éloignent le claquement des talons et la voix de Mrs Vincham, jusqu'à être assurée que ces dames étaient montées à l'étage.

Il était grand temps d'aller voir comment se passaient les choses pour Miss Alethea. Pourvu qu'elle ne soit plus cloîtrée avec les gentlemen ! Ce n'était pas un endroit pour elle, et la jeune femme se serait bien passée de la compagnie d'un étranger et de ce débauché, minaudant sous ses airs de précieuse.

L'auberge dormait paisiblement à l'ombre des montagnes majestueuses. La lune apparaissait par intermittence au travers d'un voile de nuages. Leurs volets clos et leurs lumières éteintes, les villageois dormaient du sommeil de ceux qui travaillent dur de l'aube au coucher du soleil, tandis que les voyageurs profitaient d'un repos plus léger.

L'esprit actif de Mrs Vineham fut peuplé de rêves étranges et ses yeux s'agitaient sous le masque sombre qu'elle portait pour se protéger du moindre rai de lumière matinale. On ne se reposa pas dans le lit des Lessini, ses occupants profitant des autres plaisirs de la chambre à coucher avec une ardeur qui faisait honneur à ce couple plus tout à fait dans sa première jeunesse ; tous deux étaient, comme le dit tendrement signore Lessini à sa femme dans un italien caressant, pareils à de jeunes amants en pleine lune de miel, enchantés par les délices nouvelles de la félicité conjugale. Dans la chambre d'à côté, ne prêtant aucune attention aux bruits de l'amour et aux rires qui lui parvenaient à travers le mur en bois, lord Lucius tournait et se retournait dans son lit, l'esprit encore embrouillé par un excès de vapeurs d'eau-de-vie.

Figgins dormit du sommeil alerte mais réparateur de la servante expérimentée, enviée par Alethea, qui ne put fermer l'œil de la nuit. L'atmosphère lui semblait oppressante et un sentiment de malaise inexplicable la maintenait éveillée. Elle se leva et s'approcha de la fenêtre. L'air avait beau être glacial, il lui éclaircirait les idées. Elle ouvrit les battants et repoussa un volet. La route miroitait dans le faible clair de lune, et Alethea se dit que le chemin qu'elles avaient parcouru paraissait plus sombre que celui par lequel elles repartiraient, qui montait en sinuant depuis la vallée jusqu'à la percée dans les hautes montagnes.

De l'obscurité lui parvint le martèlement de sabots. *Un cheval… Non, deux chevaux…* Alethea tendit le cou par la fenêtre pour voir qui arrivait à cette heure indue. Le premier cavalier était grand, vêtu d'un manteau et d'un chapeau, et tellement emmitouflé que son visage était dissimulé. Un homme plus petit l'accompagnait ; un domestique, si elle en jugeait par son comportement lorsqu'il sauta de sa monture et courut prendre les rênes des mains de l'autre voyageur.

On frappa à la porte en dessous. Il y eut une longue attente, le grincement de verrous que l'on tire, la lueur d'une chandelle se répandant à travers le seuil et enfin, des voix ; ensuite, la porte fut refermée tandis que le serviteur contournait l'auberge avec les deux bêtes pour les mener à l'écurie.

Intriguée par cette arrivée tardive, et à présent parfaitement éveillée, Alethea s'apprêtait à refermer la fenêtre lorsqu'elle entendit résonner de nouveaux sabots et crisser les roues d'une voiture. Une autre arrivée tardive ? Était-ce ainsi chaque nuit à l'auberge ? Personne ne remua ; comment pouvaient-ils tous dormir aussi profondément ?

Un autre homme, cette fois vêtu d'un long manteau terne, descendit du cabriolet. Lui aussi était accompagné par un domestique, et lui aussi frappa à la porte. Il le fit avec force, de façon péremptoire, à la manière de quelqu'un qui sait qu'il doit réveiller une maison endormie et qui ne s'en soucie guère.

La porte s'ouvrit une fois de plus. Ce coup-ci, les voix furent plus sonores, et l'on parla en anglais. L'homme au manteau maudit le tenancier pour l'avoir fait attendre, lança un ordre par-dessus son épaule à son valet, et pénétra dans l'établissement.

Alethea ne put contenir sa curiosité. Elle referma le volet, enfila rapidement son manteau par-dessus sa chemise de nuit, et ouvrit discrètement la porte de sa chambre.

Dans cette partie-là de l'hôtellerie, les pièces étaient disposées le long des trois côtés d'une galerie, et Alethea regarda dans l'entrée en contrebas. S'y trouvaient l'aubergiste, toujours coiffé de son bonnet de nuit, ainsi qu'une femme de chambre somnolente, portant une robe d'où dépassait sa chemise.

L'homme de grande taille, le premier arrivé, était en train de parler, en anglais : c'était manifestement sa langue maternelle. À l'évidence, il connaissait le second voyageur.

— Vous faites un raffut du diable, Warren. Nous sommes dans une auberge, pas dans un cirque !

Warren ne tint nul compte de cette remarque.

— Une grande chambre, votre meilleure chambre, je vous prie, ordonna-t-il au tenancier.

Celui-ci, visiblement coutumier de ce genre de requêtes, s'adressa à la servante dans le dialecte de la région, inintelligible pour Alethea et aussi, probablement, pour les deux voyageurs. Le grand était arrivé le premier, mais, des deux hôtes, l'aubergiste reconnut le fauteur de troubles, et fut avisé, estima Alethea, de vouloir s'en débarrasser le plus vite possible ; pourtant, elle était prête à parier que le premier homme aurait la meilleure chambre.

Elle se balança d'un pied nu sur l'autre, puis recula d'un pas dans l'ombre lorsque le léger bruit qu'elle avait fait incita ce dernier à saisir une chandelle sur la table et à la lever en l'air. Des yeux perçants rencontrèrent les siens l'espace d'un instant, et elle se sentit rougir d'avoir été ainsi découverte. En même temps, elle eut l'impression de reconnaître cet homme, dont la voix lui semblait familière. Bonté divine ! C'était le gentleman qui avait fait fuir lord Lucius à Paris ! Elle eut envie de rire devant l'absurdité de la situation ; après avoir voyagé depuis Paris jusqu'ici, la moitié de l'Angleterre avait-elle l'intention de traverser les Alpes par la même route qu'elle ?

Le voilà qui montait l'escalier à présent. Elle retourna précipitamment dans ses appartements, referma la porte et s'y adossa après avoir tiré le verrou ; elle respirait péniblement tandis que les pas virils parcouraient la galerie, s'arrêtaient un moment de l'autre côté de la porte, puis continuaient leur chemin.

Cela en fera deux de plus au petit déjeuner, pensa Alethea en poussant un grand bâillement. Prise d'une soudaine envie de dormir, elle se glissa dans le lit et rabattit les couvertures sur elle.

Le silence retomba sur l'auberge. Alethea dormit profondément, son sommeil interrompu seulement un instant par le grondement lointain d'un coup de tonnerre. *Un orage*, se dit-elle en se retournant et en n'y prêtant que peu d'attention. Aucune pluie ne vint battre la fenêtre, et aucun éclair n'illumina sa chambre ; il n'y eut aucun feu d'artifice dans le ciel nocturne pour la perturber plus avant.

Chapitre 10

*F*iggins entra dans la chambre dans un état de fébrilité intense.

— Je ne vous ai pas réveillé plus tôt, Mr Hawkins, car…

En une seconde, Alethea fut debout et, après avoir saisi la montre à répétition que Figgins avait achetée à un joaillier douteux, regarda l'heure.

— À quoi pouvez-vous bien penser, Figgins ? Nous devrions déjà être en route, au lieu d'être là à nous prélasser !

Figgins versa l'eau chaude d'un broc dans un flot d'éclaboussures.

— C'est ce que j'allais vous dire, si vous m'en aviez laissé l'occasion ! Personne ne part aujourd'hui. Il y a eu ce qu'on appelle une avalanche… À ce que m'a raconté le valet de chambre – quel arrogant celui-là ! – de Mr Manningtree, l'homme qui est arrivé comme un sauvage au beau milieu de la nuit, c'est une espèce de chute de neige qui se produit où elle ne devrait pas. Ça a bloqué les routes et tous les chemins, et aucun homme ni aucune bête ne peut passer avant qu'elle ait fondu ou ait été déblayée. Il y a un raffut de tous les diables en bas, on craint que des gens n'aient été pris dans l'avalanche et ne soient enterrés sous la neige.

— Ou qu'ils aient été balayés jusqu'au pied de la montagne, rétorqua Alethea, en tapotant son visage humide avec une serviette. C'est une sorte de glissement de terrain : une énorme couche de neige se détache et dévale la montagne, emportant tout sur son passage. J'en ai déjà entendu parler. Mais pourquoi, pourquoi a-t-il fallu que cela se produise ici ? Je suis sûre qu'une autre année, nous aurions pu traverser le col à pied, sans le moindre flocon sous nos pieds. Eh bien ! nous allons devoir rebrousser chemin et passer par un autre des cols.

— À Berne, les gens disent que les autres sont fermés en raison de fortes chutes de neige. Ce chemin était censé être notre meilleure chance de franchir les montagnes.

— Nous voilà dans de beaux draps ! Allons, dépêchez-vous avec ces vêtements, Figgins. Je dois m'entretenir avec le tenancier.

Une petite foule se pressait autour de celui-ci lorsque Alethea descendit quelques minutes plus tard.

— Que se passe-t-il ? s'enquit Alethea auprès de signore Lessini. J'espère qu'aucune victime n'est à déplorer ?

— On ne sait pas encore, mais les habitants de ces montagnes vivent dans la plus grande crainte d'une avalanche, et bien trop souvent, ce genre d'événement se finit mal. Cependant, nous devons rester optimistes ; et si aucune voiture en provenance d'Italie n'est arrivée ici hier après-midi ni hier soir, cela laisse supposer que, du côté italien, les prédictions ont été justes. Je crois qu'on arrive à estimer la probabilité d'une avalanche en fonction de la température, du vent, etc.

— Combien de temps l'aubergiste pense-t-il que le col demeurera fermé ?

Signore Lessini haussa les épaules.

— Il a trop neigé pour qu'on tente de déblayer le passage. Attendre le dégel est notre seul espoir, et d'après ses dires, cela ne saurait tarder. C'est peut-être même à cause de cela que la neige a glissé ; il semblerait qu'une avalanche puisse être provoquée par une hausse de la température.

— Je ne peux pas attendre. Je vais devoir rebrousser chemin.

À ces mots, le gentleman de haute taille, jusqu'alors en grande conversation avec le tenancier, se retourna et regarda Alethea. Il la jaugea de son regard froid.

— Quant à cela, monsieur…

— Mon nom est Hawkins, répondit Alethea en s'inclinant légèrement. Aloysius Hawkins.

L'air perplexe, l'homme reprit néanmoins :

— Titus Manningtree, à votre service. Herr Geissler nous informe que nous sommes bloqués des deux côtés. Devant nous, il y a la neige, et derrière nous, les inondations. Une hausse soudaine de la température s'est produite ; il suffit de mettre le nez dehors pour s'en rendre compte. Le dégel qui en a résulté a fait déborder les ruisseaux montagnards : et maintenant, un véritable torrent est en train de se précipiter dans la vallée.

Alethea le dévisagea.

— Alors nous sommes coincés ici, dans cette auberge ? Il s'inclina.

— Une excellente auberge, de bons repas, de beaux feux de cheminée, admettez qu'il y a pire endroit pour être piégés.

L'autre arrivant nocturne écoutait attentivement.

— C'est parfaitement vrai, Manningtree, même si les dames ne manqueront pas de faire entendre leur mécontentement. Celles-ci se plaignent toujours si les choses ne se passent pas comme elles l'avaient prévu. Tenancier, dans quelle pièce prend-on le petit déjeuner ?

— C'est Mr Warren, précisa Titus à l'intention d'Alethea.

Celle-ci hésitait : devait-elle aller prendre son petit déjeuner tout de suite, sachant qu'elle avait faim, ou bien patienter dans sa chambre jusqu'à ce que les autres hôtes anglais aient terminé ?

Titus trancha la question en lui tenant la porte. Elle le suivit à l'intérieur, avec un mot de remerciement, et s'assit à côté de signore Lessini. Celui-ci s'adressa à Titus en fronçant les sourcils.

— Mr Manningtree ?

— Oui, je suis Titus Manningtree.

Ensuite celui-ci attendit que l'Italien se présente.

George Warren, tout en empilant divers morceaux de viande froide dans son assiette, leva les yeux, regarda à tour de rôle les visages des deux hommes, éclata de rire, et prit un petit pain. Il se rassit sur sa chaise, la fourchette en position pour attaquer la viande.

— Permettez-moi de vous présenter signore Lessini, dit-il. Il me semble qu'autrefois, vous avez bien connu sa femme, Emily Thruxton.

À la grande surprise d'Alethea, Titus Manningtree blêmit et pinça les lèvres.

— Vraiment ? Je suis enchanté de faire votre connaissance.

— Signora Lessini vous accompagne-t-elle ? poursuivit George Warren. Ah ! J'étais sûr qu'elle serait avec vous, tout jeunes mariés que vous êtes. Un voyage de noces, si je comprends bien.

Titus se leva, jeta sa serviette sur la table, et sortit d'un pas raide. Alethea scruta sans comprendre l'expression moqueuse de Warren puis la figure, rougissante, de Lessini. Avant qu'elle ait pu dire un mot, Lessini se leva à son tour et se précipita hors de la pièce.

— C'est du joli ! déclara Warren. Et vous êtes, monsieur ? Laissez-moi deviner… Vous êtes un Darcy, n'est-ce pas ?

Alethea était consternée. Sa ressemblance avec son père était frappante, mais elle n'avait pas imaginé un seul instant se retrouver en compagnie de personnes qui connaissaient sa famille. *Quelle malchance !* Warren la regardait avec curiosité, affichant une moue méprisante.

— Je m'appelle Aloysius Hawkins, fit-elle abruptement. Mon oncle est Mr Fitzwilliam Darcy.

Warren hocha la tête, apparemment satisfait.

— Je savais que je ne me trompais pas. Vous devez être le fils de sa sœur, je suppose.

Il n'attendit pas la réponse, mais se resservit une portion de nourriture.

— Ce jambon est excellent. La raison du brusque départ de nos amis, au cas où vous ne seriez pas *au fait*, en raison de votre jeune âge, des intrigues londoniennes, est que la nouvelle femme de Lessini fut un temps – comment dire ? – très proche de Titus Manningtree. Quelle étrange coïncidence les réunit ainsi tous les trois dans cette auberge ! D'autant qu'à présent, nous avons de grandes chances de rester ici un petit moment. Dites-moi, y a-t-il d'autres voyageurs anglais ?

— Deux, répondit Alethea. (Elle tendit le bras pour attraper un petit pain et commença à le beurrer, ordonnant à ses doigts de ne pas trembler.) Une Mrs Vineham et un certain lord Lucius Moreby.

— Comment ! s'écria Warren, Lavinia Vineham séjourne ici ! Quant à lord Lucius, c'est le dernier des imbéciles, mais aussi un sacré joueur de cartes. Ah! Ce séjour nous réserve quelque divertissement, finalement. (Il lança un regard dur à Alethea.) Sans doute avez-vous charmé ce noble lord… Vous êtes exactement le genre de morceau qu'il apprécie. Ma parole! Nous n'allons certainement pas nous ennuyer pendant les longues heures à venir.

Maudit soit Warren! se dit Titus. L'avoir ainsi poussé à dévoiler ce qu'il pensait du mariage d'Emily à ce Lessini! Comment son ancienne maîtresse avait-elle pu épouser un tel charlatan? En un regard, on comprenait que cet individu n'était rien d'autre qu'un chasseur de fortune. Comment avait-elle pu être aussi naïve et aussi stupide?

Et voilà qu'à présent il se retrouvait coincé dans ce village perdu avec le nouveau mari d'Emily et avec Warren, sans parler de cette paire désagréable, Mrs Vineham et lord Lucius. Et ce prétendu jeune homme, ou plutôt cette fille travestie en garçon. Que faisait-elle ici? Il l'avait prise pour une prostituée, mais les prostituées ne finissaient pas dans des cols alpins à cette époque de l'année, à fréquenter le beau monde comme si elles en étaient. Que manigançait-elle? Car manigance il y avait, sans aucun doute…

Il fronça les sourcils, se demandant où il l'avait croisée auparavant. À Paris, oui, mais même là il avait eu l'impression fugace de la reconnaître. Non, il l'avait rencontrée plus tôt, en Angleterre. Mais pas récemment, pensa-t-il. Décidément, il ne voyait pas. Peu importait pour le moment. Tôt ou tard, sa mémoire lui reviendrait. En attendant, il devait faire face à la perspective de passer plusieurs jours en cette exécrable compagnie. Il avait faim, également ; il s'était empressé de sortir avant d'être tenté d'effacer ce sourire suffisant du visage de Warren, et se retrouvait à présent à jeun et donc de fort mauvaise humeur.

— Bootle ! cria-t-il. Filez aux cuisines et remontez-moi un petit déjeuner. Dépêchez-vous !

Bootle avait toutes les chances de se révéler une bonne source d'informations, comme à son habitude. Il tirerait les vers du nez à tous les autres domestiques anglais en un clin d'œil. Cette jeune fille déguisée en garçon voyageait-elle seule ? Titus n'avait jamais rien entendu de plus scandaleux. Elle ne pouvait tout de même pas être accompagnée d'une femme de chambre… Cela dit, se déplacer avec un serviteur serait encore plus choquant.

Bootle fut rapide à l'éclairer. Le jeune Mr Hawkins était accompagné de son valet, dit-il à Titus tout en étalant une nappe blanche sur la table près de la fenêtre.

— Le genre de domestique distingué qui s'exprime bien, même s'il est plutôt petit pour un valet au service d'un gentleman. Il est employé par la famille Hawkins depuis fort longtemps, d'après ce que j'ai compris. Mr Hawkins est en route pour l'Italie, où il doit rendre visite à un parent. (Il défaussa un couteau avant de soulever brusquement la cloche d'un plat de jambon.) Tout ce qu'il y a de respectable, même si je n'ai pas le souvenir d'avoir entendu parler d'un Mr Hawkins, ou de tout autre Hawkins, qui ferait partie de la haute société.

Titus esquissa un geste de mépris.

— Je parie que c'est le rejeton d'un parvenu… D'un maître forgeron ou quelqu'un comme ça, établi en ville. C'est là que se trouve l'argent de nos jours, et les hommes comme eux envoient leurs héritiers à

Harrow ou dans d'autres écoles pour fils de gentlemen ; lorsqu'ils en sortent, ils sont semblables en tout point à leurs camarades en ce qui concerne les manières et l'habillement.

— Mais pas en ce qui concerne leur nom, monsieur.

— Non, pas en ce qui concerne leur nom.

Et, Titus en était certain, ce rejeton-là n'avait jamais mis les pieds à Harrow, sauf peut-être pour y rendre visite à un frère. Il se chargerait lui-même de découvrir ce que la petite manigançait : quelque chose de louche, assurément… Il aurait donc de quoi se distraire un peu en attendant le dégel.

Cela l'amusa que Warren n'ait pas détecté la supercherie et croie à l'existence d'un jeune Mr Hawkins, gentleman. Voilà ce que valaient son œil et son esprit perçants dont il se vantait tant ! Il se demanda si Emily… Non, il n'allait pas laisser son esprit vagabonder vers Emily. Tôt ou tard, il se retrouverait en sa compagnie, c'était inévitable, mais d'ici là, il n'était pas question qu'elle s'insinue dans ses pensées. Toute cette histoire était derrière lui, c'était un livre refermé, une blessure pansée.

— Bootle ! appela-t-il. Dépêchez-vous de m'apporter ce café !

Revigoré, mais haïssant l'idée d'une oisiveté contrainte, Titus faisait nerveusement les cent pas dans l'auberge. Il aurait préféré être sur la route, au lieu d'être enfermé dans cet établissement misérable, et de voir ses projets contrecarrés par les éléments. Il envoya Bootle chercher son pardessus, et sortit marcher pour apaiser ses nerfs. C'était une journée glaciale : un vent cinglant soufflait en provenance des montagnes et des nuages noirs filaient dans le ciel. Le temps menaçant faisait écho à son humeur féroce et à son sentiment d'oppression.

Aveugle au paysage majestueux qui l'entourait, il se remit à penser à Emily. *Quelle malchance de la croiser ici ! Et en compagnie de Lessini !* Il se raisonna : avec qui d'autre que son nouveau mari aurait-elle bien pu être ? Et pourtant, combien il aurait souhaité ne pas les avoir rencontrés ! Il avait cru que ses sentiments pour elle, sa tristesse et sa colère face à sa trahison, étaient enfin maîtrisés. À présent, il se rendait compte que ce n'était pas le cas.

Il accéléra le pas. Il ne penserait pas à elle.

Warren. Il n'avait qu'à songer à Warren… *Maudit soit cet homme !* Que savait-il exactement sur le tableau qu'il pourchassait ? Pour lui, la toile ne représentait sans doute rien de plus qu'une juteuse commission et le moyen d'obtenir la faveur du roi ; Warren avait effectué plusieurs achats de la sorte pour des collectionneurs passionnés au cours de l'année précédente et s'était forgé une réputation de connaisseur. Titus était sceptique ; il savait fort bien que dans le Londres de 1820, quelques mots vides de sens sur l'ombre, la lumière et l'agencement d'une composition suffisaient à faire de vous un expert en art.

Il gravit le sentier caillouteux, de plus en plus haut, à travers les pins qui poussaient encore à cette altitude. Il dérangea un troupeau de chèvres, des créatures extraordinairement bariolées dotées de magnifiques cornes recourbées. Le bruit de l'eau qui jaillissait lui parvenait de toutes parts. Ce qui l'été ne serait plus qu'un mince filet glissant sur les grosses pierres était à présent un torrent tumultueux d'eau boueuse et glaciale.

Ce n'était pas la bonne saison pour entreprendre un tel voyage.

Maudit Warren! S'il avait patienté quelques semaines, toutes ces mésaventures leur auraient été épargnées. Une telle hâte témoignait d'une impatience inhabituelle de la part de celui-ci… Peut-être avait-il reçu des nouvelles concernant le tableau, car il avait choisi de quitter Londres au beau milieu de la saison. Il avait peut-être une réputation douteuse, mais il connaissait tout le monde, était invité partout, et se délectait des réceptions mondaines, alors même que son libertinage incitait la plupart des mères à mettre en garde leurs filles débutantes contre ce gentleman à l'allure de corsaire fringant.

Poseur, se dit Titus avec colère. Imbécile, de trouver quoi que ce soit de divertissant dans les mondanités d'*Almack*, dans les bals et les fêtes, les réceptions et les soirées.

En marchant, Titus avait réussi à évacuer une grande partie de sa méchante humeur ; il entreprit de redescendre le long d'un sentier escarpé qui menait à l'arrière de l'auberge. Après tout, quitte à être retenu par le mauvais temps, autant se réjouir de l'être en compagnie de Warren. Deux ou trois jours plus tôt, et celui-ci aurait très bien pu parvenir en Italie sans trop de difficultés. Il aurait alors eu une avance non négligeable sur Titus, et aurait pu entrer en contact avec le voyou qui était en possession de son tableau avant même que son rival ait mis le pied en Italie – sans parler d'atteindre Venise.

Bootle, qui attendait dans la cour de l'hôtellerie, l'accompagna jusqu'à la porte avant de le délester de son manteau et de lui conseiller d'ôter ses chaussures.

— Lord Lucius s'est enquis de vos allées et venues, monsieur. Je crois qu'il veut organiser une partie de cartes.

— Il devra se passer de moi. J'ai des lettres à écrire, et de plus, personne ne gagne jamais contre cet homme. Les autres n'ont qu'à perdre en sa compagnie, je ne jouerai pas. Vous pouvez le lui dire.

— Très bien, monsieur.

Quand vint l'après-midi, Alethea s'ennuyait profondément. Craignant d'être démasquée en s'attardant trop auprès de gens aussi vifs et clairvoyants que l'étaient tous ses compagnons d'infortune, elle avait passé la majeure partie de la journée cloîtrée dans sa chambre. Par chance, elle avait découvert, dans un coin de la pièce qui faisait office de salon d'écriture – constitué de deux tables, d'un encrier vide, et d'une plume cassée abandonnée dans un tiroir –, une étagère de livres tout abîmés. Elle n'avait aucune envie d'écrire à qui que ce soit, mais fut heureuse de trouver là des ouvrages en français et en anglais ; elle jeta son dévolu sur un conte macabre à la reliure de papier marbré et sur un exemplaire des *Essais* de Montaigne.

Le conte macabre se déroulant dans cette partie du monde, elle l'ouvrit en premier. C'était un formidable récit qui parlait d'enlèvements, d'emprisonnements au fin fond de forêts infestées de loups, de beaux-pères maléfiques et d'héritières égarées. Exactement le genre d'histoires qu'Alethea appréciait. Elle trouva néanmoins que la description terrifiante d'une traversée des Alpes à cette exacte période de l'année n'était pas aussi séduisante qu'elle l'aurait été dans le confort d'un boudoir ou d'une bibliothèque en Angleterre.

Elle bâilla et écarta le livre. Figgins apparut à la porte, manifestement remontée.

— Quelle bande de vauriens ! Ah, çà ! J'ai beau avoir l'habitude des domestiques et de leurs manières, et j'ai beau connaître les gens de maison, je n'en ai jamais rencontré des comme ça ! Ce Bootle, et le valet de Mr Warren, Nyers, eh bien, ils ne s'embarrassent pas en ma présence, vu qu'ils me prennent pour un homme, et je peux vous dire, avec la façon dont ils parlent, qu'il doit y avoir des oreilles qui sifflent ! Il n'y a pas un scandale dans tout Londres qu'ils ne connaissent sur le bout des doigts ! Si jamais ils ont le culot de discuter de votre situation, c'est-à-dire... de ce qu'ils croient être votre situation, je m'en vais leur remettre les pendules à l'heure !

— Bonté divine ! répondit Alethea. Nous n'avons vraiment pas besoin d'une horde de domestiques trop bavards... mais s'ils parlent de moi, laissez-les faire.

— Tous les domestiques cancanent, exactement comme leurs maîtres, affirma Figgins d'une voix rauque. Bootle, le valet de Mr Manningtree, est un brin plus subtil et plus modéré dans ses propos ; mais ça ne l'empêche pas de tendre l'oreille. Il va falloir que je surveille ma langue.

— Oui, soyez vigilante, confirma Alethea.

— Si jamais ils venaient à avoir le moindre soupçon au sujet de votre petite escapade, il n'y aurait pas une seule âme dans toute l'Europe qui ne serait pas au courant, je vous le dis tout net !

— Sauf qu'ils n'auront aucun soupçon si vous gardez votre sang-froid.

Alethea tira ses épaules vers l'arrière et lança un regard furieux à son reflet dans le miroir verdâtre posé sur la table de sa chambre. Celui-ci lui renvoya une image étrangement ressemblante, bien trop féminine, décida-t-elle en essayant d'imiter la moue de Warren.

— Vous avez mal aux dents ? lui demanda Figgins, en la dévisageant.

— Peut-être que si je me frictionnais les joues avec un peu de terre… juste une touche d'ombre… qu'en pensez-vous ?

— Je pense que vous feriez mieux de vous abstenir. Contentez-vous de ressembler à ce pour quoi vous pouvez très bien vous faire passer : un blanc-bec qui commence tout juste à utiliser un rasoir.

— Pile le genre qui plaît à lord Lucius, j'imagine.

Alethea laissa Figgins arranger ses courtes boucles en une coiffure à la romaine. Quelques légers coups de ciseaux parachevèrent le tout, et Alethea tourna la tête des deux côtés pour admirer le résultat.

— Ce n'est pas comme si vous n'aviez fréquenté personne pendant tout ce temps, remarqua Figgins. Dans les auberges, et à Paris, et tout ça.

— Oui, mais jamais des gens comme ceux-là. Ils vont me presser de questions au sujet de mon père, du montant de ses revenus et de la taille de ses propriétés ; et ils vont me demander où j'ai reçu mon éducation et si j'ai rencontré Untel et Untel.

Elle décida que la meilleure chose à faire était de coller à la vérité autant que possible. Elle pourrait parler du Derbyshire, qu'elle connaissait bien, et un peu de Londres. Encore que ses deux Londres à elle, celui des salles de bal et des manières raffinées, et celui, plus humble mais plus intéressant, du musicien pour qui elle s'était fait passer, n'étaient pas ceux que fréquentaient ces hommes. Ces derniers étaient sûrement coutumiers des maisons de passe et des tripots, sans parler des clubs, que tout rejeton doté de bonnes relations aspire à intégrer en venant s'installer à Londres. Alethea n'était jamais entrée dans ce genre d'endroit ; qu'elle s'avise de mettre un pied dans l'un de ces bastions masculins du quartier de St James et ce serait tout l'édifice sacré qui s'effondrerait autour d'elle. Commettre un sacrilège ne serait rien en comparaison.

De la naïveté, donc, et de l'inexpérience ; en dire le moins possible, et éviter le vin ; elle affirmerait tout simplement qu'elle n'avait aucun goût pour cette boisson. Elle ferma les yeux et s'imagina dans la peau des différents jeunes hommes de sa connaissance. Garçon manqué depuis toujours, elle rendit grâce au ciel pour ses années d'amitié avec Giles, le fils d'un châtelain du voisinage, qui avait été comme un frère pour elle ; lorsqu'ils étaient enfants, il lui avait fait prendre part à beaucoup de ses jeux et de ses aventures à travers leurs deux propriétés, et lui avait confié d'interminables histoires sur la brutalité ainsi que l'injustice des professeurs et des précepteurs. Elle était donc parfaitement capable d'évoquer la vie d'un garçon dans un domaine rural. L'embarras que provoqueraient des questions sur ses années d'école ? Elle écarta le problème. Aucun de ceux présents à l'auberge n'était intéressé par les faits et gestes d'un écolier.

Non, c'était à propos de la vie londonienne qu'elle pourrait être prise en défaut. Très bien, elle esquiverait le sujet autant que possible. Aloysius Hawkins n'aurait fait que traverser la capitale en se rendant chez un cousin en Italie. Elle passerait pour un garçon insipide, indifférent à la frénésie urbaine qui attirait tous les jeunes gens qu'elle avait jamais rencontrés. Elle pourrait évoquer des principes religieux, un intérêt pour la philosophie naturelle, peut-être, ou pour la musique ancienne ; des préoccupations ennuyeuses qui feraient de Mr Hawkins un jeune homme mièvre et sans expérience, parfaitement assommant pour ceux qui évoluaient dans les cercles animés de Londres.

Elle lissa les manches de sa chemise, mit son manteau et enfila une paire de souliers à boucle. Fanny avait déploré les grands pieds d'Alethea, tout comme elle s'était tracassée à propos de sa haute taille ; à présent, Alethea s'en félicitait. Elle se passerait fort bien d'une silhouette féminine, et de pieds fins et délicats pour le moment. Les mois passés aux côtés de Norris lui avaient coupé l'appétit, de sorte qu'elle était bien trop mince pour correspondre à un quelconque idéal de beauté. Sa maigreur, ses pommettes saillantes et sa mâchoire osseuse étaient un avantage : un an plus tôt, la tromperie aurait été moins aisée.

Figgins lui ouvrit la porte avec anxiété, l'exhortant à la plus grande prudence ; Alethea avait affaire à des gens vicieux et ne devait pas l'oublier. La jeune fille parcourut la galerie à grandes enjambées, imaginant être le frère de dix-sept ou dix-huit ans qu'elle n'avait pas.

La porte de la chambre de lord Lucius était entrouverte. Un coup d'œil dans la pièce bien éclairée par l'éclat des chandelles qui brûlaient à l'intérieur lui permit d'apercevoir ce dernier assis face à son miroir. Il avait une sorte de bas blanc étiré sur les cheveux, pour dégager son visage, et son valet était en train de lui appliquer du rouge à joues.

L'espace d'un instant, elle croisa le regard entendu du domestique, et s'éloigna rapidement, contrariée de se sentir rougir à la vue d'un homme se pomponnant de la sorte, devant son valet éhontément lascif. Lascif de nature, ou eu égard aux prédilections de son maître ? Cela n'avait pas d'importance, les deux possibilités, tout aussi perturbantes et déplaisantes l'une que l'autre, déterminèrent encore un peu plus Alethea à rester hors de portée de lord Lucius et de son allure de dandy efféminé.

Le tenancier avait servi le dîner pour ses hôtes anglais dans un salon particulier qui s'enorgueillissait d'une grande table ronde.

— Quelle belle assemblée vous faites ! dit-il en se frottant les mains avec satisfaction. Tous de nobles gens, des gentlemen, des dames… Quelle chance que vous soyez tous réunis ici, pour festoyer ensemble ! Comme vous allez vous amuser !

Alethea dut manœuvrer avec adresse pour éviter d'avoir à s'asseoir à côté de lord Lucius, ce qu'il avait manifestement prévu de faire. Sa bouche rouge se pinça en une moue de mécontentement tandis qu'il prenait place près de Titus. *Au moins, sa main n'ira pas s'égarer sur le genou de Mr Manningtree pendant le repas*, se dit Alethea en réprimant un rire. Titus Manningtree jouirait d'une compagnie plus agréable de l'autre côté, où Mrs Vineham, très élégante, s'était installée. Alethea se tenait donc entre signore Lessini et Mr Warren. La simplicité étant à l'ordre du jour, elle put se consacrer tout entière à sa conversation avec le *signore*, au sujet de musique, de Venise et de Rome, et laisser Mr Warren discuter avec qui bon lui semblait de l'autre côté de la table.

Un malaise palpable, dû aux nombreuses dissensions qui opposaient les convives, planait au-dessus de l'assistance. Le tenancier avait beau considérer qu'ils étaient tous faits du même bois, qu'ils avaient des intérêts et des relations en commun, leurs antécédents d'un genre ou d'un autre empêchaient la tranquillité de la conversation. Warren, courtois ce soir-là, jaugea tout de suite l'humeur du groupe et commença à parler de peinture. Le sujet semblait assez inoffensif, et prouva que Warren était, selon toute apparence du moins, un homme bien élevé. Alors pourquoi, se demanda Alethea, Titus Manningtree avait-il l'air aussi contrarié ?

— Je suis un grand admirateur des maîtres italiens, dit Warren. Vous qui avez une belle collection, Manningtree, ne partagez-vous pas ma passion ? Peut-être est-ce pour cela que vous vous rendez en Italie, pour mettre la main sur quelques toiles… Il y a tant de possibilités à présent que le butin de la guerre est éparpillé dans toute l'Europe.

— Au contraire de certaines personnes, je n'ai aucune envie de tirer profit de ce que d'autres ont perdu. Ceux à qui on a volé ou pillé des tableaux, ou toute autre œuvre d'art, seraient en droit de les récupérer si d'aventure on les retrouvait.

— Ah, ce serait le cas dans un monde idéal… Malheureusement, nous vivons dans un monde très imparfait, et par conséquent, c'est celui qui trouve qui garde, n'est-ce pas ?

— Je ne suis pas de cet avis.

La soupe fut débarrassée et on apporta divers plats couverts de cloches, desquelles s'échappaient de délicieux arômes. Alethea, qui était affamée, se concentra sur sa nourriture. Les autres pouvaient bien jouer des coudes et se railler… Elle garderait la tête baissée et la bouche fermée, sauf pour manger ; le repas serait bientôt terminé et elle pourrait se retirer.

— Avez-vous été à l'université ?

Il fallut un moment à Alethea pour comprendre que la question lui était adressée. C'était lord Lucius qui avait parlé, et son regard, empreint de bien trop de chaleur au goût de la jeune fille, s'attarda sur son visage.

— Non. C'est-à-dire, il se pourrait que j'y aille l'année prochaine. À Cambridge, improvisa-t-elle.

— Est-ce l'université de votre père ? Est-ce la coutume dans votre famille d'étudier là-bas ? demanda Mrs Vineham d'un ton suave. Ou peut-être votre père a-t-il eu une éducation tout à fait différente ? Peut-être est-il plutôt un produit de l'école de la vie ?

— Mon père a été à Cambridge, fut la réponse rapide et honnête d'Alethea.

Mrs Vineham laissa un minuscule froncement rider son front lisse.

— Tiens donc ! Vous me surprenez... Et où avez-vous reçu votre instruction ?

Au diable cette femme ! Qu'est-ce que la formation de Mr Hawkins pouvait bien lui faire ? Alethea connaissait la réponse à cette question. Depuis la fin de la guerre, les gens de bonne famille, comme ils aimaient à se considérer eux-mêmes, avaient constaté un déclin de l'influence et du statut. Le monde était plein de nouveaux riches, poussant comme des champignons, dotés de fortunes bien supérieures à ce qu'étaient capables de produire les vieilles propriétés et les terres ancestrales. Le revenu d'un marchand de maïs pouvait être cinquante fois supérieur à celui d'un propriétaire terrien de la campagne, et l'argent avait bien plus d'importance qu'un nom ancien et des ancêtres ayant frayé avec Guillaume le Conquérant. La classe sociale dans laquelle Mrs Vineham et ses semblables évoluaient s'était repliée sur elle-même, excluant de ses rangs sacrés tous ceux qu'elle estimait souillés par le commerce ou l'argent neuf.

Si Alethea prétendait avoir fréquenté les bancs d'Eton, Harrow, ou tout autre établissement auquel la bonne société confiait ses fils, elle s'exposerait à un interrogatoire ; Mr Hawkins connaîtrait certainement Untel et Untel, aurait rencontré cet homme-ci ou aurait croisé le fils de celui-là…

— J'ai reçu une instruction privée, à la maison, répondit-elle. J'étais un petit garçon plutôt chétif.

À l'expression qui parcourut le visage de Mr Warren, il était manifeste que celui-ci trouvait que Mr Hawkins était toujours un gringalet. Lord Lucius sourit depuis l'autre côté de la table.

— Je suis certain, cependant, que vous jouissez à présent d'une bonne santé. Sinon, vos parents, qui vous aiment sans aucun doute, ne vous auraient pas autorisé à faire un aussi long et périlleux voyage. Dites-moi, pour quelle raison l'avez-vous entrepris ?

— Je rends visite à un cousin, repartit Alethea.

Les autres convives n'avaient-ils donc rien à dire ? Pourquoi fallait-il que ses affaires intéressent toute la tablée ?

— À Venise, je crois ?

Alethea acquiesça d'un léger signe de tête.

— Ah, comme c'est charmant ! Nous allons former un joli petit groupe d'Anglais là-bas. Il faudra me laisser vous introduire dans la société. Il y aura tant de gens exquis ! Lord Byron se trouve actuellement en Italie, et l'on se presse littéralement autour de lui.

Signora Lessini intervint pour la première fois.

— Une société pareille peut difficilement être considérée comme convenable pour un jeune homme, lord Lucius.

— La compagnie des poètes est très certainement une chose dont un jeune homme doit faire l'expérience avant de se lancer dans un cursus universitaire, intervint Warren.

— Pas celle de ce poète-là, rétorqua Titus. Il se trouve que Byron est un bon ami à moi, mais je ne recommanderais pas sa compagnie à ceux dont l'éducation n'est pas terminée.

— Puis-je vous demander quel est l'objet de votre voyage, Mr Manningtree ? interrogea Mrs Vineham avec un battement de cils. Je sais que vous êtes toujours par monts et par vaux. Peut-être cherchez-vous à fuir une histoire d'amour compliquée ? N'est-ce pas une raison fréquente de quitter le pays ?

Les yeux de signora Lessini lancèrent des éclairs, tandis que Titus répondit de façon plutôt habile.

— Poser des questions est une manière bien peu satisfaisante de faire la conversation, vous ne pensez pas ? Mr Hawkins, puis-je vous faire passer ce plat d'oie, préparée à la mode suisse ? Je vois que votre assiette est vide.

Tout en savourant l'oie, cuisinée dans une sauce riche et sucrée, Alethea laissa la conversation flotter autour d'elle. Les échanges étaient crispés, pleins de sous-entendus qu'elle ne comprenait pas entièrement, et elle préféra rester, pour ainsi dire, à l'écart.

Le temps qu'elle avait passé à l'étranger, si court soit-il, l'avait considérablement changée ; elle en prenait conscience en observant les convives assis à la table.

Elle était de loin la plus jeune. Il lui semblait que les Lessini approchaient de la quarantaine. Lord Lucius devait être encore plus âgé ; il paraissait avoir le même âge que son père, mais il se pouvait qu'il soit plus jeune et que simplement, il porte moins bien ses années. Mr Warren et Mr Manningtree étaient ceux qui étaient le plus proches d'elle, mais ils devaient avoir au moins trente ans, et très probablement plus.

Auparavant, elle n'aurait pas eu de rôle à jouer dans une telle assemblée. En tant que femme mariée, elle aurait pu espérer se faire une place dans la société et se mêler à une compagnie plus variée que celle autorisée à une demoiselle. Pourtant, étant donné les circonstances particulières de son mariage, elle était passée d'une forme de réclusion à une autre. Ses sorties dans le monde, lorsqu'elle était encore en salle d'étude, avaient été brèves et ne l'avaient pas mise face au genre de sophistication et de subtilité qu'elle rencontrait à présent.

Les mots que prononçaient ces personnes, et le sens qu'elles y mettaient, étaient deux choses différentes. De plus, ces gens présentaient une conception de la vie conjugale très éloignée de celle dont Alethea était familière. La jeune fille était issue d'une famille nombreuse, aimante. Étant la plus jeune de cinq sœurs, elle n'avait guère connu de situations plus complexes. Les Fitzwilliam étaient eux aussi un couple uni avec une famille et un mode de vie ordinaires. Tout comme ses autres cousins, les Gardiner, malgré leur grande fortune.

Et voilà qu'elle se trouvait en face de signora Lessini, convolant pour la seconde fois à cet âge avancé, avec un homme d'un rang très différent du sien. Si les informations obtenues par Figgins étaient exactes, elle avait entretenu une liaison de plusieurs années avec Mr Manningtree. Lui ne s'était jamais mis la bague au doigt, semblait-il ; sans doute parce que son attachement à une femme mariée était un arrangement plutôt satisfaisant… Mrs Vineham était veuve depuis deux ans, comme elle l'avait confié à Alethea. D'après ce qu'avait glané Figgins auprès de la femme de chambre revêche de Mrs Vineham, cette dernière était à présent à l'affût d'un second époux. Le premier avait été ivre la plupart du temps, et s'était défenestré au cours d'une beuverie dans un quartier malfamé de la ville. Au grand soulagement de Mrs Vineham, apparemment.

Aussi, que fallait-il penser du mariage et de la possibilité d'une félicité conjugale ? Peut-être son propre malheur en ménage était-il plus proche de la norme que le bonheur tranquille de ses cousins, ou que la relation, certes animée, mais solide, dont jouissaient ses parents ?

Alethea avait grandi avec l'idée qu'elle finirait par se marier, ainsi que pouvaient l'espérer la plupart des jeunes filles de son rang dotées de sa fortune. Les femmes mariées avaient des devoirs et des obligations domestiques, compensés par la plus grande liberté consentie à une riche épouse : liberté de sortir en compagnie, d'assister à des spectacles musicaux et à des opéras, et de consacrer autant de temps qu'elle le souhaitait à la musique.

Une vision bien naïve et bien faussée du monde… Elle s'en rendait compte à présent. Pas étonnant que les mères et les chaperons surveillent de si près leurs agnelles, de crainte que leurs ouailles ne deviennent trop conscientes de ce qui agitait le monde ! Les jeunes filles comme elle, élevées dans les grandes maisons aristocratiques, avaient toutes les chances d'apprendre très tôt la réalité de la vie d'adulte ; pour les autres, l'innocence était véritablement un paradis, même si ce paradis était destiné à être brisé par le mariage et l'entrée dans la bonne société.

Il y avait une chose dont elle était certaine à présent : elle ne retournerait jamais auprès de son époux. Il était peut-être possible de parvenir à une entente cordiale avec certains hommes, mais pas avec Norris Napier. Au cours de son voyage, Alethea avait acquis de la compétence, de l'indépendance, et une plus grande maturité. Chaque lieue parcourue, chaque changement de voiture, chaque nouvel arrangement effectué rendait Alethea plus assurée. Elle appréciait de pouvoir payer pour ses frais, et elle aimait se débrouiller face à des étrangers et des situations inédites. Elle prenait plaisir à recourir aux langues qu'elle avait apprises et enviait aux autres voyageurs leur plus grande aisance en ce domaine. Elle était impatiente d'arriver en Italie, ce qu'elle n'aurait pas cru possible seulement quelque temps auparavant. Elle s'était alors imaginé un voyage difficile et éprouvant qui s'achèverait dans le soulagement de retrouver sa sœur et Wytton.

Titus avait observé Alethea tandis qu'elle poursuivait son repas à une cadence mesurée. Elle semblait ailleurs. À quoi pensait-elle ? Indubitablement, elle avait l'appétit d'un jeune homme plutôt que d'une jeune femme. Avait-il pu se méprendre ? Non. Quelqu'un d'autre parmi les convives avait-il remarqué ce qui lui paraissait tellement évident ? Apparemment pas. L'idée d'une jeune femme voyageant déguisée en homme était si ridicule qu'elle ne leur traverserait pas l'esprit. Les joues trop lisses étaient considérées comme une preuve de son jeune âge, sa voix, exceptionnellement grave pour une demoiselle, ne trahissait rien et sa taille ainsi que sa silhouette mince et athlétique servaient parfaitement sa feinte.

Son attention fut attirée par un nouveau sujet ; Lessini avait changé de conversation, prouvant qu'il possédait de meilleures manières que Warren ou que ce béotien de Lucius Moreby, qui soutenait Mrs Vineham dans son obstination à aborder des questions inconvenantes et intimes.

— Intéressé comme vous l'êtes par les œuvres d'art, conseillait Lessini à Warren, vous devriez aller voir Delancourt lors de votre séjour à Venise. C'est un marchand d'une certaine renommée, et j'ai entendu dire qu'il avait actuellement quelques très beaux tableaux.

Le visage de Warren ne trahissait aucune émotion ; tel un joueur de cartes avisé, il savait demeurer impassible. L'espace d'une seconde seulement, par un cillement, se dévoila-t-il auprès de Titus.

Delancourt. Il ne connaissait pas ce nom… Warren s'était ressaisi et dissertait à présent avec Lessini à propos de pièces de monnaie de l'Ancien Monde. *De pièces de monnaie, tiens donc !* George Warren ne s'intéressait pas le moins du monde aux pièces de monnaie.

Qu'est-ce qu'Emily pouvait bien trouver à Lessini ? Certes, il avait l'air d'être un homme plutôt agréable, mais pas du genre à susciter une grande admiration ; pour autant, il devait forcément avoir quelques qualités cachées pour qu'Emily le repousse lui, Titus, en faveur de l'Italien. Manningtree tressaillit intérieurement à l'idée soudaine que Lessini incarnait peut-être la vision traditionnelle du séducteur latin. Pourtant, Emily et lui s'étaient bien entendus sous les draps ; mis à part une fierté toute masculine et un refus d'admettre la moindre défaillance dans l'art de l'amour, Titus ne pouvait se tromper sur un tel sujet.

Ce n'était pas comme si le défunt Mr Thruxton avait été un époux tyrannique ou dominateur. Il avait été un homme gentil et doté d'un bon caractère, sans intérêt particulier pour la moitié féminine de l'humanité ; un érudit, et un homme préoccupé par ses propriétés et ses chevaux. Il avait eu connaissance de l'amitié particulière qui unissait sa femme et Titus, mais n'avait jamais joué les maris trompés, et avait été reconnaissant envers Emily de préférer passer la plus grande partie de l'année loin de lui. Elle aimait mieux la ville que la vie campagnarde, et cela avait convenu à Thruxton, qui se satisfaisait parfaitement de vivre même une année entière loin de Londres. Il avait trouvé du réconfort dans les bras d'une femme de la région ; Emily n'avait nulle raison de jeter son dévolu sur un homme parce qu'elle l'aurait trouvé plus gentil ou plus accommodant.

Quoi qu'il en soit, Titus déplorait amèrement d'être enfermé dans cette auberge, avec elle et son Italien. Se retrouver en compagnie d'Emily, qui l'évitait délibérément, lui serrait le cœur. Non pas qu'il souhaitât s'imposer à elle, mais il méritait bien une explication.

Il était clair qu'il n'en obtiendrait pas. Plus tôt il partirait d'ici, loin d'elle, et serait en route pour l'Italie, mieux ce serait. Les femmes, se dit-il, vous causaient tout simplement trop d'ennuis. Il avait retenu la leçon. Il avait aimé Emily, et voilà les souffrances que cet amour lui avait apportées. Mieux valait se contenter d'une maîtresse aux goûts de luxe qui s'en irait sans un regard en arrière aussitôt fané l'attrait de la nouveauté. Pas d'attaches, pas d'entraves, pas de beaux yeux qui vous dévorent le cœur et qui vous gâchent la vie.

On parlait musique à présent, un sujet qui semblait animer la demoiselle déguisée. Ainsi, elle était mélomane ? Cela n'était guère surprenant si elle avait reçu le genre d'éducation qu'il lui prêtait. Néanmoins, une question demeurait : si elle était la fille d'un gentleman, que diable faisait-elle nippée d'un pantalon et d'une paire de bottes, voyageant quasiment seule à travers le continent européen ?

Le tenancier eut le plaisir d'annoncer à ses hôtes que l'instrument qui se trouvait dans le salon était en bon état, et qu'ils étaient invités à s'en servir s'ils le désiraient. L'auberge comptait peu d'autres résidents à cette période de l'année, et il n'y aurait aucune objection à ce que le groupe d'Anglais, ainsi qu'il les voyait, se divertisse avec un peu de musique.

— Un bon feu a été allumé dans cette pièce ; vous pourrez y prendre le café, et le serveur apportera du vin et de l'eau-de-vie pour les gentlemen, à votre guise.

Ils se rendirent au salon, menés par le bruissement des jupes de Mrs Vineham. Lord Lucius marmottait à propos de cartes, mais elle le foudroya du regard, disant qu'ils auraient bien assez de temps pour cela plus tard – une entière et interminable soirée avant que vienne l'heure de se retirer. Elle s'arrêta un instant sur le seuil de la pièce, déclara que l'endroit ferait l'affaire, et demanda au tenancier s'il avait des nouvelles de l'état des cols.

Il haussa les épaules.

— Il va pleuvoir encore, et cela va faire fondre la neige. Cependant, si la pluie est trop intense et le dégel trop soudain, se posera le problème des inondations, des ruisseaux en crue, de la boue – tout cela est dangereux pour les voyageurs. Je pense que vous allez rester dans mon auberge encore quelque temps.

— Mon Dieu, quelle barbe ! déclara Mrs Vineham en parcourant la pièce des yeux avant de s'approprier ce qu'elle estimait être la meilleure place. Nous allons devoir recourir à toutes sortes de stratagèmes pour nous divertir ; cela va finir avec des charades et des récitations, Lucius.

— Pas si je m'en mêle, aucun risque, fit ce dernier en s'asseyant d'un air mécontent devant l'âtre.

Il tendit une main vers la flambée. Il portait un énorme rubis solitaire et pencha la tête pour en admirer la couleur profonde à la lueur du feu.

Signore Lessini, après un rapide coup d'œil désapprobateur en direction de lord Lucius et de ses manières grossières, conduisit sa femme vers un fauteuil confortable. Elle lui toucha la manche, en lui adressant un regard très affectueux que Titus vécut comme un coup de poignard en plein cœur.

— Vous feriez mieux de jouer pour nous, mon cher, dit-elle. Peut-être Mrs Vineham nous fera-t-elle l'honneur d'une chanson ?

— Pas moi, répondit cette dame. Cela fait des années que j'ai cessé de prétendre avoir ce genre de talent. J'ai mieux à faire à mes heures perdues. Mr Hawkins, vous qui êtes un jeune homme tout juste sorti de l'école, y avez-vous appris à chanter ?

Il y avait une note de mépris dans sa voix, mais Mr Hawkins ne sembla pas y faire attention.

— Je chante un peu, madame.

— Si vous avez étudié avec Silvestrini, alors cela doit être plus qu'un peu, déclara Lessini en feuilletant les partitions posées sur le piano forte. Je sais qu'il n'accepterait jamais un élève médiocre.

Alethea inclina la tête, dit qu'elle serait ravie de rendre service, et pria signore Lessini d'avoir la bonté de leur interpréter lui-même quelque chose pour commencer. Puis elle s'installa – dans la partie la plus sombre de la pièce, remarqua Titus.

Signore Lessini joua une sonate de Clementi, un régal pour ceux qui appréciaient un tant soit peu la bonne musique. Lord Lucius n'en faisait pas partie, bâillant et s'agitant à travers la pièce ; il ne s'anima de nouveau que lorsque Lessini fut rejoint par Alethea.

Les yeux plutôt protubérants du lord pivotèrent pour se fixer sur la silhouette mince qui se tenait très droite, une main posée sur le piano forte.

— Une voix aiguë de ténor, murmura Mrs Vineham à Warren. Presque un alto.

— À quoi vous attendiez-vous, de la part d'un eunuque ? répondit Warren.

Mrs Vineham se mit à rire, pinça les lèvres lorsque signora Lessini lui fit signe de faire moins de bruit, et lança un regard provocateur par-dessus son épaule à Titus.

Il ne la remarqua pas. Il était porté par la chanson, par la voix, par l'interprète. Voilà donc qui elle était. Voilà pourquoi il avait eu l'impression de la reconnaître depuis tout ce temps. C'était la belle-sœur de Wytton, la fille de Fitzwilliam Darcy, rien de moins. D'abord, il ne put en croire ses oreilles, mais non, cela ne faisait aucun doute. Ses souvenirs le ramenèrent à l'abbaye de Sillingford, à l'époque où la joyeuse société qui s'y était réunie pour les noces de son propriétaire lui avait changé les idées, dissipant un peu de l'amertume que lui avait laissée la fin de sa carrière politique.

Il avait alors admiré la musique autant que la musicienne. Il lui était venu à l'esprit que lorsque la jeune fille ferait son entrée dans le monde, d'ici à un an ou deux, elle se distinguerait parmi la sempiternelle foule insipide des demoiselles que l'on faisait défiler sur le marché du mariage.

Elle s'était mariée, bien sûr, très tôt dans sa première saison ; il l'avait appris par Wytton, croisé à Constantinople. Son ami et voisin lui avait dit que Napier était un mélomane, ce qui, il l'espérait, créerait un lien au sein du couple.

Un lien bien ténu, à la voir déjà tramer un mauvais coup. Une intrigue, une liaison adultère, devait être à l'origine de son escapade. Mais grands dieux ! Quel risque elle courait ! Napier savait-il où elle se trouvait ? Se pouvait-il que celui-ci ait la moindre idée de ce qu'elle manigançait ? Titus était lui aussi dans une position détestable. Qu'un parfait étranger fasse ainsi le clown aurait pu l'amuser, tout au plus ; mais lorsqu'il était question d'une personne appartenant à son propre monde, les choses étaient différentes.

Il fronça les sourcils. Il n'était pas du genre hypocrite, et ne pouvait se prétendre un fervent défenseur du mariage. Pour autant, s'il s'était trouvé à la place de Napier, il aurait été fortement indigné que l'un de ses concitoyens n'intervienne pas pour renvoyer sur-le-champ son épouse dévoyée en Angleterre avant que quelqu'un d'autre découvre qui elle était et ce qu'elle complotait.

— Bravo ! s'écria lord Lucius alors que la chanson tirait à sa fin. Faites-nous le plaisir de nous chanter un autre air, Mr Hawkins, vous avez vraiment une belle voix.

Signore Lessini hocha la tête en signe d'assentiment. Warren et Mrs Vineham étaient en pleine conversation ; Titus entendit le mot « castrat », et Mrs Vineham partit d'un nouvel éclat de rire. Elle agita la main avec langueur.

— Arrêtons la musique, cela suffit comme ça. La table de jeu nous appelle, n'est-ce pas, Lucius ?

Puis, elle poursuivit plus bas :

— Pour l'amour du ciel, cessez de contempler le jeune prodige comme si vous alliez le dévorer tout cru. Ce n'est pas comme cela que vous allez l'amadouer, je vous le garantis ! Vous n'allez faire que l'embarrasser.

Mrs Vineham reprit ensuite, à voix haute :

— Mr Manningtree, serez-vous notre quatrième joueur ?

Titus déclina, brusquement. Signore Lessini, quant à lui, se joindrait avec plaisir aux autres joueurs, à la condition expresse qu'ils ne miseraient pas de grosses sommes.

Warren haussa un sourcil, lord Lucius prit un air boudeur, Emily Lessini sembla soulagée, et Mrs Vineham acquiesça en haussant une épaule avec élégance.

— Cela ne sera qu'un divertissement ennuyeux ; néanmoins, tout vaut mieux qu'un peu plus de musique. Je proteste ! Je trouve qu'une voix aussi asexuée est totalement dénuée de charme. Je suis sûre, ajouta-t-elle en s'apercevant que Mr Hawkins avait entendu ses paroles, que votre timbre va devenir plus grave avec l'âge, lorsque vous pourrez vous vanter d'avoir quelques poils au menton. Ne vous désespérez pas, tout est possible ; cela peut arriver même après vingt ans.

Lord Lucius battait le rappel pour les cartes. Titus hésitait. Il avait très envie d'aller s'asseoir à côté d'Emily, et peut-être d'échanger quelques mots en privé avec elle, mais celle-ci avait apporté de l'ouvrage à broder et s'était étendue sur le petit sofa de telle façon qu'il n'y avait pas de place pour une autre personne. *Une soirée ennuyeuse, en effet.* Il pouvait se retirer avec un livre, ou faire une promenade dans l'humidité du faible clair de lune, mais aucune de ces options ne le séduisait. Qu'à cela ne tienne, il irait s'asseoir à côté d'Alethea Darcy, ou plutôt Alethea Napier à présent, et tenterait de lui extorquer quelques bribes de vérité afin de s'assurer qu'il n'avait effectivement aucune raison d'informer Napier de l'endroit où se trouvait son épouse.

Il se reprit à cette pensée. Il n'avait rien d'un hypocrite. Il n'avait jamais aimé Napier, et estimait que les dehors de cet homme étaient bien différents de sa véritable nature. Que diable cela pouvait-il bien lui faire si Napier et sa femme se fâchaient ou non ? Et pourquoi devrait-il jouer les pasteurs moralisateurs en mettant fin au jeu farfelu que jouait cette demoiselle Darcy ?

Le devait-il à Fitzwilliam Darcy et à Mrs Darcy ? Non. Il les connaissait, mais n'évoluait pas dans le même cercle, et ne pouvait absolument pas se voir comme un intime de la famille. Des Wytton, oui, il était très proche, et donc de Camilla Wytton, qui était, bien sûr, la sœur aînée de cet hermaphrodite. Pour autant, dévoiler ses allées et venues à son mari ou à son père pourrait être la cause même du scandale qu'il préférait épargner à son vieil ami et voisin. D'ailleurs, il n'était pas si certain que Wytton considérerait la virée de Mrs Napier du même œil désapprobateur que le reste du monde le ferait assurément. On ne savait jamais avec Wytton.

Alethea, le cœur battant, s'alarma en détectant une lueur de discernement dans le regard de Titus Manningtree. L'avait-il percée à jour ? Ils ne s'étaient rencontrés que brièvement, et au cours des deux années qui s'étaient écoulées depuis, elle avait changé. Elle avait grandi, s'était amincie, avait eu une aventure amoureuse et était devenue une épouse. De bien des façons, elle était une personne différente, et avec ses cheveux courts, ces vêtements et son lien reconnu avec la famille Darcy pour justifier la ressemblance avec son père, pourquoi douterait-il d'elle ? D'après son expérience, les gens jugeaient généralement sur les apparences et acceptaient que vous soyez ce que vous prétendiez être.

Comme Napier. Non, elle n'allait pas penser à Napier. Elle allait se prélasser dans ce fauteuil, étirer ses longues jambes, se mettre à son aise, et se concentrer sur son rôle. *Je suis Aloysius Hawkins*, se dit-elle. *Un jeune homme prometteur, qui vit sa première aventure dans le monde.*

Titus lui proposa du vin ; elle s'apprêtait à refuser, puis le remercia tandis qu'il hélait le serviteur qui hésitait sur le seuil de la pièce.

— Apportez-nous une bouteille de vin, et ne laissez pas cette porte grande ouverte, cela fait fumer le feu.

Le domestique détala, et Titus, à son tour, étendit ses jambes encore plus longues, les croisant au niveau des chevilles. Il regarda Alethea.

— Aviez-vous déjà rencontré certains de ces voyageurs pris au piège de la montagne ? s'enquit Titus.

— Non, monsieur, j'ai mené une vie quelque peu recluse.

—Où se trouvent les terres de votre père?

—Dans le Nord.

—Dans le Derbyshire?

—J'ai passé beaucoup de temps dans ce comté, avec mes cousins.

—Ah, oui, bien entendu.

Ils se turent. Alethea se demanda si elle devait hasarder une remarque personnelle, mais estima qu'un blanc-bec laisserait l'homme plus âgé choisir le sujet de la conversation.

—Vous avez étudié la musique, poursuivit Titus. Votre interprétation est supérieure à celle de l'amateur.

—J'ai eu d'excellents professeurs.

Alethea voyait qu'il trouvait la discussion laborieuse. Elle l'ennuyait. Très bien, qu'il s'ennuie. Elle ne lui avait pas demandé de venir s'asseoir à côté d'elle et de poser des questions délicates. Le temps qu'il faisait… voilà un excellent sujet de conversation, toujours utile à quiconque avait une goutte de sang anglais dans les veines. Ils n'avaient qu'à s'entretenir du temps.

—Le tenancier reste évasif quant à la durée probable de notre séjour ici.

—Le tenancier, répondit Titus, est ravi d'avoir un groupe de voyageurs cloîtrés dans son auberge minable, grossissant de longues factures et occupant ses chambres à une époque de l'année où il doit avoir une activité réduite.

—« Auberge minable »? Je la trouve très confortable.

—Vraiment? Je parlais au sens figuré. Les lits et les pièces communes sont plutôt convenables, mais je considère minable tout endroit où je suis contraint de demeurer contre ma volonté. Cependant, ne croyez pas tout ce qu'a raconté l'hôtelier. La neige, à cette saison, a vocation à fondre et les inondations sont destinées à décroître. À l'entendre, nous risquons d'être coincés ici pendant au moins une semaine ; je ne crois pas que cela sera le cas. Encore un jour ou deux, et le col sera ouvert, à condition d'avoir un bon guide qui prenne soin de rouler prudemment.

— Avez-vous souvent traversé les Alpes ?

— Plusieurs fois, même si d'habitude, cela n'était pas si tôt dans l'année.

— Vous vous rendez sans doute en Italie pour quelque affaire urgente.

— Je souhaite partir d'ici car je trouve la situation assommante. Je suis tout à fait certain, néanmoins, que les affaires qui m'occupent attendront que nous soyons libérés de cette prison de neige et d'eau. J'ai un concurrent, en quête de la même chose que moi, mais il n'est pas encore en Italie.

Il y avait une note sinistre dans la voix de Titus, et ses traits crispés traduisaient son intransigeance ; quelle que soit l'identité de son rival, Alethea eut plutôt envie de le plaindre.

— Et vous allez séjourner chez mon bon ami Wytton et sa femme, qui est, bien sûr, votre cousine ?

Une fois de plus, elle perçut cette tension dans les propos de l'homme. *De la sévérité ? De la raillerie ?* Elle lui jeta un nouveau coup d'œil et le vit qui affichait une expression d'indifférence polie.

Le paysage, un autre bon sujet.

— La magnificence des montagnes dépasse tout ce à quoi je m'attendais, hasarda-t-elle. D'après les descriptions que j'en ai lues, et les récits que les gens en font, et les peintures, etc., je n'étais pas préparée à une telle splendeur.

— Elles sont gigantesques, n'est-ce pas ?

Il avait indéniablement un ton moqueur.

— Vous avez l'habitude de les voir, monsieur, elles ne vous intimident pas comme elles impressionnent, sans doute, celui qui ne les a jamais contemplées auparavant.

— Vous vous méprenez. Les montagnes inspirent un respect mêlé de crainte à tout être humain doté d'une âme. Elles nous rappellent notre fragilité, notre peu d'importance, la brièveté de notre passage sur cette terre. Elles touchent les cieux, et voguent sereinement à une altitude qui dépasse de loin tout ce que peut imaginer un simple mortel. Je vous assure, même ceux qui comme Herr Geissler voient les montagnes chaque jour de leur vie, demeurent toujours aussi admiratifs devant leur splendeur. Elles sont cruelles, dangereuses, et possèdent une beauté dont on ne peut se lasser.

Titus avait légèrement élevé la voix, et les oreilles aux aguets de Mrs Vineham avaient saisi ses paroles.

— De qui parlez-vous, Mr Manningtree ? cria-t-elle depuis l'autre bout de la pièce. Qui est cette beauté cruelle et dangereuse ? Je suis sûre que je dois la connaître.

— Nous parlons des montagnes, madame, répondit Titus.

— Des montagnes ! Le monde se porterait mieux sans elles. On les admire beaucoup, mais le pittoresque n'est plus aussi à la mode qu'auparavant, et en ce qui me concerne, je me passerais bien des cimes.

Lord Lucius la rappela au jeu de cartes avec impatience et Alethea céda au rire qui montait en elle.

Titus la regarda tenter de se maîtriser.

— Une gorgée de vin ? suggéra-t-il.

Le souffle coupé à force de contenir son fou rire, Alethea avala une grande lampée et, ce faisant, s'étouffa presque. Elle toussota, consciente que Titus l'observait d'un œil sardonique.

— Êtes-vous complètement remis ? demanda-t-il.

— Oui. C'était tellement absurde, vous savez, à propos des montagnes…

— N'y pensez plus, ou vous succomberez à votre rire, et attirerez sur vous le mépris de Mrs Vineham.

La perspective d'éveiller la langue de vipère de Mrs Vineham ôta à la jeune fille toute envie de rire : elle reprit une mine sérieuse.

— Nous avons discuté des montagnes, et du temps qu'il faisait, déclara Titus. Avez-vous quelques anecdotes frappantes à raconter au sujet de vos voyages ? Avez-vous aimé Paris ?

Alethea sursauta. Avait-il reconnu en elle le jeune homme qui lui était rentré dedans cette nuit-là à Paris ? Avait-elle mentionné cette ville ?

Elle se creusa la cervelle en vain. Elle ne le pensait pas.

— Je suis effectivement passée par Paris, mais c'est une ville que j'avais déjà visitée.

— Vous avez une autre cousine là-bas, je crois.

Elle le dévisagea, déconcertée l'espace d'un instant. *Une cousine ? Bien sûr ! Georgina.*

— Lady Mordaunt, en effet.

— L'avez-vous vue pendant que vous étiez à Paris ?

Qu'est-ce que cela pouvait bien lui faire qu'elle l'ait vue ou non ?

— J'ai eu l'honneur de lui rendre visite, répondit-elle avec raideur.

— Je suppose que vous avez testé les nombreuses attractions que Paris a à offrir à un jeune homme.

Il la taquinait à présent, elle en était persuadée.

— Si vous voulez parler des plaisirs salaces qui font la réputation de la ville, je n'ai pas ce genre de penchants.

— Non ? Un homme sérieux, je vois. Très bien. Avez-vous visité le lieu où tant d'infortunés ont perdu leur tête, et avez-vous foulé le sol où feu le roi Louis XVI a fait ses derniers pas ?

— Je n'ai pas des goûts morbides, et l'histoire ne m'intéresse pas, répliqua Alethea.

Elle commençait à avoir chaud sous son col amidonné. Il se jouait d'elle comme il le ferait d'un chiot. Voilà le genre d'homme qu'il était : il utilisait la supériorité que lui conféraient ses années et son expérience pour mettre mal à l'aise un jeune homme naïf et lui donner le sentiment de ne pas être à la hauteur. Elle l'avait considéré comme un être aux humeurs changeantes, habitué à diriger et à parvenir à ses fins, parfaitement capable de faire face aux imprévus, que ceux-ci surviennent sous forme d'une attaque de brigands ou d'une Mrs Vineham. Il était tout cela à la fois ; mais il se révélait également d'une froideur insensible. Ce qu'elle n'aimait pas.

Puis il sourit, et son visage en fut transformé.

— Vous me réprimandez, Mr Hawkins, et pour cause. Je ne suis pas dans mon assiette ce soir, je suis irritable à cause du retard dans mon voyage. Je ne suis pas quelqu'un de patient.

Un homme meilleur se sentirait penaud de l'avoir titillée ainsi, songea Titus. Ce n'était pas son cas. Il se devait néanmoins d'admirer le sang-froid de la jeune fille face à ses flèches. Un observateur attentif ne remarquerait rien de déplacé dans son attitude ni dans ses réponses ; elle se comportait exactement comme le blanc-bec qu'elle prétendait être.

Avait-il jamais été comme cela ? Il estimait qu'elle devait avoir à peu près dix-huit ans. Oui, car Camilla Wytton avait dit que sa sœur était âgée de seize ans lorsqu'ils étaient réunis à l'abbaye de Sillingford pour le mariage.

—Ainsi, Mr Hawkins, vous projetez d'aller à l'université. Qu'envisagez-vous par la suite ? Le droit, peut-être, ou bien l'Église ? Peut-être avez-vous la chance d'être l'aîné d'une fratrie ? Vous hériteriez d'une propriété et n'auriez pas besoin de travailler.

—Tout cela est encore bien loin. (Elle fit un effort manifeste pour poursuivre la conversation.) Je pourrais m'engager dans l'armée.

Il tourna rapidement les yeux vers elle et haussa les sourcils. Sa bouche se contracta.

—Je ne suis pas certain que ce soit le genre d'existence qui vous convienne.

—Ah non, monsieur ? Connaissez-vous bien la vie militaire ?

—J'ai été soldat pendant plusieurs années.

—Avez-vous combattu à Waterloo ?

—Oui, à mon grand chagrin.

Pendant qu'elle faisait sans doute ses premiers pas mal assurés dans la nursery, il avait rejoint le vieux régiment de son père et était parti pour la guerre.

Voilà le genre de jeune homme qu'il avait été. Courageux, exalté, impétueux, agité, impatient de se jeter dans la bataille contre l'ennemi.

À cet âge-là, n'importe quel ennemi aurait fait l'affaire. Ce furent les Français, alors il combattit les Français. Combien il avait aimé cette vie, avec toutes ses privations, toutes ses épreuves et tous ses dangers ! Cinq années durant, il avait servi dans la Péninsule ; cinq années qui l'avaient vu passer d'une jeunesse ardente à une maturité compétente. Il s'était fait des amis et avait enduré la violence de les voir tomber au combat ou succomber à la dysenterie. Il avait servi sous les ordres d'êtres bons, d'hommes indifférents et d'officiers carrément dangereux. Il avait ri, s'était battu, et avait couru le jupon à travers toute l'Espagne et tout le Portugal. Il avait été écœuré par les visions épouvantables du siège de Ciudad Rodrigo, exalté par la victoire de Salamanque, contrarié par les retraites, stimulé par sa soif de danger.

— Ce fut une grande bataille, déclara poliment Alethea.

En dehors de l'annonce de la mort de leur voisin, Tom Busby, alors qu'en fait il n'en était rien, celui-ci ayant simplement été frappé d'amnésie, elle n'avait pas été touchée par la guerre, ni par la fin de celle-ci à Waterloo.

— La guerre est une chose terrible, Mr Hawkins, répondit sombrement Titus.

Sa passion l'avait déserté quand il avait, quoi, vingt-cinq ans ? Avant cela, il s'était senti immortel, et fait pour être soldat.

Deux événements s'étaient passés, hormis, pensa-t-il en regardant les flammes sans les voir, le fait indéniable qu'il avait mûri. Il avait reçu une sérieuse blessure, qui lui avait pratiquement coûté la vie, et avait vu agoniser son plus vieil ami, son compagnon d'enfance et d'école, à cause d'une balle logée dans ses entrailles.

Il continua à se battre, servant son pays du mieux qu'il pouvait, mais la lumière qui le guidait s'était éteinte. Le désir brûlant de combattre et de tuer était devenu une froide question de devoir, et il se méprisait pour l'existence qu'il menait. Il était conscient d'avoir acquis une réputation d'homme dur. On le montrait en exemple aux nouvelles recrues qui arrivaient, leurs visages aussi frais et lisses que celui de cette jeune fille assise là près du feu.

« Ne contrariez pas le chef d'escadron, les avertissaient ses hommes. Il a un caractère diablement exécrable ! Ne soyez jamais, au grand jamais, surpris en train de négliger votre devoir lorsqu'il est dans les parages. »

Il lui apparut qu'Alethea possédait le rare don de pouvoir se refermer sur elle-même, indifférente au silence. Elle avait fait quelques tentatives de conversation, comme l'exigeaient les bonnes manières, mais à présent qu'il était perdu dans ses pensées, elle le laissait tranquille. Il ne faisait aucun doute qu'elle avait ses propres réflexions pour occuper son esprit, même s'il espérait sincèrement qu'elles soient moins sinistres que les siennes.

Waterloo. Il soupira, fermant les yeux l'espace d'une seconde pour se remémorer le sol boueux, retourné par des dizaines de milliers de sabots et de bottes. La boue, elle-même souillée de sang. Les cadavres partout, la puanteur et l'horreur de la mort. Wellington, les larmes coulant le long de son visage crispé tandis qu'il lisait la liste des hommes tombés au combat.

— Waterloo fut terrible, dit-il à voix haute, même s'il s'adressait plutôt à lui-même. Ne croyez jamais ceux qui vous parlent de la gloire de la victoire. Il n'y a eu aucune gloire ce jour-là.

Titus avait quitté l'armée à la fin du conflit péninsulaire. Son frère aîné avait succombé à une fièvre, et son père voulait qu'il apprenne à gérer les propriétés qui seraient un jour les siennes. Il avait renoncé à la vie de soldat avec un soulagement considérable.

Mais seulement pour y retourner le cœur lourd, poussé par son sens aigu du devoir, lorsque Bonaparte s'était échappé de l'île d'Elbe et que l'Angleterre, pourtant lasse des combats, allait de toute évidence devoir livrer encore une autre bataille. Quel autre choix y avait-il eu ? Ce n'était pas une guerre d'expansion, une guerre menée pour satisfaire les caprices des stratèges politiques ou des rois du temps jadis. C'était une lutte pour la sécurité de l'Angleterre qu'il aimait. Où seraient-ils à présent, lui et ces autres qui regardaient attentivement les cartes s'abattre, et Emily qui, de l'autre côté de la pièce, s'appliquait avec tant de précision à faire ses points sous la lumière ?

Et Alethea Napier, si invraisemblablement assise là dans ses vêtements masculins ? Elle aurait grandi dans une Angleterre dont les anciennes libertés et l'indépendance auraient été anéanties par Napoléon. Si cet homme avait mené à bien ses projets d'hégémonie française sur le reste de l'Europe, dans quel monde différent ils vivraient tous ! Pas un monde meilleur, non plus, quelle que soit la sympathie que l'on pouvait avoir pour la cause révolutionnaire.

L'espace d'un instant, il aurait aimé avoir de nouveau dix-huit ans, être à l'aube de sa vie d'adulte, sans guerre à gagner, sans souvenirs cruels gravés dans sa mémoire réticente. Avec une émotion qui l'étonna par son intensité, il se prit à envier Alethea, pour sa jeunesse, son ignorance de telles horreurs, pour cet âge où une aventure n'était que cela, une aventure, et où une bonne nuit de sommeil guérissait tous les maux.

En relevant les yeux, il croisa son regard. Il fut encore plus surpris par ce qu'il y décela. Pas d'innocence ni d'ignorance. Cette enfant portait son propre lot d'horreurs, il en était certain. Il commença à se demander quelle sorte d'homme était Napier sous ses dehors affables, et ce qu'il avait bien pu faire à sa belle et jeune épouse, non seulement pour la pousser à s'enfuir, mais aussi pour qu'elle ait ce découragement dans le regard.

— Buvez votre vin! dit-il brusquement, désireux de la tirer rapidement de l'enfer personnel, quel qu'il soit, où son esprit l'avait entraînée. Cela vous fera du bien.

— Vos mains sont glacées, grogna Figgins, en les frottant dans les siennes. Je croyais qu'il y avait un feu là-dedans.

Bon sang, elle détestait voir Miss Alethea dans cet état-là. Qu'est-ce qui avait bien pu assombrir son humeur, alors qu'elle avait été si gaie et si déterminée jusqu'à leur arrivée dans cette auberge?

— C'est d'attendre ici, et de ne pas savoir si nous allons être balayées par la neige ou par les inondations.

— La femme de chambre de signora Lessini parle quelques mots d'italien, étant à moitié italienne elle-même, comme on le voit à sa peau mate et à ses yeux typiques. C'est pourquoi sa maîtresse l'a engagée, pour la langue et tout ça. Je dois avouer que c'est pratique, d'avoir une domestique qui comprend ce qui se dit autour d'elle.

Figgins paraissait chagrinée, et elle l'était en effet. Habituée à compter sur son ouïe aiguisée et sur sa vivacité d'esprit, elle trouvait difficile de ne pas savoir ce qui se passait exactement.

— Cependant, elle a l'air d'être une créature fragile, répondit Alethea. Signora Lessini regrette peut-être de n'avoir pas amené une solide femme de chambre anglaise avec elle. Après tout, une fois en Italie, elle pourra embaucher autant de serviteurs qu'elle voudra, qui parleront tous couramment la langue.

— Je n'ai rien contre Maria, déclara Figgins. Et c'est utile, ce qu'elle glane auprès des gens, ici, à l'auberge. La moitié d'entre eux semblent maîtriser l'italien aussi, car ce pays est de l'autre côté de ces maudites montagnes. Elle m'a dit que la neige était en train de fondre, et qu'on pouvait s'attendre à voir les premières arrivées en provenance de l'autre versant d'un moment à l'autre.

Alethea arbora une mine plus enjouée.

— Je l'espère sincèrement, fit-elle dans un bâillement. J'ai hâte d'être loin d'ici, et loin de ces personnes. Les Lessini sont les meilleures d'entre elles, mais il y a tant de tensions dans l'air – sans doute à cause de Mr Manningtree et de ses vieilles intrigues avec signora Lessini – que même eux ne sont pas des compagnons aussi agréables qu'ils pourraient l'être en des circonstances différentes.

Figgins ramassa la chemise d'Alethea.

— Je vais la laver ; vous n'avez pas suffisamment de vêtements pour qu'on la laisse derrière, et qui sait, nous pourrions être parties demain.

Chapitre 11

*U*n tonnerre de coups à la porte de la chambre. Des pas martelant le plancher de bois au-dessus. La voix d'un Anglais hurlant qu'on lui apporte ses bottes.

Que se passait-il ? Alethea, encore à moitié endormie, s'assit dans son lit, ébouriffée et abasourdie, et aperçut Figgins affairée à entasser des vêtements dans sa grosse valise.

— Levez-vous ! criait-elle. Car si nous ne sommes pas prêtes dans le quart d'heure, nous raterons notre chance.

— Notre chance de quoi ? répondit Alethea en bondissant hors du lit et en saisissant la chemise que Figgins lui tendait.

— Notre chance de quitter ces maudites montagnes et de redescendre dans un lieu où, si Dieu le veut, le mois de mai ressemble au mois de mai, et où il n'y a ni neige ni inondations glaciales !

— Quelle heure est-il ? Partons-nous à l'aube, est-ce donc ce qui est prévu ?

— À l'aube ! Pensez-vous ! Il sera 3 heures dans quelques minutes, et il n'est pas question de flâner jusqu'à l'aube. Faites vite, on ne nous attendra pas.

Alethea sautillait sur un pied, essayant d'enfiler une botte qui semblait avoir rétréci depuis la dernière fois qu'elle l'avait portée.

—Voyageons-nous seules?

—Non. Nos conducteurs ne veulent pas en entendre parler, nous voyageons en groupe ou pas du tout ; ni les cochers ni les guides ne nous emmèneront séparément.

Un étrange cri strident déchira l'air, faisant sursauter Alethea.

—C'est Mrs Vineham qui hurle contre Sarah. Même pour cent livres par an, je ne voudrais pas être la femme de chambre de cette dame. (Figgins tira d'un coup sec sur une boucle et mit la lanière de cuir en place.) Voilà! Et ce qu'on a oublié attendra. J'ai un sac rempli de chemises humides et que sais-je encore ; espérons qu'on trouvera une auberge décente de l'autre côté.

—Nous passerons peut-être la nuit à la dure dans les montagnes, répondit Alethea en saisissant son pardessus. Où est mon chapeau?

Figgins le lui tendit, et Alethea enfonça son castor sur ses cheveux courts et bouclés.

Elles descendirent au rez-de-chaussée et eurent à peine le temps d'avaler un bol de fort café noir que Herr Geissler ouvrit les portes : une bourrasque d'air glacial s'échappa de la nuit sombre pour venir s'engouffrer dans l'auberge.

Mrs Vineham poussa un nouveau cri aigu et resserra un peu plus sa volumineuse cape de voyage autour de sa personne.

—Donnez-moi ça! dit-elle en s'emparant brusquement de l'énorme manchon que sa femme de chambre tenait dans les mains. Et faites en sorte de rester à portée de voix, petite idiote, au cas où j'aurais besoin de vous.

—Les domestiques voyageront dans un autre véhicule, l'informa le tenancier. Les voitures doivent rester proches les unes des autres, afin que leurs occupants puissent s'entraider en cas d'accident.

—Accident! s'écria Mrs Vineham en retournant se mettre à l'abri dans l'auberge. Qu'est-ce que c'est que cette histoire d'accident?

Oh non! pensa Alethea, *voilà qu'elle va nous faire un scandale et tous nous retarder. Et les employés de l'auberge qui l'observent comme si elle était une créature dans un jardin zoologique! Si j'étais en jupon, moi aussi je pourrais battre des cils et pousser des cris d'effroi.*

Signora Lessini, à l'inverse, parfaitement calme et sereine, attendait que son mari l'escorte jusqu'à la voiture.

—Ma chère Mrs Vineham, intervint cette dernière, calmez-vous! Souvenez-vous que tout voyage implique du danger, et qu'une traversée des Alpes fait certainement partie des expéditions les plus difficiles qui soient. Ayez foi en Dieu et je suis certaine que nous arriverons de l'autre côté sains et saufs.

La femme de chambre de Mrs Vineham lui prit le bras.

—Venez, madame, le cocher attend; si on n'y va pas maintenant, on nous laissera derrière.

Alethea sourit intérieurement en entendant Bootle murmurer entre ses dents que si Dieu avait un tant soit peu de bon sens, Il foudroierait *illico* Mrs Vineham, leur épargnant ainsi beaucoup de comédie.

—Mr Manningtree! appela Mrs Vineham quand la grande silhouette de Titus apparut à la porte.

Chaussé de ses bottes, emmitouflé dans son manteau, le jeune homme, pétillant d'énergie, poussa Alethea et Figgins devant lui, indiquant à Mrs Vineham que le groupe partait, et qu'il ne dépendait que d'elle de rester ou de se joindre à eux.

— Un long voyage nous attend ; il n'y a pas un instant à perdre.

À l'extérieur, Alethea fut grisée en respirant l'air frais et sain de la montagne. C'était une nuit parfaite, avec un ciel de velours parsemé d'étoiles qui scintillaient comme jamais dans l'atmosphère pure.

Une pression sur son épaule la ramena sur terre ; guidée par Titus, elle se dirigea vers l'une des diligences qui attendaient.

Alethea constata avec soulagement que Mrs Vineham voyageait dans une autre voiture. Tout en se plaignant encore de son réveil brutal, de l'heure indue, de l'obscurité et du froid, cette dernière monta aux côtés de lord Lucius, et on l'entendit demander si elle pouvait lui emprunter ses sels.

— Ne me dites pas que cet homme a des sels sur lui ! s'étonna Alethea tandis que l'attelage démarrait en cahotant, la projetant en arrière contre son siège.

Ses compagnons de voyage étaient Titus et Mr Warren ; les Lessini étaient montés avec Mrs Vineham et lord Lucius. Titus s'amusa lui aussi du flacon de sels, mais George Warren regarda Alethea d'un air renfrogné et déclara que beaucoup d'hommes élégants en avaient un sur eux.

Alethea ne tint pas compte de son aigreur matinale. Elle était quant à elle de très bonne humeur, heureuse de quitter le confinement de l'auberge et d'être de nouveau sur la route, et savourait la perspective d'une traversée excitante des montagnes.

— Pourquoi partons-nous de si bonne heure, monsieur ? demanda-t-elle à Titus qui s'était installé

166

dans un coin de la voiture, ses longues jambes étirées en travers.

— Le voyage ne va pas être facile, et risque de durer de nombreuses heures ; nous avons peu de chances d'atteindre Domodossola avant la fin de l'après-midi.

— Voilà qui va enchanter Mrs Vineham !

— C'est pourquoi nous nous sommes tous efforcés de ne rien lui dire.

Warren grogna et abaissa son chapeau devant ses yeux.

— J'ai l'intention de dormir, puisque c'est le milieu de la nuit, dit-il. Par conséquent, je vous saurais gré de vous abstenir de toute conversation.

Titus haussa les épaules, leva un sourcil à l'intention d'Alethea, et se replia sur lui-même. La jeune fille était pour sa part ravie de voyager en silence ; elle désirait savourer chaque moment de son équipée. Il faisait froid dans la voiture, et elle fut bien contente qu'un serviteur de l'auberge y ait placé des briques chaudes. Elle contemplait le paysage hivernal, la neige miroitant bien au-dessus d'eux sous la lumière des étoiles, contrastant avec les zones d'ombre opaque projetées par les pins et la montagne elle-même.

Au départ, il n'y eut pas de neige sur la route, et les voitures poursuivirent leur ascension à une allure lente mais régulière. Le ciel en s'éclaircissant prit une teinte gris pâle zébrée de rose et, tandis que le soleil se levait, Alethea aperçut les amoncellements de neige de chaque côté des roues. Le soleil de mai dardait ses rayons chauds comme en été, mais à l'altitude où ils se trouvaient à présent, l'impression était plutôt celle d'une froide et lumineuse journée de janvier.

Les montagnes, murs de glace s'élevant autour d'eux, avec leurs gigantesques pics couverts d'un manteau blanc, semblaient se refermer sur les voyageurs. Pour la première fois, Alethea sentit la peur la gagner. Vues depuis les vallées, en contrebas, les montagnes paraissaient immenses, mais lointaines, comme le ciel ou les étoiles, indifférentes à l'humanité. À présent, alors qu'ils poursuivaient leur ascension vers les cimes éloignées, gravissant le chemin qui serpentait vers le cœur du massif, elles devenaient hostiles et menaçantes.

Dans son coin, Titus s'éveilla de sa rêverie.

— C'est maintenant que les choses deviennent intéressantes, fit-il remarquer.

George Warren dormait toujours.

— Ne devrions-nous pas le réveiller ? demanda Alethea. Il serait sans doute attristé de manquer pareils paysages.

— Je suis sûr qu'il a déjà vu cela auparavant, et c'est un homme revêche le matin ; laissons le sommeil avoir raison de sa mauvaise humeur jusqu'à ce que nous soyons contraints de quitter la voiture ; nous le réveillerons à ce moment-là.

— Quitter la voiture ? Allons-nous continuer à pied ?

Titus fit un geste en direction de la vitre.

— Voyez par vous-même. Ces grands amas de neige sont dus aux avalanches, et les ruisseaux se sont changés en torrents qui entraînent de grosses pierres et des rochers dans leur course. Ils auront sûrement bloqué notre route par endroits. Nous allons devoir descendre et marcher une partie du chemin.

Titus avait raison. Moins d'une demi-heure plus tard, les cochers s'interpellaient dans leur suisse allemand inintelligible et les diligences s'immobilisèrent. Titus passa la tête par l'ouverture.

—Oui, c'est bien ce que je pensais, déclara-t-il en rentrant la tête dans le véhicule avant d'ouvrir la portière. La neige est abondante devant, et j'aperçois un ruisseau plus loin. Les cochers réussiront à faire traverser les chevaux et les attelages, mais nous allons devoir continuer à pied.

Warren s'éveilla, s'étira, bâilla, et poussa un juron d'indignation lorsqu'on l'informa qu'il allait être obligé de descendre de voiture.

—Bon sang, quelle barbe! s'exclama-t-il. Et en mai! Voilà qui est un peu fort! Si c'est pour rencontrer pareilles difficultés, autant voyager en février ou en mars!

—J'espère que votre voyage en vaudra la peine, déclara Titus.

—Cela ne fait aucun doute, Manningtree, aucun doute, rétorqua Warren en esquissant une moue qui ressemblait à un sourire, mais qui pouvait tout aussi bien être un rictus méprisant…

Assurément, le sourire de Warren ne se reflétait pas le moins du monde dans son regard. Ce que cet homme pouvait être désagréable! Surtout lorsqu'il n'y avait aucune femme alentour pour l'obliger à avoir l'air aimable.

Quelle était la raison de l'hostilité entre les deux gentlemen? se demanda Alethea tandis qu'elle sautait à terre. Le sol était glissant et gelé sous ses pieds, et elle aurait chuté si Titus ne l'avait pas retenue d'une main ferme. Une vieille rivalité? Le mépris d'un soldat envers celui qui préférait ne pas combattre? Une ancienne querelle familiale? Quoique manifestement, ils ne se détestaient pas avec la même intensité;

Titus Manningtree semblait plein de hargne envers Warren, tandis que ce dernier paraissait simplement ne pas apprécier l'autre homme.

Son attention fut détournée de ces conjectures et ramenée à la réalité concrète, immédiate, de l'eau glaciale qui tourbillonnait au niveau de ses chevilles. *Un ruisseau… vraiment ?* Cette étendue d'eau bouillonnante, aspirant à grande vitesse les pierres et les gros rochers, était un véritable torrent, que la jeune fille aurait nettement préféré ne pas traverser.

Les accents plaintifs qui s'élevaient dans la voix de Mrs Vineham ranimèrent le courage d'Alethea. Figgins, déterminée, avançait devant sa maîtresse, dérapant et trébuchant, mais poursuivant son chemin à un rythme régulier, l'eau ne dépassant jamais ses genoux, remarqua Alethea. En tant que femmes, elles auraient pu pousser des cris et se venir en aide ; mais on attendait des hommes qu'ils ne soient pas pris au dépourvu.

À quel point la faiblesse des femmes était-elle authentique et à quel point n'était-elle qu'une question de convenances ? Vaillamment arrivée de l'autre côté, Alethea ôta l'une de ses bottes qu'elle secoua afin d'en vider l'eau gelée, tout en s'appuyant sur l'épaule de Figgins. Elle fit de même avec l'autre pied, observant du coin de l'œil la traversée hésitante de Mrs Vineham, maintenue en l'air par deux robustes Suisses qui ignoraient stoïquement ses plaintes stridentes et ses hurlements adressés au ciel. Ils la déposèrent sans trop de douceur, et replongèrent dans l'eau pour prêter assistance à lord Lucius, qui avait perdu son monocle.

Signora Lessini avait décliné les offres d'aide, préférant le soutien de son mari, au bras duquel elle traversa de façon résolue, ses jupes relevées bien au-dessus de la surface de l'eau. Cela arracha un nouveau cri perçant à Mrs Vineham, une exclamation outrée face à l'indécence d'une dame offrant ainsi ses jambes au regard de tant d'hommes.

— Et tous ne les ont pas vues auparavant ! ajouta-t-elle.

Titus lui jeta un regard de mépris. Lord Lucius, ayant retrouvé son monocle, gloussa, et George Warren s'esclaffa, son rire résonnant contre les parois abruptes qui les entouraient.

Signora Lessini ne prêta aucune attention à cette remarque acerbe, ni au rire, mais extirpa un grand mouchoir de la poche de son époux, et se mit calmement à essuyer ses pieds et ses jambes du mieux qu'elle pouvait.

— Je l'admire pour cela, murmura Alethea.

Titus, qui était à portée de voix et qui avait manifestement l'ouïe fine, acquiesça d'un hochement de tête.

— Une femme admirable, confirma-t-il doucement.

Ils remontèrent en voiture, quelque peu refroidis, mais ravis d'apprendre par leur conducteur que le prochain logis n'était plus très loin.

De toute sa vie, Alethea n'avait jamais autant apprécié un café que celui qu'on lui servit dans un bol fumant à la maison d'hôtes. Elle huma l'arôme et souffla sur la surface de son breuvage avant de le déguster à petites gorgées, assise sur un banc sous le chaud soleil, regardant au loin la neige étincelante, tellement éblouissante qu'elle lui brûlait les yeux.

Les cochers les pressèrent pour qu'ils regagnent leurs places. Encore humide, mais réchauffée par le café et le soleil, Alethea se laissa retomber sur son siège, soudain très lasse, et appuya sa tête contre le dossier.

Elle resserra étroitement son pardessus contre elle et sentit ses paupières s'abaisser.

Le crissement des roues dans la neige, le tintement des mors des chevaux et les sons incompréhensibles des postillons suisses se mêlèrent dans son esprit en une berceuse confuse. Elle ne dormit pas, mais sombra dans un état de somnolence, le froid du dehors semblant s'insinuer en elle. Des images lui vinrent spontanément, images auxquelles elle n'avait aucun moyen de résister, si incommodantes fussent-elles.

Au lieu de voyager en compagnie de Mr Manningtree et Mr Warren, elle se figura qu'elle était dans une voiture avec Penrose et, l'espace d'un instant, une bouffée de gaieté l'envahit. Puis le visage de Penrose se déforma et devint sinistre, et, avec un réalisme sidérant, elle se trouva de nouveau à Londres, à ce bal fatidique, donné dans la résidence des Danby.

Elle portait sa robe aigue-marine. Elle baissa les yeux vers ses jupes et aperçut, dans les moindres détails, les minuscules bouquets de fleurs sur les volants festonnés. Cette robe, avec du voile de tulle sur une combinaison de satin, était l'une de ses préférées ; elle retombait en plis épais et lui offrait une plus grande liberté de mouvement que la plupart de ses tenues de soirée.

Le jeune homme se tenait devant elle, un sourire aux lèvres et le regard empli d'admiration. Charles Danby, un cousin de Penrose du côté de sa mère, les présenta.

Penrose fit une révérence et la pria de lui accorder une danse. Il était vêtu d'un manteau bleu. Elle portait un collier de diamant ; lui avait une épingle de diamant, sobre mais élégante, fixée à son jabot d'un blanc immaculé. Il était jeune, beau, et suffisamment grand pour qu'elle ne se sente pas mal à l'aise lorsqu'il lui prit la main pour la conduire sur la piste.

Alethea luttait pour fuir ces souvenirs vivaces et importuns. Mais la neige l'aveugla lorsqu'elle ouvrit les yeux, et elle retomba dans cet état d'onirisme agité.

Une autre nuit, une autre réception. Elle était en blanc. Sa robe avait des paillettes, qui scintillaient légèrement au gré de ses mouvements. Ne songeant qu'au moment où elle reverrait Penrose, Alethea fut indifférente à l'attention qu'elle attira en entrant dans la salle de bal ; l'éclat du bonheur et de l'attente impatiente mettait en valeur sa beauté, et plus d'une tête se tourna sur son passage.

C'était un événement bien plus important que la soirée des Danby. Celui-là n'avait guère été qu'une réunion de famille, pas une fête en habits. Cette fois-ci, il y avait plus de cinq cents personnes entassées dans la salle de bal située à l'arrière de l'immense demeure de Berkeley Square ; les grands de ce monde, les gens les plus distingués et les plus fortunés étaient tous là, agitant leur éventail, s'exclamant d'indignation à cause de la foule et de la chaleur, et se piétinant les uns les autres sur la piste.

Des mots lui parvinrent tandis qu'elle valsait avec Penrose.

— Oh, oh ! disait Snipe Woodhead. Est-ce là une autre des demoiselles Darcy ? Sans doute… elle ressemble à son père comme deux gouttes d'eau. Et elle danse avec le jeune Youdall, qui semble prendre grand plaisir à sa compagnie.

— C'est leur deuxième danse, et je les ai vus s'asseoir ensemble dans l'une de ces petites alcôves, déclara lady Naburn, qui passait par là. C'est un comportement choquant pour une débutante à peine sortie de la salle d'étude. Voilà une demoiselle bien effrontée !

— Elle chante à ce qu'on dit.

— Les coucous aussi.

Indifférente au claquement des langues venimeuses autour d'elle, Alethea virevolta avec souplesse, le cœur battant gaiement. Elle jugea Penrose tout à fait charmant. Il était drôle, avait l'esprit vif, et partageait sa passion pour la musique. Avec lui, elle ne ressentait aucune timidité, aucune réserve, et n'avait aucune envie de se trouver ailleurs. L'ennui rampant qu'elle avait ressenti au cours de ses premières soirées avait disparu. Là où Penrose se tenait, il y avait de la joie et des rires, et un esprit de camaraderie qui était extraordinaire pour deux jeunes gens se connaissant depuis si peu de temps.

D'autres scènes surgirent devant ses yeux. Elle se promenait dans le parc, se laissant distancer par le reste du groupe, puis regagnait Aubrey Square parée d'une lueur de bonheur qui fit sourire Fanny et secouer la tête à Fitzwilliam.

On commença à parler de leurs fiançailles comme d'un événement probable, voire comme d'une question réglée entre les deux partis mais qu'on n'aurait pas encore annoncé eu égard aux Darcy, contraints de rester à Pemberley, leur plus jeune fils souffrant d'une mauvaise fièvre qui causait quelque inquiétude à ses parents et aux médecins. C'était pour cette raison qu'Alethea était sous la responsabilité de Fanny, et elle en était bien contente, car elle savait, au plus profond d'elle-même, que maman et papa n'approuveraient pas qu'elle passe autant de temps avec Penrose.

Seuls les proches des Youdall ne partageaient pas cette vision de la situation ; ils affirmaient qu'il n'était pas question de fiançailles, que Penrose était trop jeune pour penser à fonder une famille, et que sa relation avec Miss Alethea Darcy, demoiselle très respectable au demeurant, n'était qu'une amourette, et qu'il n'y avait rien de sérieux dans l'amitié entre ces deux jeunes gens.

Figée dans le temps, elle se remémora Mrs Youdall, dans une autre maison, lors d'un autre bal, qui la regardait de la façon la plus glaciale qui soit. Seule une imbécile ne l'aurait pas relevé.

— Pourquoi votre mère me déteste-t-elle à ce point ? demanda-t-elle à Penrose tandis qu'ils tournoyaient sur la piste.

Il jeta un rapide coup d'œil du côté de la salle où étaient assises les douairières dans un enchevêtrement de turbans et de plumes, et sourit à Alethea.

— Comment pouvez-vous dire une chose pareille ? Elle vous admire grandement, elle me l'a déclaré elle-même. Elle a fait remarquer à quel point vous êtes jolie, et combien votre vivacité renforce votre beauté.

Alethea ne pensait pas que Mrs Youdall était le genre de femme qui appréciait la vivacité, mais elle garda ses opinions pour elle, et déclara que Penrose avait sans doute raison, qu'il connaissait mieux sa mère qu'elle.

Ils s'aventurèrent dans le jardin, où l'air était encore chaud de la tiédeur persistante d'un jour de mai. Le parfum des fleurs flottait autour d'elle tandis qu'ils se promenaient le long des allées éclairées qui serpentaient à l'intérieur d'un massif d'arbustes. Un banc accueillant placé discrètement derrière un arbre, le bras de Penrose passé autour de sa taille, l'enlaçant étroitement tandis qu'ils se perdaient dans une étreinte passionnée.

Dans la voiture, Alethea tourna la tête et murmura son nom.

— Avez-vous dit quelque chose ?

La voix de Titus Manningtree résonna à ses oreilles, et elle s'extirpa du jardin de mai, pour revenir aux altitudes glacées des Alpes. Il la regardait fixement, une expression impénétrable sur le visage. Elle rougit et lutta pour se redresser.

— Je me suis endormie, répondit-elle sans conviction. Je rêvais.

— C'est ce que j'ai cru comprendre, répliqua-t-il sèchement.

Alethea s'assit, bâilla, et promena son regard dans le véhicule. Pour une raison ou pour une autre, ses sensations gardaient une clarté étrange, persistante : était-ce à cause du nez magistral de Titus Manningtree, de la façon dont tombait son manteau sur ses cuisses musculeuses, des denses boucles noires de George Warren sous le bord recourbé de son chapeau, de la virilité intense des deux hommes ?

Elle s'arracha à sa torpeur. Elle se sentait mal à l'aise ; elle n'était pas à sa place et n'avait rien à faire là.

— Quelle lenteur ! se plaignit Warren. Manningtree, sortez donc la tête et demandez à ce clown paresseux de cocher si lui ou les chevaux se sont endormis.

— Si vous prenez la peine de regarder dehors, vous observerez par vous-même que la neige est plus profonde. Je ne suis pas certain que les voitures puissent aller beaucoup plus loin.

— Comment ! Allons-nous être pris au piège ? s'enquit Alethea, oubliant sa résolution de rester indifférente à l'inconfort et au danger.

— Nos conducteurs devront peut-être hisser les attelages sur des patins, déclara Titus.

— Mon Dieu, quelle barbe ! renchérit Warren. On oublie toujours à quel point les déplacements à l'étranger deviennent pénibles lorsqu'on laisse derrière soi la civilisation. Il faut, je suppose, rendre grâce à l'Empereur d'avoir construit cette route. À quoi devait ressembler un tel voyage au siècle dernier ! J'en frémis rien que d'y songer.

Alethea n'aimait pas montrer son ignorance, mais Titus perçut son expression déconcertée et l'éclaira.

— Warren fait allusion à Napoléon Bonaparte, expliqua-t-il. Il a fait construire cette route il y a une dizaine d'années environ, quand il voulait emmener ses troupes en Italie et en Autriche. C'est une prouesse technologique remarquable, et je suis certain que les Suisses finiront par être reconnaissants pour sa construction, même s'ils n'en pensaient pas grand bien à l'époque. Bâtir cette voie à grands coups d'explosion dans la roche a coûté, je crois, de nombreuses vies.

Titus avait une assez bonne idée de ce qui se passait dans la tête d'Alethea. Pour quelqu'un de sa génération, les années de guerre contre la France n'étaient rien d'autre qu'un souvenir, une toile de fond de l'enfance. En 1815, alors que la guerre s'achevait sous les tirs de Waterloo, la jeune fille devait être sous la surveillance de sa préceptrice, apprenant la conjugaison française, faisant des points sur un échantillon de broderie, et s'appliquant consciencieusement une heure par jour au piano forte ou à la harpe.

Cette dernière activité n'était pas la pire, suspectait-il, dans le cas d'Alethea Darcy. Pour elle, la musique était une passion. En revanche, chaque point de broderie maladroit effectué sous la contrainte avait dû lui être pénible. Il se la représentait en garçon manqué, dévalant les pentes herbeuses, grimpant aux arbres et courant librement sans se soucier de salir sa robe ou ses chaussures.

Pareilles petites filles se calmaient généralement en grandissant, et devenaient des jeunes femmes élégantes et posées. De toute évidence, cette demoiselle Darcy n'avait pas filé droit ; il était surprenant que ses parents n'aient pas eu une plus grande mainmise sur elle. Fuir un époux et vagabonder à travers l'Europe déguisée en homme témoignait d'une nature manifestement extravagante.

Il désapprouvait ce genre de comportement au plus haut point. Les garçons manqués ne l'avaient jamais intéressé. Pourtant, il ressentit malgré lui une certaine admiration pour Alethea lorsque leur progression devint plus lente et plus fastidieuse. Trois fois encore, ils eurent à descendre de voiture et à traverser à gué des ruisseaux torrentiels. Emily se montrait raisonnable et stoïque, et cette jeune fille insouciante, même si elle était à l'évidence fatiguée et inquiète, faisait peu de cas des difficultés de leur voyage.

Et la voilà à présent qui chancelait après avoir manqué d'être renversée par un courant d'une puissance inattendue.

—L'eau est si froide, et l'air si frais, si pur… Je n'ai jamais respiré d'air comme celui-là. J'en ai la tête qui tourne, dit-elle à bout de souffle.

—C'est l'altitude, expliqua Titus en l'écartant, sans trop de délicatesse, d'un rocher vacillant.

—Et la neige, si scintillante, si parfaite… Je n'ai jamais vu une onctuosité pareille et un éclat comme celui-là. Et sous les rayons du soleil ! Tout cela est tellement différent de ce que j'ai jamais connu! (Elle lui lança un rapide coup d'œil en coin.) Sans doute, rien de tout cela n'est nouveau pour vous, vous avez probablement fait de nombreux voyages identiques.

—Au contraire, je trouve que cette expédition est une révélation sous bien des aspects, et elle est très différente de mes précédentes traversées des Alpes, je peux vous l'assurer.

Elle ne l'écoutait pas, mais observait attentivement les cochers qui s'affairaient autour des roues du véhicule.

—Que font-ils, monsieur?

—Ils fixent les patins dont j'ai parlé tout à l'heure, répondit Titus. Là où la neige est profonde et où il est impossible de passer, ils transforment la voiture en une sorte de traîneau.

—Un traîneau!

Son rire chassa l'inquiétude de son visage, et ce son cristallin poussa les hommes en plein travail à lever la tête et à la dévisager avec les yeux plissés de ceux qui passent du temps au soleil dans les hautes montagnes. Ils retournèrent à leur tâche; Titus s'écarta pour s'adresser à Emily.

—Notre jeune ami ici présent s'amuse de l'étrangeté de notre situation, remarqua-t-il. J'aimerais pouvoir partager son enthousiasme pour ce moyen de transport fort peu pratique.

Emily lui jeta l'un de ses regards francs.

—Je suis certaine que jeune homme, vous auriez vécu ce voyage comme une véritable aventure. C'est l'un des tristes aspects de la maturité: nous perdons notre vision ardente de la nouveauté et de la difficulté.

—J'accepte votre réprimande.

Signore Lessini les avait observés avec un sourire aux lèvres ; il avança pour les rejoindre.

— Eh bien ! voilà quelque chose, Mr Manningtree, nous allons devoir nous transformer en Russes et voyager dans la neige comme si nous étions dans un traîneau. Il ne nous manque que des grelots pour nous amuser pleinement de cette situation.

— Comme vous dites.

Le ton de Titus était glacial. Il avait beau essayer, il ne parvenait pas à détester cet aimable Italien, même si chaque fibre de son être en voulait à cet homme d'avoir pris sa place dans la vie d'Emily ; dans son cœur comme dans son lit, s'il en jugeait par l'expression de son ancienne maîtresse. *Maudite soit-elle !* tempêta-t-il intérieurement. *Maudites soient toutes les femmes, si fourbes, si promptes à vous surprendre.*

— Vous semblez irritable, Mr Manningtree, fit remarquer Emily avec bienveillance. Si c'est du foie que vous souffrez, alors les cahots, auxquels je crains que nous soyons exposés dans notre progression dans la neige et la glace, stimuleront pour vous cet organe, et vous rendront votre bonne humeur coutumière.

Il la regarda d'un air hésitant ; décelait-il une pointe d'ironie dans sa voix ? Il n'était pas un homme réputé pour son entrain, même si plus jeune, il avait été de disposition joyeuse et ouverte, et peu enclin aux démonstrations d'agacement ou de colère.

— Voilà un autre changement apporté par les années, répondit-il à Emily. Nous devons tenir compte de notre foie.

— Sottises ! Sottises ! s'écria signore Lessini. J'ai le plus grand respect pour mon foie, et il ne me cause aucun inconfort ; quant à ma chère Emily, elle n'est jamais sujette à aucune sorte de dysfonctionnement interne, tout est en harmonie chez elle.

La suite du voyage suffit à éprouver les estomacs et les nerfs les plus solides. D'un côté les surplombaient des parois rocheuses sur lesquelles dévalaient des cascades, grondantes et écumantes; de l'autre les menaçait un gouffre béant.

— Je suppose qu'il y a des garde-fous, dit Warren.

Sa mâchoire était serrée, et au contraire de Titus qui endurait avec flegme leur avancée périlleuse, il était mal à l'aise, scrutant d'abord les rochers escarpés et les pics au-dessus, puis se laissant glisser sur son siège pour examiner la gorge abrupte qui s'étendait vers une rivière serpentant loin au-dessous.

— Vous regrettez d'être venu ? demanda Titus.

— Ce n'est pas une question de regret; ma mission n'attendra pas, rétorqua Warren d'un ton irrité.

— Qui sont ces hommes perchés si dangereusement sur le bord de la route ? s'enquit Alethea. Ils nous font signe.

— Ils ne nous font pas signe; ils indiquent aux cochers où se trouve le bord du chemin, répondit Titus, après avoir jeté un rapide coup d'œil. Les garde-fous sont couverts de neige, et sans ces hommes postés ici, nous plongerions sans aucun doute par-dessus bord.

Warren, de plus en plus pâle, ferma les yeux.

— Je souhaiterais presque que nous plongions, murmura-t-il. Au moins, cela mettrait un terme à ce supplice interminable.

— Sommes-nous proches du sommet du col ? demanda Alethea en se renfonçant dans son siège.

Même si elle ne partageait pas l'angoisse apparente de Mr Warren, la perspective d'une chute vertigineuse dans les profondeurs en contrebas, à seulement quelques pouces des roues de leur voiture, ne l'enchantait guère.

— Nullement, répliqua Titus. Nous avons encore plusieurs heures d'ascension devant nous.

— Regardez là-bas cet éboulement ; on dirait que la moitié d'une de ces gigantesques parois s'est écroulée, déclara-t-elle.

— Eh bien, prions pour que l'autre moitié ne dégringole pas sur nous, répondit Warren, sans ouvrir les yeux.

La mauvaise humeur du jeune homme persista, tandis qu'Alethea se sentit plus joyeuse lorsque le chemin s'élargit ; elle commença à apprécier le soleil, les montagnes, et la sensation nouvelle d'être tirée sur la neige sur un traîneau attelé de vigoureux chevaux. Exactement comme en Russie... Maman ne leur avait-elle pas raconté qu'en hiver, on faisait de cette même façon la plus grande partie du trajet entre Vienne et la Turquie ? Avec des gardes armés pour tenir éloignés loups et bandits ; comme elle aimerait entreprendre une telle expédition ! Elle se souvint de sa sœur Camilla s'extasiant avec envie sur le voyage de ses parents vers Constantinople et leur séjour là-bas parmi les mosquées et les musulmans.

Elle comprenait à présent les sentiments de Camilla ; comme son aînée et Wytton étaient bien assortis en ce domaine ! Son beau-frère était un être débordant d'énergie, doté d'un esprit curieux et érudit, toujours impatient de partir explorer d'anciens sites dans des contrées reculées du globe. Il était bien différent de Napier, et à la simple pensée de son mari, elle tressaillit.

— Vous avez froid ? s'enquit Titus.

— Non, c'est seulement qu'une pensée désagréable m'a traversé l'esprit, répondit Alethea.

Elle referma les yeux, peu disposée à entamer une conversation avec Mr Manningtree, qui faisait preuve d'une perspicacité un peu trop développée à son goût.

Une pensée désagréable ? Si seulement il ne s'agissait que d'une pensée, au lieu d'un homme de chair et de sang, d'argent et de pouvoir ! Au lieu de son mari… Elle se força à ne pas céder à la peur qui menaçait de la submerger. Elle était hors de portée de Napier à présent, elle ne retournerait plus jamais dans cette maison effroyable.

Elle replongea dans sa rêverie cotonneuse, se retrouvant, cette fois-ci, dans le monde cauchemardesque duquel elle s'était échappée ; si elle en était sortie physiquement, les mois passés en compagnie de Napier restaient néanmoins profondément gravés dans son âme.

Et la voilà revenue dans le salon à Dundon House, après le dîner, attendant le retour des gentlemen. Une jeune femme aux cheveux châtains et soyeux, et aux grands yeux bruns assez protubérants vint s'asseoir à côté d'Alethea. Bien plus petite que celle-ci, elle avait une silhouette harmonieuse et une poitrine voluptueuse, sur laquelle reposait un magnifique collier de perles. Elle se présenta comme étant Diana Gray, et complimenta Alethea sur sa prestation au piano forte.

— Je joue de la harpe, mais je ne saurais prétendre atteindre la moitié de votre réussite.

— Je ne considère pas que la musique soit une question de réussite, repartit Alethea.

— Ah, non ? Comme c'est étrange… Qu'est-ce donc alors ?

— Un art.

— Oh, tout cela me dépasse. Je ne me mêle pas d'art, je trouve qu'il s'agit là d'un sujet trop inconvenant pour de jeunes femmes. Je ne dis pas que je n'éprouve pas un vif plaisir à admirer un tableau, et d'ailleurs, je me fais toujours une joie de me rendre aux expositions de peinture à Londres. Néanmoins, c'est aux hommes de prendre au sérieux ce genre de choses, vous ne pensez pas ?

— Non, répliqua Alethea, qui n'aimait pas la façon dont cette fille la toisait.

Elle espérait que ces messieurs ne tarderaient pas et qu'elle pourrait profiter de la compagnie de Penrose.

Les choses ne s'étaient pas passées ainsi ; l'odieuse Mrs Youdall s'était emparée de cette Miss Gray pour qu'elle s'entretienne avec son fils.

— Miss Alethea, voici un gentleman qui souhaite être présenté à vous. Mr Napier. Mr Norris Napier.

Elle sourit, hocha la tête, déclama les politesses de rigueur, et échangea quelques mots avec cet homme, à peine consciente de sa présence. Comment aurait-il pu en être autrement, alors que Penrose était dans la pièce ?

Plusieurs des gentlemen prièrent Alethea de leur interpréter un morceau, et Mr Napier lui fit l'honneur d'accorder à sa prestation son attention pleine et entière ; par la suite, ses louanges furent authentiques, réellement enthousiastes et pleines de discernement. Il parlait comme il fallait de Mozart et de Rossini, et avait un avis éclairé sur les chansons françaises ainsi que sur les interprètes de Londres et de Paris. Il déclara qu'il enviait à Penrose sa capacité à jouer du violon.

— Hélas, je n'ai jamais réussi à obtenir plus qu'un succès mitigé avec mon instrument : ce n'est pourtant pas faute d'avoir essayé.

—Je racle à peine du violon, répondit Penrose en riant, même si j'avoue avoir grand plaisir à jouer avec d'autres personnes. Je n'ai pas le talent de Miss Alethea, qui me surpasse largement en matière de musique.

—Vous vous êtes trouvé un nouveau galant, observa Diana Gray tandis qu'elles attendaient leurs voitures. Nous autres jeunes femmes sommes totalement éclipsées.

—Un autre galant? Que voulez-vous dire?

—Il y a Mr Youdall qui est constamment à votre service, comme tout le monde le sait, et maintenant Mr Napier, qui apprécie manifestement beaucoup votre compagnie.

—Mr Napier et moi avons parlé de musique.

—Oh, est-ce là votre point commun? Et de quoi discutez-vous avec Mr Youdall?

Cela fut dit avec un regard entendu et narquois qui fit rougir Alethea de colère.

Le souvenir s'estompa. Une larme coula inaperçue de ses paupières closes tandis qu'elle s'étirait et se retournait, s'efforçant d'effacer ces réminiscences douloureuses et intrusives.

Pourquoi, se demanda-t-elle, Napier avait-il semblé si normal, si charmant? Un homme pareil aurait dû porter sur lui une marque de Caïn pour qu'elle sache qu'elle ne pouvait guère lui faire confiance; quelque indice sur ses pratiques douteuses et sur l'esprit cruel dissimulé sous des dehors charmeurs.

Elle se secoua pour se réveiller, sentit l'humidité sur sa joue, remarqua que le soleil lui piquait les yeux, et se résolut à ne plus somnoler. Qu'y avait-il dans cet univers irréel de neige et de glace, si loin au-dessus du monde normal, qui lui mettait ces pensées malheureuses en tête ? Elle avait hâte que le voyage se termine, mais Titus lui assura qu'ils n'avaient guère parcouru plus de la moitié du chemin.

Ils voyagèrent sur les patins pendant près de deux heures, avant que la chevauchée s'arrête à nouveau et que les roues soient restituées aux voitures. Quelques heures s'écoulèrent encore, alors qu'ils poursuivaient leur ascension vers le sommet. Le soleil était trop aveuglant pour que l'on puisse regarder au-dehors, et Alethea fut contrainte de fermer les yeux. Elle était déterminée à rester alerte et dans le moment présent, mais la lassitude l'envahit, et elle sombra derechef dans son demi-sommeil inconfortable.

Ce rêve fut le pire de tous, un songe familier qui s'insinuait souvent dans ses nuits troubles à Tyrrwhit House, intensifiant sa détresse.

Cette fois, elle se trouvait à la campagne, à Holtmere, dans le manoir de lord et lady Milton. Elle était venue avec Fanny participer à une vaste réception, à laquelle Penrose était également invité. Aux yeux d'Alethea, rien ni personne d'autre n'avait d'importance ; et elle attendait avec impatience de pouvoir passer de nombreuses heures délicieuses en sa compagnie.

Il était amoureux d'elle, et elle était éprise de lui. Il ne l'avait pas encore demandée en mariage, mais pas un instant elle n'envisagea qu'il ne le ferait pas : cela ne tarderait pas, elle en était certaine. L'attirance s'était muée en amour, et avec cet amour était arrivée la passion, la passion physique. Elle était grisée par les sensations qui s'emparaient d'elle en sa présence et son sang se réchauffait lorsqu'ils dérobaient quelques moments seuls tous les deux. L'ardeur d'Alethea n'avait d'égal que celle de Penrose ; pas étonnant qu'elle ait entendu une vieille douairière grincheuse faire remarquer avec la franchise propre à sa génération que plus vite Penrose et elle seraient mari et femme, et réunis dans un lit, mieux ce serait.

— Si jeunesse savait…, déclara la douairière à Fanny. Faites que les choses avancent, avant que leur passion se révèle plus forte que leur moralité.

Fanny, d'une génération plus hypocrite, protesta à cette idée.

—Alethea a reçu une éducation très stricte, elle sait parfaitement comment se comporter, et ne laisserait jamais Mr Youdall ni aucun autre homme aller au-delà de ce qui est acceptable.

—Une éducation stricte, vraiment… Mais tout cela peut s'envoler en fumée lorsque la passion s'en mêle. Entendez mes paroles, lady Fanny, et assurez-vous que les liens du mariage soient noués avant qu'il soit trop tard.

Alethea, qui avait l'ouïe fine, avait surpris cette conversation alors qu'elle était assise dans l'embrasure d'une fenêtre, dans la galerie où les dames s'étaient rassemblées en attendant le retour des hommes de la chasse. Ses joues s'empourprèrent, autant sous l'effet de la colère que de la gêne, et elle dut réprimer l'envie de dire à la douairière de garder ses opinions malvenues pour elle.

Il y avait de la ferveur dans le comportement de Penrose ce soir-là, une impatience qui lui fit retenir son souffle et lui donna l'impression de rayonner. Lorsqu'il s'attarda dans l'obscurité pour lui voler un baiser, tandis que tout le monde se disait « au revoir », elle fut surprise par l'insistance pressante de ses lèvres. Sa voix était rauque lorsqu'il lui murmura à l'oreille :

—Alethea, mon amour, mon seul amour.

Cette nuit-là, il se faufila dans ses appartements. Seule Figgins, sa femme de chambre, le vit arriver et repartir, et celle-ci, bien que mal à l'aise parce qu'elle connaissait parfaitement ce qu'étaient les hommes et tous les ennuis qu'ils pouvaient vous causer, savait aussi tenir sa langue.

Pour Alethea, il n'y eut aucune gêne, aucune incertitude. Pas même quelque doute ou pudeur de jeune fille. Ses sentiments pour Penrose étaient trop forts et ce fut avec un enchantement mêlé de curiosité qu'elle plongea dans son étreinte, rassurée par son amour, sa seule inquiétude étant d'anticiper leur nuit de noces. Qu'est-ce que cela pouvait bien faire ? Ils seraient mariés très prochainement, et ce rapprochement passionné était le sceau de leur flamme. Elle aurait pu ressentir un peu d'embarras lorsque, comme se plaisaient à le dire les gens de la campagne, vint le moment de perdre la plus belle rose de son chapeau ; mais pas avec Penrose, pas avec la passion qu'il éveillait en elle.

—Comme la musique, déclara-t-elle d'une voix endormie, tandis que Penrose se glissait hors du lit, la lumière de l'aube commençant à filtrer à travers les volets de la fenêtre de sa chambre.

La douairière lui jeta un regard perçant et pinça les lèvres en une moue entendue lorsque les dames se réunirent pour le déjeuner. Cela agaça Alethea qui leva le menton et refusa de la regarder. Que savaient de l'amour toutes ces vieilles femmes ? L'une d'entre elles avait-elle jamais connu le délice et l'enchantement qu'elle avait vécus dans l'intimité de sa nuit avec Penrose ? Alethea était tout à fait certaine que non.

Une autre nuit, une autre journée sans demande en mariage. En fait, elle voyait beaucoup moins Penrose qu'elle ne l'avait espéré. Une lady bruyante, une certaine Mrs Gray, la mère de cette petite brune à la poitrine volumineuse, revendiquait l'attention du jeune homme. Alors, Alethea passa du temps avec Norris Napier, qui la débusqua dans le salon de musique et lui permit de passer un après-midi agréable en l'accompagnant dans quelques *duetti* qu'ils trouvèrent sur le piano forte. Il y avait également un clavecin dans la pièce, et il l'accorda pour qu'ils se divertissent avec quelques airs d'antan.

La pensée de Penrose suffisait à maintenir la bonne humeur d'Alethea, et elle put aisément apprécier les subtilités de la musique et prendre du plaisir, d'un genre différent, à la compagnie d'un autre homme.

Ce qui lui valut une remarque tout aussi méprisante de la part de Diana Gray, qui fixa ses grands yeux bruns sur Alethea et Napier lorsqu'ils jouèrent pour tout le monde après le dîner.

— Assurément, vous avez fait une conquête, déclara-t-elle un peu plus tard tandis qu'elle et Alethea se tenaient ensemble près de la table à thé. Mr Napier est riche, et il cherche une épouse, à ce qu'on dit.

— Je ne cherche pas un époux, en revanche, répliqua vivement Alethea.

Miss Gray haussa les sourcils. Elle avait l'air contente de sa petite personne ce soir-là, et son visage habituellement terne rayonnait d'autosuffisance.

— C'est peut-être aussi bien, rétorqua-t-elle d'un ton énigmatique avant de s'en aller rejoindre sa mère, laquelle avait toujours Penrose pendu à ses basques.

Le jour suivant vit arriver la séparation du groupe. Alethea se leva tard, après une nuit de solitude. Elle se sentait légèrement déçue, mais Penrose avait sans doute veillé tard, jouant aux cartes, et n'avait pas voulu la déranger aux premières heures. Elle entra en bâillant dans le salon du matin, où la douairière, buvant son café, était assise seule au milieu d'une collection majestueuse de pots et de pichets en argent.

— Vous vous levez tard, Miss Alethea, dit-elle. Plusieurs invités sont partis et vous avez manqué l'émoi suscité par l'annonce de fiançailles.

Alethea tendit le bras pour attraper une pomme. Elle n'était pas particulièrement intéressée par les éternels ragots dont son monde se gargarisait.

— Des fiançailles ?

— Oui. Mr Penrose Youdall va épouser Miss Gray.

La douairière regarda les couleurs disparaître des joues d'Alethea tandis que la jeune fille laissait tomber sa pomme avec un petit bruit sourd sur la table.

Cela ne pouvait être vrai. Cette femme malveillante lui jouait un tour. *Penrose et Diana Gray ?*

— Bien entendu, ce sont leurs mères qui ont arrangé le mariage. Il y a les terres à prendre en compte, les deux propriétés se jouxtant. Cela va représenter un héritage considérable, en plus de la fortune de la demoiselle qui s'élève à 80 000 livres, puisque son père n'a pas eu d'autres enfants.

Les yeux de vautour de la douairière étaient fixés sur son visage, mais elle avait beau essayer, Alethea ne parvenait pas à garder une expression calme. C'était impossible. Penrose était amoureux d'elle, pas de Miss Gray.

— Je n'y crois pas, vous faites erreur, madame.

— Non, mon enfant, je ne fais pas erreur. C'est vous qui vous êtes méprise, et c'est pourquoi j'avais mis en garde lady Fanny. Elle aurait dû s'occuper mieux de vous. Je vous fais une faveur en vous disant cela en privé, afin que vous puissiez vous comporter de manière convenable et prendre congé sans que personne ne se doute que vous avez le cœur brisé, comme c'est probablement le cas. J'ajouterai que les cœurs guérissent. Les poètes affirment que les femmes ne tombent amoureuses qu'une fois, et qu'ensuite tout n'est que répétition et habitude. Je ne prétends pas savoir ce qu'il en est pour vous autres jeunes créatures, qui êtes si sensibles et si pleines d'idées romantiques. Je vous garantis cependant que vous vous en remettrez, que vous épouserez un excellent homme, et aussi que Penrose Youdall, que je connais depuis sa plus tendre enfance, n'est pas le parti qu'il vous faut ; il n'est pas à la hauteur de votre rang.

Avant de pouvoir s'en empêcher, Alethea laissa échapper un cri de protestation.

— Je vous conseille d'éviter ce genre de démonstrations. Vous n'êtes pas la première demoiselle qui se retrouve dans une situation aussi fâcheuse, et vous ne serez certainement pas la dernière. Tâchez de montrer un visage serein et indifférent au monde, si vous ne voulez pas susciter la pitié et faire l'objet de conjectures, mais aussi de ragots, bien que vous ne puissiez y échapper. Je ne dis pas que Penrose ne vous aime pas, ajouta-t-elle avec un semblant de bienveillance dans la voix. Cependant, il n'a pas un caractère affirmé, et sa mère complote depuis longtemps pour le faire épouser Miss Gray. Vous avez peut-être gagné son cœur, mais c'est elle qui a sa main et c'est à elle qu'il passera l'alliance ; c'est ainsi.

La douairière s'éloigna dans le bruissement de ses jupes de soie. Alethea s'assit seule dans le petit salon, incapable de penser ou de faire quoi que ce soit. Le choc était si grand qu'elle peinait à respirer.

Les pensées commencèrent à fuser dans son esprit. C'était faux. Cette horrible vieille femme avait tout inventé, pour la pousser à se trahir. Puis les souvenirs se bousculèrent : le comportement étrange de Penrose ces derniers jours, la méchanceté empreinte de suffisance de Diana Gray, l'hostilité que Mrs Youdall avait toujours manifestée envers elle.

Elle resta assise, immobile, indifférente à la porte qui s'ouvrait. Fanny était à son côté, la voix douce et compatissante, la pressant de se lever et de la suivre à l'étage.

— Il faut que vous fassiez un effort, vous le savez. Partons vite d'ici. J'ai demandé que la voiture soit avancée… Vous devez vous reprendre et présenter vos hommages à lady Milton, vous ne pouvez vous retirer sans cela.

— Je le sais, répondit Alethea en humectant ses lèvres avec sa langue.

Elles étaient sèches et gonflées. Ses yeux aussi étaient secs, elle n'avait pas versé une seule larme. Elle ne s'effondrerait pas ici, elle ne laisserait personne voir combien la trahison de Penrose la touchait. Le simple écho de son nom dans sa tête lui serra le cœur et elle s'écria :

— Fanny ! Partons d'ici immédiatement !

Les mots résonnèrent à ses oreilles, « immédiatement », « immédiatement », et elle fut submergée par la tristesse. Le souvenir terrible de sa nuit de noces, tellement différente de la nuit de passion qu'elle avait connue avec Penrose, lui revint en mémoire, et le contraste lui était insupportable. Puis son esprit las fléchit enfin, et elle sombra dans un profond sommeil réparateur, où aucun démon ne pouvait la poursuivre.

Titus l'observait avec curiosité. Il connaissait les tourments de la jeunesse, ses démons, et se sentit étrangement perturbé par la détresse qui filtrait dans les larmes involontaires de cette jeune personne. Qu'avait-elle traversé exactement ? Était-il possible que la fille de Mr Darcy ait enduré de telles souffrances, comme l'indiquaient ses rêves agités ? Il se dit qu'elle était sans doute encline à céder à ses émotions, qu'elle avait appris à laisser sa sensibilité prendre le pas sur sa raison, mais il devait y avoir autre chose.

Cette jeune femme, conclut-il, était hantée par un sinistre événement de son passé. Et elle était trop inexpérimentée pour comprendre qu'un voyage, si aventureux et nouveau soit-il, n'était pas une échappatoire : son sommeil troublé apprenait à la jeune fille qu'on emportait partout avec soi ses problèmes et ses chagrins. Un mari dur ou désagréable, probablement ; eh bien, il n'y avait guère de remède à cela. Voilà qui était bien la preuve que le mariage était un terrain miné, un véritable piège.

Il leur fallut huit heures en tout pour atteindre le sommet du col. Alethea cligna des yeux quand la voiture s'immobilisa et que Titus la tira de son profond sommeil.

Clignant de plus belle pour sortir tout à fait de sa torpeur, Alethea regarda dehors l'immensité de la vue qui s'étalait devant elle. Le paysage lui coupa le souffle ; l'éclat du soleil et de la neige, ainsi que la majesté de la scène, lui fit tourner la tête. Pendant un moment, le temps sembla s'arrêter, et un extraordinaire sentiment de paix, d'unité avec la nature et avec ces montagnes imposantes s'empara d'elle. Le passé s'effaça de son esprit, comme si un vent purificateur soufflait à travers elle, et pour la première fois depuis de très nombreux mois, elle se sentit en accord avec elle-même et l'univers.

— Nous sommes les maîtres du monde ici, n'est-ce pas ? fit remarquer Titus en venant se poster à ses côtés.

Elle se rendit compte, avec une clarté soudaine, que les yeux de Titus étaient ailleurs : ils s'attardaient sur le visage radieux d'Emily alors que celle-ci s'appuyait tout contre son époux et s'extasiait en découvrant la splendeur du site.

— Comme la laideur du monde disparaît à une telle altitude ! dit signora Lessini.

Mrs Vineham avait emmitouflé son visage dans un voile vert afin de se protéger du soleil.

— Votre peau va brunir si vous restez ainsi au soleil, Emily. Il n'y a rien de pire pour le teint.

Lord Lucius avait coiffé un chapeau à larges bords pour maintenir à l'ombre sa figure fardée.

— Retournons à la voiture, à l'abri de cette lumière aveuglante.

— Ces travailleurs ont les yeux rouges, déclara Alethea à Titus alors qu'ils remontaient en voiture.

— C'est le soleil, l'éclat éblouissant du soleil qui irrite à ce point leurs yeux, répondit Titus. La laideur du monde ne disparaît pas complètement, vous voyez. Les Suisses paient un lourd tribut pour être les gardiens des chemins qui traversent les hautes montagnes.

— Pour l'amour de Dieu ! Manningtree, vous devenez sentimental, intervint Warren. Ce ne sont que des paysans, après tout, et ils sont sans doute satisfaits d'avoir du travail, même si c'est là-haut dans les pics et sous les rayons impitoyables du soleil. Et si j'étais vous, monsieur, ajouta-t-il en s'adressant à Alethea, je ne regarderais pas en contrebas la route que nous allons emprunter pendant notre descente.

Alethea, emplie d'une énergie et d'un courage renouvelés, regarda sans appréhension par la vitre.

— C'est très pentu et cela semble extrêmement périlleux.

Warren la considéra d'un air désolé.

— Il y a quelque chose de pénible dans l'entrain de la jeunesse, vous ne trouvez pas, Manningtree ?

— Nous l'avons tous eu jadis, et regrettons de l'avoir perdu.

— Vous le déplorez peut-être, mais je préfère avoir un esprit rationnel, qui m'indique le danger là où il existe. Je suis sûr que nous allons casser un essieu au cours de notre descente, ou que nous devrons nous arrêter pour remplacer un mât. Enfin, si les chevaux ne s'emballent pas avec nous à bord.

— Vous devriez voyager avec Mrs Vineham, rétorqua Titus. Vous pourriez vous réconforter mutuellement, avec les horribles perspectives qui nous attendent. Vous n'avez pas mentionné les bandits ; je suis certain qu'une horde de brigands nous guette tout en bas.

— Comment pourrais-je redouter les voleurs avec pour compagnon un guerrier de votre acabit ? répliqua froidement Warren. Je suis convaincu que vous n'avez pas perdu votre adresse au sabre et au pistolet… À moins que vos jours belliqueux ne soient tout à fait derrière vous ?

—Des bandits ? renchérit Alethea, alarmée. Vous le pensez vraiment ?

—Non, pas du tout, répondit Titus en riant, même si les taquineries de Warren lui portaient sur les nerfs.

Chapitre 12

*D*ans la diligence transportant les domestiques, la question des bandits avait également été soulevée. Pourquoi, se demandait Figgins, Bootle était-il aussi déterminé à rendre Nyers, le valet de Warren, fou d'inquiétude ? Le malheureux, enclin au mal des transports, souffrait des cahots de la voiture. Ils l'avaient fait asseoir près de la vitre, lui conseillant de sortir la tête s'il sentait qu'il allait vomir. Seule la femme de chambre de signora Lessini lui témoigna un peu de compassion et de bienveillance tandis qu'il grognait et maugréait pendant la traversée du col ; pourtant, même la bonne volonté de cette dernière commença à s'émousser lorsqu'il se mit à pousser des gémissements en apercevant le chemin qui descendait.

— Allons ! camarade, prenez courage ! dit Bootle avec un sourire diabolique. Ne vous souciez donc pas des dangers qui nous attendent. N'y a-t-il pas des ours dans ce coin du monde, et des loups aussi ? ajouta-t-il avec désinvolture.

Sarah, la servante de Mrs Vineham, poussa un petit cri aigu à cette remarque.

— Il se moque de nous, les rassura Figgins.

Hemp, le valet de lord Lucius, partit d'un rire obséquieux, et Figgins lui lança un regard noir. Et dire que même déguisée en homme, elle devait supporter des œillades concupiscentes, des remarques lascives et des mains baladeuses sur ses genoux. Hemp avait rusé pour qu'elle se retrouve assise à côté de lui, et cela avait rendu très inconfortable la première partie du voyage.

Non pas qu'elle n'ait pas déjà eu à détourner les attentions masculines non sollicitées depuis toute jeune, et ce spécimen malingre ne présentait pas de problème majeur. Néanmoins, il l'importunait, et elle était écœurée par son empressement non dissimulé, comme si le danger et le voyage en voiture le dispensaient de la prudence et de la réserve habituellement de rigueur. À l'auberge, elle avait soupçonné qu'il était fait du même bois que son maître, mais là-bas, il s'était comporté de façon plus disciplinée, osant tout juste lui murmurer une suggestion ou deux à l'oreille lorsqu'elle passait, ou autorisant ses vilains petits yeux à s'attarder sur elle lorsqu'elle vaquait à ses occupations.

Et intérieurement, elle avait envie de rire ; quel choc il aurait s'il venait à découvrir à qui il faisait des avances ! Exactement comme Miss Alethea, qui ne pouvait s'empêcher de glousser quand lord Lucius lui faisait des courbettes ; au moins Figgins n'avait-elle pas à supporter, comme c'était le cas de sa maîtresse, un sodomite qui se peinturlurait le visage et la reluquait à travers un monocle. Elle avait redouté plus d'une fois qu'Alethea n'éclate de rire devant l'absurdité de la situation.

Disposant d'une petite chambre individuelle, adjacente à celle de Miss Alethea, elle avait réussi à se tenir à l'écart des autres domestiques à l'hôtellerie. Elle avait pris ses repas en vitesse, ne soufflant mot mais observant et écoutant avec son indiscrétion caractéristique. « On n'en sait jamais trop sur ceux dont la compagnie nous est imposée », telle était sa devise.

À présent, cependant, dans la promiscuité forcée de la voiture, elle estima qu'elle pouvait hasarder quelques questions. Elle avait troqué sa place contre celle de Sarah après le premier arrêt, et se trouvait ainsi hors de portée des sales pattes de Hemp et de son souffle fétide.

Bootle avait changé de ton, ce qui était étrange. Après s'être efforcé de mettre le valet de Warren mal à l'aise aussi bien dans son corps que dans sa tête, il débordait à présent de réconfort et de sollicitude.

— Brisons-là, et occupons-nous l'esprit avec autre chose que le danger et l'inconfort présents, dit-il. Mr Figgins, vous êtes très silencieux, et nous vous avons peu vu à l'auberge, si attentionné que vous êtes envers votre jeune maître. Pourtant, il ne semble pas être aussi exigeant que cela… Où vous rendez-vous ?

— À Venise.

— Pour visiter ? Les jeunes gentlemen sont toujours enthousiastes à l'idée de visiter.

Hemp partit d'un rire cynique.

— Il y a là des poitrines dénudées et des cuisses brillantes à profusion, si vos goûts vous portent dans cette direction.

— Ce qui n'est ni votre cas ni celui de votre maître ! rétorqua Figgins. Ni le cas du mien, même si ce n'est pas pour les mêmes raisons. Il va rendre visite à sa famille, des gens respectables.

— Ah non, pas s'ils vivent à Venise, sûrement pas, déclara fermement Sarah. Les Anglais respectables n'habitent pas à Venise et ne vont pas en Italie.

— C'est ce que fait votre maîtresse, fit remarquer Bootle.

— Elle n'est pas ce que j'appelle respectable, précisa calmement Sarah. Comme je vous l'ai déjà expliqué, elle est à la recherche d'un époux, et ayant échoué en Angleterre, elle tente sa chance à l'étranger.

— Elle est veuve, ajouta Maria.

— Oui, mais elle n'est pas fortunée, ou pas suffisamment. Elle a des vues sur votre maître, Mr Bootle, car il est fort riche, à ce qu'elle m'a dit.

Figgins voyait qu'en dépit de son empressement à amorcer une conversation, Bootle ne parlerait pas de son employeur. Cela avait été la même chose à l'auberge ; il était tout à fait disposé à cancaner sur les autres personnes présentes, mais pas sur Titus Manningtree.

— Vous savez pourquoi mon maître se rend en Italie, intervint Hemp. Il n'est donc pas utile de poser des questions à ce sujet.

— Ce que votre maître déclare être l'objet de son voyage et ce qui pourrait bien en être la véritable raison sont deux choses différentes, répondit Bootle.

Figgins s'aperçut que Nyers dressait l'oreille. Cet homme était une incorrigible commère, et voilà, semblait-il, un potin que Bootle n'avait pas jugé bon d'exhumer à l'auberge.

— Ce n'est pas un secret, répliqua Hemp, troublé. Il va visiter lord Byron, le poète, qui réside tantôt à Venise, tantôt dans un *palazzo* situé dans la campagne avoisinante.

— Où il fréquente une femme mariée, révéla Bootle.

— C'est scandaleux ! s'indigna Sarah, les yeux exorbités.

— Mais ce n'est pas l'unique raison du voyage de monsieur, poursuivit Bootle. Il y a eu quelques dissensions, n'est-ce pas, à propos du cadet de lord Sevington ? Une affaire étouffée, bien sûr… sur laquelle il ne fallait pas prononcer un mot.

—Alors comment se fait-il que vous en ayez entendu parler ? demanda Hemp.

—J'entends parler de nombreuses choses. Lord Sevington a pensé qu'il serait bon pour la santé de lord Lucius que celui-ci aille passer quelque temps – un long moment – à l'étranger. Il a donné ce conseil en tant que parent de lord Lucius, et les nombreux amis haut placés de lord Sevington ont confirmé que ce retrait vers des contrées étrangères serait bénéfique à la santé de votre maître. Cela explique sa présence ici, et la vôtre, ajouta-t-il d'une voix suave.

—C'est un tissu de mensonges, répliqua Hemp.

Nyers avait l'air bien plus jovial.

—J'ai entendu des choses à ce sujet ; mon maître a dit qu'il y avait une raison au voyage de lord L. Je n'ai jamais eu connaissance des détails.

—Mr Warren n'est donc pas du genre à se confier à son valet de chambre ? C'est un cachottier. (Bootle se montrait compatissant à présent.) C'est la même chose avec Mr Manningtree. Si je m'avisais de lui demander où nous nous rendons et pour combien de temps, ou pour quelle raison, ou que sais-je, il me regarderait de travers, me répondrait de m'occuper de mes obligations, et de ne pas me figurer que j'ai le droit d'être au courant de quoi que ce soit. Muets ! Voilà comment sont nos maîtres, n'est-ce pas, Mr Nyers ?

Nyers se redressa sur son siège.

—C'est peut-être le cas pour vous, Mr Bootle, mais Mr Warren n'est pas un gentleman aussi secret que votre maître, et puisque c'est moi qui prends toutes les dispositions pour son voyage, pour notre voyage, devrais-je dire, il est donc tout à fait normal que j'en sache plus que vous.

Figgins dut admettre qu'il fallait rendre à César ce qui appartenait à César. Pour une raison ou pour une autre, Bootle voulait apprendre où se rendait Warren et dans quel but, et il allait se débrouiller pour obtenir cette information de Nyers en un tournemain.

— Comme vous dites, Mr Nyers.

Bootle ne paraissait pas convaincu le moins du monde.

— C'est comme je dis, en effet, Mr Bootle. Je sais tout, jusqu'au moindre détail. Mon maître se rend en Italie pour affaires. Des affaires importantes au nom d'une personne éminente.

Figgins avait l'impression que rien de ce qu'avait déclaré Nyers jusqu'à présent n'était nouveau pour Bootle. Il devait attendre une autre information. *Pourquoi ?* se demanda-t-elle. *De la curiosité ?* Ou bien son maître en avait-il besoin ? Miss Alethea lui avait dit que Mr Manningtree et Mr Warren n'avaient pas l'air en très bons termes, même si elle-même ne voyait pas vraiment avec qui Mr Manningtree pourrait s'entendre ; il donnait toujours l'impression d'être sur le point de fulminer. Et vu la façon dont il regardait signore Lessini, eh bien, heureusement qu'un regard ne tuait pas ! Il semblait dédaigner lord Lucius, comme si sa présence ne lui importait nullement – d'ailleurs, pourquoi lui importerait-elle ?

L'esprit espiègle de Figgins l'incita à aider Mr Bootle dans ses investigations.

— Une personne éminente, Mr Nyers ? Votre maître est-il de ceux qui évoluent dans des cercles aussi hauts ?

— Dans les plus hauts, répondit Nyers avec force. En fait, il n'y en a pas de plus hauts dans tout le royaume.

Sarah pouffa de dédain.

— Vous nous faites marcher, Mr Nyers, car le plus haut placé dans le royaume est le roi, et que pourrait bien faire Mr Warren pour Sa Majesté ?

— Il s'agit d'une affaire particulièrement délicate, répondit Nyers avec satisfaction. Cela a à voir avec une œuvre d'art.

— Grands dieux ! Mr Warren est donc un artiste ? s'enquit Figgins.

Nyers s'empourpra.

— Il n'est rien de tel ! C'est un véritable gentleman et vous ne devriez pas parler de lui de façon irrespectueuse. Un artiste, vraiment ! Non, la vérité, c'est que le roi est un grand mécène, ce que vous ignorez sans doute. Il souhaite acquérir un certain chef-d'œuvre de la peinture italienne, dont mon maître se trouve avoir entendu parler, et c'est pourquoi il l'envoie récupérer ce tableau pour lui.

— Et c'est un grand secret ? demanda Bootle.

— D'autres personnes pourraient être tentées de mettre la main sur la toile, et un léger doute subsiste quant à la propriété de l'œuvre… Il faut donc un homme comme mon maître pour mener discrètement cette tâche à bien.

— Et donc, vous vous rendez à Venise dans l'unique but de rapporter un tableau ?

Nyers devint soudain méfiant.

— Je n'ai jamais dit que nous nous rendions à Venise.

— Oh, ce n'est pas le cas ? intervint Figgins. Je pensais avoir entendu Mr Warren évoquer Venise.

Le visage de Nyers se détendit.

— On a bien le droit d'aller à Venise ! Ou à Milan, ou dans d'autres villes italiennes.

— D'autres villes italiennes après Venise. Si votre maître se rend compte que la peinture n'y est pas, dit Figgins, en toute innocence.

— Monsieur n'a pas pour habitude de déambuler dans des pays étrangers à la recherche d'une chose ou d'une autre. Il sait où se trouve ce qu'il cherche, et c'est là-bas que nous nous rendons.

Le véhicule cahota, s'arrêta, se balança, et pencha sur le côté en prenant un virage très serré. Nyers blêmit.

— Il me semble que plus tôt vous atteindrez votre destination, mieux ce sera pour votre santé, Mr Nyers, affirma Bootle.

— Et cela ne sera jamais assez tôt ! s'écria Nyers avec une animosité soudaine. Maudite voiture, je n'ai jamais voyagé dans un équipage qui avait des suspensions aussi minables. Et dire que ce supplice va durer encore quatre jours !

À l'éclair de triomphe qui parcourut la mine contenue de Bootle, Figgins devina qu'il avait obtenu l'information qu'il voulait. Quatre journées de voyage jusqu'à la destination de Mr Warren. Elle demanderait à Miss Alethea où cela pouvait bien être, même si Venise lui semblait une évidence ; sa maîtresse n'avait-elle pas parlé de passer encore trois ou quatre longues journées sur la route une fois qu'elles auraient franchi les Alpes ?

Bootle était bien habile, jugea-t-elle avec un respect certain.

Titus commençait à se lasser du voyage ; impatient, il avait hâte de pouvoir accélérer l'allure. Bootle avait-il réussi à soutirer quelques renseignements au valet de Warren ? Il préférerait ne pas être obligé de le suivre comme un malandrin poursuit sa proie ; comme il serait plus commode de connaître sa destination ! Le Titien pouvait se cacher n'importe où en Italie, à Rome, à Vérone, à Venise, dans n'importe laquelle d'une dizaine de villes.

Il jeta un regard en direction d'Alethea, à présent profondément endormie, et fronça les sourcils. Le visage de la jeune fille était rougi par le soleil. Mais ainsi ensommeillé et détendu, il lui apparut également d'une beauté remarquable. Il avait pensé, lorsqu'il l'avait rencontrée pour la première fois au mariage de Wytton, que ses charmes résidaient dans sa vitalité et sa bonne humeur ; à présent, il les trouvait dans ses traits réguliers et sa grâce innée. Il sentit la contrariété le gagner. Elle ne devrait pas voyager seule. Certes, elle avait un domestique, mais à moins que sa perspicacité ne lui fasse défaut, Figgins n'était pas plus homme qu'Alethea ne l'était. Deux innocentes à l'étranger, et en Italie par-dessus le marché : une destination des moins recommandables, même pour le voyageur averti, qui sait se préserver des mésaventures et des dangers.

Qu'y pouvait-il ? Ce n'était pas son rôle de garder un œil sur les femmes qui vagabondaient joyeusement. Si elle s'attirait des ennuis, ce serait de sa faute à elle. Tout en se disant cela, il savait que c'était faux. Elle était la belle-sœur de l'un de ses plus vieux amis, et la fille d'une connaissance. Elle appartenait à son monde ; pouvait-il tout simplement l'abandonner à son destin ?

Et la voir si insouciante, se délecter autant de l'attrait et des périls du voyage, ajoutait à sa contrariété. Les femmes n'étaient pas censées prendre des risques aussi importants que ceux auxquels elle s'exposait.

Avait-il jamais reculé devant la menace et le danger ? Non, mais les choses étaient différentes pour un homme. Une existence dénuée d'aventures hasardeuses et de péril devenait pénible, et même s'il ne ressentait plus le désir effréné d'attaquer un ennemi à la guerre, il aspirait encore à une vie pleine de défis et de vives émotions. Ces dames faisaient face à leurs propres risques : ceux de l'accouchement et de la maladie, et peut-être, celui des désaccords conjugaux.

Quel ennui ! Pour la première fois, il se demanda si les femmes trouvaient cela fastidieux. Certaines se montraient intrépides. Comme Emily, maudite soit-elle, en épousant un étranger qui ne faisait partie ni de son milieu ni de ses proches, et en partant vivre à Rome avec lui. Et pourtant, elle ne semblait pas le moins du monde s'inquiéter des mauvaises surprises qui l'attendaient peut-être... Et ce voyage périlleux à travers les montagnes ne lui causait pas le moindre souci, visiblement. Elle prenait cette aventure avec plus de calme que la demoiselle Darcy, qui vivait les événements avec une réelle exaltation, mais Emily n'était pas une timorée. Mrs Vineham, quant à elle, réagissait de façon plus attendue, et affichait une expression purement féminine de désarroi et de peur.

Ce qui l'agaçait. D'ailleurs, il soupçonnait que très peu de choses décontenançaient réellement Mrs Vineham, en dépit de ses hurlements et de sa vulnérabilité affectée. Vous ne pouviez pas avoir survécu à dix ans d'union avec Vineham si vous n'aviez pas le cuir aussi solide qu'une paire de vieilles bottes.

La mère de Wytton, lady Hermione Wytton, l'avait souvent tarabusté sur sa méprise quant à la gent féminine.

— C'est pour cela que vous ne vous êtes jamais marié, Titus, avait-elle affirmé plus d'une fois. Vous ne faites aucun effort pour comprendre ce que vous estimez être le sexe faible, et votre vie se trouve appauvrie par manque de tels rapports.

— J'ai tous les rapports que je souhaite avec les femmes, avait-il répondu avec colère.

Remettait-elle en question sa virilité ?

— Oh, vous entretenez des relations normales avec les femmes, et il y a Emily pour vous choyer et vous réconforter, mais vous pouvez me croire quand je vous dis que vous n'avez pas la moindre idée de ce qui se passe dans la tête de cette dernière – ni dans son cœur, d'ailleurs.

Il garda pour lui son opinion – selon laquelle ce qui pouvait ou non se passer dans l'esprit d'une femme n'avait que peu d'importance – et à bon escient, car lady Hermione avait une langue acérée quand elle décidait de l'utiliser.

Avait-elle eu raison à propos d'Emily ? Bien sûr que non. Ce mariage avec Lessini prouvait simplement que l'on ne pouvait faire confiance ni au cœur ni au bon sens d'une femme. De toute évidence, elle s'était liée avec cet homme sur un coup de tête, séduite par ses manières affables et son sourire charmeur. Ces dames étaient bien du genre à être séduites par de telles frivolités.

En face de lui, Alethea remua, bâilla et s'étira. Elle était souple comme un chat, et avait à peu près autant de bon sens que cet animal, songea-t-il avec aigreur. Il n'avait nul besoin de se creuser la cervelle pour savoir ce qu'il allait faire d'elle dans l'immédiat, cependant. Elle se rendait à Venise, et il se pourrait très bien qu'il fasse de même. Dans ce cas, il s'assurerait qu'elle soit remise sans encombre à Wytton, et ensuite, il se dédouanerait de toute responsabilité envers elle.

Dieu seul savait ce que Wytton penserait de son escapade. S'il avait un peu de bon sens, il ferait prévenir Darcy immédiatement – l'homme ne se trouvait-il pas à Vienne en ce moment ? – et le laisserait régler toute cette sordide affaire. Il doutait que Napier reprenne son épouse après une telle virée ; elle serait contrainte de mener une vie tranquille, à l'étranger, sous la responsabilité d'une quelconque duègne.

— Pourquoi avez-vous l'air si sérieux, lui demanda Alethea. Cela a-t-il un rapport avec notre voyage ? Y a-t-il un retard supplémentaire ?

— Moi ? L'air sérieux ? Je suis navré que vous le pensiez. Non, je suis certain que nous sommes très proches de Domodossola. Il y a un *spittal* là-bas, où vous pourrez vous reposer.

— Un *spittal* ?

— C'est un hôtel, un endroit où s'arrêtent les voyageurs, avec des lits et de quoi se restaurer.

— Mais je crois comprendre qu'il est possible de partir pour Milan immédiatement… L'après-midi touche à sa fin. (Elle sortit sa montre de gousset.) Notre voyage a duré près de quinze heures. Quinze heures !

— Les quinze plus longues heures de mon existence, soupira Warren depuis sa place.

Ce fut avec un immense soulagement que Titus descendit de la voiture et se retourna pour tendre la main à Alethea. Elle l'avait devancé, sautant à terre d'un bond à côté de lui, et balayant les alentours d'un regard vif et curieux, chaque fibre de son être frémissant d'impatience.

— Je rêve d'un bon repas, dit-elle. Ensuite, il faudra que je me renseigne pour savoir quand je pourrai continuer ma route vers Milan.

Titus avança à grandes enjambées vers un homme corpulent qui portait un tablier et qui s'entretenait avec l'un des cavaliers. Il s'adressa à lui dans un italien rapide, puis revint auprès d'Alethea.

— La diligence pour Milan part dans moins d'une heure et voyage de nuit. Vous êtes sans doute trop épuisée pour entreprendre une nouvelle étape immédiatement.

Elle se raidit, aperçut Figgins et la héla.

— Figgins, occupez-vous des bagages, car nous partons pour Milan sans plus attendre.

Puis, s'adressant à Titus :

— Je ne suis pas du tout fatiguée, vous savez, car j'ai dormi pendant la descente. Je souhaite être à Venise le plus tôt possible. Allez-vous faire étape ici ? Ce *spittal* semble être un endroit fort lugubre.

Warren s'était éloigné, et passait un savon à son valet, qui était dans un triste état.

— Nous continuons ce soir, disait Warren. La route sera plus plate, ça ne vous dérangera pas.

— N'est-ce pas cruel d'emmener un si piètre voyageur avec soi dans un voyage comme celui-ci ? demanda signora Lessini.

— Il s'occupe trop bien de mes vêtements et de ma personne pour que je le laisse derrière, madame, répondit sèchement Warren.

— Si vous partez ce soir, vous serez à Milan de bonne heure demain, affirma Titus à Alethea. Les routes sont censées être parfaitement sûres.

— J'ai été très déçue de ne croiser ni bandits ni ours dans la montagne, déclara allégrement la jeune fille. Allez-vous séjourner ici ?

— Je ne pense pas.

Titus entra dans le *spittal* à grands pas tout en se débarrassant de son manteau. Il demanda à un domestique de lui apporter immédiatement un repas et du vin, car il n'avait pas de temps à perdre. Un serveur agile le suivit, à grand renfort de joyeux « *Sì, sì, signore* », et plongea devant lui pour ouvrir une lourde porte en bois.

— Une pièce privée, annonça le serviteur avec satisfaction.

Puis il ajouta avant de s'éclipser :

— Sauf pour la *signora* anglaise.

Emily était assise sur une chaise près de la fenêtre. À l'extérieur, le soleil déclinait de l'autre côté des montagnes, dardant ses rayons lumineux pour éclairer ce salon par ailleurs miteux.

Titus lui lança un regard mauvais puis commença à arpenter la pièce ; il souleva des bibelots, feuilleta un livre, le repoussa, parcourut un journal en diagonale, le tout sans cesser de jeter des coups d'œil en coin à Emily.

— Asseyez-vous, Titus, pour l'amour de Dieu ! Vous m'exaspérez à faire ainsi les cent pas.

— Merci, mais j'ai été assis pendant de si nombreuses heures que j'ai besoin de me dégourdir les jambes. Où est votre mari ?

— Signore Lessini est parti se promener au village pour se dégourdir les jambes lui aussi et acheter une ou deux choses dont nous avons besoin. Puis-je vous conseiller d'aller faire une promenade dans la montagne pour vous défouler ?

— Je n'en ai pas le temps, je pars directement pour Milan.

Le serveur entra à toute allure avec une autre tasse.

— Le *signore* peut prendre du café pendant que l'on prépare son repas.

— J'ai dit du vin ! Je ne veux pas de café.

Emily lui indiqua d'un geste le siège à l'autre bout de la table basse où la cafetière était posée.

— Si vous ne vous asseyez pas, alors je vais devoir me lever et trouver une autre place plus tranquille.

— Oh, très bien !

Titus s'assit sur la chaise. *Maudite Emily !* Toujours si calme et, à présent qu'il y songeait, toujours en train de lui dire quoi faire.

— Vous me dirigez, Emily. Et ça ne me plaît pas.

— Je suppose que non. Plus maintenant.

— Qu'entendez-vous par là ? Plus maintenant ? Jamais !

— Sottises, mon cher. Je vous ai dirigé pendant des années, et vous ne vous en êtes jamais plaint. C'était l'une des raisons qui vous faisaient rechercher ma compagnie.

Titus sentit la colère l'envahir. Il porta nerveusement la tasse de café à ses lèvres, avala de travers, et succomba à une quinte de toux.

— Voyez ce que vous m'avez fait faire, lui reprocha-t-il une fois remis.

— Cela vous a-t-il brûlé la gorge ? J'en suis désolée, mais il n'est pas malin de boire un liquide bouillant lorsqu'on est tout pantelant.

— Je ne suis pas pantelant.

— Bien sûr que si. Comme chaque fois que vous vous mettez en colère.

Titus considéra qu'il était plus sage de ne pas discuter ce point.

— Je n'apprécie pas votre remarque sur le fait que vous me dirigiez, vraiment, je ne l'apprécie pas du tout. Quand on aime une femme, on recherche sa compagnie pour des motifs bien différents que le simple désir de recevoir des ordres.

—Diriger n'est pas exactement donner des ordres, et vous n'étiez pas amoureux de moi à proprement parler.

Il la dévisagea. Que racontait-elle ? Avait-elle perdu la raison ?

—Dieu Tout-Puissant, Emily ! Nous avons été aussi proches que peuvent l'être deux êtres humains ces cinq dernières années et plus. Comment pouvez-vous dire que je ne vous aimais pas ? Vous sous-entendez sûrement que vous n'étiez pas amoureuse de moi, et c'est assez évident à présent que vous avez choisi d'épouser un autre homme.

—Nous nous accordions très bien, et j'ai pris beaucoup de plaisir en votre compagnie, au lit et ailleurs, si c'est ce qui vous perturbe.

—Vous parlez au passé, car tout cela est terminé à présent que Thruxton est mort, déclara-t-il amèrement. À la minute même où vous avez été libre, vous m'avez abandonné.

Emily était une femme extrêmement patiente, mais elle pinça les lèvres à ces propos. Titus était trop préoccupé par son propre ressentiment et sa propre douleur pour le remarquer.

—Je suppose, poursuivit-il, que, simplement parce que je me trouvais hors du pays à ce moment-là, vous avez pensé que moi, je vous avais abandonnée. Mais, Emily, vous deviez savoir qu'il n'en était rien ! Un mot de vous, et j'aurais été à vos côtés. Lorsque j'ai appris que vous étiez veuve, vous projetiez déjà de vous marier avec un satané maître de musique italien…

Il s'interrompit, comprenant à l'éclair de fureur qui parcourut le visage d'Emily qu'il était allé trop loin.

— Carlo est un excellent musicien et il est renommé. Et il se trouve que c'est une profession que j'admire, répondit-elle froidement. Je sais que l'on considère que je me suis déshonorée ; je suis fille de baron, née dans la haute société, et me voilà mariée à un étranger qui compose de la musique. Cependant, n'oubliez pas que mon père, pauvre bien que noble, m'a vendue à Thruxton, qui n'était pas membre d'une ancienne famille de l'aristocratie, mais un brasseur très riche qui avait hérité de ce commerce en même temps que d'une fortune considérable. Son argent le rendait respectable et m'a maintenue, tout juste, dans le cercle dans lequel je suis née.

— Et maintenant vous vous en êtes exclue pour toujours.

— Avec bien peu de regrets. La société londonienne a ses habitudes et ses manières, mais j'ai vécu dans ce monde suffisamment longtemps. J'aspire ardemment à une nouvelle vie, une vie qui me ferait découvrir de nouveaux endroits, croiser de nouvelles personnes, et il se trouve que je suis tombée amoureuse de Carlo presque aussitôt après l'avoir rencontré.

— Et quand était-ce ? Quand exactement avez-vous rencontré ce parangon que vous avez choisi d'épouser ?

Mon Dieu, s'était-elle éprise de cet homme alors qu'elle était encore sa maîtresse ? À voir le visage d'Emily s'empourprer, il devina qu'elle se savait en faute.

— Où et comment je l'ai rencontré ne regarde que moi, Titus. Auriez-vous été en Angleterre lorsque je suis devenue veuve que cela n'aurait rien changé. En aucune circonstance je n'aurais accepté de devenir votre épouse, avec ou sans Lessini.

Il n'en croyait pas ses oreilles.

—Comment?

—Non, Titus. Je vous ai aimé tendrement, et ce sera toujours le cas d'une certaine façon, mais je ne suis pas le genre de femme qu'il vous faut. Nous aurions fait de piètres époux, qui se seraient rendu l'existence impossible. Nous nous sommes rapprochés lorsque vous étiez seul et malheureux, et je vous ai offert réconfort et consolation, et c'est vrai, beaucoup d'amour. Nous avons passé de très bons moments ensemble, sans attaches, et nous répondions l'un l'autre à nos besoins respectifs.

—Et qu'y a-t-il de si différent avec le mariage?

—Nous ne serons jamais sur un pied d'égalité.

Titus fronça les sourcils. De l'égalité entre un homme et une femme? Qu'est-ce que c'était que cette histoire?

—Un homme est maître chez lui.

—C'est en tout cas ce qu'aiment à penser ces messieurs, mais c'est précisément là où je voulais en venir. Je vous dirige, comme vous dites. Je vous ai choyé, je me suis montrée indulgente envers votre mauvais caractère et vos cauchemars, et je vous ai offert une certaine tranquillité d'esprit.

—Je croirais entendre ma gouvernante quand j'étais enfant.

—Exactement, Titus. Et cet arrangement a été très confortable pour vous, mais il se trouve que je ne veux pas d'un époux qui a à ce point besoin que l'on s'occupe de lui, et pour tout dire, je crois que vos besoins ont changé. Vous devriez chercher une épouse dont il vous faudra prendre soin, et que pourtant vous pourrez respecter. Comme elle vous respectera, car vraiment, Titus, vous êtes un être rare qui a la possibilité de rendre une femme extrêmement heureuse. Trouvez quelqu'un avec qui vous pourrez rire, que vous admirerez, et qui vous aimera sans réserve – comme un homme, et comme son égal.

Titus entendit ces paroles, mais eut l'impression de ne pas en saisir le sens.

— Est-ce parce que vous avez deux ou trois ans de plus que moi ? Est-ce cela ? Une si petite différence d'âge vous importe-t-elle ?

— J'ai quatre ans de plus que Carlo.

— Lessini ! Lessini ! Vous n'avez que lui à la bouche ! Maudit soit-il ! J'aimerais pouvoir le transpercer de mon épée et mettre fin à cette farce conjugale !

— Titus !

— Oh, vous savez très bien que je ne ferais pas une chose pareille. Néanmoins, madame, j'estime que vous avez fait un mauvais choix que vous regretterez toute votre vie. Je vous souhaite une bonne journée, ainsi qu'un voyage confortable et sûr, et, cela va de soi, je vous adresse mes meilleurs vœux pour votre santé et votre bonheur futurs. Serveur ! Je dînerai dans la salle à manger. Et qu'on m'envoie mon valet.

Il s'élança hors du salon, quasiment certain d'entendre un rire tandis qu'il claquait violemment la porte derrière lui.

Alethea avait elle aussi été conduite dans une salle où se trouvait l'un de ses compagnons de voyage, mais elle en fut encore plus dépitée que Titus.

— Lord Lucius, dit-elle en s'arrêtant sur le seuil et en faisant mine de reculer.

Se déplaçant avec une rapidité remarquable, il avait refermé la porte et l'avait attirée dans la pièce avant qu'elle puisse protester. Avec colère, elle dégagea son bras de son étreinte.

— Mon cher Mr Hawkins, commença-t-il en en se tenant bien trop près d'elle à son goût. Je vous en prie, appelez-moi Lucius comme le font mes amis, car nous nous connaissons suffisamment bien pour ce genre de familiarité, n'est-ce pas ? Et je suis sûr que nous allons être amis… des amis très proches… Je me permettrai de vous appeler Aloysius.

— Je préférerais que vous ne le fassiez pas, monsieur, répondit Alethea en tentant sans succès de s'éloigner de lui.

Quel parfum pouvait bien porter cet homme ? Il sentait la civette. Elle grimaça de dégoût.

— Ah ! Vous appréciez mon parfum ! s'écria-t-il. Il vient de Paris, je l'ai fait faire tout spécialement pour moi, et il est extrêmement onéreux. Je vous en donnerai un flacon, en gage de mon estime.

— Croyez-moi, je ne veux ni de votre parfum ni de votre estime, monsieur, répliqua Alethea, en le regardant avec méfiance.

Allait-il bondir vers elle ? Il le fit, mais elle fut plus rapide et l'esquiva habilement. Sa parade ne fut guère très efficace cependant, puisqu'elle se retrouvait à présent acculée dans un coin de la pièce. Que pouvait-elle faire ? Comment l'obliger à garder ses sales pattes pour lui ? Car si ses mains se baladaient là où elles ne manqueraient pas de le faire, il pourrait découvrir qu'elle n'était pas du tout ce qu'il pensait, et ce serait le début des ennuis.

— Pardonnez-moi, monsieur, dit-elle en haussant la voix. Vous me bloquez le passage. Je souhaite m'en aller.

— Pas si vite, mon joli jeune homme.

Il lui adressait des œillades lubriques – sa technique de séduction sans doute.

— Ne soyez pas si pressé… Ne boudez pas ma compagnie ! Je sais ce que vous êtes, j'ai vécu un peu plus longtemps que vous dans le monde, et j'ai ma petite expérience des hommes.

Un peu plus longtemps ! Il devait avoir au moins quarante ans ! pensa Alethea avec indignation.

— Je suis un homme de fortune et d'influence, et mon amitié peut être très enrichissante.

— Je suis sûr que c'est le cas, monsieur, pour ceux qui partagent vos goûts, mais je vous assure que je ne fais pas partie de ceux-là.

— Vous êtes très jeune, et inexpérimenté ; vous ne savez pas encore ce qu'est le plaisir.

Alethea lutta pour donner à ses traits une expression sévère. La situation était tellement absurde ! Un rapide coup de pied dans ses hauts-de-chausses mettrait-il un terme à ses fantaisies, ou bien provoquerait-il justement la situation qu'elle voulait éviter ? S'il y avait bien une chose qu'elle savait, c'était que lorsque l'on voyageait déguisée, il ne fallait jamais attirer l'attention sur soi. Abandonner lord Lucius se tordant de douleur sur le sol serait peut-être satisfaisant, mais guère prudent.

Il bondit de nouveau vers elle ; elle laissa échapper un hurlement furieux et lui assena un coup de poing dans l'estomac. Il eut momentanément le souffle coupé, mais ne fut pas le moins du monde découragé. Son regard minaudant avait complètement déserté son visage. Alethea comprit qu'en dépit de ses manières molles, lord Lucius était plus grand et plus fort qu'elle. Il fallait qu'elle s'échappe de cette pièce.

— Serveur ! cria-t-elle de sa voix la plus puissante. Ici ! Tout de suite !

—Il ne viendra pas, assura lord Lucius. Je l'ai payé pour qu'il nous laisse seuls.

Il avait raison, le domestique ne vint pas. Mais Titus Manningtree, oui. Ce dernier ouvrit violemment la porte, soupira d'exaspération, et en deux rapides enjambées alla écarter lord Lucius d'un coup d'épaule.

—Laissez ce garçon tranquille, Lucius.

Celui-ci blêmit de rage.

—Manningtree, occupez-vous de vos satanées affaires ! Faire irruption ici, dans un salon privé, sans y avoir été invité ! Vous répondrez de cela.

—Fermez-la, Lucius. Votre réputation est suffisamment mauvaise sans que vous imposiez vos attentions à de jeunes hommes comme Mr Hawkins, qui n'est pas de votre chapelle.

—Qu'est-ce que vous en savez ?

—Je le sais, voilà tout. Et je connais sa famille ; vous feriez bien de ne pas tenter vos diableries sur sa personne, ou vous pourriez le regretter. Grands dieux ! Et dire que vous avez dû quitter précipitamment l'Angleterre ! Voulez-vous donc qu'un autre scandale vous éclabousse ?

Alethea sentait la colère l'envahir.

—Je peux parler pour moi-même, Mr Manningtree. J'ai dit à lord Lucius que je ne voulais pas de son « amitié », comme il l'appelle, et je suis certain qu'il sait que je ne plaisante pas.

Lord Lucius la contourna, comme s'il s'apprêtait à frapper, mais elle tint bon et soutint son regard sans ciller.

—Venez, fit Titus à Alethea. Je souhaitais vous proposer de partager ma voiture. Je peux vous emmener jusqu'à Milan, si vous daignez m'accompagner.

Il put lire l'hésitation sur le visage de la jeune fille, mais elle acquiesça d'un rapide signe de tête.

— À condition que vous ayez de la place pour Figgins.

— Votre valet ? Il pourra voyager à l'extérieur avec Bootle. Seulement, vous devez vous dépêcher. Où est votre malle ?

— Mon Dieu ! Je suis bien content de ne plus être en sa compagnie, déclara Alethea tandis qu'ils traversaient la cour extérieure pour rejoindre la diligence qui attendait.

— Qu'est-ce qui vous a pris de rester seul avec lui ? Ne comprenez-vous pas quel genre d'homme il est ?

Si, et je sais aussi quel genre d'homme je ne suis pas, répondit intérieurement Alethea. Elle éclata de rire.

— Oh que si !

— Et la situation dans laquelle vous vous trouviez vous amuse ?

— Je pense que c'est drôle ; bien plus que vous ne pouvez l'imaginer. À qui est cette voiture qui s'en va ?

Titus regarda de l'autre côté de la porte voûtée.

— C'est celle de Warren. Que le diable l'emporte ! Bootle ! Bootle, où est le valet de Mr Hawkins ? Trouvez-le immédiatement, nous partons tout de suite, il n'y a pas une seconde à perdre.

— Pourquoi cette précipitation ? demanda Alethea en haletant tandis qu'il la poussait sans cérémonie à l'intérieur du véhicule.

— Oh, je veux simplement atteindre Milan le plus tôt possible.

Menteur, songea Alethea. *Vous voulez garder un œil sur Warren, et j'ai hâte de savoir pourquoi.*

« Ma très chère Hermione,

Comme je vous envie d'être si loin de Londres en ce moment ! Ici, la pluie tombe sans discontinuer, les rues grouillent de manants et de détrousseurs, et il n'y a aucune nouvelle qui soit digne d'être entendue.

Sauf une… Norris Napier, l'époux de la plus jeune des demoiselles Darcy, est arrivé en ville, d'humeur massacrante, avant de se mettre en route pour Paris toutes affaires cessantes. J'ai entendu dire qu'il n'avait pas laissé son épouse derrière lui à la campagne, comme à son habitude – il prétend qu'elle n'aime pas Londres – mais qu'elle s'était échappée des fers matrimoniaux et était partie pour la France afin de séjourner un moment avec l'une de ses sœurs, la ravissante lady Mordaunt, celle qui a fait tant de bruit à Paris. C'est sir Joshua qui a informé Napier qu'Alethea était chez eux ; on se demande où Napier pouvait bien penser qu'elle se trouvait… Peut-être a-t-il l'habitude d'égarer sa femme ?

Et ce n'est pas tout… Il paraît que Mrs Napier était introuvable au domicile de son aînée, et qu'elle a traversé les Alpes pour rejoindre ses parents en Autriche. Je n'y crois pas ; les jeunes mariées n'ont pas pour habitude de parcourir l'Europe seulement pour ça. Soit elle s'est enfuie avec un autre homme, soit elle est retournée à Tyrrwhit House pour y attendre son seigneur et maître… L'endroit où se trouve Napier demeure encore incertain, même si les gens disent qu'il est en chemin pour Vienne afin d'y rendre visite aux Darcy, et que tout cela n'est qu'une histoire d'argent et de dot.

Malheureusement, je pense que cette explication prosaïque est la bonne, même si j'aurais de loin préféré qu'il s'agisse d'une fugue amoureuse – histoire de mettre un peu de piquant dans ce monde ennuyeux, vous comprenez.

Cependant, je suis certaine que Camilla serait horrifiée de penser que sa sœur ait pu fuir son mari de fraîche date ; alors, de grâce, ne lui en dites rien. En ce qui me concerne, je ne blâmerai pas Alethea de s'être échappée de Tyrrwhit House et de ce que je crains être un mariage malheureux. Comment pourrait-il en être autrement, avec un époux pareil ? Je n'ai jamais vu homme plus enragé que Napier lors de son passage à Londres – qui fut bref, Dieu merci.

La semaine prochaine, je rejoindrai Freddie à la campagne dans le Sussex, où il faudra que je me montre cordiale avec sa mère, de plus en plus aigrie et désagréable à mesure que les années passent.

Écrivez-moi vite, pour me dire ce que vous devenez et me donner les dernières nouvelles vénitiennes concernant Byron ; je suis sûre que vous vous trouvez souvent en sa compagnie. Sa dernière maîtresse est-elle aussi jolie qu'on le prétend ? Est-il vrai que son valet lui pose des rouleaux de papier dans les cheveux la nuit pour entretenir cet air romantique qui lui est propre ?

Je suppose que vous ne pouvez pas vraiment le lui demander, mais je meurs d'envie de le savoir.

Votre amie la plus dévouée,
Belinda »

Troisième partie

Chapitre 13

L' eau ondulante, parée du reflet des bâtiments se dressant de chaque côté du canal. Une impression de clarté, en dépit de l'opacité de l'eau sur laquelle glissait sans heurt la gondole. Des voix qui résonnaient sur l'eau et des bribes de chansons qui retentissaient au-dessus du chenal ; des mouettes aussi, et le bruit que faisaient les poulies d'un treuil en soulevant les blocs de pierre entassés sur une barge.

Venise, se dit Alethea. Elles étaient bel et bien à Venise.

Figgins, bouche bée, contemplait les palais, suivait des yeux les promeneurs qui déambulaient le long des canaux et empruntaient les ponts voûtés.

— Vous disiez que les routes étaient faites d'eau, mais je ne l'aurais jamais cru si je ne l'avais pas vu de mes propres yeux. Comment se fait-il qu'on ait construit une ville dans un lieu aussi humide ? La moisissure qu'il doit y avoir ! Ah, çà ! Vous pouvez la voir vous-même, toute cette vase verdâtre. Comme on doit souffrir de rhumatismes ! Qui donc peut bien choisir de vivre dans un endroit pareil ? Mrs Wytton doit avoir perdu la raison.

— C'est tellement beau, Figgins. La lumière, et le reflet des immeubles dans l'eau, et le mouvement de tous ces bateaux qui vont et viennent sur les canaux.

Tout est construit sur des îlots à l'intérieur d'un lagon, vous savez ; je me souviens d'avoir appris tout ça avec Griffy.

— Alors ce doit être la seule chose que vous ayez retenue de vos leçons qui n'ait pas trait à la musique, déclara Figgins.

— Une ville construite sur les flots, c'est captivant, et en effet, c'est bien plus beau en vrai que tout ce que l'on pourrait imaginer.

— C'est aussi une ville de relents… Pouah ! Comme ça pue la mort ! Si vous tombiez dans cette eau, je doute fort qu'on vous tire de là vivante.

— Ce n'est pas très propre, mais qu'importe ? Avez-vous conscience que Vivaldi a vécu dans cette cité et y a composé la plus grande partie de son œuvre ? Elle était jouée par des jeunes filles qui venaient d'un orphelinat.

— Et déguisées en garçons et en hommes, n'est-ce pas ?

— Non. Que les femmes jouent de la musique en public n'était pas du tout considéré comme malséant. Elles recevaient une excellente éducation en ce domaine, et leurs performances suscitaient l'admiration.

— Dans ce cas, c'est bien dommage que vous ne soyez pas née dans cette ville. Est-ce que ce Mr Vivaldi y réside toujours ?

— Non, il est mort il y a de nombreuses années.

— D'une quelconque maladie déplaisante attrapée au contact de l'eau, sans doute.

— Non, il est mort de vieillesse. C'est un compositeur du siècle dernier. Il vivait ici il y a une centaine d'années.

Alethea s'apprêtait à laisser traîner sa main dans l'onde, mais se ravisa. Une autre gondole les rattrapa ; deux dames vêtues somptueusement y étaient installées, et leur gondolier leur chantait une barcarolle ; elles firent de l'œil aux jeunes Anglais lorsqu'elles passèrent à leur hauteur.

— Dévergondées ! s'offusqua Figgins.

— Ce gondolier a une belle voix, déclara Alethea. Les Italiens sont des chanteurs-nés. Signore Silvestrini prétend qu'ils ont cela dans le sang, et c'est assurément un pays qui déborde de musique. Pendant notre séjour, il faudra que j'en écoute autant que possible.

Figgins n'avait pas l'air ravie.

— Cela me chagrinera de redevenir une femme, poursuivit Alethea. Les robes sont tellement inconfortables et si peu pratiques comparées aux pantalons.

— Oui, mais guère respectables, et j'ai parcouru toutes ces lieues avec mon cœur qui battait la chamade de peur que quelqu'un ne vous reconnaisse, ou que ce lord Lucius ne tente une diablerie de trop et découvre que vous n'étiez pas du tout ce qu'il croyait.

Alethea repensa au *spittal* et aux efforts manifestes que lord Lucius avait déployés pour l'atteindre. Bien fait pour lui : Mr Manningtree était entré juste au bon moment, même si le lord avait paru plutôt agacé qu'embarrassé par cette irruption. Elle supposait qu'un homme ayant ce genre de goûts avait l'habitude de faire le fanfaron… Titus Manningtree n'avait pas semblé choqué, non plus… fâché plutôt.

Ce dernier la laissait perplexe. Ses manières catégoriques et son autorité naturelle lui rappelaient son père, mais il était moins réservé et plus enclin à la bile noire que papa ; il avait d'ailleurs été d'une humeur exécrable durant tout le trajet vers Milan. Sur le moment, même si elle avait été plus que reconnaissante pour la place dans la voiture, elle n'était pas certaine d'avoir apprécié la façon énergique dont il avait planifié pour elle le reste de son voyage en sa compagnie, lorsque, arrivé à Milan, il avait décidé de continuer vers Venise.

Bizarre, de venir jusqu'en Italie et de ne pas savoir avec certitude où vous vous rendiez. Néanmoins, un ou deux indices laissaient à penser qu'une femme était mêlée à tout cela, d'où peut-être sa mauvaise humeur, même si Alethea en avait d'abord attribué la cause à la présence d'Emily Lessini. Cette dernière la surprenait, car le *signore* avait beau être charmant, Mr Manningtree était quant à lui...

Elle s'arrêta net. Il n'était rien d'autre qu'un autre membre arrogant du sexe opposé. Comme Emily avait été raisonnable et sensée d'opter pour la chaleur et le tempérament enjoué de son nouvel époux plutôt que d'accepter la morosité et la nature difficile d'un Titus Manningtree ! Voilà encore un individu qui rendrait la vie infernale à une épouse.

Elle se demanda pourquoi il ne s'était jamais marié. Entretenir une liaison avec la femme d'un autre devait être plus facile pour lui... Cela dit, pour que leur histoire dure si longtemps, Mrs Lessini devait avoir nourri une chaleureuse affection pour Titus. Alethea soupira ; peut-être les relations entre hommes et femmes n'étaient-elles jamais ce qu'elles paraissaient être ? Et pour sûr, elles n'étaient jamais simples, malgré tous les efforts d'un couple pour présenter au monde une façade lisse.

En outre Titus Manningtree était intelligent, cela était incontestable. Elle aimait les hommes intelligents. Si Penrose avait été… Non, elle n'allait pas penser à Penrose.

Au moins, une fois à Venise, elles avaient réussi à fausser compagnie à Mr Manningtree. Elle avait dit à Figgins qu'elle ne voulait pas qu'il sache où elles se rendaient ; aussi, lorsqu'une dispute avait éclaté entre Bootle et un batelier à propos des bagages, elles avaient saisi leur chance de s'échapper, sans se faire remarquer, en se fondant dans la petite foule de visiteurs qui arrivaient et qui partaient.

Alethea tentait de tirer le maximum de son italien ; les Vénitiens semblaient parler un langage complètement différent de celui qu'elle avait appris et chanté. Néanmoins, le gondolier avait acquiescé d'un signe de tête lorsqu'elle lui avait indiqué l'adresse, et il s'était faufilé adroitement – non sans joie – à travers le nœud inextricable de bateaux et de gondoles pour rejoindre les eaux dégagées.

Non pas qu'il fût plus facile de circuler sur le canal lui-même…

— C'est aussi bondé qu'à Piccadilly, se lamenta Figgins. Seulement à Londres, on risque de chuter sous les roues d'une voiture ou d'être piétiné par un cheval, ce qui constitue une fin chrétienne ! Pas comme de se noyer dans un canal !

Le batelier quitta le large chenal et tourna, d'un élégant coup de rame, dans un autre bien plus étroit. Au-dessus de leurs têtes, les maisons étaient si proches les unes des autres qu'une personne postée sur son balcon pouvait presque tendre la main pour serrer celle de son voisin d'en face. Du linge propre flottait, suspendu à des lignes tendues entre les fenêtres, et un brouhaha de voix résonnait : on parlait, on chantait, on s'appelait.

Lorsqu'elles croisèrent une embarcation qui arrivait dans l'autre sens, Alethea retint son souffle ; il semblait impossible que les deux bateaux ne se percutent pas, ou que les deux rames des gondoliers ne s'enchevêtrent pas l'une dans l'autre.

Enfin, un élargissement : la gondole se dirigea vers le bord, où quelques marches menaient à une étroite ruelle. Alethea se leva, prudemment, et poussa doucement Figgins sur le côté. Elle enfonça la main dans sa poche, y puisa des pièces pour payer le gondolier, qui s'inclina exagérément en signe de reconnaissance – sans doute avait-elle été trop généreuse. Puis elle sauta sur la terre ferme.

C'était le milieu de l'après-midi, et sous un soleil de plomb, elles suivirent le chemin que le gondolier, à grand renfort de gestes gracieux, leur avait indiqué dans un torrent d'italien.

— Je pense que c'est celle-ci, dit Alethea en s'immobilisant devant une étroite maison de quatre étages.

Une femme qui avait l'air d'une domestique passait par là, et Alethea l'arrêta pour lui demander si cette bâtisse était celle qu'elle cherchait. La femme acquiesça d'un hochement de tête et se mit soudain à débiter une tirade inintelligible en italien. Alethea la remercia, haussa les épaules en direction de Figgins, et s'approcha de la porte d'entrée. La demeure paraissait fermée, mais cela était peut-être normal dans un pays où le soleil était un ennemi dont il fallait se protéger à tout prix. Elle souleva le heurtoir.

Pas de réponse, aucun bruit de pas à l'intérieur, pas de voix qui appelait. Elle réessaya, et recula pour observer les fenêtres au-dessus, sa main protégeant ses yeux de l'éclat du soleil. Les volets étaient également clos aux étages supérieurs. Se pouvait-il que toute la maisonnée dorme ?

Non, c'était impossible. La domestique qu'elle avait arrêtée, et qui lui parlait à présent trop vite pour qu'elle la comprenne, lui faisait manifestement un signe négatif de la main. Qu'essayait-elle de lui dire ? Elle sembla avoir renoncé à sa tentative de communication ; au lieu de quoi, elle tira Alethea par la main et pria le *signore* de la suivre.

La femme les conduisit dans la maison d'à côté, où elle travaillait. Sa maîtresse était là, une beauté gironde avec des yeux noirs ensommeillés, qui parlait un italien bien plus proche de celui qu'Alethea pouvait comprendre.

Comme c'était dommage ! Ces messieurs venaient-ils de loin ? Car le couple d'Anglais, les Wytton – elle prononça le nom avec un charmant accent –, n'étaient pas là, et leur retour n'était pas prévu avant quelques semaines. Ils étaient, les informa-t-elle, partis seulement la veille, pour Rome. Aussi le jeune gentleman anglais devrait-il revenir le mois prochain, si son séjour à Venise était censé durer aussi longtemps.

Chapitre 14

*L*a scélérate! se dit Titus lorsque Bootle l'informa que le jeune gentleman et son valet avaient disparu.

—Faut-il que je me renseigne sur le chemin qu'ils ont emprunté, monsieur? demanda Bootle. Même si je crains que dans cette ville, avec son dédale de rues et de canaux, il ne soit impossible de suivre leur trace.

—Non, laissez tomber, répondit Titus.

Son domestique avait l'air curieux, sur le qui-vive; Titus ne voulait pas paraître trop intéressé par Hawkins, sinon, Bootle se chargerait de découvrir pourquoi. Il poursuivit:

—Son valet, Figgins, que pensez-vous de lui?

—Il est très réservé, pour l'essentiel, mais il se débrouille bien avec une chemise et une botte. (*Il ne m'arrive pas à la cheville,* semblait suggérer le ton de sa voix, *mais il fait tout à fait l'affaire pour servir un jeune homme sans conséquence.*) Je dirais qu'il a la tête sur les épaules, et qu'il est astucieux; un garçon comme lui doit compter sur son intelligence pour éviter les ennuis, car ce ne sont pas ses muscles qui le protégeront.

—C'est tout à fait exact, convint Titus. Appelez un gondolier.

—Où allons-nous, monsieur?

Dans l'intonation de Bootle pointait une légère déception : il aimait savoir de quoi il retournait, et son maître s'était montré vague à propos de l'endroit où ils résideraient à Venise.

Il y avait une raison à cela : Titus se demandait s'il valait mieux garder l'anonymat durant son séjour dans la Sérénissime ou bien s'il était préférable de se mêler à ses amis et connaissances qui pourraient s'y trouver à ce moment-là. À tout prendre, il estima plus raisonnable de ne pas dissimuler sa présence. S'il devait rester plus de quelques jours, quelqu'un finirait par le reconnaître ; en outre, cela lui permettrait peut-être de garder plus facilement un œil sur Warren. Sa mission avait beau être secrète, celui-ci ne se cacherait pas, Titus en était convaincu. L'homme appréciait bien trop la société pour ne pas y prendre part.

— Le gondolier peut nous conduire au Palazzo Borosini.

— J'en déduis que Mr Hellifield se trouve à Venise actuellement, répondit Bootle avec une certaine satisfaction.

— Oui, et vous pouvez effacer ce petit sourire suffisant de votre visage ! Je sais que vous rêvez de mener la grande vie ; eh bien ! vous en aurez tout votre content durant les quelques prochains jours, à moins que Hellifield ait perdu toute sa fortune aux tables de jeu.

Assis dans l'inconfort cahotant de la gondole, Titus reporta ses pensées sur Alethea. Il était certain qu'elle devait être chez Wytton à présent, entre les mains bienveillantes de sa sœur et de son beau-frère, et qu'elle pourrait cesser sa ridicule imposture et reprendre sa place dans le monde en tant que jeune femme de bonne famille. Il se demandait comment elle allait expliquer sa présence à Venise à un époux courroucé, mais cela n'était pas son problème. Les Darcy étaient parfaitement capables de s'occuper des leurs, et Wytton aussi. Celui-ci lui avait confié ne pas considérer ce mariage d'un bon œil ; aussi, la jeune fille avait peut-être fait preuve de quelque bon sens en courant se réfugier chez lui.

À quoi ressemblerait-elle, habillée de nouveau de vêtements féminins ? Sa beauté était plus marquée que lorsqu'il l'avait vue pour la première fois, à présent que les rondeurs enfantines de son visage avaient cédé la place à des traits plus fins, à un ovale plus…

Plus rien du tout. Il pesta contre un bateau à rames qui s'approchait dangereusement et lui projeta des gouttelettes d'eau sur la figure, vociféra en italien à l'intention du gondolier pour qu'il prenne garde à sa direction, ordonna à Bootle de pousser ses jambes pour qu'il ait plus de place, et s'enfonça dans les coussins de velours.

— Titus, quelle bonne surprise ! Quel ami vous faites, à ne pas prévenir de votre arrivée ! Je vous aurais déroulé le tapis rouge et j'aurais tué le veau gras !

— Harry, comme je suis heureux de vous voir !

Les deux hommes avaient la même taille, mais Harry Hellifield paraissait plus grand, parce qu'il était plus longiligne et dégageait une impression de légèreté, une agilité qui contrastait fortement avec la nervosité et la vigueur de son ami.

Titus était toujours étonné à la vue du cadre opulent dans lequel vivait Harry. Ce dernier avait hérité une fortune et d'immenses propriétés de son grand-père maternel. Il avait été élevé et éduqué en Angleterre, mais le sang vénitien de sa mère coulait avec force dans ses veines, et dès qu'il en avait eu la possibilité, il avait abandonné ses terres anglaises aux mains capables de son intendant et s'était établi à Venise.

— Je reste encore un mois, puis je m'en vais ; il vous faudra alors trouver un logis plus humble, Titus.

— Vous partez ?

— Pour l'Angleterre, pour ma visite annuelle ; comme vous le savez, si vous faites l'effort de vous en souvenir, je passe le mois de juillet à la campagne, à Milverley, à m'occuper de mes affaires ; je ne vous dis pas à quel point cela est fastidieux. Puis en août, je me rends dans les montagnes, pour l'air pur et pour me ressourcer, afin de revenir frais et dispos à ma vie vénitienne.

Tandis qu'il parlait, des serviteurs en livrée s'affairaient de tous côtés, prenant le pardessus de Titus, disposant de ses bagages, et conduisant Bootle vers les élégants quartiers que le valet connaissait déjà ; pas de combles miteux et étouffants pour les domestiques de passage dans les maisons de Mr Hellifield.

— Ce manteau ! Titus, déplorait Harry en précédant son ami dans le majestueux escalier de marbre qui menait au premier étage. Où l'avez-vous déniché ? Il est si terne ! Si sombre !

— Il fait l'affaire pour voyager, et nous ne pouvons pas tous nous endimancher de couleurs vives, Harry. J'aurais l'air de sortir d'un cirque si je portais un manteau tel que le vôtre.

Harry lui donna une tape sur l'épaule, et appela pour qu'on apporte du vin, des rafraîchissements, et des serviettes chaudes pour se laver les mains.

— Puis vous pourrez aller prendre un bain et changer de vêtements, mon cher ; on dirait que vous avez dormi dans ceux-ci.

— Mais c'est le cas ; j'ai voyagé nuit et jour depuis que j'ai franchi les Alpes. Et pour sûr, j'apprécierais de prendre un bain.

La passion de Harry pour l'hygiène avait toujours amusé Titus. Même lorsqu'ils étaient ensemble en campagne, Harry trouvait le moyen de garder ses vêtements impeccables et de rester lui-même bien plus propre que n'importe qui d'autre dans le régiment. Il avait voyagé en Turquie, et avait adoré les bains de vapeur traditionnels de ce pays ; il collectionnait aussi avec ardeur les vasques et les fontaines, comme en témoignaient les objets dont regorgeait sa demeure.

— Bon sang, Harry ! Avez-vous été poisson dans une vie antérieure ? s'exclama Titus.

Entendant un clapotis, il venait de découvrir, au fond de la grande salle dans laquelle ils étaient assis, un coquillage de marbre à bords hauts.

— Que pensent les Vénitiens de votre fascination pour l'eau ?

— Eh bien, ils vivent eux-mêmes dans un monde aquatique, alors qu'y a-t-il à dire ? Un camarade puriste a désapprouvé mes fontaines intérieures, affirmant que ça ne correspondait pas au style italien, mais il s'agit de ma maison, et je mettrai des fontaines où bon me semblera.

Titus n'était pas de ceux que les longs voyages éreintaient ; pourtant, il sentit un relâchement inhabituel gagner ses muscles lorsqu'il prit son bain dans une pièce meublée à cet effet et carrelée de mosaïques vénitiennes dans des bleus et des verts océan. Des serviteurs allaient et venaient chargés d'eau chaude, de savons parfumés, et de gigantesques serviettes. On le rasa, on le coiffa, puis on lui recommanda de se reposer un peu après les fatigues du bain. Il n'avait nullement l'intention de faire une chose pareille, mais il consentit à s'étendre quelques instants pendant que Bootle finissait de choisir dans la penderie les vêtements dont il pensait qu'ils feraient le plus honneur à son maître.

Titus se réveilla en sursaut environ deux heures plus tard, parfaitement revigoré, pour trouver un Harry moqueur.

—Vous vous faites vieux, Titus. Je ne vous ai jamais vu dormir pendant la journée.

—Non, et je ne l'aurais pas fait, si je n'avais cédé aux cajoleries de votre bain infernal, des serviettes parfumées et de tout le reste. Néanmoins, cela m'a fait du bien, aussi, vous pouvez faire toutes les remarques qu'il vous plaira.

—Je dois dire que vous avez l'air en assez bonne forme, observa Harry tandis que Titus enfilait une chemise propre. Vous avez toujours été quelqu'un d'agité. Avec votre insupportable manie à faire les cent pas, vous avez là un excellent moyen d'entretenir votre condition physique. Vous rendez-vous toujours régulièrement chez Angelo ?

—Oui.

Titus n'était pas une fine lame, mais il constatait que quelques assauts avec un adversaire coriace lui procuraient une grande satisfaction, de même que l'occasion d'évacuer la colère et l'agressivité accumulées – utiles autrefois lorsqu'il lui fallait se jeter dans une bataille contre un véritable ennemi.

—Alors, je vous défierai pour quelques séances au fleuret pendant que vous êtes ici. À propos, voulez-vous me dire ce qui vous amène ? Je ne vous ai jamais vu entreprendre le moindre voyage sans un but précis.

Titus sourit.

— Je suis à la recherche d'une femme, Harry, et c'est tout ce que j'ai l'intention de vous révéler pour le moment.

— Une femme ! (Harry haussa les sourcils.) Ne me racontez pas d'histoires. Pour autant que je sache, vous avez abandonné toute prétention envers le beau sexe il y a bien longtemps. Entre Emily Thruxton et toutes ces dames qui s'obstinent à rechercher votre compagnie, quel besoin avez-vous de courir le cotillon ? Ne me dites pas que vous êtes enfin tombé amoureux.

— Certainement pas.

Titus se sentit exagérément agacé par cette remarque. Il était devenu plus cynique à propos des femmes avec les années, et à présent, après la trahison d'Emily, il n'y avait aucun risque qu'il s'éprenne d'une autre, si désirable et séduisante soit-elle. Le plaisir, d'accord ; l'amour, pas question. Il poursuivit :

— Dieu merci, ce genre d'idioties appartient à ma jeunesse. Il faut cependant que je mette la main sur cette beauté ; lorsque vous la verrez, vous conviendrez qu'elle en valait la peine.

— J'attends cela avec la plus grande impatience ; elle doit être exceptionnelle, en effet, pour soulever tant de passion dans votre cœur de pierre. Bien ! En ce qui concerne les divertissements de la soirée, nous dînerons à la maison, et nous nous risquerons ensuite en compagnie. Nous verrons bien si une Vénitienne distinguée ne saura pas vous tenter en vous jetant l'un de ses regards orientaux.

— Connaissez-vous ce vaurien de Warren ? demanda Titus un peu plus tard, après avoir extrêmement bien dîné et se sentant beaucoup plus serein qu'à l'accoutumée.

—George Warren ? Il n'est pas vraiment ce que j'appellerais un vaurien ; il passe beaucoup de temps en Italie et a de nombreux amis dans le pays.

—En faites-vous partie ?

Harry réfléchit.

—Non. C'est une connaissance, tout au plus ; je ne le trouve guère amusant, et nous n'évoluons pas réellement dans les mêmes sphères. Il y a des portes qui lui sont fermées, mais certains de nos cercles se chevauchent. Je ne crois pas qu'il soit à Venise. Mais puisque vous le traitez de vaurien, je suppose qu'il vous a fait du tort et que vous n'avez aucune envie d'aller le voir. (Il se redressa, soudain attentif.) À moins que vous ne le cherchiez pour une autre raison… Avez-vous l'intention de le transpercer d'un coup d'épée à l'aube ? Est-il votre rival dans le cœur de votre chère beauté ?

Une fois de plus, Titus fut stupéfié par l'extraordinaire faculté de son ami à mettre dans le mille.

—D'une certaine façon, oui… Mais je vous assure que je n'ai aucunement l'intention de le provoquer en duel, je n'ai que faire de ce genre d'idioties.

—Quel dommage ! soupira Harry. J'aime tellement les duels, et cela fait un moment qu'on ne m'a pas demandé d'être témoin. Autrefois, vous étiez plus belliqueux, si je repense aux nombreuses occasions où j'ai dû tenir vos pistolets ou nettoyer les traces de vos échauffourées sanguinaires.

—C'est du passé, répondit Titus.

—Comme l'amour.

—Oh, que le diable vous emporte, Harry ! Ce que nous avons fait à l'époque, lorsque nous étions soldats ensemble, appartient à un autre monde, auquel je suis bien content d'avoir tourné le dos. Les adultes ont mieux à faire que de se tirer dessus ou de croiser le fer pour de bon.

— Pas à Venise… Ici, ils n'ont rien de mieux à faire.

— Je ne suis pas un Vénitien.

Chapitre 15

*S*ur les indications de la serviable voisine des Wytton, Alethea et Figgins se rendirent à une modeste pension non loin, la *Pensione Donata*, où une tenancière aux épais sourcils et au regard suspicieux accepta de leur louer deux chambres au deuxième étage pour une nuit ou plus.

— Ça a l'air assez propre, déclara Figgins après avoir inspecté les coins sombres de la pièce et jeté un rapide coup d'œil derrière l'imposante armoire placée entre les deux hautes fenêtres. Mais qu'allez-vous faire jusqu'au retour de Mrs Wytton ? Est-ce qu'on reste ici, à Venise ?

Alethea soupira. En vérité, son moral était au plus bas. En arrivant à Venise, dernière étape de son voyage, elle s'était sentie euphorique, fière et soulagée d'avoir atteint son but. À présent, au lieu d'être en sécurité auprès de sa famille, de pouvoir délaisser ses vêtements d'homme et redevenir elle-même, voilà qu'elle devait faire face au doute quant à la date du retour de Camilla et qu'il lui fallait prendre des décisions.

— Je ne veux pas demeurer ici plusieurs semaines, à attendre que le temps passe en courant peut-être le risque que mon mari vienne me chercher. Je pense que nous ferions mieux de partir pour Rome demain, ou peut-être même pour Vienne, où se trouvent mes parents.

Figgins fit la moue.

— Il me semble, Miss Alethea, qu'il est plus probable que Napier aille vous chercher à Vienne, s'il soupçonne que vous êtes partie pour l'étranger. C'est ce que vous avez dit depuis le début.

Alethea ne souhaitait pas réellement se rendre à Vienne. Faire irruption chez ses parents serait bien plus difficile que d'expliquer à Camilla ou à Wytton ce qu'elle avait été poussée à faire. Quoique, une fois à Vienne, elle pourrait remettre ses vêtements de femme et prétendre, peut-être, qu'elle et Figgins avaient voyagé en compagnie d'une amie respectable.

Mrs Vineham, par exemple, et elle éclata de rire à cette pensée. En aucun cas Mrs V. ne saurait être considérée comme une compagnie respectable, et quant à lord Lucius, eh bien, c'était une bonne plaisanterie, qu'elle pourrait partager avec Camilla, mais pas avec papa et maman.

— Je meurs de faim, dit-elle. Allons chercher un endroit où manger, et ensuite, nous déciderons du meilleur moyen de nous rendre à Rome.

— Vous n'allez pas partir ce soir ! s'écria Figgins. Est-ce qu'on n'a pas été secouées assez longtemps comme ça ? Ne peut-on pas s'accorder une bonne nuit de repos et dormir du sommeil du juste dans nos lits ?

— Je ne crois pas que nous puissions prendre des dispositions aussi rapidement. Demain sera bien assez tôt. D'ailleurs, tout est tellement intéressant ici que j'aimerais passer un jour ou deux à explorer la ville. Qui sait quand nous en aurons de nouveau l'occasion ?

— Je prie le bon Dieu que ce soit jamais ! répondit Figgins. Humide et sale ! Voilà ce que j'en pense, et vous pouvez dire ce que vous voulez, Dieu ne nous a jamais destinés à vivre dans un lagon, ou sinon Il aurait fait de nous des rats d'eau, et pas des êtres humains.

—Où est votre esprit d'aventure ? demanda Alethea qui recouvrait sa bonne humeur à la perspective d'un dîner et d'une nuit de sommeil qui, même si elle rechignait à l'admettre, lui faisait autant envie qu'à Figgins.

La nourriture était délicieuse, selon Alethea, et elle mangea de bon cœur, tandis que Figgins, grimaçante de dégoût, picora à peine le contenu de son assiette.

Ironie de la chose, ce fut elle, et non Alethea, qui se réveilla le matin avec de méchantes crampes à l'estomac lui interdisant de mettre le nez dehors.

Cela régla la question ; elles ne partiraient pas pour Rome tout de suite. Alethea savait que Figgins était quelquefois sujette à des attaques biliaires, et espérait que ce n'était rien de plus. Si sa femme de chambre tombait vraiment malade, alors il faudrait qu'Alethea trouve un docteur, mais elle préférait ne pas y penser pour le moment. Figgins lui avait affirmé que, bien qu'ayant l'impression d'être à l'article de la mort, elle serait vite sur pied.

La tenancière se ragaillardit en apprenant que Figgins ne se sentait pas très bien ; c'était manifestement le genre de femme qui aimait la maladie et le malheur. Elle promit de lui monter quelque décoction herbeuse de sa fabrication, « un remède infaillible pour tous les maux d'estomac », assura-t-elle à Alethea. Soulagée de savoir qu'on s'occuperait bien de Figgins, Alethea se mit en route le cœur léger et avec un grand sentiment de liberté pour aller explorer cette cité étrange et fascinante.

Elle ne s'y était pas trompée : cette ville débordait de musique. Des voix lui parvenaient depuis les églises, le son d'une flûte ou d'un violon flottait au-dessus de l'eau depuis les fenêtres ouvertes, un *quartetto* répétait dans une pièce voisine d'une autre église et, en traversant une place, elle entendit une soprano qui faisait ses gammes. Tout cela la réjouissait au plus haut point, et elle passa une journée délicieuse, qu'elle acheva sous le dôme de la basilique Saint-Marc par l'écoute de la messe chantée. Elle était envoûtée par la musique, éblouie par les mosaïques miroitant et scintillant au-dessus de sa tête, fascinée par les rituels papistes, et horrifiée par la ferveur religieuse non dissimulée de la congrégation, qui semblait constituée principalement de dames âgées vêtues de noir, qui se signaient à intervalles réguliers et entraient dans une sorte de psalmodie gémissante pendant les prières.

Le corps, l'âme et l'esprit tout à fait revigorés, Alethea reprit le chemin de la pension, où elle retrouva Figgins, pâle et affaiblie, mais qui lui assurait qu'elle se sentait vraiment beaucoup mieux, et qu'elle partirait immédiatement pour Rome, pour la Chine, pour n'importe où pourvu qu'elle soit hors de portée des soins bienveillants de la tenancière.

— Il n'y a pas de « immédiatement » qui tienne, déclara Alethea. Je suis ravie de voir que vous êtes rétablie, mais vous êtes encore faible et fatiguée, et après tout, il n'y a pas grande urgence. Que pensez-vous d'une sortie à l'opéra ? J'ai trouvé un théâtre où se joue un spectacle ce soir même, et je meurs d'envie d'entendre un opéra italien ici, dans le pays même où il a été composé, avec des chanteurs et des musiciens locaux.

Figgins ne partageait pas la passion d'Alethea pour la musique, mais assister à un spectacle ne lui déplaisait pas. De plus, Alethea devinait que sa femme de chambre préférait ne pas être laissée toute la soirée aux mains de leur hôtesse.

— Seulement si vous vous sentez suffisamment en forme, reprit-elle. Nous ne sommes pas obligées d'assister à toute la représentation.

Les airs de l'opéra bourdonnant encore dans sa tête, Alethea n'accordait que peu d'attention à Figgins et à ce qui l'entourait ; elles marchaient depuis un petit moment dans l'atmosphère chaude et moite lorsque Figgins demanda si c'était le bon chemin, car même si tous ces ponts et canaux se ressemblaient, elle ne se souvenait pas qu'elles soient passées par ces rues très étroites, à peine plus larges que des venelles, en allant au théâtre.

Alethea fronça les sourcils et sortit de sa rêverie.

— Je crois que vous avez raison. Nous allons devoir revenir sur nos pas.

Une heure plus tard, elles étaient complètement perdues. Cette partie de la ville était sombre et calme ; un silence total y régnait, brisé seulement par le bruit d'un rat se glissant dans le canal tout proche et une voix lointaine qui portait au-dessus de l'eau.

— Si nous pouvions trouver un endroit où il y a des gondoles, déclara Alethea, alors nous pourrions demander à être ramenées à notre pension.

Figgins, tous ses sens de Londonienne en alerte devant les dangers de la ville, acquiesça d'un signe de tête.

— Je pense que nous ferions mieux de nous éloigner d'ici le plus vite possible, ajouta-t-elle.

Elles sortirent de l'étroit labyrinthe de rues et arrivèrent au bord d'un canal plus large, éclairé par la lumière s'échappant de volets ouverts ; plus loin, un ou deux promeneurs traversaient les ponts.

— C'est sûrement…, commença Alethea.

Puis elle ressentit une violente douleur à l'arrière de la tête et vit trente-six chandelles avant que tout devienne noir.

Chapitre 16

$\mathcal{T}$itus s'éveilla avec un profond sentiment de bien-être, seulement gâché par un léger pressentiment qu'il ne parvint pas à identifier immédiatement.

Quelque chose à voir avec Warren, sans aucun doute, l'inquiétude d'avoir laissé filer une soirée entière en s'adonnant au plaisir et à la danse alors qu'il aurait pu se mettre en chasse de son rival.

Pourtant, si telle en était la cause, ce sentiment désagréable aurait dû disparaître avec l'arrivée de Bootle, accompagné par des serviteurs en livrée du matin qui apportaient de l'eau et des serviettes – incontournables ici –, d'un barbier, et du majordome, venu s'assurer en personne que signore Manningtree avait mis à profit ses heures de sommeil dans un confort suprême, sans que rien ne vienne troubler son repos.

Il parvint à se débarrasser de tout le monde, remarqua que Bootle arborait un air suffisant, et lui demanda pourquoi il paraissait si content de lui.

— Il se trouve que l'un des serviteurs de Mr Hellifield parle couramment l'anglais, ainsi que l'italien ; c'est un homme malin et prometteur, alors je l'ai convaincu de se renseigner pour vous sur les allées et venues de Mr Warren.

— Vous avez trouvé Warren ? Formidable ! Où loge-t-il ?

Bootle consulta le morceau de papier qu'il tenait dans la main.

—Dans la Via Orsini, qui n'est pas très loin d'ici à ce que j'ai compris.

—Je vais demander à Mr Hellifield si l'un ou l'autre de ses subtils serviteurs peut garder un œil sur cet homme pour moi. Il trouvera peut-être cela étrange, mais je suis sûr qu'il me rendra ce service s'il le peut.

Tout fut rapidement arrangé, Harry étant plus que ravi d'assigner cette mission à l'un – « ou plusieurs, si nécessaire » – de ses valets.

—Cela les occupera. J'en ai tellement que la plupart d'entre eux sont tout à fait oisifs. Comme tous les Italiens, ils adorent les intrigues, alors je suis certain que vous obtiendrez toutes les informations que vous souhaitez sur les faits et gestes de Warren. Un peu comme au bon vieux temps, lorsque j'envoyais des espions en territoire ennemi… Vous rappelez-vous ?

—Et c'était une bande de voyous pour la plupart. J'espère que vos domestiques ici sont des hommes d'un genre plus respectable.

—On n'habite pas à Venise pour être respectable, Titus. Laissons cela aux comtés anglais et aux vieux débris de Bath. Au fait, êtes-vous toujours aussi intéressé par la peinture ? Je me souviens qu'à une époque vous sembliez parti pour suivre les traces de votre père et devenir comme lui un mécène et un collectionneur de tableaux.

Une nouvelle flèche parfaitement dirigée. La remarque n'était pas formulée avec une quelconque intention vicieuse, mais la façon dont Harry paraissait toujours avoir conscience de ce qui préoccupait son ami était déconcertante.

— Pourquoi cette question ?

— Mon cher, vous êtes à Venise, berceau de tant de chefs-d'œuvre ; et depuis la fin de la guerre, l'Italie est une mer d'épaves flottantes : tableaux, sculptures, beaux livres anciens, et merveilles de toutes sortes. Napoléon et ses *banditi* ont fait main basse sur tout ce qui leur tapait dans l'œil, comme vous le savez parfaitement. Officiellement, c'était pour rapporter ces objets à Paris, le centre du nouveau régime. Officieusement, ces pillages étaient mus par le profit et donnaient lieu à des trafics frauduleux. Il y aurait même eu quelques transactions équitables avec proposition d'un prix et paiement. Un sale voyou du nom de Delancourt est récemment arrivé à Venise. Il s'est trouvé une épouse vénitienne et a ouvert une boutique dans un *palazzo* qui tombe en ruine où l'on peut voir et acheter les plus éblouissantes comme les plus obscures œuvres d'art qui soient.

Delancourt ! C'était le nom mentionné par Lessini.

— Vous m'intéressez, Harry. Poursuivez.

— On dit que ce qu'il expose n'est qu'une infime partie des biens qu'il a à vendre, et qu'il possède des sources d'approvisionnement remarquables ; il paraît qu'il peut vous obtenir une urne classique ou un Le Tintoret au pied levé, si vous le désirez et si vos poches sont assez profondes. C'est un homme avenant, à qui on ne peut absolument pas faire confiance ; mais ai-je vraiment besoin de le préciser ?

— Êtes-vous l'un de ses clients ?

— Je ne suis pas un collectionneur, et j'ai eu de la chance – cette maison et ce qu'elle contient n'ont jamais été pillés, ni par les Français ni par les Autrichiens. Mon oncle, le frère de ma mère, a beaucoup de relations utiles,

251

et par conséquent, même si je n'étais pas en mesure de vivre ici à l'époque, pour des raisons évidentes, il a fait en sorte que ma propriété s'en sorte indemne.

— Vous avez toujours eu de la chance.

Ils étaient assis dans une autre pièce splendide au plafond haut, et Titus contemplait les jeux d'ombre et de lumière que créaient les miroirs savamment disposés en reflétant l'eau qui ondulait au-dehors.

— Votre *palazzo* est lui-même une œuvre d'art. Parfait en tout point. La froideur du marbre, les soieries rouges sur les murs, la lumière et l'air provenant du balcon, tout cela est charmant.

— Bientôt l'odeur du canal deviendra insupportable, alors on fermera les fenêtres, et ce salon sera délaissé jusqu'à l'automne. Pour le moment, nous pouvons en profiter. Alors, souhaitez-vous rendre visite à Delancourt ? Je vais envoyer quelqu'un prendre un rendez-vous ; il n'admet qu'un client à la fois. Il sera ravi de me voir, je vous le promets ; il est contrarié par le fait que je n'achète pas, et espère toujours me persuader d'acquérir une nymphe ou un croquis réalisé par de Vinci.

— J'aimerais beaucoup rencontrer cet homme.

— Il faudra un jour ou deux avant qu'il puisse nous recevoir ; il aime faire languir ses clients. En attendant, il y a toutes les délices de Venise à savourer… Et cela fait quelques années que vous n'êtes pas venu ici. Ma gondole est à votre disposition, allez visiter la ville, redécouvrez ses beautés.

Titus lança un regard en coin à Harry.

— Essaieriez-vous de vous débarrasser de moi ? Vous devez avoir quelque projet aujourd'hui…

—Détrompez-vous. Mon avocat va venir ce matin, et je dois m'occuper de deux ou trois affaires de ce genre. Après quoi, je suis à votre entière disposition.

—Vraiment ? Qu'est devenue la belle Cecilia ? Vous n'avez pu vous lasser d'une aussi glorieuse créature.

—Non, en effet. Elle préfère passer la plupart de son temps à Moli, où je possède une résidence. Nous lui rendrons visite là-bas. Je sais qu'elle sera contente de vous revoir.

—Vous allez devoir vous marier un de ces jours, Harry. Sans cela, qu'adviendra-t-il de votre héritage ?

Harry soupira.

—Je sais, je sais. Mes oncles – mes innombrables oncles – ne cessent de me rebattre les oreilles avec cela. Je jure que j'irai à Londres l'année prochaine pour la saison et que je me trouverai une épouse.

—L'année prochaine ? Pourquoi pas cette année ?

—Une chose en entraînant une autre, j'ai trop tardé.

—Pourquoi ne pas choisir une épouse italienne ? Une demoiselle anglaise acceptera-t-elle de venir vivre à Venise ?

—La demoiselle anglaise va rapidement devenir une matrone anglaise et produira un fils ou deux. Ensuite, elle pourra vivre en Angleterre, à Milverley, et je retournerai à ma vie vénitienne.

Titus fronça les sourcils.

—C'est extrêmement insensible de votre part.

—Le mariage n'est pas une affaire de sentiments. Et vous êtes mal placé pour me jeter la pierre. Je ne vous vois pas remplir la nursery à Beaumont.

—J'ai un frère qui a quatre fils.

—Oui, et votre belle-sœur, comment s'appelle-t-elle ? Ah oui, Christabel. Une femme épouvantable, qui meurt d'envie de régner sur Beaumont.

—Je le sais.

—Cela ne vous dérange pas ?

—Le seul moyen pour qu'elle puisse s'en emparer serait que je ne sois plus sur cette terre, auquel cas je me ficherai pas mal de qui sera maître du domaine. Les garçons sont en assez bonne santé, et je trouve l'idée de se marier dans l'unique dessein de produire un héritier tout à fait déplaisante. Je ne choisirai pas de m'unir à quelqu'un sans affection, et comme je vous l'ai dit, il n'est plus temps pour moi d'y penser. Si l'on ne se marie pas jeune, je suis d'avis que cela devient de plus en plus difficile de sauter le pas, et lorsque vous atteignez mon âge, c'est presque impossible.

Harry était amusé.

—Vous parlez comme si vous étiez dans vos vieux jours. Étant donné que nous avons quasiment le même âge, je suis indigné par ce que vous dites. Mon cas est différent. J'adore Cecilia, et je n'ai pas de place dans mon cœur pour une autre femme.

—Épousez Cecilia.

—Cecilia est déjà mariée.

Titus se redressa en entendant cela.

—Je ne le savais pas. Où est l'époux complaisant ? À moins que vous ne viviez avec le risque quotidien d'être transpercé par un cocu exaspéré ?

—Non. Son mari n'a plus toute sa tête, et sa famille aimante prend soin de lui. Il a fait une chute de cheval ou quelque chose comme ça, et ne s'en est jamais complètement remis. Cecilia est catholique, et bourgeoise jusqu'au bout des ongles. Même si son mari venait à mourir, elle ne m'épouserait pas. Elle trouve mon monde bien trop pernicieux et immoral pour souhaiter en faire partie.

La vie des gens prenait parfois un tour bien étrange, pensa Titus tandis que Harry s'en allait, le laissant savourer une autre tasse de café et lire les journaux anglais qu'il faisait venir d'Angleterre chaque semaine. Lorsqu'on était jeune et romantique, les choses allaient de soi. On fréquentait les femmes de sa ville ou bien on avait une maîtresse, ou encore on entretenait une danseuse d'opéra. Puis on se mariait, on créait une maisonnée et on devenait un bon père de famille. Avec quelques liaisons par-ci par-là si le cœur vous en disait, même si beaucoup d'hommes se piquaient malgré eux d'un tout nouveau sens moral pour profiter, alors assagis, d'une existence plus domestique.

Seulement, si vous gardiez les yeux grands ouverts, vous remarquiez combien il y avait d'exceptions. Les individus du genre de lord Lucius suivaient un certain chemin, tandis qu'une Mrs Vineham, devenue veuve, en prenait un autre. Et voilà Titus qui, d'une façon ou d'une autre, se reprenait à penser à Emily. Harry n'avait pas idée de la chance dont il jouissait avec sa voluptueuse Cecilia ; aucun risque que celle-ci se marie au débotté avec un étranger et entreprenne de démarrer une nouvelle vie de badinage dans un autre pays, sans jamais un regard en arrière pour les années passées auprès de son amant.

Le café avait un goût amer, et quelques grains se coincèrent dans ses dents. Il reposa sa tasse dans un bruit sec ; aussitôt, un domestique se précipita pour la remplir de nouveau ou la débarrasser, au gré du *signore*.

Il ne savait pas comment Harry supportait d'avoir cette horde de serviteurs immaculés qui erraient à pas feutrés dans la maison. Et non, il ne souhaitait pas qu'on fasse appeler le gondolier, il se débrouillerait tout seul, merci beaucoup.

Chapitre 17

*A*lethea se trouvait dans la nursery à Pemberley. Au-dehors, un orage se déchaînait, ce qui expliquait le grondement du tonnerre dans sa tête et les éclairs lumineux vacillant de sa conscience. Elle était malade, voilà pourquoi elle était allongée. Et sa nourrice était là, se penchant au-dessus d'elle, l'amenant, à force de cajoleries, à avaler la mixture amère qu'elle présentait à ses lèvres. Que disait donc sa nourrice, et pourquoi s'exprimait-elle de façon aussi étrange ?

Cela devait être sa préceptrice, Griffy, tapie là dans l'ombre, lui parlant à présent fermement, lui enjoignant de prendre son médicament. Ce n'était pas la voix de Griffy, pourtant. C'était Figgins qui s'adressait à elle.

Et elle n'était pas à Pemberley, non, elle se trouvait à des milliers de lieues de là, à Venise, et elle n'était pas allongée sur un lit dans la nursery, mais adossée contre la pile d'un pont de pierre. La nourrice n'en était pas une, mais un petit homme à la tête de noix. Seulement, l'odeur répugnante du remède était la même, pensa Alethea tandis qu'elle en avalait une gorgée à contrecœur et sentait son estomac se soulever. Des sels furent agités sous son nez ; elle abhorrait l'odeur des sels. L'ammoniaque lui piqua le nez, lui fit pleurer les yeux, mais aida à lui éclaircir les idées.

— Figgins ? demanda-t-elle en luttant pour se redresser. (Elle porta une main à son crâne douloureux et regarda avec consternation la tache rouge sur ses doigts.) Suis-je tombée ?

— Non, répondit Figgins en coupant court au flot d'italien qui se déversait de la tête de noix. Vous avez été attaquée et détroussée, et moi aussi ; au moins je m'en suis sortie sans avoir le crâne brisé, mais les voleurs m'ont arraché mon manteau et l'ont emporté, exactement comme ils ont fait avec vous.

Voilà pourquoi elle était en bras de chemise.

— Oh, mon Dieu ! soupira-t-elle en portant une main sale à ses yeux. Ils ont pris tout notre argent ?

— Absolument tout. Il se trouve que cet aimable gentleman passait par là, sans cela je pense qu'on vous aurait poussée dans le canal et que vous n'auriez pas survécu.

Alethea parvint à esquisser un sourire tandis qu'elle remerciait le petit homme. Il balaya ses remerciements d'un geste. Il était apothicaire, l'informa-t-il, voilà pourquoi il avait la potion fortifiante et les sels sur lui. Où ces messieurs logeaient-ils ?

Alethea, la tête douloureusement embrouillée, commençait à prendre conscience qu'elles étaient à présent sans le sou, dans un pays étranger, et qu'elles ne connaissaient personne à qui demander de l'aide. Même sans leurs déguisements, impossible de frapper à la porte de l'une des connaissances de papa et de dire : « Je suis Alethea, la fille de Mr Darcy. »

Une chose était évidente : Figgins et elle ne pouvaient pas retourner à leur pension. Elles devaient déjà une nuitée, et la tenancière n'était pas le genre de femme à accepter avec bienveillance les excuses en cas de non-paiement. En les voyant arriver en bras de chemise, elle comprendrait leur mésaventure, et il y avait peu de chances que la commisération soit sa plus grande vertu. Elle attraperait leurs bagages, exigerait d'être payée, ferait un scandale et appellerait un agent ; non, il ne fallait même pas y penser.

Il faisait à présent tout à fait sombre. Elles devaient trouver un endroit où dormir.

— Je ne me souviens pas, répondit-elle à l'homme en tâtant avec précaution l'arrière de son crâne.

À mi-voix, elle ordonna à Figgins de prendre un air stupide et de se taire.

— Votre domestique, il doit connaître l'adresse, dit l'apothicaire en fronçant les sourcils de telle sorte qu'ils se touchèrent.

— Il n'est pas très vif, et ne parle pas un mot d'italien ; il reste avec moi mais il ne saurait pas retrouver son chemin dans Venise.

Le petit homme haussa les épaules.

— Alors vous feriez mieux de venir avec moi. Je ne peux vous offrir qu'une modeste chambre, mais vous aurez un toit sur la tête et un lit propre. Après une bonne nuit de sommeil, vous aurez les idées claires, et demain matin, vous vous rappellerez l'endroit où vous logez. Savez-vous votre nom ?

Alethea crut bon de secouer la tête, regretta immédiatement cette impulsion, et dut faire un geste négatif de la main.

— Demandez à votre serviteur.

— Il veut savoir comment je m'appelle, expliqua Alethea à Figgins.

Celle-ci fit la moue. Finalement, Miss Alethea n'avait pas perdu toute sa présence d'esprit.

— Dites-le, lui siffla Alethea.

— Mr Aloysius Hawkins.

— Très bien, Mr *Orkins*, si vous voulez bien vous appuyer sur moi, ma boutique n'est qu'à quelques pas d'ici. Nous vivons au-dessus, ma femme et moi.

Figgins se demanda ce que contenait le liquide nauséabond que l'apothicaire avait apporté à Alethea. Étant donné qu'elles étaient en Italie, où les empoisonnements étaient aussi fréquents que les éternuements, elle avait déconseillé à Alethea d'en boire une seule goutte.

Et Alethea n'avait pas paru très enthousiaste non plus, seulement, elle disait que sa tête la faisait terriblement souffrir, et leur hôte était certain que la potion soulagerait la douleur et l'aiderait à dormir.

— C'est absurde, Figgins, ces histoires selon lesquelles tous les Italiens ont sur eux des fioles de poison. Nous ne sommes plus au Moyen Âge.

Oui, se dit Figgins intérieurement, *vous et moi on le sait bien, mais eux, est-ce qu'ils le savent ?*

Cependant, la mixture sembla faire effet. Miss Alethea dormit plutôt paisiblement, et c'était ce qu'il y avait de mieux pour elle. Si elle était restée éveillée, elle se serait tracassée à propos de sa situation fâcheuse, et à quoi bon ?

Il s'agissait d'un problème concret, décida Figgins, qu'elle devrait résoudre. Elle savait ce que c'était que d'être à court d'argent, alors que Miss Alethea n'en avait pas la moindre idée. Un seul penny manquant dans leurs poches serait probablement un sujet d'inquiétude pour sa maîtresse, et cela n'aiderait pas sa tête à guérir.

Pouvait-elle la laisser sans risque pour une heure ou deux ? Elle parcourut du regard la mansarde exiguë. Il y avait un lit étroit sur lequel était allongée Alethea, une commode, une petite table, et une seule chaise. Mme l'apothicaire avait monté et posé une paillasse ; Figgins avait connu pires couchages. L'unique fenêtre était minuscule et s'ouvrait à peine. Si leur hôte savait que Figgins était sortie, se faufilerait-il dans l'escalier jusqu'à sa victime ?

Elle aperçut une clef, attachée à un petit morceau de ficelle, posée sur l'étroite étagère sous la fenêtre. Elle l'essaya et vit qu'elle fonctionnait. Que se passerait-il si Miss Alethea se réveillait, appelait, et que personne ne pouvait entrer la voir ? Elle jeta un nouveau coup d'œil à la forme endormie sur le lit. Sa maîtresse n'avait pas l'air de quelqu'un qui allait se réveiller, pas avant plusieurs heures. Figgins devait prendre le risque. Elle sortit de la pièce et ferma la porte à clef derrière elle. Figgins descendit l'escalier abrupt, puis une autre volée de marches, légèrement moins raides. L'apothicaire et sa femme dormaient dans une chambre à l'arrière du magasin ; elle s'arrêta, écouta, pas un son ne lui parvint. Elle ouvrit doucement la porte qui conduisait à la boutique, et gagna l'entrée sur la pointe des pieds.

La porte était verrouillée, mais pas barrée, et bien peu de serrures pouvaient résister à Figgins. Tous ses frères n'étaient pas aussi probes que Joe, et son cadet, Will, avait eu une brillante carrière de criminel dans sa jeunesse avant de prendre conscience de ses erreurs et de s'assagir en entrant comme apprenti chez un forgeron. Il lui avait enseigné les ficelles du métier, et dans une échoppe comme celle-ci, elle trouverait sans mal de quoi crocheter une serrure.

Deux minutes plus tard, elle était dehors, dans la rue déserte. Figgins était peut-être anglaise, mais elle était née et avait été élevée dans une ville, et selon elle, une ville en valait bien une autre une fois les lumières éteintes et les rats de sortie. Ce soir, elle serait un rat.

Alethea se réveilla en toussant. Il faisait chaud dans la chambre et l'air était rare ; Figgins avait soigneusement fermé la fenêtre avant de s'installer sur sa paillasse. Avec toute cette eau alentour, des miasmes pestilentiels viendraient flotter dans la pièce si on les laissait faire.

Alethea cligna des yeux, et observa la bosse endormie qu'était Figgins. Se glissant hors du lit elle se mit prudemment debout. Pas de vertiges, et seulement une douleur sourde là où elle avait ressenti cet horrible élancement. Bien. Elle enjamba Figgins et poussa tant bien que mal la fenêtre qui s'ouvrit dans un craquement. Elle resta là, inspirant l'air matinal. Combien de temps avait-elle dormi ? Au-dessous, elle entendait le bruit de la maisonnée qui s'éveillait, et au-dehors, on se saluait joyeusement ; un homme claironnait qu'il avait à vendre « de l'excellent poisson !… du poisson tout frais ! » Un chien aboya ; une brève querelle s'engagea sur l'eau.

En temps normal, tout cela lui aurait remonté le moral, mais après un moment de pure jouissance, les événements de la veille resurgirent dans sa mémoire. Cette fois-ci, elles étaient vraiment en fâcheuse posture.

Son regard s'arrêta sur la table, sur laquelle Figgins avait posé son pantalon. Là, à côté de celui-ci, se trouvait une bourse de cuir. Alethea s'en empara et l'ouvrit. Elle n'était pas gonflée de pièces, mais il y en avait suffisamment pour leur épargner une misère noire. Qu'avait donc manigancé Figgins ?

Elle s'apprêtait à secouer sa femme de chambre pour la réveiller, mais s'immobilisa. Figgins était une lève-tôt ; si elle dormait aussi profondément à cette heure avancée, c'est qu'elle avait dû se coucher tard. Alethea ne se rappelait pas bien les événements de la nuit précédente ; la seule chose dont elle se souvenait, c'est qu'elle avait pris un remède que lui avait donné l'apothicaire. Puis elle avait dû s'endormir. Figgins était-elle sortie ? Seule, dans cette ville inconnue ? Et comment s'était-elle procuré cette bourse ? Ou bien celle-ci appartenait-elle à l'apothicaire, qui l'aurait oubliée sur la table lorsqu'il était venu s'occuper de sa tête ?

Elle s'habilla, grimaça à l'idée d'enfiler une chemise aussi sale, et s'assit sur la chaise pour attendre que Figgins se réveille.

— Oh, ça…, dit Figgins en lançant un regard en coin à sa maîtresse. Il nous faut de l'argent, on ne peut pas survivre sans un sou en poche.

— Je ne suis pas du genre à prêcher la morale, répondit Alethea. À qui est cet argent ? Ce n'est pas celui de notre hôte, j'espère ? Il a été très bon envers nous, et sa femme aussi.

L'épouse de l'apothicaire était une femme grassouillette, à la peau aussi lisse que celle de son mari était ridée, mais qui par ailleurs lui ressemblait assez. Elle avait servi à manger à Figgins, et si cette dernière n'avait pas beaucoup apprécié, un repas était un toujours repas ; de plus, elle avait bordé Alethea avec le plus grand soin.

Figgins fut choquée.

— Je ne volerais jamais quelqu'un que je connais ! Non pas que j'aie pour habitude de voler de toute façon, ajouta-t-elle rapidement. C'est juste que j'ai eu l'occasion de voir comment on faisait lorsque j'étais gosse. Et ma mère ne m'a pas ratée quand elle s'en est rendu compte, ce n'est pas le genre de choses qu'elle approuve. Mon frère Will faisait ça pour rigoler, et je l'accompagnais parfois.

—Alors vous avez dérobé cette bourse?

—Je l'ai chapardée, et les doigts dans le nez! se rengorgea Figgins.

—Et vous vous êtes enfuie?

—Ah, non! Je suis partie aussi innocemment que possible. «Inutile d'attirer l'attention sur soi», voilà ce que Will disait toujours. Remarquez, il pouvait filer comme une anguille en cas de besoin. Ça n'a pas été nécessaire la nuit dernière, le gentleman que j'ai détroussé n'était pas très frais.

—J'espère qu'il peut se permettre une telle perte d'argent.

—Il en avait pour plusieurs bourses sur le dos.

—Eh bien, à condition que vous ne voliez pas les veuves et les orphelins… je dois avouer que je suis bien contente de pouvoir disposer de cette somme.

—Je ne dépouille pas les veuves et les orphelins, répliqua vertueusement Figgins.

Cependant, elle se garda bien d'expliquer à Alethea que voler les veuves et les orphelins avait certes un avantage, ces gens faisant des victimes faciles, mais présentait l'inconvénient majeur que les butins étaient généralement maigres.

Alethea se leva.

—Cela nous permettra de tenir quelques jours, en faisant attention.

—Ça ne nous emmènera pas à Rome, alors?

Alethea secoua la tête.

— Il nous faudrait plus d'argent pour cela, même en voyageant le plus modestement possible. Rome n'est pas la porte à côté.

— Je peux essayer encore.

— Non, en aucun cas ! s'alarma Alethea. J'espère que d'ici à un jour ou deux, j'aurai trouvé un autre moyen de nous tirer d'affaire, mais finis les chapardages pour vous. Si vous étiez prise, Dieu sait ce qu'il adviendrait de vous !

Elle était très reconnaissante envers Figgins pour son initiative, mais elle commençait à prendre conscience de l'énorme risque qu'avait couru sa femme de chambre. Ce n'était pas juste ; elle avait entraîné Figgins loin de l'Angleterre, et il lui revenait de s'assurer que celle-ci émerge saine et sauve de tout cela.

— Est-ce que nous retournons à notre pension à présent ?

Alethea réfléchit.

— Non, car les chambres y sont chères, nous ne pouvons pas nous permettre de payer pour la nuit dernière et une nuit supplémentaire. Non, nous allons devoir laisser cette femme pleurer sur son argent pour le moment. Wytton réglera la note en temps voulu.

— Et vos affaires ?

— Nous pouvons nous débrouiller sans en attendant. Il fait si chaud que si vous lavez nos chemises le soir, elles seront sèches le lendemain matin. Mme l'apothicaire nous apportera de l'eau, j'en suis sûre.

— On reste ici, alors ?

— Si nos hôtes nous y autorisent, oui. Ils ne devraient pas exiger un prix exorbitant pour la chambre, et je dirai que c'est seulement le temps que ma mémoire revienne.

Le pharmacien y consentit volontiers, et sa femme fut heureuse de leur servir un dîner pour une somme modique.

Figgins et Alethea sortirent sous le soleil. Une nouvelle dose de médicament que lui administra l'apothicaire avait soulagé encore un peu plus la tête d'Alethea, et ce remède-ci ne lui donnerait pas sommeil, lui avait-il assuré.

—Même si je vous conseille de ne pas vous aventurer trop loin, particulièrement au moment le plus chaud de la journée. Il faut se reposer après un coup pareil.

La première chose dont elles avaient besoin, décida Alethea, c'étaient des vêtements.

—Sans manteaux, les gens nous remarquent, seulement, nous devons les acheter le moins cher possible.

—Les habits des morts sont moins onéreux, déclara obligeamment Figgins.

—« Les habits des morts » ?

—Dérobés aux défunts, et revendus à très bas prix, surtout si leurs propriétaires ont succombé à la maladie.

Alethea savait que la révulsion se lisait sur son visage. Figgins ne s'en formalisa pas.

—C'est la façon dont se débrouillent la plupart des gens, Miss Alethea.

—Mr Hawkins, pour l'amour du ciel ! Allez savoir lesquels de ces passants comprennent l'anglais.

La quête d'un nouveau manteau éprouva les forces d'Alethea à l'excès. Figgins avait eu l'idée de se rendre dans la boutique d'un tailleur.

—Pas un endroit fréquenté par les nobles, mais un établissement respectable, dit-elle.

— Un manteau neuf ? Chez un tailleur ? Vous n'y pensez pas ! Nous ne pouvons pas nous permettre ce genre de chose.

— Écoutez-moi, voulez-vous ? Il y a toujours des manteaux qui ont été confectionnés, des gilets, des pantalons, des hauts-de-chausses également, que personne n'est jamais venu récupérer. Le client se rend compte qu'il n'a pas l'argent, ou bien il tombe malade, ou encore il trouve un autre artisan qui lui propose un vêtement qui lui convient mieux. Alors le tailleur se retrouve avec son travail sur les bras et personne pour le payer. S'il s'agit d'une taille ordinaire, alors il peut le découdre, et avec un peu de chance, le refaire pour une nouvelle commande. Sinon, il le suspend à un cintre et espère que quelqu'un viendra le lui acheter tout fait.

— N'ai-je pas une taille ordinaire ?

— Bien sûr que non. Vous êtes grande et mince ; combien d'hommes grands et minces avez-vous aperçus dans les parages ? Les Italiens ne sont pas plus grands que moi.

Alethea était sceptique, mais tout moyen serait préférable au vol. Et par-dessus le marché, elle voyait bien que ses bras de chemise attiraient l'attention.

— Et pour vous ?

— Je ne peux pas acheter un manteau de gentleman, ce ne serait pas raisonnable. Je pourrai en choisir un moins cher plus tard. Personne ne s'arrête pour se demander pourquoi je suis en gilet. Ce n'est pas décent pour un valet de chambre, je le reconnais, mais qui peut savoir que c'est ma fonction ?

Au moment où elles descendaient dans la pénombre les deux marches qui menaient à la boutique d'un troisième tailleur, la tête d'Alethea se remit à l'élancer violemment. Mais l'intuition de Figgins se révéla juste. Le commerçant manqua de perdre l'équilibre en courant chercher une redingote rangée dans un coin sombre de son échoppe. Elle avait été commandée par un Français qui n'était jamais revenu et n'avait jamais payé pour le vêtement ; il serait enchanté de le vendre à un Anglais à la place, et il était certain qu'il irait parfaitement bien.

Il n'allait pas parfaitement, mais ne tombait pas si mal. Pas aux yeux de Figgins néanmoins, qui exigea de l'artisan qu'il raccourcisse les manches et reprenne les coutures dans le dos, avant d'insister pour qu'Alethea marchande le prix.

Le manteau, par chance, était sobre : vert foncé, uni, il n'arborait ni col ni parements extravagants sur les manches ou les fentes. Alethea fut soulagée de pouvoir revêtir de nouveau son déguisement. Elle s'était sentie mal à l'aise en chemise et en gilet ; elle était certaine qu'elle avait l'air moins masculine sans un manteau sur le dos.

Elles émergèrent de la pénombre, et Alethea chancela légèrement lorsque la lumière éblouissante du soleil lui brûla les yeux. Il était inutile de faire semblant devant Figgins, qui, après un regard vers sa maîtresse, déclara qu'il était temps de retourner chez l'apothicaire.

— Vous ne ressortirez pas aujourd'hui, dit-elle d'un ton catégorique.

Alethea était contrariée par sa faiblesse physique et son sentiment d'impuissance. Figgins méritait mieux que cela. Si seulement elle avait les idées plus claires, elle pourrait sans doute trouver un moyen de les sortir du pétrin dans lequel elles étaient, mais pour le moment, dans sa tête, une pensée ne faisait qu'en chasser une autre, encore et encore.

— Il fait tellement chaud là-bas, et on y manque d'air…

— Peut-être bien, mais vous pourrez vous étendre à l'abri du soleil et vous reposer. J'insiste, car vous ne serez d'aucune utilité tant que vous ne serez pas rétablie ; et je n'ai aucune envie d'aller frapper à toutes les portes jusqu'à dénicher des Anglais qui accepteront de voler à notre secours !

— Dieu nous en préserve !

— Ah, vous voyez bien ! C'est pourtant ce que je vais devoir faire, si vous n'êtes pas plus prudente que ça.

Son lit avait beau être étroit, chaud et inconfortable, Alethea fut soulagée de s'allonger dans l'obscurité et de pouvoir fermer les yeux. L'apothicaire avait monté l'escalier d'un pas léger avec une nouvelle dose de remède, tout en étant confiant pour son patient. Celui-ci était très jeune et très solide, il en avait trop fait trop tôt, voilà tout. Le sommeil était la solution. Dans vingt-quatre heures, on n'en parlerait plus.

Alethea ne dormit pas, mais broya du noir, ce qui ne lui arrivait pas souvent. Figgins était perchée près de la petite fenêtre qui lui offrait une vue étroite sur le canal et les rues au-delà. Elle était parfaitement heureuse de regarder les barges, les gondoles et les canots à rames aller et venir, les mouettes se disputer les restes du marché du matin, les enfants jouer et gambader, deux femmes âgées passer par là, leurs langues allant bien plus vite que leurs jambes – un défilé sans fin d'humanité venant divertir son esprit au repos.

Alethea quant à elle n'était pas parfaitement heureuse, pas plus que son esprit n'était au repos.

Elle avait entraîné Figgins dans une situation dangereuse et inconfortable – tout ça pour quoi ? Afin d'échapper à son mari. Sans doute les femmes qui fuyaient leur époux étaient-elles monnaie courante, mais pour autant qu'elle sache, celles-ci ne partaient pas sur les chapeaux de roues pour Venise, habillées en hommes. Elles se réfugiaient dans l'adultère ou couraient retrouver leur famille. Pourquoi avait-il fallu qu'elle atterrisse ici, sans argent, avec le crâne fêlé et une fâcheuse tendance à sursauter chaque fois qu'elle entendait des bruits de pas derrière elle ?

Parce qu'elle n'avait personne vers qui se tourner en Angleterre. Et après ? Vers qui pouvait-elle se tourner, ici, à Venise ? Depuis sa prison anglaise, elle avait choisi le chemin le plus aisé selon elle – le seul possible. Il lui avait paru sensé d'aller voir Camilla, celle de ses sœurs qui la comprenait le mieux, et de compter sur elle ainsi que sur son mari tolérant et expérimenté pour arranger la situation avec son père ; et de s'appuyer sur papa pour se charger de Napier. Même s'il se trouvait que Camilla habitait en Italie.

Que se passerait-il si papa ne pouvait pas, ou ne voulait pas, s'occuper de Napier ? Et si ce dernier menaçait d'intenter une action en justice ? Une femme pouvait-elle être rendue de force à la responsabilité de son mari ? Cela semblait moyenâgeux, mais enfin, la loi était moyenâgeuse, tout le monde le disait. Et Napier était assurément moyenâgeux, voire dérangé. Le fait que votre époux soit fou suffisait-il à justifier une séparation ? Napier paraîtrait-il fou à quelqu'un qui n'avait pas été sous son emprise une fois les portes closes et après que Napier avait bu trop de vin et d'eau-de-vie ? Peut-être que la plupart des hommes étaient comme cela.

Pas papa, cependant. Ni Wytton. Mr Barcombe ? Certainement pas ; Letty était bien trop moralisatrice pour que ce soit le cas.

L'air chaud et âcre du dehors flottait à l'intérieur, la faisant grimacer de dégoût. Elle bâilla, et déplaça sa tête précautionneusement sur l'oreiller. Dans cette chaleur oppressante, Alethea fut submergée par la nostalgie des fraîches pelouses vertes de Pemberley où, en mai, bruissait le tendre feuillage des chênes, et où la roseraie s'animait de nouvelles feuilles et de boutons.

D'autres visions et souvenirs datant d'une époque plus heureuse se bousculaient dans son esprit. Les ombres étirées d'une soirée estivale, des voix mêlées, le rire de ses sœurs, l'un de ses petits frères courant à toute vitesse sur le gravier sur de solides jambes, criant, et appelant sa mère.

Elle-même, enfant, dans une robe de mousseline, jouant du piano forte dans le salon de musique dont les grandes fenêtres donnaient sur la terrasse, une brise tiède agitant les rideaux d'été. Le son de la batte et de la balle tandis que les jumelles jouaient à leur propre version du cricket. Les chevaux broutant dans les enclos, remuant la queue et secouant leur crinière pour éloigner les mouches ; un chien assoupi dans l'ombre projetée par la pendule de l'écurie ; la pendule elle-même, marquant les heures paisibles.

Des larmes s'échappèrent de ses paupières closes. C'était l'enfance. C'était terminé pour toujours. Pemberley n'était plus sa maison, mais Pemberley existait-il vraiment ? Avait-elle seulement une maison ? Elle se tourna de nouveau, tirant sur le traversin placé sous sa nuque.

Figgins était à côté d'elle.

—Votre tête vous fait mal ?

Alethea essuya rapidement les traces de larmes avec le dos de sa main.

—Non, pas du tout.

—Le remède n'a-t-il pas été efficace ? N'a-t-il pas supprimé la douleur ?

—Je vous ai dit que ma tête ne me faisait pas mal.

Alethea savait que sa voix était grincheuse. Elle fit un effort.

—Ce traversin est très ferme, voilà tout. Retournez près de la fenêtre, je vais dormir un moment.

Figgins regagna son tabouret, lançant des regards en coin à Alethea.

—Cessez de m'observer comme si j'étais sur le point de rendre l'âme, se fâcha Alethea avant de refermer les yeux.

De l'argent. Elles avaient besoin d'argent. Elle en devait sûrement à l'apothicaire pour ses potions, et le manteau avait coûté plusieurs de leurs précieuses pièces. Elles devaient manger, garder un toit au-dessus de leurs têtes. Comment pouvait-elle se procurer de l'argent ? Tout à coup, la menace de Figgins d'aller frapper aux portes pour demander si des Anglais vivaient là ne semblait plus si grotesque. Elle grimaça à cette perspective : quel scandale, quelle disgrâce si elle venait à être découverte ! Elle entendait le ton horrifié de Letty résonner à ses oreilles : « Vous auriez dû penser à cela avant de faire une aussi vilaine chose ; vous avez toujours été comme ça, inconsciente et inconsidérée, sans jamais vous soucier des autres, ni de votre famille. »

Au diable Letty, songea-t-elle. *Au diable sa bigoterie.* Au diable Georgina pour être sous la coupe de son mari ; peut-être était-il un époux brutal, en dépit de son apparente adoration. Maudite soit Belle pour être aussi parfaitement heureuse dans son mariage et pour tomber enceinte juste au moment où elle aurait pu être utile, pour une fois dans sa vie. Elle maudit presque Camilla d'être partie pour Rome, mais s'interrompit à temps. Camilla était la seule personne au monde qui pourrait l'aider à se sortir de ce mauvais pas ; elle n'allait pas condamner sa sœur, si mal à propos soit son voyage loin de Venise.

— Je pourrais trouver un travail de musicien, dit-elle à voix haute sans s'en rendre compte. Comme je l'avais fait à Londres.

— J'en doute, répondit Figgins sans détourner la tête de la fenêtre. J'ai l'impression que cette ville grouille de musiciens. Et ce doit être comme à Londres : sans relations, vous n'aurez pas votre entrée, c'est la même chose dans tous les domaines d'ailleurs. Vous ne connaissez pas une âme ici, ni musicien ni personne d'autre. Non pas que votre musique ne soit pas bien meilleure que les cacophonies qu'on entend ici.

Figgins avait raison. Il fallait être introduit dans le circuit. Elle aurait pu arranger cela à Londres, avec les amis qu'elle s'était faits au cours de ses leçons chez Silvestrini. La maison du maître dans Bloomsbury était toujours pleine de musiciens qui l'acceptaient telle qu'elle était.

Voilà une autre porte qui s'était violemment refermée sur elle le jour où elle avait gravi les marches de l'autel avec Norris Napier.

Elle refoula les souvenirs de musique et de camaraderie aussi loin que possible, au plus profond de son esprit, avec les pelouses verdoyantes de Pemberley et les soirées de bonheur intense avec Penrose. À quoi bon s'appesantir sur le passé ? La seule chose à faire était de vivre dans le présent, en espérant que, contre toute attente, un avenir plus clément lui était réservé.

Elle fit appel au meilleur d'elle-même. *Courage*, se dit-elle. Ces semaines passées à prétendre être un homme n'avaient peut-être été que folie, mais elles lui avaient offert un degré de liberté et d'indépendance dont elle n'avait jamais osé rêver. Et il y avait ce sentiment de compétence acquis par les difficultés surmontées ; elles avaient accompli beaucoup, elle et Figgins. Allaient-elles faiblir à présent, abandonner alors qu'un peu de détermination et de chance leur permettraient d'atteindre leur but ?

Certainement pas.

Chapitre 18

Le *palazzo*, qui avait dû connaître ses années de splendeur, affichait à présent un état de triste négligence.

— Des troupes françaises puis autrichiennes ont établi leurs quartiers ici, déclara Harry.

Le gondolier immobilisa le bateau et Titus sauta sur les marches de l'édifice.

— Sauvages ! maugréa-t-il en levant les yeux vers la façade.

— Venise s'écroulait déjà de l'intérieur, avant même l'arrivée de Napoléon. (Harry donna des consignes à son gondolier avant de rejoindre Titus sur l'escalier.) Nous n'entrons pas par là, nous devons faire le tour par la *piazza*.

Au moment où ils tournèrent au coin de la rue, Titus se raidit. Il s'arrêta puis recula dans l'embrasure de la porte d'un bâtiment.

— Que se passe-t-il ? demanda Harry. Qu'est-ce qui ne va pas ?

— Il y a là une personne que je connais et je ne souhaite pas qu'elle me voie.

— Cet homme avec le manteau bleu ? Nom de Dieu, mais c'est George Warren ! Il a été voir Delancourt. Attendez, voilà l'un de mes serviteurs.

Un domestique affable, sans livrée, se dirigea vers Harry et s'inclina avant de lui faire son compte-rendu. C'était la première visite du gentleman anglais au marchand d'art. La veille, il avait pris un café chez *Florian* et s'était rendu dans une maison au bord du Grand Canal où vivaient présentement un Anglais et son épouse, des amis de lord Byron, le poète. Il avait ensuite passé la soirée aux tables de jeu.

— Voyons si nous pouvons soutirer à ce Delancourt des informations sur ce qui intéresse Warren.

— Cela m'étonnerait, déclara Harry tandis qu'ils frappaient à la porte en bois délabrée. Vous ne pourriez même pas soutirer l'heure qu'il est à Delancourt.

L'aspect extérieur minable et décrépi du *palazzo* ne laissait rien présager des merveilles qui se trouvaient à l'intérieur. Titus retint son souffle tandis qu'il pivotait sur ses talons afin de parcourir du regard la vaste pièce de marbre dans laquelle on les avait conduits.

Des visages de femme l'observaient fixement de toutes parts. Là, la belle figure sereine d'une madone, ici, les yeux lascifs d'une beauté au teint de pêche peinte par Giorgione. Il remarqua le regard entendu d'une vieille bique qui le toisait depuis le coin d'une grande toile réalisée par un peintre vénitien, qu'il ne put identifier au premier coup d'œil ; le regard languissant d'un Canova – une œuvre bien moderne pour figurer parmi ces autres pièces. Une matrone romaine qui se penchait sur une urne arborait, pensa-t-il, un air de joyeuse affliction. « Le bonheur c'est le veuvage », ainsi que l'avait autrefois fait remarquer l'une de ses amies.

Appuyé contre une commode vermoulue, un splendide retable montrait deux Marie agenouillées devant la croix, l'une en bleu, l'autre en rouge, l'une paraissant au désespoir, l'autre affichant une expression de colère. *Pur fantasme*, pensa Titus : les tableaux de cette époque ne représentaient pas ce genre d'émotions.

Outre ces multiples facettes de la féminité, Titus avait le sentiment bien plus désagréable que les yeux d'Emily le dévisageaient, toile après toile, à travers le regard aveugle d'un buste classique, les yeux céruléens d'une Diane uniquement vêtue d'un minuscule bout de tissu et parée de sa vertu au milieu d'une meute de chiens, ou encore à travers l'expression satisfaite d'une noble dame entre deux âges habillée d'une robe verte.

Titus ferma les yeux un instant. Comment Emily osait-elle s'insinuer dans son esprit de la sorte ? Tout était terminé entre eux, et après le jugement qu'elle avait porté sur son caractère, il ne lui restait que peu de souvenirs heureux pour apaiser la douleur d'avoir été éconduit. *Pense à toutes les autres*, s'encouragea-t-il intérieurement, *toutes plus agréables, plus honnêtes et plus dignes de tes attentions qu'Emily, et qui se trouvent à un jet de pierre de ce palais.* Ensuite seulement songea-t-il à Paris, à Londres…

Il se ressaisit, et commença à regretter d'être venu. Il était improbable que ce marchand sache quoi que ce soit sur l'endroit où se trouvait sa peinture. Lorsqu'une œuvre aussi éblouissante apparaissait sur le marché, les gens se l'arrachaient immédiatement. La femme du Titien n'était ni Emily, ni une catin, ni une sainte ; n'importe quel homme rêverait de la posséder. Elle ne serait jamais à sa place sur les murs de ce lieu humide et délabré.

Son attention fut attirée par un tableau qu'il avait d'abord manqué. Il était petit et datait du XVᵉ siècle, supposa-t-il. Des gentilshommes devant un château, sur le point de partir pour la chasse. Ils portaient les chausses bariolées de l'époque, et certaines dames qui regardaient du haut de la tour arboraient la coiffe pointue que l'on décrit dans les contes de fées. Un jeune homme se tenait légèrement à l'écart. Un faucon était perché sur son poignet, et ils s'observaient l'un l'autre, l'homme et l'oiseau, avec la même expression belliqueuse.

C'était Alethea Darcy tout craché ; ses sourcils bruns et son regard provocateur étaient représentés à la perfection, et la vue de cette silhouette qui se tenait là avec tant de grâce et de courage lui serra le cœur.

— Vous avez vu un fantôme ? lui murmura Harry à l'oreille.

Titus recula et prit une profonde inspiration.

— Un tableau remarquable, dit-il.

— Si l'on aime ce genre de chose, répondit Harry avec indifférence.

Delancourt vint à leur rencontre en minaudant. Difficile, pensa Titus, de minauder lorsque l'on a une dizaine de mentons et un ventre grotesque, mais le marchand y parvenait pourtant, songea Titus. Ses yeux perçants étaient surmontés d'un bourrelet de graisse ; il tendit aux visiteurs une main surchargée de bagues et aussi soignée que ses petits pieds. Cet individu avait tout d'une vermine ; comment avait-il pu se faire une place dans un univers où dominaient la confiance et l'expertise supposées ?

— Bienvenue, Mr Hellifield, salua Delancourt avec un accent anglais emprunté. Je vois que vous avez amené un compagnon.

Titus aurait préféré rester anonyme, mais Harry déclara :

—Permettez-moi de vous présenter Mr Manningtree, un bon ami à moi, récemment arrivé d'Angleterre.

Delancourt s'inclina, ou du moins se pencha-t-il légèrement en avant. *Très bonne estimation*, pensa Titus, *deux centimètres de plus, et il n'aurait pas manqué de basculer en avant.*

—Le fils de feu Mr Severus Manningtree ? demanda le marchand.

Ces mots prirent Titus par surprise.

—J'ai connu votre père, à Rome, il y a bien des années de ça. J'ai été navré d'apprendre sa mort ; c'était un homme cultivé et brillant, et un fin connaisseur des arts. Je me souviens qu'il a acheté un Titien… quel beau coup ! Je suis sûr que vous avez hérité de son œil pour les belles pièces.

—C'est possible. (Titus n'avait guère envie de parler de son père.) C'est un Giorgione que vous avez là-bas, grossièrement restauré, je crois.

—Ah, oui. Du travail maladroit, réalisé par l'un de mes compatriotes, hélas ! Néanmoins, on y voit encore l'authentique splendeur de l'original par endroits, vous ne trouvez pas ? La patte d'un maître apparaît toujours à ceux qui ont le coup d'œil.

—Le Canova n'est pas tout à fait à l'avenant avec le reste de votre collection.

—Vous avez raison ! s'écria Delancourt tout en battant des mains dans une grotesque démonstration d'enthousiasme juvénile. C'est une simple ébauche. J'ai le plus grand respect pour l'œuvre de Canova, c'est un artiste que l'on ne saurait trop admirer. De plus, d'un point de vue plus pratique, je pressens que sa réputation restera grande et survivra aux caprices de la mode. Il y aura toujours un marché pour des marbres représentant le corps humain de cette façon.

— Je suppose. Ce n'est pas ce que je choisirais d'acheter.

— Vous désirez acquérir quelque chose ? Comme c'est charmant. Combien de fois n'ai-je pas tenté d'allécher Mr Hellifield en lui présentant des morceaux de choix ? Et toujours en vain ! Le voilà qui me récompense à présent, en amenant son ami anglais, et rien moins que le fils de Mr Manningtree… Quel bonheur !

Ça m'étonnerait, se dit Titus. Il avait cru voir une soudaine lueur d'inquiétude traverser le visage du Français lorsque Harry avait prononcé son nom. De plus, le lien immédiat qu'il avait fait entre son père et le Titien était suspect. Son père n'avait acheté que ce Titien-là dans sa vie – eh bien, combien d'hommes pouvaient-ils seulement en dire autant ? – mais ne s'était pas donné beaucoup de mal pour dénicher et acquérir une œuvre de ce maître. Les goûts qui avaient fait la renommée d'amateur d'art de son père étaient tout autres ; le Titien avait été une aberration. Ce qui expliquait peut-être que Severus Manningtree n'avait pas fait de réels efforts pour retrouver la trace du tableau au cours des années troubles du conflit. Peu de temps avant sa dernière maladie, il avait dit à Titus l'avoir laissé en lieu sûr. S'il s'y trouvait toujours, alors il lui serait restitué en temps voulu. Sinon… Il avait haussé les épaules. La guerre avait apporté des tragédies bien pires que celle-là à bien des familles.

Malheureusement, son père, en mourant, avait emporté dans sa tombe le nom du protecteur de la toile. Ce qui était bien dommage, car quelque indice aurait épargné à Titus de sacrés ennuis, pensa celui-ci. Et pourtant ce Français soulevait le sujet du Titien, associant sans hésiter le nom de son père à celui du peintre. Son père avait peut-être croisé Delancourt à Rome, mais Titus doutait qu'il ait jamais traité avec lui ; il était bien trop malin pour cela.

Que dirait-il s'il voyait son fils ici, un homme dans la force de l'âge, loin du petit garçon plein d'idées folles et de projets insensés, et pourtant hanté par le refus obstiné de laisser à son roi la possession du tableau, au point de s'adresser à Delancourt en client enthousiaste, prêt à faire affaire avec lui s'il y avait la moindre chance que l'homme sache où se cachait le Titien.

— Je viens juste d'apercevoir une autre de mes connaissances, disait Harry. Un certain Mr Warren, un autre compatriote. Je ne savais pas que c'était un amateur d'art.

Le visage aux joues flasques eut l'air déconcerté.

— Mr Warren ? Je ne pense pas que je…

— Allons, allons, mon ami ! Nous l'avons vu partir. Le teint mat, avec un manteau couleur cerise.

— Ah, Mr Warren, répondit Delancourt. (Il s'étrangla presque en prononçant ce nom, comme s'il était empoisonné.) Il est venu pour le compte d'un autre client, voilà tout. Je ne sais rien de lui.

L'homme était habile menteur, mais pas suffisamment. Pourquoi nier que Warren s'était trouvé là pour ensuite vaguement raconter qu'il était mandaté par quelqu'un d'autre ? Bien sûr, c'était exactement ce qu'avait fait Warren, mais Titus doutait qu'il ait révélé à Delancourt qu'il agissait pour le roi George. Warren n'était pas du genre à montrer le jeu qu'il avait en main, même si l'évocation d'un client aussi éminent pourrait encourager Delancourt à mettre en avant les joyaux de sa collection.

Titus sentit qu'il était temps de jouer une carte plus audacieuse.

—Vous avez parlé de Titien, dit-il. Je ne vois aucune de ses œuvres ici.

La bouche de Delancourt se tordit en une déplaisante moue humide et chagrine.

—Hélas, hélas, l'humble marchand que je suis se considérerait le plus chanceux des hommes s'il venait à entrer en possession de la moindre pièce réalisée par ce maître. (D'un geste extravagant, il embrassa ses doigts potelés.) Il y a si peu de tableaux, et ils sont tous tellement prisés, et il y a tant de collectionneurs qui meurent d'envie, oui, qui meurent d'envie, dis-je, d'obtenir ne serait-ce que la plus petite de ses toiles ! En l'occurrence, je ne peux rien faire pour vous, à mon grand regret.

—Oh, je ne veux pas d'un Titien, répondit Titus. J'ai celui de mon père, après tout, et cela devrait suffire à combler n'importe quel homme, n'est-ce pas ?

—Vous avez son Titien ? s'écria Delancourt. Comment est-ce possible ? (Il se reprit, et Titus remarqua avec intérêt que des gouttes de sueur perlaient sur son front.) J'avais cru comprendre que dans la confusion qui régnait à l'époque… la peinture avait été perdue.

—Pas du tout. Elle est suspendue à Beaumont, ma résidence de campagne. Dans la bibliothèque, ajouta-t-il de façon mensongère.

C'était là qu'il avait réservé une place pour le tableau ; pour le moment, un ancêtre lugubre y régnait.

—Je suis surpris. Saisi ! Il m'avait semblé entendre…

Delancourt sortit un grand carré de soie rouge de sa poche et se tamponna le front, laissant ce faisant de vilaines traînées sur le clinquant mouchoir. Il le remit à sa place avant de poursuivre :

— Je porte un intérêt personnel tout particulier aux œuvres de cet artiste, et je pensais savoir où se trouvaient toutes ses peintures. Mais je reconnais mon erreur.

— En effet. Peu de gens ont eu l'occasion de voir cette toile. J'habite dans un coin reculé de la campagne et je reçois peu là-bas. C'est peut-être pour cela qu'elle n'a jamais été portée à votre connaissance. Encore que la transaction ait été consignée dans les annales lorsque mon défunt père a acheté l'œuvre en question.

— Dans les annales ! Si nous devions compter sur les annales…

— Exactement !

— Qu'est-ce que c'était que toutes ces histoires ? demanda Harry tandis qu'ils regardaient la gondole de ce dernier approcher des marches et s'immobiliser suite à un élégant coup de rame du gondolier. À cause de vous, ce vieux coquin avait une mine de papier mâché. Remarquez, ça change ; d'habitude, ce sont ses clients qui ressortent livides et sans le sou.

Titus suivait son propre cheminement de pensée.

— Il manigance quelque chose avec Warren.

— Oh, c'est assez évident. Qu'est-ce que cela a à voir avec vous ? D'ailleurs, possédez-vous réellement un Titien ? Je ne m'en souviens pas, mais enfin, je ne vous ai rendu visite à Beaumont qu'une fois ; le temps que je passe dans ma propre maison est déjà bien assez gaspillé sans que j'aille en plus visiter une autre résidence pleine de courants d'air.

— Je possède en effet un Titien, oui.

Harry était un ami précieux, mais c'était une commère. Parfaitement capable de se taire quand il s'agissait de questions militaires, ou même politiques, il considérerait la quête de Titus comme de peu d'importance, et par conséquent, comme une bonne histoire à partager. Il brûlait de curiosité quant à la raison pour laquelle Titus avait décidé de venir à Venise à ce moment précis ; il connaissait suffisamment bien ce dernier pour savoir qu'il ne faisait jamais rien au hasard. Prendre du bon temps dans les lieux de plaisir vénitiens n'était pas le style de Titus, mais pour l'heure, son compagnon devrait se contenter de cette explication. Une fois le Titien récupéré, Harry pourrait régaler Venise tout entière avec cette histoire s'il le désirait.

Une fois récupéré. Que manigançait Warren ? Pourquoi s'était-il directement rendu chez Delancourt ? Pourquoi ce dernier était-il si nerveux au sujet des Titien, et à propos de celui de Manningtree en particulier ? Ah ! Titus lui avait donné du grain à moudre en lui disant que l'œuvre était suspendue à Beaumont ! Pour rien au monde Delancourt ne voudrait vendre la toile à un homme comme Warren, surtout si celui-ci avait fini par lui révéler l'identité de son illustre client ; il aurait trop peur que l'acheteur final découvre que le tableau avait un jumeau.

Titus se sentit ragaillardi. Il avait vraiment redouté que la piste s'arrête ici, à Venise.

— Vos serviteurs peuvent-ils continuer à garder un œil sur Warren ? demanda-t-il à Harry.

— Certainement, si vous le souhaitez. Seulement, entendez-moi bien, Titus, je veux le récit de toute cette histoire aussitôt que vous estimerez pouvoir recouvrer l'usage de votre langue.

— Marché conclu, répondit Titus en embarquant dans la gondole.

Il se demanda combien Delancourt pourrait exiger pour le tableau du XVIe siècle.

Chapitre 19

— *M*a tête est complètement guérie, annonça Alethea à Figgins au matin. Aussi, nous devons nous activer pour trouver un moyen de gagner de l'argent. Ne prenez pas cet air buté ; je ne dis pas que nous ne volerons pas au risque de nous affamer, mais cela devra être notre dernier recours.

— Pour des jeunes femmes prises au piège dans une grande ville, il n'y a pas des montagnes de solutions, rétorqua Figgins. On peut voler, de bien des façons, on peut se prostituer, ce à quoi ma mère est farouchement opposée, et on peut se faire entretenir par un homme, ce qui n'est pas tellement différent, sauf qu'on se promène avec un seul.

— Nous ne sommes pas des jeunes femmes prises au piège… Nous sommes de jeunes hommes pris au piège, ce qui est beaucoup mieux ! Regardez, le soleil brille – je suis sûre qu'en Angleterre il pleut à verse – et nous avons toute la journée devant nous, ainsi que suffisamment d'argent en poche pour un repas ou deux. Je pourrais peut-être dénicher quelques Anglais égarés qui cherchent un guide-interprète…

— À d'autres ! Vous feriez un fichu guide, vous-même étrangère ici !

—Je pourrais improviser des tas d'anecdotes sur les maisons et les palais tout en marchant. Griffy m'a appris à inventer des histoires sur n'importe quel sujet.

D'après Figgins, Miss Alethea avait vécu trop long-temps au pays des chimères. Et la voilà qui se retrouvait à présent au beau milieu de l'une de ces histoires fantaisistes qui faisaient la fortune de Miss Griffin – celle-ci avait d'ailleurs acquis une belle notoriété. Seulement, qu'attendait leur admirateur masqué pour surgir de nulle part et les conduire *illico* en lieu sûr ? Elles finiraient par détrousser des passants, il n'y avait aucun doute là-dessus. En ce qui la concernait, elle préférait s'y mettre le plus tôt possible, et avoir les pièces bien au chaud dans sa poche.

—Où va-t-on ?

—Tout d'abord, prendre un petit déjeuner. Je suis affamée.

Voilà autre chose. Figgins avait l'habitude de se passer de nourriture, et elle pouvait tenir assez longtemps en mangeant peu. Il semblait que l'appétit de Miss Alethea, à présent qu'elle était loin de son scélérat de mari, avait redoublé. Il avait peut-être diminué lorsque sa tête lui faisait mal, mais l'œil expert de Figgins lui disait que sa maîtresse recouvrerait vite ses anciennes habitudes. Pour sûr, Alethea mangeait comme un ogre quand elle en avait l'occasion. Et elle avait l'air d'avoir encore grandi ; s'arrêterait-elle donc un jour ?

—Un croûton de pain et un verre de bière légère ? suggéra-t-elle.

—Un grand bol de café et une assiette de pâtisseries, répliqua Alethea. Tentons un autre chemin ce matin. Le hasard, vous savez, joue un rôle capital dans nos vies ; qui sait ce que nous trouverons au prochain coin de rue ?

— Des ennuis, probablement, rétorqua Figgins qui, même dans ses rêves les plus fous, n'aurait pu imaginer ce qu'elles trouvèrent effectivement au premier coin de rue.

— Regardez ce type obèse tout transpirant et habillé comme un prêtre, dans ces vêtements démodés, dit-elle.

— Un homme d'Église ! répondit Alethea. Un pasteur anglais, par ma barbe ! Il est peut-être perdu, cela pourrait être ma chance de jouer les guides. Ma parole, je crois que c'est un évêque, j'aperçois une touche de pourpre. Comme il est absurde de porter de tels habits à l'étranger ! J'ai un cousin qui est évêque, remarquez, et qui est tout à fait ce genre d'idiot.

L'homme en noir, qui consultait un petit livre, sembla saisir au vol ces mots prononcés en anglais ; il leva les yeux de son volume et fit un pas en arrière, heurtant ainsi Alethea qui avait commencé à tourner autour de lui.

Au grand étonnement de Figgins, Alethea poussa une sorte de cri surnaturel, hurla « Au diable cet homme ! » et prit ses jambes à son cou.

Figgins fut complètement décontenancée, mais seulement l'espace d'un instant. Voyant que le corpulent pasteur s'apprêtait à s'adresser à elle, elle fit un bond sur le côté et suivit Alethea, qui avait disparu dans un passage souterrain peu ragoûtant.

Elles couraient, et les oreilles de Figgins bourdonnaient du claquement de leurs pas ; il était assez facile de talonner Miss Alethea, mais que se passerait-il si l'ecclésiastique les poursuivait ?

— Aucun risque! affirma Miss Alethea en haletant lorsqu'elles émergèrent sur une petite place. Il est bien trop digne pour se lancer à nos trousses, et pourquoi le ferait-il?

— Alors pourquoi vous êtes-vous enfuie?

Alethea luttait pour contenir son hilarité.

— Parce que je le connais! Vous ne devinerez jamais qui c'est.

— Oh, je peux deviner; avec la chance qu'on a, ça doit être votre cousin, celui-là même qui est pasteur. Et si vous le connaissez, il vous aura reconnue, et ça va se gâter pour nous!

— Aucun risque, répondit allégrement Alethea. Il ne m'a pas vue depuis plusieurs années. À l'époque, j'étais encore une petite fille, avec des tresses et une belle robe en mousseline, et d'une sagesse exemplaire. Pourquoi ferait-il le lien avec un jeune homme à Venise?

— Ça serait différent si vous n'étiez pas le portrait craché de votre père.

— Je lui ressemble, c'est vrai, mais de nombreuses personnes peuvent nous en rappeler d'autres de façon troublante. C'est un cousin du côté de maman, pas du côté de papa, alors il supposera tout au plus que je suis un Darcy... Il ne peut pas connaître tous les parents des Darcy.

— Il m'a tout l'air d'être un fouineur qui s'arrange pour rencontrer tous ses nobles parents; c'est sûrement comme ça qu'il est devenu évêque.

— Eh bien, admettons que la ressemblance l'interpelle, que pourrait-il bien faire? Il faudra que nous nous arrangions pour ne pas le croiser de nouveau, voilà tout. Avec son accoutrement, on le reconnaît au premier coup d'œil.

Figgins mangea son petit pain le cœur lourd. Les embêtements se succédaient. Elles avaient survécu à un coup de gourdin et à la misère noire – au moins pour l'instant –, et les voilà qui tombaient par hasard sur un évêque.

— Je vous l'avais dit, lança Alethea d'une voix enjouée et rieuse. On ne sait jamais ce que l'heure à venir nous réserve. (Elle s'interrompit, sa pâtisserie à la main.) Écoutez, j'entends une chanteuse qui fait ses gammes. Pas tout à fait juste sur cette note, mais elle a une bonne voix.

Elle se leva, sa pâtisserie toujours à la main, et marcha jusqu'au centre de la place, la tête penchée, dressant l'oreille. Elle fut rejointe par le serveur de l'établissement où elles prenaient leur petit déjeuner.

— Mollini, dit-il en montrant brusquement du doigt une fenêtre au troisième étage.

Un babillement d'italien à peine intelligible s'ensuivit : Alethea, l'air vive et attentive, écoutait l'homme, l'interrompant lorsqu'elle ne le comprenait pas. Puis elle hocha la tête et le remercia poliment.

— C'est une soprano de l'opéra. Il semble que nous soyons dans le quartier des théâtres, où plusieurs compagnies donnent des représentations. Si nous flânons par ici, je suis sûre que nous entendrons encore de la musique.

— Il est bien tôt dans la matinée pour que les musiciens soient levés, répondit Figgins avant de terminer son café et de s'essuyer la bouche avec le dos de sa manche.

— Il fait encore frais à cette heure du jour, c'est le bon moment pour s'exercer, répliqua Alethea. Allons nous promener dans les rues adjacentes et voyons ce qu'on y trouvera… Regardez, il y a une affiche sur ce mur, qui annonce un opéra de Rossini. Il ne vit plus à Venise, mais je suppose qu'on y joue encore sa musique. Oui, au théâtre San Benedetto, *L'Italienne à Alger*. Comme j'aimerais que nous puissions y aller !

Figgins se réjouit d'une chose : sans un sou en poche, il n'y avait aucun risque qu'on l'emmène de force endurer des heures de cacophonie.

— Pensez-vous que nous pourrions nous faufiler dans le théâtre ? interrogea Alethea. On y arrive parfois à Londres.

Figgins soupira.

Le nom au bas de l'affiche lui semblait familier, mais Alethea ne parvenait pas à le situer. Elle ne connaissait aucun Italien de ce nom ; où l'avait-elle entendu mentionner, et récemment ?

Cela lui reviendrait, à condition qu'elle ne s'attarde pas dessus. En attendant, c'était un charmant quartier, n'en déplaise aux grimaces de Figgins. L'air de la rue était certes étouffant et fétide, mais au-dessus de leurs têtes, des fleurs éclatantes descendaient en cascade des balcons, et des voix et des rires – et de la musique ! – s'échappaient des fenêtres dont les volets étaient encore ouverts dans la fraîcheur relative du matin.

Un prêtre de grande taille, vêtu d'une soutane miteuse, passa à côté d'elles, leur lança un regard curieux, et disparut par la petite porte de l'une de ces églises incongrues qui donnaient sur une place. Un chat maigre aux yeux perçants était assis sur le pas d'une porte et faisait sa toilette tout en gardant un œil méfiant sur le monde.

Un autre chanteur, un ténor cette fois-ci, avec une voix profonde et vibrante, s'exerçait sur une aria peu connue, un morceau fleuri et ampoulé ; Alethea s'immobilisa pour écouter, indifférente au flot régulier de passants qui devaient s'arrêter et la contourner. Des remontrances amicales et d'autres moins lui furent adressées, mais elle resta parfaitement immobile jusqu'à ce que le chanteur s'interrompe, tousse, se gargarise, et recommence.

On jouait de la flûte plus loin dans la rue, et Alethea fit de nouveau une halte, l'oreille attentive aux trilles et les yeux rivés à une échoppe de musique.

— Comme j'aimerais que nous ayons de l'argent à dépenser ! déclara-t-elle.

Elle lança un rapide regard rieur à Figgins ; elle savait ce que pensait sa femme de chambre.

— Vous vous dites que j'ai bien assez de partitions comme ça, mais ce n'est plus le cas. Ce qui m'appartenait m'a été confisqué par mon mari. (Elle cracha le mot.) Quel être détestable ! Il en a brûlé la majeure partie, et n'a gardé que la musique qu'il aimait. Alors vous voyez, je n'ai plus qu'à recommencer ma collection depuis le début.

Alethea vit les lèvres de Figgins se serrer.

— Non, ne prenez jamais cet air-là ! Vous savez que je ne veux pas de compassion. Je me suis détachée de lui, et je ne retournerai jamais à ses côtés ; on ne m'y contraindra jamais.

— Ah, çà ! Je pense bien que votre père va courir en Angleterre, la cravache à la main, dès qu'il apprendra la façon dont vous avez été traitée ! s'exclama Figgins. Non mais vraiment ! Même mon père, qui n'est qu'un simple valet d'écurie, ne supporterait pas qu'un époux se comporte comme ce Mr Napier l'a fait. Et votre père est un homme riche, avec un comte pour cousin et des amis puissants ; il pourra agir comme il le voudra.

— J'espère que oui. Pas pour la cravache, ça jamais, mais au moins, qu'il soit d'accord avec moi sur le fait que mon mariage est terminé et que les conditions que m'a imposées Napier étaient intolérables. (Elle frissonna.) Je ne veux pas penser à cet individu. La seule évocation de son nom empoisonne l'atmosphère.

L'esprit ayant son propre mode de fonctionnement tout à fait étrange, l'élan d'hostilité qu'Alethea avait ressenti à la pensée de son mari fit resurgir au premier plan le souvenir du nom qu'elle avait vu sur l'affiche. Salvatore Massetti était l'imprésario que Lessini avait mentionné, celui qui était un grand ami et un ancien collègue de signore Silvestrini, son professeur de chant à Londres.

Emmener Figgins avec elle n'était peut-être pas très judicieux, mais cette dernière, refusant clairement d'être évincée, ou pire encore, d'errer seule dans les rues, était là, à ses côtés.

Salvatore Massetti avait un visage osseux et une voix de crécelle. Ce qui était intéressant, décida Alethea. Peut-être son travail à l'opéra compensait-il le fait d'avoir une voix aussi criarde et peu harmonieuse ? S'il apparaissait que ses oreilles étaient à l'avenant, alors elle aurait fait une erreur en venant là.

Massetti la toisait des pieds à la tête d'un regard impénétrable, ses yeux s'attardant là où Alethea souhaitait le moins qu'il remarque son anatomie ; elle commença à se sentir mal à l'aise. Même sans qu'elle tienne compte de l'horrible voix de Massetti, il se pourrait bien qu'elle ait fait une erreur en venant là.

—Alors, déclara-t-il enfin. Un élève de mon bon ami Arturo Silvestrini, qui a abandonné sa patrie pour la grisaille londonienne, où les mélomanes ne courent pas les rues. Il faut accepter beaucoup d'élèves, même médiocres, pour pouvoir joindre les deux bouts ; c'est ainsi que les choses se passent à Londres.

Alethea savait pertinemment que cela était faux. L'homme la provoquait. Si elle n'avait pas eu une voix exceptionnelle, Silvestrini n'aurait jamais consenti à lui donner des leçons, qu'elle soit fille de riches ou pas. Il avait si bonne réputation qu'il pouvait se permettre de ne prendre que les meilleurs élèves, tous triés sur le volet. Aussi ne répondit-elle rien et attendit-elle que signore Massetti poursuive.

—Je dirige une compagnie d'opéra ; ma partie c'est la musique, et par musique, j'entends ce qui divertit et amuse le public, l'amène à acheter des places et à réserver des loges. Vous dites que vous êtes chanteur. Eh bien, soit, chantez.

Interloquée, Alethea le dévisagea. Chanter ? Chanter quoi ? Où était l'accompagnateur ?

Massetti leva les mains au ciel.

—On n'a plus de voix, tout à coup. Qu'est-ce que Silvestrini vous a appris à interpréter ? Des ballades anglaises ? Elles ne m'intéressent pas.

—Je peux chanter Mozart, annonça Alethea sur un ton de défi. *Les Noces de Figaro* : « *Non so più cosa son, cosa faccio.* »

Il leva les sourcils.

—Comme c'est intéressant, que vous choisissiez d'interpréter un rôle féminin.

—J'ai travaillé ce morceau avec maestro Silvestrini. J'ai une voix inhabituelle.

— J'imagine.

Il se dirigea vers l'instrument qui se trouvait dans un coin de la pièce, un piano forte qui avait une caisse miteuse et qui émettait, comme elle s'en rendit compte en commençant à chanter, un petit son métallique. Aucune importance, cela ferait l'affaire.

Alethea chanta, et elle découvrit que faire des vocalises pour gagner son pain était bien différent de se produire dans une salle pleine d'amis ou de musiciens qui vous connaissaient et savaient qui vous étiez. Elle avait opté pour cette aria de Mozart en désespoir de cause ; c'était un rôle qu'elle avait étudié en profondeur avec Silvestrini, et elle était capable de s'en souvenir, là, tout de suite. Mais cet homme n'avait que faire de Mozart. Mozart appartenait au siècle dernier. Mozart était démodé. La nouveauté tenait le haut du pavé dans le monde italien de l'opéra. Silvestrini l'avait souvent dit, et elle avait pu constater elle-même, d'après les affiches sur les murs, que Massetti ne s'intéressait qu'à des œuvres contemporaines.

Il continua à jouer après qu'elle eut fini de chanter, s'amusant avec le thème, l'embellissant, trouvant une variation. Qu'il ait une voix de crécelle ou pas, Alethea devait reconnaître que c'était un véritable musicien.

— C'est une voix inhabituelle, comme vous dites, annonça-t-il finalement en pivotant sur le tabouret pour lui faire face. Une voix remarquable. Si je devais l'entendre sans voir le chanteur, je ne saurais dire avec certitude s'il s'agit d'un homme ou d'une femme. La puissance est celle d'un homme, et le registre, celui d'un homme qui n'a pas d'attributs. Avez-vous perdu vos attributs, Mr Hawkins ?

Alethea s'était attendue à cette question. Elle baissa les yeux vers le sol.

— Un accident dans l'enfance, répondit-elle.

Il avança jusqu'à elle, lui attrapa le menton d'une main et le souleva ; il l'examina d'un œil critique tout en inclinant sa tête d'un côté et de l'autre. Alethea devait se contenir, réprimant une forte envie de reculer ; Napier l'avait souvent tenue de cette façon, l'empoignant fermement et lui faisant mal, lorsqu'il exigeait qu'elle chante pour lui. Elle retint son souffle et reporta son regard inflexible sur le crâne osseux.

Puis, avant qu'elle ait le temps de se rendre compte de ce qu'il faisait, Massetti avait glissé une main sur sa poitrine et, de l'autre, l'avait empoignée entre les jambes. Elle se débattit fougueusement, alors même que Figgins bondissait de sa chaise dans un coin de la pièce, et assena un violent coup de poing au visage de Massetti.

Figgins s'était mise à la houspiller farouchement.

— Non, Miss… je veux dire Mr Hawkins, je ne me tairai pas. Vous ne pouvez pas faire ça, vraiment, c'est impossible. Comme si cela ne suffisait pas de partir en virée dans des contrées étrangères déguisée en homme, voilà que vous voulez monter sur scène ! Une danseuse d'opéra ! Personne dans votre famille ne vous le pardonnera jamais.

— Je ne monte pas sur scène en tant que danseuse d'opéra, mais en tant que chanteur d'opéra.

— Ça ne fait aucune différence, tout le monde sait ce que sont ces femmes. Elles montrent leurs jambes ou pire, et tous les hommes leur courent après.

—Les hommes ne me poursuivront pas, car je ne montrerai pas mes jambes, et ils ne sauront pas que je suis une femme.

—Dans ce cas, ce seront des lord Lucius qui viendront vous harceler en coulisses, et c'est tout aussi mauvais! Oh! là, là! que faire?

—Nous mettre à genoux et dire une prière de remerciement, répondit Alethea. Vous m'exaspérez. Nous avons enfin un moyen de nous sortir de nos difficultés qui n'est ni criminel ni immoral, et vous ne faites rien d'autre que protester.

—Pas immoral! Comment pouvez-vous affirmer cela? Bien sûr que la scène est immorale.

—Je gagne ma vie en faisant ce que je sais faire, c'est-à-dire en chantant. Dieu m'a accordé ce don, et à présent que nous avons tant d'ennuis, cela va nous tirer d'affaire. Je ne veux plus entendre de plaintes. Nous devons nous dépêcher, car Massetti a exigé que je sois de retour dans l'heure pour répéter, et nous devons régler la note à l'apothicaire.

Figgins s'arrêta net. Elles se trouvaient sur un pont, et Alethea profita de cette halte pour regarder un bateau qui transportait des fleurs vives et bigarrées, un jardin flottant qui glissait silencieusement en dessous d'elles.

—Eh bien, quel est le problème?

—Régler la note à l'apothicaire? Où allons-nous dormir ce soir?

—Dans une demeure qui appartient à signore Massetti.

—Une demeure qui appartient à… Pour sûr, je sais très bien ce qu'il mijote, même si vous ne le voyez pas. Je ne vous laisserai pas loger dans sa maison, et c'est mon dernier mot.

— Il n'y vit pas. C'est un endroit où il met à disposition des chambres pour ses chanteurs, ceux qui viennent d'autres régions d'Italie et qui n'ont pas de logement à Venise.

— Quoi? Une pension pleine de danseuses d'opéra? Qui ramènent leurs élégants dandys pour un rapide tête-à-tête? Vous n'y pensez pas!

— Des chanteurs, pas des danseuses. Il y a une intendante, je suis sûre que c'est tout à fait respectable. Nous allons partager une chambre, vous et moi; naturellement, je ne peux cohabiter ni avec les hommes ni avec les femmes, de crainte que mon secret ne soit mis au jour.

— Il ne lui a pas fallu longtemps pour le découvrir, avec ses sales pattes qui traînent là où il n'est pas permis.

La première réaction d'Alethea, après avoir férocement repoussé l'homme aux mains trop curieuses, avait été une colère noire : non seulement son identité venait d'être découverte, mais son plan pour chercher un travail dans les chœurs à l'opéra avait également fait chou blanc.

Salvatore Massetti avait d'autres projets, un stratagème bien à lui. Avait-elle étudié le rôle de Chérubin dans son intégralité? Mozart, bien sûr, n'était pas à la mode ces temps-ci, mais il y avait toujours un public pour *Figaro*, pour un bon *Figaro*. Quel dommage qu'elle ne soit pas une professionnelle! Elle aurait pu chanter Rossini, Spontini ou Figlioni, tous trois des compositeurs infiniment plus populaires que Mozart!

— Néanmoins… (Il avait tourné autour d'elle, l'examinant sous toutes les coutures.) C'est tout à fait remarquable, avait-il déclaré, qu'une jeune femme puisse ressembler à ce point à un garçon, à un jeune homme. C'est sans doute la raison pour laquelle les Anglaises sont si froides ; ce ne sont pas réellement des femmes.

Alethea, qui ne trouvait pas que la condition féminine soit enviable, avait préféré ne pas discuter de ce point avec l'Italien. Et il y avait un peu de vérité dans les paroles de cet homme ; elle-même, par exemple, était aussi froide que de la glace quand il s'agissait de la gent masculine. Napier l'en avait dégoûtée pour de bon.

Puisque ce devait être Mozart, le tarif serait moins élevé, et moins élevé aussi parce qu'elle était une femme. Si elle avait été un véritable castrat (il avait levé les yeux au ciel et embrassé le bout de ses doigts), alors il aurait pu mettre n'importe quel prix. Étant donné qu'il n'y aurait qu'une représentation, et que les répétitions entraîneraient des frais – il n'y avait pas que la voix à travailler, mais également le jeu et les déplacements sur scène –, le salaire s'en verrait réduit.

Pourrait-elle être prête à temps ? La *Cerenentola* avait été annoncée pour vendredi, mais son Don Ramiro avait attrapé un mauvais rhume, le remplaçant avait une voix de gondolier, et commençait, lui aussi, à renifler. *Figaro* pourrait être programmé à la place ; une profusion d'affiches et une annonce dans le grand monde, avec une insistance sur le mot « castrat », devraient faire l'affaire. Il espérait qu'elle se sentait d'attaque ; même si elle se contentait de rester debout et de chanter, avec une voix pareille et un mouchoir rembourrant ses hauts-de-chausses, le public serait conquis. Les spectateurs adoraient la nouveauté de nos jours, alors quoi de mieux qu'un phénomène de foire ?

Elle devait bien prendre garde que personne de la compagnie ne devine son secret, sans cela, il serait aussitôt ébruité jusqu'à l'autre bout du monde. Auquel cas, les spectateurs n'afflueraient pas en masse, et la représentation serait un désastre.

Il avait tourné un regard austère vers Figgins.

— Est-il votre amant, pour qu'il vous accompagne partout ?

— C'est ma femme de chambre.

Une grimace osseuse, suivie d'un hochement de tête, et elles furent toutes deux congédiées et invitées à rejoindre leur nouvelle pension.

— Nous y voilà, fit Alethea.

— Ça a l'air sale, déclara Figgins.

— C'est un toit au-dessus de nos têtes, avec un lit chacune, et c'est gratuit.

— Quand va-t-il vous payer ? Vous allez vous produire en public et si jamais quelqu'un découvre la vérité, votre réputation sera probablement ruinée pour toujours, et quand vous aurez terminé, Massetti refusera de vous payer. Il ne sera pas possible de discuter avec lui.

— Il m'a déjà donné un peu d'argent. Je lui ai dit que sans cela je ne le ferais pas, et que j'aurais des frais.

— Comme quoi ?

— Comme mon costume. Je dois trouver mon costume moi-même.

— Un costume ? répliqua Figgins en ronchonnant tandis qu'elle montait l'escalier de marbre fissuré derrière le gigantesque postérieur de l'intendante. Quel costume ?

— Un habit d'homme du siècle dernier, et une tenue de femme.

Figgins parcourut des yeux la minuscule chambre, avec un unique lit affaissé, une table de toilette branlante, et une lucarne en guise de fenêtre.

— À côté de ça, la maison de l'apothicaire a l'air d'un palais.

— Ce n'est que pour quelques nuits. Ensuite, nous aurons de l'argent en poche ; nous pourrons retourner à la pension, récupérer nos bagages, et chercher un endroit propre et bon marché pour attendre le retour de Camilla, ou partir pour Rome, comme il nous plaira.

— Propre et bon marché ! Dans cette ville, ça m'étonnerait. Et qu'est-ce que c'est que cette histoire de costume ?

Alethea se percha de l'autre côté du lit, et se mit à lui raconter *Les Noces de Figaro*.

Les yeux de Figgins étaient ronds comme des soucoupes.

— Je n'ai jamais rien entendu de pareil ! Ce comte est un bien méchant homme, de se comporter de la sorte. J'en connais beaucoup dans son genre, des bonshommes répugnants. Et ce rôle que vous jouez, un page qui s'habille en femme, et amoureux de la comtesse ! Que de manigances ! Comment pouvez-vous dire que c'est plus respectable que d'être une danseuse d'opéra ?

— Je ne montre pas mes jambes, voyez-vous. Ou plutôt, je les montre, mais parées de hauts-de-chausses. C'est parfaitement convenable.

— Il n'y a rien de convenable dans votre comportement, Miss Alethea, et dans le fait de vous habiller en homme ; c'est ce que je pense depuis le début.

— Admettez-le, Figgins, vous avez pris goût à être un homme et à vous prendre pour l'un de vos frères.

Songez à la liberté que cela procure, et combien il est plaisant de ne pas être accostée par la gent masculine.

— Comment pouvez-vous dire une chose pareille, alors que nous avons voyagé en compagnie de lord Lucius et de son affreux valet ? J'ai été choquée, vous savez ! J'ai l'habitude des hommes, avec les écuries, mes frères, et tout ça, mais ce dont parlent ces êtres-là entre eux, eh bien, c'est à vous donner la chair de poule !

— Je suis certaine que Londres va vous paraître terriblement ennuyeux lorsque vous y retournerez.

— Que j'y retourne ? Moi ? Je n'y retournerai pas sans vous, Miss… monsieur, un point c'est tout. J'ai déjà été écartée une fois, mais on ne se débarrassera pas de moi à nouveau. Où vous allez, je vais, et si vous ne regagnez pas tout de suite Londres, moi non plus.

— Oh, Figgins, ne dites pas cela. Il se peut que je ne puisse jamais revenir en Angleterre. Les femmes dans ma situation sont souvent obligées de vivre dans une quelconque station thermale en France ou en Allemagne.

Un Bath étranger, triste, respectable et assommant.

— Je ne vous vois pas vous installer dans une station thermale, c'est là que tous les gens goutteux vont en cure. Ça ne vous conviendrait pas du tout, et votre famille ne le tolérerait pas.

— J'espère que non, répondit Alethea.

Chapitre 20

*B*ootle se tenait devant lui, soigné, obséquieux et triomphant.

—Êtes-vous sûr de cela ? demanda Titus. Vous me dites que le valet de Warren, Nyers, était dans les vignes du Seigneur et qu'il n'était pas complètement conscient de ce qu'il disait. Vous étiez compagnons de taverne, est-ce que vous buviez, vous aussi ? Peut-être vous-même n'étiez-vous pas tout à fait conscient de ce que vous entendiez.

Cela était injuste, et Titus le savait. Bootle était la sobriété même, particulièrement lorsqu'il considérait qu'il était en service et qu'il s'occupait des affaires de son maître.

Bootle afficha un air très digne, et parut plus élancé et plus mince.

—Je ne me serais pas abaissé à toucher l'eau-de-vie dont s'imbibait ce Nyers. J'apprécie d'avoir les idées claires en pareilles circonstances, et un peu de vin a suffi pour m'assurer que cet homme pense que je le suivais dans sa beuverie.

—Qu'avait-il à dire, dans cet état d'ébriété avancé, qui me concerne en quoi que ce soit ? Les commérages des serviteurs, comme vous le savez, ne sont guère à mon goût.

— J'en suis conscient, monsieur. Nyers se vantait de ce que son maître, Mr Warren, a acquis ce qu'il était venu chercher en Italie, à savoir un certain tableau d'un grand maître.

— Vous et moi savons tous deux que c'est la raison pour laquelle Warren est venu en Italie, et vous savez également que nous sommes là avec le même objectif. Venez-en au fait, Bootle. Quel tableau a acquis Mr Warren ? Où est-il ? Auprès de qui se l'est-il procuré ?

— L'œuvre se trouve actuellement aux mains de M. Delancourt, cet étranger à qui vous avez fait l'honneur d'une visite hier matin.

Bootle contracta légèrement la bouche, et ce mouvement à peine visible révéla à Titus les arrière-pensées de son valet. Lui, Titus, avait passé une heure avec Delancourt, et pendant tout ce temps, la toile qu'il mourait d'envie de retrouver était sans aucun doute dissimulée sur place. Sa beauté peinte par Titien, cachée dans une pièce humide du rez-de-chaussée ou derrière un lot de gravures dans un grenier !

Delancourt aurait donc conduit Warren à cette mystérieuse cachette, et y aurait conclu un marché tout en sachant qu'il s'engageait dans une transaction douteuse. Si Delancourt s'estimait un tant soit peu légitime en revendiquant le tableau, que ce soit en tant que propriétaire ou en tant qu'intermédiaire, alors la toile aurait sûrement été exposée, appelant ainsi les offres des meilleurs enchérisseurs.

Pourquoi le Français n'avait-il pas essayé d'allécher Titus avec la peinture, en faisant grimper le prix au-delà de ses espérances ? La réponse était évidente. Ce vaurien mielleux savait pertinemment que Titus était le propriétaire du Titien, et qu'il était peu probable qu'il consente à payer une somme importante en plus de ce que son père avait déjà déboursé.

Warren, avec le nom et la fortune du roi pour appuyer une avidité de collectionneur, était le genre de client dont rêvaient les hommes comme Delancourt. Plus il y avait de mystère, mieux c'était : nul besoin de poser des questions embarrassantes ou d'y répondre.

— Mr Warren va organiser le transfert des fonds immédiatement, afin que le tableau puisse être emballé. Il projette de le rapporter en Angleterre avec lui. Nyers est chargé de prendre toutes les dispositions pour le voyage aujourd'hui. Et je lui souhaite bien du plaisir dans ses démarches, car il doit avoir la tête bien lourde après la ribote d'hier soir, ajouta Bootle avec une férocité vertueuse.

Titus n'entendit pas ces derniers mots. Il était perdu dans ses pensées et furieux. Maudit soit ce satané Warren pour avoir aussi facilement atteint l'objectif de son déplacement ! Il était sans doute très fier de lui. Il avait toutes les chances d'empocher une fortune et de gagner par la même occasion l'amitié du roi, sans même avoir levé le petit doigt. Eh bien, il n'allait pas s'en tirer comme ça, pas tant que Titus serait à Venise.

— Bien sûr, il n'y a aucun moyen de savoir si la toile achetée par Mr Warren est celle que je cherche.

Le visage de Bootle se ferma.

— C'est la déesse Vénus, à ce que j'ai compris, qui est représentée sur cette peinture, très légèrement vêtue. Nyers l'a qualifiée de catin. Il a dit que c'était le portrait d'une catin exposant ses marchandises.

— L'opinion de Nyers ne m'intéresse pas le moins du monde, déclara Titus.

Il claqua des doigts pour que Bootle lui apporte son manteau. Son valet le passa sur ses larges épaules, le lissa dans le dos et ajusta une manche à la perfection. Titus haussa les épaules avec colère ; l'effet fut gâché. Bootle soupira. Voilà ce qui arrivait lorsqu'on travaillait pour un maître qui avait servi dans l'armée. Il était soigné, certes, mais n'avait rien du dandy.

— Je sais ce que vous pensez, Bootle, fit Titus. Vous vous dites que Mr Warren présente une mise d'un raffinement exquis. Ce serait aussi mon cas si je n'avais pas des préoccupations plus graves qu'un faux pli sur mon pantalon ou qu'une cravate mal ajustée. Demandez au majordome si je peux utiliser la gondole de Mr Hellifield ; ce sera plus rapide que de marcher.

Il monta une nouvelle fois les marches du Palazzo Tullio et franchit l'entrée donnant sur la place ; un portier suave s'inclina, lui refusa l'entrée, nia que Delancourt se trouvait à l'intérieur, se laissa amadouer par une pièce, se retira, et revint avec la même information couplée d'un sourire entendu.

Qui disparut rapidement de son visage lorsque Titus le poussa brusquement sur le côté, ouvrit toute grande la porte, et pénétra à l'intérieur d'une démarche arrogante.

Bien entendu, Delancourt était là. Et si l'on en jugeait par le peignoir lâche qu'il portait et le petit cigare qu'il tenait entre les doigts, il n'attendait pas de client.

— Mon bon monsieur, dit-il en indiquant à Titus une chaise de l'autre côté de la table sur laquelle se trouvaient une cafetière et un réchaud à alcool. Quel plaisir inattendu ! Cependant, je ne peux pas vous être d'une grande utilité ce matin, je ne reçois mes clients que sur rendez-vous, comme Mr Hellifield vous l'a certainement expliqué. J'ai besoin de mes heures de solitude pour me ressourcer. Travailler dans le domaine de l'art demande beaucoup d'investissement personnel, vous en conviendrez.

Une odeur désagréable flottait dans l'air, que Titus ne parvint pas à identifier. Puis elle se volatilisa, tandis que Delancourt s'affairait avec le réchaud à alcool, qui s'alluma dans un petit bruit de soufflerie avant de se mettre à crachoter des vapeurs nauséabondes. Delancourt secoua sa main grassouillette.

—Ce sont des appareils merveilleux. Je porte une grande admiration aux progrès de la science, mais hélas, ils vont souvent de pair avec les mauvaises odeurs. Cela passera, je vous l'assure. Désirez-vous un peu de café ? Peut-être aimez-vous le café turc ?

Ce n'était pas le cas. Titus le préférait fort et noir, et trouvait que la mixture sirupeuse proposée dans les établissements vénitiens était imbuvable. Quoi qu'il en soit, il n'était pas là pour boire un café avec Delancourt, mais pour obtenir une explication.

—Vous avez vendu une toile à Mr Warren. Un Titien, je crois. Une Vénus allongée, avec Cupidon à l'arrière-plan.

—Oui, en effet… C'est l'une des nombreuses représentations de la déesse de l'amour réalisées par Titien dans sa période érotique. Des carnations d'une exquise beauté ! Je suis sûr que vous êtes familier de *Diane et Actéon*, un autre de ses chefs-d'œuvre datant de ces années-là.

—Je ne m'intéresse pas aux autres représentations de sujets classiques. Néanmoins, ce tableau en particulier me concerne, puisque tout porte à croire qu'il m'appartient. J'ai les documents relatifs à l'achat original, effectué à Rome par mon père il y a dix-huit ans. On y trouve une description détaillée de la peinture.

— Ah, combien d'années difficiles avons-nous tous traversé depuis! répondit Delancourt dans un profond soupir. Les triomphes et les défaites de l'Empereur… et toute l'Europe en émoi… Tant de possessions ont changé de main! Des pays, des terres, des maisons, des meubles, des tableaux, des bijoux… tous des dépouilles de la guerre! Combien cela semble scandaleux pour les hommes cultivés que nous sommes, Mr Manningtree!

Il fit un geste éloquent de la main, permettant ainsi aux volants du jabot trop imposant de sa chemise de s'échapper de son peignoir. Sa voix se fit un soupçon plus suave.

— D'ailleurs, j'ai cru comprendre que le Titien des Manningtree était suspendu dans votre bibliothèque, vous me l'avez dit vous-même. À moins que votre défunt père n'ait acheté deux Titien?

— Si vous me permettez de voir le tableau, je pourrai m'assurer par moi-même qu'il ne s'agit pas de mon Titien. Si c'est le mien, alors je suis certain que les documents que je suis en mesure de présenter sauront convaincre le marchand de bonne réputation que vous êtes qu'il ne vous appartient pas de vendre l'œuvre.

Le regret incarné, Delancourt secoua la tête en signe de refus.

— Pourquoi tant d'Anglais me mentent-ils? Vous m'avez menti, Mr Manningtree. J'étais si content d'apprendre que votre Titien était à l'abri en Angleterre. Il est regrettable que votre père n'ait pas été en mesure de rapporter le tableau dans votre pays à l'époque; bien sûr, les circonstances étaient telles que les voyages n'étaient pas chose aisée.

Il se renfonça dans son fauteuil aux larges accoudoirs, qui émit un craquement sonore, avant d'avaler bruyamment quelques gorgées de son café.

— En ce qui concerne la peinture qui est le sujet de notre conversation, je l'ai achetée de bonne foi. Je crains qu'il ne vous soit impossible d'examiner la toile ; je suis navré de vous annoncer qu'elle a déjà été emballée. Et puisque je suis parfaitement conscient que l'acheteur final de ce chef-d'œuvre n'est autre qu'un roi, vous commettez pratiquement un crime de lèse-majesté en remettant en question la propriété du tableau.

— Au diable votre crime de lèse-majesté !

Titus était outré. Il avait combattu pour son roi et son pays, et respecté l'institution de la monarchie, mais il n'avait pas le moindre respect pour ce Hanovrien répugnant qui trônait à présent à Londres.

— Si le souverain achète, poursuivit-il, il le fait en tant que particulier ; une œuvre comme celle-ci est destinée à sa collection personnelle. C'est une affaire entre gentlemen, pas entre un roi et son sujet.

— Ce genre de subtilités me dépassent. J'ai un tableau, je l'ai vendu, j'attends le dernier versement, et ensuite toute cette affaire ne me concernera plus. Peut-être souhaiterez-vous en discuter avec Mr Warren ? Mais pour l'instant… (Il se pencha en avant et attrapa une cloche en or étincelante, qu'il fit tinter vigoureusement.)… pour l'instant, je regrette sincèrement de devoir aller m'habiller et me passer de votre aimable compagnie. Guido va vous raccompagner jusqu'à la porte. Bonne journée à vous, Mr Manningtree.

— Eh bien, s'il ne souhaite pas vous laisser y jeter un coup d'œil, et qu'il insiste sur le fait qu'il est en droit de le vendre, je ne vois pas ce que vous pouvez y faire, déclara Harry.

Titus déjeunait avec son ami dans une autre pièce raffinée, resplendissant de crème, de pourpre et d'or.

—Delancourt m'a tout l'air de vous avoir roulé dans la farine, continua celui-ci.

—Il veut la toile hors de ses locaux et sous la responsabilité de Warren aussi vite que possible afin de pouvoir se laver les mains de tout cela, répondit Titus. Remarquez, cette histoire le rend extrêmement nerveux, il transpire de partout, c'est parfaitement répugnant.

—Vous faites peur lorsque vous êtes furieux, observa Harry. Même quand vous ne l'êtes pas, d'ailleurs. Vous froncez les sourcils de manière tout à fait diabolique, et vous avez le genre d'expression qui ferait se méfier le plus aguerri des scélérats.

—Balivernes! répliqua Titus, agacé. Il m'arrive de me mettre en colère de temps en temps, je l'admets, mais en dehors de cela, je n'ai rien d'effrayant. Je suis le plus gentil des hommes.

—Inutile de vous en prendre à moi. Il n'y a personne d'autre que vous que je préférerais avoir à mes côtés au cours d'une bagarre, non, ni aucun autre ami vers qui je me tournerais plus volontiers si j'étais en difficulté, mais il faut dire que je vous connais depuis l'enfance, ce qui n'est pas le cas de Delancourt.

—Je vais devoir m'expliquer avec Warren, voilà tout, répondit Titus. J'avais espéré garder une longueur d'avance sur lui, et l'empêcher à tout prix de s'approcher de mon Titien; j'ai joué de malchance.

—Mes serviteurs affirment qu'il n'est pas rentré à sa pension depuis un moment. Un valet là-bas leur a dit qu'il était parti séjourner ailleurs, chez des connaissances en ville.

— Vous voulez dire que vos gens ont perdu sa trace.

— En effet, il semblerait qu'il leur ait faussé compagnie, concéda Harry. Ce qui signifie qu'il les a probablement aperçus en train de surveiller sa maison ainsi que ses faits et gestes. Warren a mauvaise conscience, ce qui n'est pas étonnant. Cet homme est toujours en train de manigancer quelque chose. Aussi, rien ne garantit qu'il ait fait le lien entre les espions et l'achat du tableau ; s'il estime plus prudent de fuir, cela peut être pour un tas d'autres raisons. Mais ne vous tracassez pas pour ça ; il finira bien par se montrer tôt ou tard.

— Son valet dit qu'il se prépare à partir dès qu'il aura l'œuvre entre les mains.

— Elle est toujours chez Delancourt ?

— C'est ce que celui-ci m'a déclaré. C'est aussi ce que m'a rapporté Bootle, après sa conversation avec le serviteur de Warren.

— Alors mes gens, qui se sont montrés singulièrement inutiles, pourront se racheter en gardant à l'œil le Palazzo Tullio. Pas un rat d'eau ne quittera les lieux sans qu'on le remarque. C'est une grande toile, votre tableau ? J'espère qu'on ne l'a pas désencadré et enroulé afin d'en faire un objet moins encombrant.

— Même enroulé, il serait difficile à dissimuler.

Titus espérait lui aussi que Delancourt n'avait pas eu ce genre d'intention ; une peinture aussi ancienne ne pouvait que pâtir d'être détachée de son châssis et enroulée pour en faciliter le transport. Non, Warren ne prendrait pas le risque d'abîmer quelque chose d'aussi précieux. Il comptait sur la rapidité avant tout ;

la célérité de l'affaire et les avantages d'avoir le Titien en sa possession. En outre, il avait sans doute une liasse de documents, authentiques selon toute apparence, fournis par Delancourt afin de satisfaire n'importe quel officier des douanes fouineur qui déciderait de mener son enquête.

— Vous allez devoir prendre votre mal en patience, mon cher, prévint Harry en observant son ami avec un amusement laconique. Comme lorsque vous marchiez à pas de loup derrière Wellington, esquivant l'ennemi, vous demandant quand nous allions enfin nous battre pour de bon.

— Warren n'est pas vraiment Marmont.

— Non, ni Soult. Aussi, ne vous laissez pas dépasser par la colère, Titus, faites-vous une raison. Vous êtes impatient de récupérer votre Titien, et c'est un désir bien compréhensible, mais gardez le sens de la mesure. Il y a quelque chose d'un peu vieux jeu à convoiter un tableau.

— Harry, comment osez-vous dire une chose pareille !

— Il représente une très belle femme, j'en conviens, mais même Vénus en personne, suspendue à un mur, n'est pas à moitié aussi satisfaisante qu'une vibrante beauté en chair et en os. En parlant de cela, dit-il en se levant, je m'absente pour une heure ou deux de plaisir en compagnie de Cecilia. Accompagnez-moi ce soir à un bal masqué ; la société y sera divertissante, et vous êtes assuré d'y croiser de vieilles connaissances.

— Un bal ? Je ne crois pas. J'ai eu mon lot de danses par le passé. Et pourquoi un bal costumé à cette période de l'année ? Les Vénitiens ne sont-ils pas rassasiés avec leur carnaval ; n'est-ce pas en février ou en mars ?

—Comme vous êtes devenu guindé! C'est un bal masqué parce que les Vénitiens adorent se déguiser.

—Eh bien, ce n'est pas mon cas.

—Je vais vous dire la vérité, Titus : vous vous ennuyez. Et vous n'offrez aucun exutoire à votre maudite ardeur. Il est vraiment dommage que vous ayez quitté l'armée, ou qu'il n'y ait pas une autre guerre dans laquelle vous pourriez dépenser votre surplus d'énergie.

—Ne priez jamais pour une autre guerre, rétorqua sombrement Titus. Nous avons connu assez de combats et répandu suffisamment de sang ces dernières années, croyez-moi.

—Malgré tout, il vous faut un but dans la vie, même s'il ne s'agit que de tuer vos prochains. (Harry leva une main délicate.) Non, non, ne me faites pas les gros yeux, je connais votre aversion pour les champs de bataille, et après Waterloo, qui pourrait vous le reprocher ? Revenez à la politique, ensanglantez quelques nez à la Chambre, pour l'amour de Dieu! Ou embrassez une cause, n'importe quoi qui canalisera votre attention d'une manière plus active. Vous perdez votre temps à pister ce vieux tableau. Une passion de collectionneur, comme celle de votre paternel, ma foi, c'est différent…

—Laissez-moi tranquille, Harry. J'en ai fini avec la guerre, j'en ai fini avec la politique, et la seule chose qui m'intéresse, c'est de contrarier le désir qu'a le roi de posséder mon Titien.

—Il est impossible de raisonner avec un homme qui a une lubie.

—De toute façon, je n'ai pas de masque.

Des lumières, des couleurs, des odeurs provenaient du canal et se mêlaient à celle de la cire des chandelles et aux fragrances de l'humanité, d'une humanité parfumée et poudrée. Titus, resplendissant dans un manteau vert foncé et des hauts-de-chausses en soie, et dépassant d'une tête la plupart des hommes présents, survolait du regard la foule agitée des invités. Il prit un verre de vin à un serviteur qui passait et s'attarda près d'une haute fenêtre surplombant l'eau. Il y avait encore de l'animation, même à cette heure de la soirée où l'obscurité était tombée sur la ville et où les torches brûlaient sur les marches des *palazzo* et des maisons bordant le canal.

Il sentit une légère pression sur son bras, et se retourna pour faire face à une femme ; à voir l'aspect de son cou, il estima qu'elle n'était plus très jeune, mais son regard amusé, sans âge, pétillait derrière un masque de velours.

— Mr Manningtree, seul, à Venise ? Comment est-ce possible ?

Titus s'inclina.

— À votre service, madame.

Il aurait reconnu cette voix n'importe où. Quelle mine splendide avait lady Hermione Wytton ! À cinquante ans passés, non, à presque soixante ans, ses yeux possédaient toujours cette étincelle qui avait fait d'elle, d'après les dires de son père, la coqueluche de Londres lorsqu'elle était une jeune épouse. Les Wytton étaient les plus proches voisins de Titus dans le Herefordshire. Il connaissait lady Hermione depuis l'enfance, était son filleul, et avait toujours été quelque peu effrayé par cette femme dès lors qu'il avait eu l'âge de porter des culottes courtes.

— Harry Hellifield m'a dit que vous séjourniez ici. Racontez-moi, pourquoi êtes-vous à Venise ?

Avez-vous fui Londres à cause du mariage d'Emily ? J'ai été abasourdie par la nouvelle, et bien sûr, la bonne société est, ou prétend être, choquée, mais je crois que cette union sera une réussite. Emily n'est pas femme à se complaire dans le veuvage. Je suppose que vous auriez pu l'épouser, mais cela aurait rendu sa vie trop trépidante ; elle sera mieux avec un époux plus placide.

Voilà que ça recommençait ! Il y avait d'abord eu Harry, et voilà qu'à présent lady Hermione faisait elle aussi des remarques sur son caractère. Tout cela était vexant, vraiment.

— Non, ne vous avisez jamais de me lancer un regard aussi noir, car si moi je ne peux vous dire ces choses, qui le pourra ? Voyons, à qui vais-je vous présenter ? Essayons de vous trouver une compagne enchanteresse pour soulager la douleur de votre cœur.

— Je vous assure que je ne ressens aucune douleur.

— Tant mieux, ainsi vous pourrez flirter éperdument avec les plus jolies de toutes ces femmes. Comment se porte votre frère ?

— Il était en bonne santé la dernière fois que je l'ai vu ; il y a un certain temps déjà, je le reconnais.

— C'est vraiment dommage qu'il ait épousé une créature aussi médiocre que Christabel, et c'est un miracle que les garçons aient si bien tourné.

— C'est une bonne mère, je crois.

— Une intrigante. (Tandis qu'elle parlait, lady Hermione lançait des regards furtifs dans la pièce.) Il y a lady Mesurier, vous devez la connaître, avec le masque de chat… quel très bon choix ! Ou bien puis-je vous présenter à Valentina Heybrook, celle qui porte des plumes et un bec ? C'est une charmeuse, mais son mari est un jaloux, et vous êtes si séduisant ce soir que cela ne serait peut-être pas judicieux.

—Quant au charme…, répondit Titus.

Son visage se fendit d'un sourire qui en balaya toute trace de sévérité et poussa plusieurs dames qui se trouvaient à proximité à agiter leurs éventails et à lui faire les yeux doux. Lady Hermione avait plus de charme que toutes les femmes de sa connaissance, ce rare don des dieux qui survivait à la beauté et au rang, et qui défiait tous les ravages du temps.

Malgré lui, malgré sa colère face à la déloyauté de Warren et à l'hypocrisie de Delancourt, Titus s'aperçut qu'il s'amusait. Il y avait ici une vitalité à laquelle il ne s'était pas attendu, car il voyait Venise d'un mauvais œil. Il se la représentait comme une ville splendide, mais mourante, dont les attraits s'étaient fanés en même temps que son influence ; il n'envisageait pas que Venise ait un avenir, alors qu'elle avait été la plus grande puissance maritime de son époque, dans un monde mis en pièces par la révolution. À cause de l'avidité bestiale des envahisseurs, le palais où des doges avaient régné des siècles durant était à présent dépourvu de tous les ornements qui avaient autrefois paré ses murs et ses plafonds ; dans les grandes pièces où des hommes puissants s'étaient entourés de leur cour et avaient porté des jugements, où ils avaient comploté, fomenté, manigancé, il n'y avait désormais plus rien à part les fantômes des personnages aux robes rouges qui avaient par le passé tenu un empire dans leurs mains.

Et pourtant, il y avait des rires et de l'animation, de la musique et des silhouettes gracieuses ; c'était peut-être un instant figé hors du temps, le reflet d'une époque plus heureuse et plus glorieuse.

—Vous êtes bien songeur, Titus? fit remarquer une voix douce à ses côtés.

—Paolo, quelle bonne surprise! répondit Titus en serrant chaleureusement la main à un individu portant un masque de comédie. Que faites-vous ici? Je pensais que vous étiez définitivement installé à Vienne. Comment va la diplomatie?

L'homme abaissa son masque, qu'il tenait par une baguette.

—C'est toujours aussi assommant, et votre poignée de main est aussi redoutable que dans mon souvenir. Veuillez me faire une faveur, et saluez-moi d'une révérence la prochaine fois que nous nous rencontrerons. À côté de vous, j'ai déjà l'air minuscule, vous n'allez pas en plus me broyer les os.

Titus posa un regard bienveillant sur le petit homme, qui avait un visage de faune malicieux.

—Je méditais sur Venise.

—Hélas, elle est quelque peu débraillée, une beauté sur le retour, qui se cramponne encore à des vestiges de gloire. Je ne suis guère vénitien, aussi puis-je considérer cela sans émotion. Pour moi, il y a vraiment trop d'eau à Venise. Je n'aime pas la mer, et ces canaux ne sont pas bons pour le moral. Et les Vénitiens! Ces gens sont vraiment rusés, ils ont l'intrigue dans le sang; il est impossible d'obtenir une réponse directe d'un Vénitien.

—Les diplomates n'ont pas pour habitude de formuler des réponses directes, il me semble.

—Ah, nous vivons derrière des masques bien plus efficaces pour nous déguiser que ceux que nous voyons ce soir. Qu'est-ce qui vous amène à Venise, Titus?

—Une femme.

Le faune haussa les sourcils.

— Une femme ? Cela ne vous ressemble pas. La dernière fois que nous nous sommes vus, c'était à Londres, lors d'une fête mondaine. Il y avait une telle cohue et la nourriture était si mauvaise que je suis parti de bonne heure. Vous étiez en compagnie d'Emily Thruxton.

— Elle est veuve à présent et elle s'est remariée. À un Italien.

— Est-ce là pour quoi vous venez en Italie ? Pour vous trouver votre propre Italienne ? Ou est-ce l'une de vos compatriotes qui est l'objet de vos recherches ?

— Elle est vénitienne.

— Présente ce soir ? demanda Paolo, intéressé.

— Je crains que non.

Une pensée avait frappé Titus.

— Paolo, avez-vous rencontré un Mr Darcy à Vienne ? Mr Fitzwilliam Darcy ?

— Oh, celui-là, quel homme ! Redoutable ! Le genre d'Anglais intelligent qui se domine très bien et qui nous effraie de ce côté-ci de la Manche. Si réservé, et avec un esprit si vif ! Son épouse est charmante… Oui, il est rattaché à la légation pour quelques mois. Nous nous réjouirons tous lorsqu'il repartira vers sa terre natale et sera remplacé par quelqu'un de plus stupide.

Paolo s'apprêtait à ajouter quelque chose, lorsque son attention fut détournée par une créature svelte et élégante portant un loup doré, qui lui glissa une main sous le bras et murmura à son oreille. Il disparut dans la foule, et Titus fut attiré de force dans la danse qui commençait tout juste par l'habileté impitoyable de son hôtesse ; cette femme, avec laquelle il avait échangé un salut en arrivant, se montra digne des dames patronnesses tyranniques d'*Almack* en lui imposant comme partenaire une jeune fille aux cheveux flamboyants qui portait un masque enrubanné.

Titus prit la situation du bon côté, notamment parce que si le visage de sa partenaire était couvert, sa poitrine blanche, elle, était largement exposée, et il s'attarda avec satisfaction et reconnaissance sur sa silhouette généreuse.

— Regardez, mais ne touchez pas, murmura Harry à son oreille lorsqu'ils passèrent l'un près de l'autre au cours de la danse. C'est une Pisani, et les familles nobles, celles qui figurent dans le livre d'or, gardent jalousement leurs femmes.

L'opinion personnelle de Titus était que la *signorina* était plus que de taille à tenir tête à son père ou à l'un ou l'autre de ses frères s'ils essayaient de la gouverner. L'enfermement dans un couvent pourrait peut-être la contenir, mais certainement pas la censure masculine. Elle débordait de vitalité, pouvait converser de façon charmante dans un anglais décousu ainsi qu'en italien, aimait flirter et était tout à fait capable de réveiller l'ardeur de Titus, que sa famille y consente ou pas.

Mais déception : à la fin de la danse, la jeune femme lui fut enlevée par un noble italien au regard étincelant et au sourire canaille, et visiblement, elle était bien déterminée à profiter de sa compagnie.

— Me voilà de nouveau supplanté par un Italien, dit Titus à Harry.

Ce dernier se mit à rire.

— La nuit n'est pas très avancée, et il fait encore doux. Si vous avez eu votre content de danse, je vous propose une promenade, pour apaiser nos esprits exaltés.

Titus parcourut des yeux la foule chahuteuse, bruissante et bigarrée des danseurs et des spectateurs.

— Un instant, je dois trouver lady Hermione.

— Vous n'avez pas de chance, je l'ai vue partir il y a une trentaine de minutes.

— Je pourrai aller la voir demain, je suppose.

— Aujourd'hui, corrigea Harry en prenant son ami par le bras et en le guidant à travers la salle de bal, saluant de la tête ses nombreuses connaissances au passage. Il est 3 heures passées.

— Vraiment ? s'étonna Titus tandis qu'ils quittaient les pièces étouffantes pour un air à peine moins chaud. Il n'y a aucune fraîcheur.

— Nous allons avoir un orage, à ce que disent les pêcheurs, mais pas tout de suite.

Le clair de lune miroitait et dansait sur l'eau ; la lune était si haute et si lumineuse dans le ciel que ses rayons atteignaient même les canaux les plus sombres et les plus étroits que les deux hommes traversèrent au cours de leur promenade sinueuse à travers la ville endormie.

— Il n'y a que les belles de nuit et les malfaiteurs qui soient dehors à cette heure, déclara Harry. Et les fêtards comme nous. Les citoyens de Venise dînent et se retirent tôt.

Il y avait en effet des filles de joie, embusquées sous des porches et s'avançant pour les accoster. Ils entendirent des promesses enjôleuses de plaisir sans égal, des offres de prix avantageux pour la paire qu'ils formaient, et des malédictions lorsque, indifférents, ils poursuivaient leur chemin. Le pont du Rialto fourmillait de créatures à l'accoutrement tapageur, exhibant leur poitrine et leurs jambes aux passants, mais aussi de beaux jeunes gens sveltes en hauts-de-chausses ajustés, bombant leurs muscles qui ondulaient sous leur peau lisse.

—Il y en a pour tous les goûts, remarqua Harry. Je ne vous conseille pas de fréquenter cette engeance-là, cependant. Si votre ardeur devait être brûlante, laissez-moi vous recommander l'un des meilleurs *casini*, où les filles sont plus jolies, et où elles sont aussi plus douées à la fois pour la conversation et pour les arts de l'amour.

Titus se renfrogna.

—Je ne souhaite pas coucher avec une catin.

—Non, vous aimeriez coucher avec Emily, mais c'est impossible, et pour autant, je ne pense pas que vous ayez l'intention de rester célibataire toute votre vie.

—L'androgynie est une chose étrange, observa Titus lorsqu'une silhouette élancée apparut devant eux. Faites revêtir à ce garçon une robe élégante et un masque, et on le prendra pour une femme. À moins que cette créature n'en soit déjà une, prétendant être un homme afin d'attirer un homme qui aime les hommes mais qui ne saurait être satisfait que par une femme… Comme les identités se brouillent parfois ! Ce qui sépare la part masculine de la part féminine de l'humanité est autant une question de comportement que de sphère dans laquelle les gens évoluent.

—Quelles inepties ! répliqua Harry. Êtes-vous en train de dire que vous ne sauriez distinguer un homme d'une femme ?

—Je dis qu'en dehors des femmes qui sont toujours indéniablement des femmes, il y a d'autres personnes qui ont une nature et des désirs tout aussi féminins, et qui pourraient se faire passer pour des hommes tant qu'elles sont jeunes. Prenez ce garçon efféminé que nous venons de dépasser : il pourrait tout à fait, comme je l'ai fait remarquer, être confondu avec une fille, et ce sous n'importe quel éclairage.

Harry secoua la tête.

— Vous avez bu trop de vin, votre jugement est perverti.

— J'ai connu un cas comme cela, répondit Titus. Une jeune femme qui se travestissait en homme, sans éveiller le moindre soupçon.

— Elle vous a dupé ?

— Pas moi, car je l'avais connue enfant.

— Avez-vous l'intention de les prendre au berceau, à présent, Titus ?

— Non, pas du tout ; je m'estime heureux que mes goûts ne portent pas le moins du monde dans cette direction. La personne dont je parle n'est pas comme ces gens-là, elle est aussi bien née que vous ou moi.

— Comment pouvez-vous affirmer une chose pareille ! Qui est ce phénomène ? Ce n'est certainement pas une Anglaise. Pourquoi cette créature souhaite-t-elle se faire passer pour un homme ? Comment sa famille peut-elle permettre cela ?

Titus percevait la soif de scandale dans la voix de son ami, et il rit.

— Je ne dirai rien de plus à son sujet.

— Il y a de l'immoralité dans l'âme de toute femme qui s'abaisserait à pareil tour, déclara Harry d'un ton agacé.

Titus pivota vers lui.

— Vous ne savez rien de cette affaire. Il y a du courage, de la bravoure et de la témérité, oui, mais cette personne n'a absolument rien d'une débauchée. Ce n'est pas le jeu qu'elle joue ; en fait, elle ne joue à aucun jeu.

— Vous m'intriguez, rétorqua Harry après un moment de silence. Je vois que votre petite espiègle a éveillé votre curiosité.

— Absolument pas. Je ne parle d'elle que dans le contexte de ma réflexion sur l'androgynie.

— Où se trouve cette merveille de la nature ?

— Je n'en ai aucune idée, elle ne m'intéresse pas au-delà de sa réussite à porter son déguisement sans être démasquée. Je doute que nous nous revoyions jamais ; notre rencontre a été le fruit du hasard, rien de plus.

À la seconde où ces mots sortirent de sa bouche, il se détesta pour les avoir prononcés. Il avait l'impression de désavouer Alethea, et cela le piqua au vif. *Bon sang, quelle importance ?* C'était la vérité. Alethea Darcy – ou Napier – manigançait quelque chose, une liaison désespérée, supposait-il. Cela ne le concernait en rien.

L'espace d'un instant terrifiant, la silhouette de Mr Darcy lui apparut en imagination : grand, froid, et accusateur.

Au diable Mr Darcy ! S'il avait éduqué ses filles pour qu'elles se comportent aussi imprudemment, de façon si masculine, ou avait permis que l'une d'entre elles épouse un homme comme Napier, alors qu'il en assume lui-même les conséquences.

— Observez cette sculpture exotique, dit Harry.

Celui-ci agitait son monocle devant un relief représentant un homme qui, au premier regard, semblait avoir une troisième jambe au milieu des deux autres.

— Bougre ! s'exclama Titus dans un rire sonore.

— Regardez sa compagne, elle a une flamme entre les jambes. Je vous avais dit que nous étions arrivés dans les quartiers les plus lubriques de la ville.

— Cela ne serait jamais autorisé à Londres, pas dans un endroit public comme celui-ci.

— L'Angleterre sera toujours un pays puritain. Venise a souvent ressenti le besoin d'encourager ce qu'elle considère comme le bon côté de la luxure ; trop de Vénitiens ont jadis préféré la compagnie de leur propre sexe. Mais nous revoilà à discuter du sujet interdit : l'androgynie. Prenons par là, c'est un raccourci.

Il plongea sous une arche obscure, écartant d'un coup d'épaule un homme qui titubait dans leur direction, et ouvrit le chemin à une allure folle à travers un labyrinthe de rues étroites qui débouchaient sur d'insoupçonnables places silencieuses, où les dalles et les murs étaient baignés par la pâleur étrange du clair de lune.

Tandis qu'ils traversaient l'une de ces places, Harry s'arrêta près du puits en marbre qui en occupait le centre et indiqua d'un geste une série de fenêtres carrées au-dessus, toutes illuminées. Titus aperçut les bougies resplendissantes d'un chandelier de cristal, un plafond peint, et entendit des voix, de la musique et des rires.

— Un *casino*, dit Harry. L'un des plus élégants. Seules les filles les plus ravissantes y travaillent. Cela ne vous tente pas ?

— Non, répondit Titus.

— L'ennui avec vous, c'est que vous êtes en mal d'amour, mais pas de coups de reins. Il est dangereux de rester dans cet état.

— Parce que je n'ai guère envie de passer une nuit avec une catin ? Vous tirez vos conclusions trop rapidement, vous ne savez rien de l'état de mon cœur. Pas plus que moi, car ce n'est pas vraiment une de mes préoccupations. Je ne suis pas un jeune homme sentimental qui se languit de l'amour.

— En voilà un à qui l'amour ne profite pas, dit Harry.

Un homme émergea du bâtiment, escorté par un serviteur en livrée. Il recouvra son équilibre contre le pilier à côté de la porte et s'élança ensuite d'une démarche hésitante à travers la place.

— Juste ciel, mais c'est George Warren! s'exclama Harry. Qu'est-ce qu'il tient là avec délicatesse, une bouteille?

— Non, une chaussure, répondit Titus tandis que Warren approchait. Ohé! Warren, j'ai à vous parler!

Harry lui saisit le bras.

— Laissez-le tranquille, Titus. Il est soûl.

— *In vino veritas.*

Warren s'arrêta, tout chancelant; sa main, celle qui tenait une chaussure de femme, pendillait le long de son corps. Il avait le visage rouge et le regard brillant.

— Titus Manningtree! Ou bien suis-je à ce point défait que j'ai des visions?

— Vous n'hallucinez pas, Warren. Je suis ravi de tomber sur vous.

— Je ne peux pas vous retourner le compliment. Je n'ai nulle envie de vous voir. Ni maintenant, ni jamais, ni nulle part. Je vous souhaite une bonne nuit, messieurs.

Avant qu'il puisse reprendre sa route en titubant, Titus l'attrapa.

— Pas si vite. Vous n'êtes pas en état de rentrer seul chez vous. Veuillez nous indiquer le chemin, et nous allons vous raccompagner à votre porte.

Harry protesta, mais Titus n'en tint pas compte. Warren le regarda, et fit la moue.

— Le chemin? Je ne pense pas.

Il tenta de se libérer de la poigne de Titus, mais celui-ci le tenait fermement, et il força l'homme aviné à lui faire face.

— Je veux mon tableau, Warren.

— Quel tableau ?

— Mon Titien. Il n'appartenait pas à Delancourt de vendre la toile que vous lui avez achetée. C'est la mienne, et je la veux.

— Allez rôtir en enfer, Manningtree ! Ou bien retournez au pays des rêves puisque vous y êtes chez vous !

— Incroyable d'être capable de répondre une chose pareille en étant aussi imbibé, intervint Harry.

— Il n'est pas aussi pris de boisson qu'il prétend l'être, affirma Titus. Il est juste excité par cette maudite chaussure.

Warren agita l'escarpin en l'air.

— Ceci appartient à Flavia, qui a le plus joli pied de tout Venise. De toute l'Italie ! Calomniez-vous son beau nom ? Je me battrai en duel avec vous pour cela, Manningtree.

— Ne soyez pas ridicule. Ma peinture se trouve-t-elle toujours chez Delancourt ?

Warren, de nouveau dégrisé, émit un petit rire sot.

— Vous aimeriez bien le savoir ! Et si vous y retourniez et la lui réclamiez encore ? Delancourt vous attendra cette fois, et il n'aime pas les fauteurs de troubles, sachez-le.

— Il ne vous sert à rien de rapporter ce tableau en Angleterre, Warren, car je vais en contester la propriété pendant toute la procédure.

— Quoi, avec le roi ? J'en doute. De toute façon, il sait qu'il vous appartient, ou plutôt, qu'il appartenait à votre père, car je le lui ai dit, et il s'en moque éperdument.

Et moi aussi. En amour comme à la guerre, tous les coups sont permis, Manningtree, et ce tableau est une dépouille de la guerre.

—Voilà pour votre satanée impertinence, éructa Titus.

La colère monta en lui, et il gifla Warren du dos de la main, produisant un bruit si fort que les filles aux fenêtres au-dessus, qui s'étaient attroupées pour assister à l'altercation sur la place, s'exclamèrent et crièrent «Honte à lui!»

Warren se dégagea d'un mouvement brusque, jeta la chaussure sur le côté et fit mine de sortir son épée. Titus avait déjà la main sur le pommeau de la sienne lorsque Harry se précipita sur lui et le tira en arrière. Des domestiques se déversaient du *casino*, et deux d'entre eux attrapèrent Warren. L'un lui plaqua les bras dans le dos, l'autre s'empara de sa rapière.

—Vous ne pouvez pas vous battre ici, disait Harry à Titus. Vous vous retrouveriez en prison. Ici on n'aime pas les duels à l'épée dans les endroits publics, et les magistrats n'auront aucune pitié pour une paire d'Anglais. Rengainez votre arme! Non, rengainez-la, je vous dis! Et entendez raison.

—Raison! cracha un Warren à bout de souffle et qui se débattait. Je vais avoir raison de lui. Nommez vos témoins, monsieur, et nous verrons ensuite qui a la raison de son côté.

—Harry?

Harry grogna.

—Pour l'amour de Dieu, Titus, laissons tomber.

—Oh, non, Hellifield. Vous aurez beau essayer, il ne s'en tirera pas comme ça. Il m'a frappé au visage, vous l'avez vu. Sans la moindre provocation. Je veux réparation, et nom de Dieu ! je l'aurai. Épées ou pistolets, Manningtree, peu m'importent ! J'en finirai avec vous d'une manière ou d'une autre.

— Ce sera aux témoins d'en décider, intervint rapidement Harry.

Titus comprit pourquoi : Harry connaissait la réputation de fine lame de Warren, et supposait que son ami aurait plus de chances avec les pistolets.

— Je peux le refroidir aussi bien d'une balle que d'un coup d'épée, répliqua Warren. Mes témoins viendront vous voir plus tard dans la journée, Hellifield, et ensuite nous mettrons un terme à tout ça.

— Je crois qu'il a l'intention de vous tuer, se lamenta Harry pendant le petit déjeuner, plus tard, bien plus tard ce matin-là. Un homme revêche, qui mérite à peine qu'on le qualifie de gentleman, est venu alors que vous dormiez encore ; il a exigé de me voir et a dit qu'il espérait que la peur n'avait pas poussé Mr Manningtree à changer d'avis, car aucune excuse ne serait acceptée.

— Je n'ai aucunement l'intention de présenter des excuses, s'offusqua Titus. Si des excuses sont dues, elles devront venir de lui. De plus, les excuses sont hors de propos. Le problème peut être réglé s'il me rend mon tableau.

— Je ne crois pas qu'il envisage les choses précisément en ces termes. Et je pense que vous mouriez d'envie de faire couler le sang, et que le sien conviendra aussi bien que celui de n'importe qui d'autre. Adieu vos bonnes résolutions ! Votre esprit guerrier n'est pas si loin tout compte fait ! Se battre pour un tableau ! Je n'ai jamais rien entendu de plus absurde.

Titus se leva de table.

—Où et quand nous rencontrons-nous ?

Harry soupira.

—Quelle corvée que tout cela… Nous sommes convenus, cet ami peu recommandable de Warren et moi-même, que vous vous affronteriez près de l'Arsenal, dans un lieu qui est désert depuis que les hommes de Bonaparte l'ont mis à sac. Vous aurez plus de chances d'échapper à l'attention des autorités là-bas… Espérons-le, car ce sont les Autrichiens qui font la loi ici, souvenez-vous, et ils réprouvent les duels dans la ville.

—Les Autrichiens passent leur temps à se battre en duel.

—C'est différent. Vous n'êtes pas autrichien, et Warren non plus. Ce sera le pistolet. J'en ai une paire que vous pouvez emprunter, car je ne crois pas que vous ayez pensé à apporter des pistolets de duel.

—Quand faut-il que je sois prêt ?

—La gondole sera là à dix-sept heures trente ce soir.

—Il y aura des ombres à cette heure-là.

—C'est toujours mieux que le plein soleil de midi.

—Qui est ce petit homme qui ressemble à un singe ? demanda Titus en enfonçant son foulard un peu plus fermement dans son manteau, boutonné jusqu'au col.

Il étouffait de chaleur et se rendit compte, à sa grande consternation, que la sueur dégoulinait jusque dans la paume de ses mains.

—Le chirurgien, répondit Harry.

Ce dernier portait une mallette plate sous le bras, et s'approchait à présent de l'homme qui se tenait à la droite de Warren. Ils s'écartèrent, et Harry plaça la petite valise sur un socle qui avait autrefois supporté une statue. Titus le regarda ouvrir le couvercle d'une chiquenaude et en retirer une paire de pistolets à long canon.

Le monde autour de lui semblait avoir ralenti à une allure irréelle. Une mouette qui s'était posée sur la balustrade de l'escalier s'envola au-dessus du canal ; avec des ailes aussi molles, comment pouvait-elle rester en l'air ? Une horloge au loin marqua le quart, mais le son de la cloche s'étira pendant plusieurs minutes. Un *sandalo* glissa sur l'eau : à chacune de ses extrémités, un batelier manœuvrait sa rame comme dans un rêve où le temps n'existait pas. Les deux hommes regardèrent avec curiosité les silhouettes sur la petite esplanade située au milieu du terrain vague, leurs têtes se tournant au ralenti, des mots silencieux sortant de leurs bouches.

Puis le temps joua un autre de ses tours, s'accélérant au point que Titus peinait à respirer. Harry était à ses côtés et lui donnait une arme, l'autre témoin mesurait la distance en comptant ses pas, les mouettes gémissaient, une gondole passa à toute allure, telle une traînée noire, le gondolier se baissant promptement tandis que le bateau s'engouffrait sous un pont avant de disparaître. Harry scanda frénétiquement des encouragements et des mises en garde, le pistolet fut dans sa main, brûlant et lourd, un nuage pourpre s'éleva en tournoyant de derrière les murs de l'Arsenal et masqua le soleil.

Titus secoua la tête, essayant de recouvrer sa perception des minutes. Il jeta un coup d'œil à son pistolet, et s'aperçut que sa main le tenait si fermement qu'elle tremblait. Il étira ses doigts, les secoua, puis les enroula de nouveau autour de la crosse, soupesant l'arme. Ses pieds le portèrent à l'endroit indiqué par Harry ; il se tourna machinalement, le pistolet contre son flanc. Le gentleman revêche agita un mouchoir sale en l'air, où il flotta comme un oiseau moribond avant de s'envoler et le pistolet partit dans la main de Titus.

Une balle frôla son oreille dans un sifflement strident, et le temps s'arrêta de nouveau. À quelques pas de là, Warren s'écroula sur le sol, sa main tenant son arme, du sang dégoulinant entre ses doigts. Titus le voyait goutter sur le sol.

L'odeur du sang lui parvenait de toutes parts, celui des hommes et des chevaux. Ses yeux étaient irrités par la fumée, sa gorge était sèche et serrée, ses mains à vif étaient couvertes d'ampoules. Autour de lui, des hommes hurlaient et les montures hennissaient, et les pistolets faisaient feu, encore, et encore, ces pistolets qui avaient commencé à tirer le jour où Dieu avait créé le monde et qui ne cesseraient jamais.

— Titus. (La voix de Harry était pressante à son oreille.) Titus, vous tremblez comme une feuille. Tenez, buvez un peu d'eau-de-vie.

Titus tenta de secouer la tête, mais la flasque fut portée à ses lèvres et l'alcool lui coula dans le gosier, le ramenant dans un sursaut dans le présent.

— Est-ce que je l'ai tué?

— Non, à moins qu'il ne meure d'hémorragie; il saigne comme un bœuf, mais le chirurgien va s'occuper de cela. Vous l'avez atteint au bras... Aviez-vous l'intention de le toucher?

Il l'avait touché? Les duellistes avaient plus de chances de blesser un adversaire en tirant ailleurs qu'en le visant soigneusement, les pistolets de duel étant des armes capricieuses et peu précises, même aux mains d'un tireur d'élite. Pourtant, il avait eu le meurtre dans le cœur lorsqu'il avait frappé Warren au visage, et le meurtre à l'esprit lorsqu'il avait levé le pistolet.

Et tout ça pour quoi? Pour un tableau! Pour quelques centimètres carrés de toile, la représentation en deux dimensions d'une déesse païenne, «la catin de Titien» comme disaient les gens. C'était certes une beauté, mais prendre de sang-froid la vie d'un être humain pour une image était irrationnel, inutile, et tellement futile qu'il frissonnait de honte.

Warren s'était redressé sur son séant, soutenu par le chirurgien. Il était pâle, et avait les yeux fermés.

— Il survivra, affirma Harry.

— Dieu merci, répondit Titus. J'ai tué assez d'hommes dans mon existence. Dieu seul sait ce qui m'a pris de vouloir en expédier encore un dans l'autre monde.

— Il vous a fait du tort.

— Il m'a irrité. Est-ce là une raison pour ôter une vie? Qu'il garde la peinture! Que le roi l'accroche dans une de ses pièces privées et qu'il se lèche les babines en passant devant sa déesse! Je ne veux plus en entendre parler. Toute cette affaire n'a été qu'une course après des chimères. Quel idiot j'ai pu être!

Titus baisa la main de lady Hermione.

— Je suis heureuse de vous voir, Titus, dit-elle. Venez donc vous asseoir près de la fenêtre, à l'air, on étouffe aujourd'hui. Mon cher ami, comme vous paraissez fatigué! Je sais que peu d'Anglais s'accommodent de ce climat, même si avec votre service en Espagne, j'aurais pensé…

— Ce n'est pas la chaleur, madame, répondit Titus. J'ai mal dormi la nuit dernière, voilà tout.

Il avait, en vérité, passé une très mauvaise nuit. Le regret d'avoir perdu son sang-froid face à Warren et de l'avoir blessé l'assaillait par vagues, se mêlant aux souvenirs de guerre qui hantaient ses cauchemars ; et dans ses rêves agités, il n'avait cessé en même temps de chercher quelqu'un, désespérément, et en vain. Au départ, dans son état de somnolence, il avait associé cette quête à son Titien, mais aux premières heures du matin, assis sur le bord de son lit, baigné du clair de lune et sa tête ébouriffée entre les mains, il avait compris que cette silhouette insaisissable était celle d'Alethea.

Comment avait-il pu simplement la laisser partir sans s'assurer par la suite qu'elle avait atteint sa destination saine et sauve ? Il n'y avait aucune raison de penser que cela ne serait pas le cas, mais voilà que l'image de Mr Darcy, sévère et réprobateur, s'élevait de nouveau dans son esprit. Obnubilé par sa Vénus, Titus avait failli en tant qu'être humain. Alethea devait avoir des ennuis, sans cela elle ne serait pas en train de courir l'Europe en pantalon. Avait-il seulement fait de réels efforts pour découvrir la nature de ses problèmes ? Non. Il avait supposé qu'il s'agissait d'un mariage malheureux, d'une liaison adultère ; il n'avait pas cherché à connaître sa véritable situation.

Elle n'aurait pas aimé qu'il cherche à savoir ce qui l'avait poussée à se lancer dans un plan aussi extravagant ; elle était, suspectait-il, une jeune femme pudique, peu encline à épancher ses malheurs. Pour autant, il aurait pu essayer, mais s'en était abstenu. Sa décision fut prise. Aussitôt que cela serait convenable, il irait voir lady Hermione et lui demanderait l'adresse de son fils en ville. Puis il s'y rendrait, et si cela embarrassait Alethea de croiser un témoin de son incroyable mascarade, tant pis, cela ne l'arrêterait pas.

Il pourrait très bien découvrir qu'ils étaient tous partis pour Vienne ; Camilla Wytton pouvait avoir décidé que son père était la personne la plus apte à s'occuper des problèmes d'Alethea. Cependant, il était d'une autre génération, et le comportement d'Alethea était véritablement choquant ; une sœur affectueuse ne souhaiterait-elle pas taire cette information à leur père ?

— Je désire rendre visite à Alexander pendant que je suis à Venise, annonça-t-il à lady Hermione.

Elle avait demandé qu'on apporte de ce vin blanc léger de Vénétie que tout le monde buvait à Venise, une boisson rafraîchissante par une journée comme celle-ci, et il le sirotait avec gratitude.

Lady Hermione posa son verre.

— Je suis désolée de vous apprendre que vous l'avez manqué. Il est parti pour Rome, avec Camilla, pour un séjour de quelques semaines.

Il était soulagé, bien qu'un peu déçu.

— J'aurais dû lui rendre visite plus tôt, lorsque je suis arrivé à Venise.

— Quand était-ce ?

— Il y a dix jours.

Elle secoua la tête.

— Alors c'était trop tard de toute façon, Camilla et lui sont partis il y a deux semaines.

Chapitre 21

$\mathcal{E}$n entrant dans le théâtre, Alethea passa dans un autre monde, un monde de musique et de commérages, de paillettes et de sueur, d'harmonie et de médisance. Un univers artificiel, avec la scène comme microcosme à part entière au milieu de l'arène plus large de l'auditorium, les planches, tout à fait déconnectées des rues baignées de soleil à l'extérieur.

C'était une entreprise démesurée et éreintante. Sa voix n'était pas au meilleur de sa forme après tout ce temps passé sur la route. Le théâtre San Benedetto était gigantesque, et tout le travail qu'elle avait fait avec Silvestrini ne l'avait pas préparée à de telles exigences vocales. Elle avait une belle voix, c'était un fait que même les moins enthousiastes de ses compères comédiens reconnaissaient à contrecœur ; mais avait-elle de l'endurance ?

Pour un castrat, murmuraient-ils, la voix était sous-développée. Pendant les quelques heures de repos qu'elle avait réussi à obtenir, Alethea avait expliqué cela à Figgins. Celle-ci gardait un œil critique sur les hommes qui interprétaient des rôles féminins, sur les femmes qui revêtaient des hauts-de-chausses masculins pour amuser les foules, et enfin, sur cette lubie italienne qui voulait que des hommes soient émasculés dans le but de préserver leur voix d'enfant.

—Cela ne se fait plus du tout de nos jours ; le peu de castrats qui restent sont des hommes plus âgés.

—Si on peut appeler ça des hommes…, répondit Figgins en reniflant.

—La qualité d'une voix de castrat réside dans la combinaison entre le timbre aigu et pur d'un garçonnet, et le physique, les poumons et le torse d'un adulte.

—Comment se fait-il que ces hommes soient devenus des eunuques ? Est-ce qu'ils ont été capturés par des pirates et sectionnés ?

—L'opération se pratique sur un jeune garçon de neuf ans environ, une incision suffit.

Figgins renifla de plus belle.

—Alors c'est bien dommage que ce soit démodé, car ça rendrait service aux femmes que bien des mâles perdent leurs attributs.

Alethea n'était pas certaine des détails anatomiques des castrats.

—Je crois que, même s'ils ne peuvent pas avoir d'enfants, certains d'entre eux…

Figgins leva les mains.

—Non, ne me dites rien de plus à ce sujet. Pourtant, s'ils peuvent avoir le plaisir sans les conséquences, nous allons devoir fermer cette porte. Je sais quel genre de filles sont ces chanteuses et ces danseuses d'opéra.

Alethea ne pouvait pas en dire autant ; elle était, et se sentait, totalement à part. Le seul lien qu'elle partageait avec les autres chanteurs était la musique. Pour le reste, elle était un intrus, un étranger, un amateur indésirable sans expérience, un phénomène sexuel, un favori de Massetti, et, si avenante soit-elle, elle appartenait à un rang complètement différent. Toute sa bonne volonté et toute sa capacité d'actrice ne pouvaient balayer les années d'éducation qu'elle avait reçues, en tant que fille d'un homme riche, dans une belle maison anglaise.

Sa connaissance du dialecte vénitien s'améliorait considérablement, même si la plus grande partie de son vocabulaire nouvellement acquis était d'un genre qu'elle ne pourrait jamais utiliser dans la bonne société. La moitié des chanteurs, des danseurs, et des musiciens l'observaient avec un dégoût manifeste, sinon avec une curiosité morbide quant à ce qui se trouvait dans son pantalon légèrement bouffant, tandis que l'autre moitié des artistes manifestaient un intérêt lascif à l'égard de son état asexué, et la considéraient comme une proie de rêve.

Elle devait beaucoup à la troublante faculté qu'avait Massetti d'apparaître chaque fois que la situation menaçait de lui échapper. Et aux solutions qu'il apportait lorsqu'elle devait se changer et revêtir des vêtements de femme pour son rôle de page. Il lui avait fourni un paravent, et était invariablement présent pour maintenir les curieux à distance.

Alethea n'avait jamais travaillé aussi dur de sa vie ; elle n'avait jamais terminé une journée aussi épuisée. Elle remerciait le ciel pour les représentations de théâtre amateur auxquelles elle s'était amusée avec ses sœurs à l'époque lointaine de Pemberley : pendant presque toutes leurs vacances avaient lieu des mises en scène d'extraits de Shakespeare, voire de pièces entières d'auteurs contemporains. Elle avait toujours adoré se trouver devant un public, et même si elle avait été trop jeune pour endosser des rôles de premier plan, elle avait beaucoup appris en observant et en copiant les deux ou trois acteurs réellement talentueux que fournissait le voisinage.

Sa tête bourdonnait des notes de Mozart, celles de son propre rôle et celles de tous les autres personnages. Elle bougeait, chantait, mangeait et dormait comme si elle était dans un rêve, tandis que les intrigues et les tensions flottant dans la maison du comte prenaient le pas sur sa propre vie. Pour la première fois, elle prit conscience de ce qu'était l'opéra, comprit que la musique n'était pas qu'une mélodie enchanteresse, que l'œuvre dans son entier était une analyse approfondie et virulente de la nature des hommes, des femmes et du mariage. Les heures n'en étaient que plus irréelles et épuisantes, car sa propre expérience conjugale avait été à ce point hors norme qu'elle n'avait jamais vraiment pris la peine de réfléchir au véritable objet du mariage.

Massetti mit un certain temps à l'amener, à grand renfort de ruses, à se départir de sa réserve anglaise.

— Vous chantez comme une vierge, comme une vieille fille anglaise, se lamenta-t-il lorsqu'ils furent en privé. Et pourtant vous n'êtes pas vierge.

Comment le savait-il ?

— Quel âge avez-vous ? poursuivit-il. Dix-sept, dix-huit ans ? Alors, vous pouvez comprendre la passion de Chérubin pour les femmes, celle-là même que vous ressentez pour un homme, ou pour les hommes. Vous semblez effrayée… Sortez-vous de l'esprit le souvenir de ceux qui vous ont maltraitée, et souvenez-vous du temps où vous aimiez sans crainte et sans chagrin.

Alethea remua tristement ; comment pouvait-il être aussi perspicace quant à son passé amoureux ?

— L'ardeur ! Voilà ce qui doit transparaître chez Chérubin. C'est un mauvais garçon, qui éprouve un désir impérieux envers toutes les femmes qu'il rencontre. Il courtise sans vergogne, désire sans honte. La réserve et la pudibonderie n'ont pas leur place ici ; vous êtes en Italie maintenant, un pays de chaleur et de passion.

— Je ne suis pas pudibonde.

— Vous êtes froide, et votre voix, trop pure, est par conséquent irréelle et peu convaincante. À présent que vous montez sur scène, vous devez jouer, il ne saurait y avoir de retenue. Le rôle exige du cœur, de l'ardeur ; les notes, si belles soient-elles, ne suffisent pas.

Alors, elle exhuma malgré elle la passion qu'elle avait ressentie pour Penrose, le désir ardent, le caractère inconditionnel de l'amour naissant. Elle trouva cela curieusement cathartique ; comme il était étrange de jouer à loisir avec ses émotions ! Et comme il était curieux que les sentiments amers occasionnés par son mariage avec Napier puissent être écartés lorsqu'elle invoquait le souvenir de son attachement pour Penrose, et l'épanchait dans la musique !

— Voilà, vous chantez ! approuva Salvatore Massetti. De cette façon, vous allez émouvoir les spectateurs, et c'est pour cela qu'ils paient.

Alethea se fit la réflexion que non, ils ne payaient pas pour cela. Le public venait pour dévisager un prodige.

Titus avançait à grandes enjambées dans les rues étroites, gravissant et descendant d'un bond les marches raides des ponts en arc ; un homme pressé, se dirent les citoyens qu'il croisa. Les murs lui renvoyaient la chaleur comme s'il traversait une fournaise ; mais il était tellement absorbé par sa destination qu'il ne se souciait pas de la température.

Il n'était pas tout à fait certain que sa visite au domicile de Wytton soit d'une quelconque utilité, mais c'était un point de départ. Alethea avait dû s'y trouver dix jours auparavant. Peut-être qu'un domestique était resté dans la maison, une gouvernante qui aurait accueilli la jeune fille en attendant le retour de la sœur et du beau-frère de cette dernière. De toute façon, c'était le dernier endroit où il savait qu'Alethea s'était rendue, c'était là qu'il devait demander si on l'avait vue.

Aucune gouvernante ne répondit à ses coups de sonnette insistants, ni à ses coups retentissants sur la porte. Après quelques minutes, il renonça et recula, s'abritant les yeux pour regarder en l'air les fenêtres aux volets clos.

Une voix lui parvint depuis un balcon voisin, lui demandant qui il cherchait, et affirmant que les seuls résidents de cette maison étaient les Wytton, qui n'étaient pas à Venise en ce moment.

Titus remercia son interlocutrice pour cette information et déclara qu'il cherchait une connaissance des Wytton, un jeune homme qui serait passé il y avait une dizaine de jours.

— Un Anglais, comme vous ?

Oui, elle se souvenait de lui très clairement, un tout jeune homme, accompagné d'un serviteur. Il avait été très abattu de constater l'absence des Wytton… C'était quelqu'un de la famille, à ce qu'elle avait compris. Elle lui avait suggéré d'essayer une pension près de là, mais quant à savoir s'il avait suivi son conseil… Titus pouvait se renseigner là-bas, s'il le désirait, ce n'était pas loin, la *Pensione Donata*, à deux rues de là, de l'autre côté du pont puis à gauche au niveau de l'échoppe du fabricant de masques.

Titus suivit ces indications et trouva l'établissement, un bâtiment à la façade défraîchie. L'entrée était propre et la tenancière paraissait respectable sous son air morose. Il reprit courage ; si Alethea était là, elle était plutôt en sécurité.

Deux phrases suffirent à détromper ses espoirs. Il était Anglais, n'est-ce pas ? Comme ce voyou de jeune homme qui était parti à la cloche de bois en lui devant deux nuitées… Et ses bagages, qui n'avaient aucune valeur ! Il n'était rien de plus qu'un voleur, elle en était sûre, autrement pourquoi aurait-il une robe de femme enroulée dans sa grosse valise ? Oui, et une autre dans le sac du serviteur. Non, elle n'avait aucune idée de l'endroit où ils pouvaient se cacher, sinon, elle aurait lancé son fils à leurs trousses pour récupérer son dû.

Déconcerté par ce déferlement d'animosité, Titus recula jusqu'à la rue, essayant de reprendre ses esprits. Alethea avait séjourné là, mais pas plus de quelques jours. Il semblait que toutes ses affaires se trouvaient là. Que lui était-il arrivé ? Quelle infortune l'avait éloignée du refuge et de la sécurité de la *Pensione Donata* ? Elle avait eu l'air d'avoir de l'argent. Était-ce simplement qu'elle était venue à en manquer, qu'elle en avait eu juste assez pour atteindre Venise ?

Son sang se glaça dans ses veines à l'idée des dangers qui pouvaient menacer une jeune femme sans le sou et sans amis dans une ville comme Venise. Comment se débrouillerait-elle ? Elle devait avoir d'autres connaissances dans la cité, avoir fait fi de sa discrétion et demandé de l'aide.

Auquel cas, pourquoi n'était-elle pas retournée payer sa note et récupérer ses affaires ou pourquoi n'avait-elle pas envoyé un domestique s'en charger ? Titus savait que les factures impayées n'étaient pas la première préoccupation des jeunes gentlemen, mais elle n'en était pas un, et elle voudrait sûrement récupérer sa valise.

Ou peut-être que non, si elle contenait des vêtements d'homme. Il frappa de nouveau à la porte de la pension. La tenancière le regarda en fronçant les sourcils, qu'elle avait, pour sûr, extraordinaires, et fit mine de lui claquer la porte au nez. Une intention qui changea rapidement à la vue de l'argent qu'il tenait dans la main. Non, elle ne s'était pas encore débarrassée des bagages du jeune vaurien, même si elle allait le faire dès qu'elle aurait un peu de temps devant elle. Combien il lui devait ? Elle fixa une somme modeste qui comprenait, Titus en était certain, un montant pour la gêne occasionnée ; il compta cette somme pièce par pièce dans la main tendue.

On lui claqua la porte au nez, puis, quelques instants plus tard, une fenêtre à l'étage s'ouvrit et une grosse valise qu'il reconnut être celle d'Alethea passa à travers, le manquant de justesse en atterrissant dans un bruit sourd sur le sol. Elle fut suivie par un sac de toile et le fracas retentissant de volets qu'on fermait.

Mourant de chaud, inquiet, et se maudissant d'être à ce point préoccupé par le bien-être d'Alethea, Titus rentra au *palazzo* de Harry, et remit la valise et le sac à un domestique surpris, avec l'ordre de porter ces deux objets dans sa chambre.

Le *signore* était à la maison, il recevait.

La dernière chose que souhaitait Titus était de voir des gens. Il commença à monter l'escalier.

Le *signore* avait demandé à ce que signore Manningtree le rejoigne aussitôt qu'il serait de retour.

Jurant, Titus suivit un autre serviteur dans la grande pièce au plafond haut du deuxième étage.

— Vous voilà, Titus, déclara Harry en levant la main en guise de salutation. Du champagne pour

Mr Manningtree ! Il a chaud et il est épuisé. Qu'étiez-vous en train de manigancer, cher ami ? Lady Hermione est venue nous rendre visite.

Elle était là, en effet, calme et posée, et avait l'air plutôt amusée.

— Vous êtes tellement belliqueux, Titus, observa-t-elle. Vous ne m'aviez pas dit que vous étiez sorti à l'aube pour vous battre en duel.

— C'était le soir, répondit Titus, s'empourprant à l'idée que la rencontre s'était ébruitée aussi rapidement.

— À Venise, nous sommes tous au courant des histoires des autres, expliqua-t-elle. Et il s'agit d'une affaire publique, ce n'est pas comme si vous vous étiez éclipsé sur le continent pour tuer un homme et fuir les répercussions.

— Je suis profondément heureux de n'avoir fait que blesser Warren au bras, confia Titus en saisissant la flûte de champagne qu'on lui tendait, un magnifique verre élancé orné d'or qui mettait en valeur le vin mousseux qu'on avait fait rafraîchir. À votre santé, madame. C'était une histoire stupide, qui me fait honte. J'espère sincèrement qu'elle sera vite oubliée.

— Oh, oui, certainement, dès que le prochain scandale éclatera, confirma tranquillement lady Hermione. C'est sans doute parce que vous êtes parti si précipitamment ce matin que vous avez oublié de me parler du duel.

— Ce n'est pas vraiment un sujet convenable pour les oreilles d'une dame.

— Vous êtes devenu bien pompeux, répliqua-t-elle. Je ne suis pas une délicate demoiselle d'aujourd'hui, merci. Mon époux ne cessait de se battre en duel lorsque je l'ai rencontré ; je me suis réjouie quand ces pratiques ont commencé à se démoder. C'est tellement dangereux ! On peut se faire tuer, ou bien tuer son adversaire, et alors il y a tant de souffrances et d'ennuis en perspective. Qu'a donc fait Warren pour susciter votre colère ? Le bruit court que c'est à cause d'une femme, mais les rumeurs disent toujours cela.

— Nous nous sommes disputés à cause d'un tableau, l'informa Titus. Néanmoins, j'espère que vous garderez cette information pour vous ; cela n'est guère à notre honneur, ni à l'un ni à l'autre.

— Un tableau ! Vous n'êtes pas sérieux.

— Il l'est, il l'est, intervint Harry. (Il fit signe au domestique de remplir de nouveau le verre de Titus.) J'admets que je n'avais jamais entendu parler de cas de duel pour l'amour d'une peinture, mais il faut un début à tout. Le fait est que le père de Titus possédait une œuvre qui se trouvait malheureusement en Italie et non en Angleterre, et que Warren a fait le déplacement à Venise pour l'acheter de manière illicite, tout en sachant pertinemment qu'elle appartenait à la famille Manningtree.

— Une œuvre très spéciale, je présume.

— Un Titien.

— Un Titien ! Vraiment ! Et qui donc avait cette toile en sa possession à Venise ?

— Un certain M. Delancourt, un marchand spécialisé dans ce genre de pièces, répondit Titus.

— Pourquoi Warren a-t-il besoin d'un tableau comme celui-là ? Je n'ai jamais entendu dire qu'il collectionnait les tableaux.

— Il l'a acheté au nom du roi.

— Je vois, c'est ce qui rend toute cette affaire si délicate. Ce Titien, était-ce l'un des nus voluptueux du maître ? Je n'imagine guère Prinny, le roi, comme nous devons l'appeler dorénavant, brûlant de posséder l'un des chefs-d'œuvre religieux de Titien.

— C'est une Vénus, une Vénus allongée.

— Sans le moindre vêtement sur elle, avec une expression très aguicheuse dans le regard et cette couleur de cheveux si chère à Titien ? Avec un ruban bleu autour du cou, et derrière elle, un Cupidon près d'une fenêtre et un oiseau en cage à côté d'un miroir ?

Titus la dévisagea.

— Vous connaissez cette œuvre ?

— Je l'ai entraperçue dans l'établissement de Delancourt lorsque je m'y suis rendue il y a trois semaines environ. Elle était posée sur un chevalet, et un jeune homme peignait, absorbé par sa tâche.

Quelques instants furent nécessaires pour que les mots fassent leur effet. *Un jeune homme qui peignait ?* Il comprit soudain.

— Un jeune homme, qui peignait ? Vous voulez dire qu'il restaurait le tableau ?

— Non. Je veux dire qu'il travaillait sur une toile neuve et qu'il peignait d'après nature, son modèle étant une très belle jeune fille avec des cheveux qui ressemblaient vraiment à ceux représentés par Titien et qui était nue comme un ver. J'ai à peine entrevu la scène, comme je l'ai dit, à travers un jour dans le rideau, et je suis certaine que je n'étais pas censée voir tout cela. J'ai prétendu n'avoir rien remarqué, mais j'ai trouvé cela étrange sur le moment, et je me suis demandé si M. Delancourt manigançait quelque supercherie.

— Il n'espère quand même pas vendre une copie ! s'exclama Titus.

— Je ne vois pas pourquoi il ne le ferait pas, intervint Harry. Je suis sûr que Delancourt a vu votre tableau à un moment ou à un autre, et qu'il était donc en mesure de donner des instructions à son artiste, à son contrefacteur, quant à la composition du sujet. Les plagiaires vénitiens sont très doués, et cela ne poserait aucun problème de reproduire un Titien – cela arrive tout le temps, à ce qu'on m'a dit. Étant donné le secret qui entoure cette transaction, il y a peu de chances que l'acheteur le place à un endroit où les rares personnes capables de l'identifier comme un faux pourraient le voir.

Titus était atterré. Il s'était senti idiot d'avoir provoqué Warren en duel, et il découvrait à présent que le prétendu Titien, ce qu'il avait cru être son Titien, n'était rien de tel, mais un faux. Il avait failli ôter la vie d'un homme pour une simple copie, pour l'ombre, pas pour la proie.

— Vous en êtes sûre, madame ? demanda-t-il.

— Je suis tout à fait certaine que Delancourt peint, ou a fait peindre, autant de toiles qu'il en acquiert par la voie habituelle de ce commerce. N'avez-vous pas senti des relents d'huile de lin quand vous étiez chez lui ? Il se pourrait bien qu'elle soit utilisée pour la restauration ; en tout cas, cet endroit a l'odeur caractéristique d'un atelier d'artiste ; c'est flagrant si vous y êtes habitué. J'ai fait faire mon portrait plusieurs fois, aussi cette odeur m'est-elle tout à fait familière.

Titus se mit à rire.

— Grands dieux ! Alors Warren se retrouve avec une blessure par balle et un tableau qu'il n'osera certainement pas présenter au roi lorsque je lui aurai dit qu'il n'est pas de la main de Titien.

— Justement, intervint Harry, je vous conseille de ne rien lui révéler. Si vous le faisiez, je doute qu'il vous croie, et il sera bien plus délectable pour nous autres de savoir que le roi a déboursé une importante somme d'argent pour une toile sans valeur.

— J'ai fait suffisamment de tort à Warren en essayant de le tuer ; il aurait de sérieux ennuis s'il faisait passer cette peinture pour un authentique Titien.

Harry haussa les épaules.

— C'est son problème. Il s'est engagé dans une transaction qu'il savait douteuse, qu'il en subisse les conséquences. Vraisemblablement, il n'y en aura aucune.

— Les conseillers du roi vont lui dire qu'ils doutent de l'authenticité du tableau.

— Pourquoi en douteraient-ils ? intervint lady Hermione. Je suis d'avis que M. Delancourt est un homme très intelligent. Je suis certaine que ses copies sont vraiment très bonnes, et le souverain ne sera pas le premier Anglais, non, ni le premier Italien ni le premier Français, à suspendre une toile à son mur en étant persuadé qu'elle est de la main d'un maître. Je suis d'accord avec Harry, restez-en là.

Titus les regarda à tour de rôle.

— Vous n'avez aucune moralité, c'est choquant.

— Nous sommes pragmatiques, voilà tout, rétorqua Harry. Et maintenant que vous êtes débarrassé de votre idée fixe, vous allez pouvoir vous poser et profiter des plaisirs de Venise. Car j'espère sincèrement que vous n'êtes pas déterminé à retrouver votre peinture perdue ; le véritable, l'authentique Titien.

— Non.

— Quel est le problème, Titus ? s'enquit lady Hermione. Vous avez exactement la même expression sur le visage que celle que vous avez prise petit garçon quand votre chien préféré a disparu, ou comme la fois où vous avez égaré cette précieuse balle que vous avait donnée votre mère.

—Ah, oui ?

Titus n'aimait pas la perspicacité de lady Hermione, et il n'allait certainement pas discuter avec elle ni avec Harry de la situation fâcheuse dans laquelle se trouvait Alethea. Il se souvenait du chien perdu, qui avait été récupéré après quelques heures dans la grange d'un voisin courroucé ; quant à la balle égarée, elle était tombée d'un arbre quelques jours plus tard, provoquant une violente crise de nerfs chez une jeune servante qui passait par là à ce moment précis.

Il espérait que les choses finiraient aussi bien pour Alethea, mais la situation d'une jeune femme seule et, comme il le craignait, sans le sou dans une ville étrangère, était-elle comparable ?

Lady Hermione lui jeta un coup d'œil et changea de sujet. Harry ou Titus avaient-ils déjà fait la connaissance de Mr Collins, l'évêque de Wroxeter ?

—Un évêque anglican, je présume, répondit Harry. Je suis bien content de dire que je ne connais pas un seul évêque anglais. Je compte quelques jésuites et un cardinal parmi mes connaissances, mais cela ne va pas plus loin. Peut-être Titus connaît-il cet homme ?

—Je n'ai jamais entendu parler de lui.

—Pourquoi cette question ? demanda Harry.

—C'est bizarre, voilà tout. Cet évêque, un homme suffisant et tout à fait sot, est un parent des Darcy ; c'est le cousin de la femme de Fitzwilliam Darcy, comme il me l'a dit lui-même à grand renfort de détails ennuyeux. Vous devez connaître cette famille, Titus.

Bien sûr, puisque Camilla, la femme d'Alexander, est une Darcy, je me suis sentie obligée d'être aimable. Il m'a raconté une histoire des plus étranges, selon laquelle il y aurait un imposteur voyageant à l'étranger, un jeune homme prétendant être un proche parent des Darcy, un neveu, en fait. Mrs Vineham, qui est une vraie commère, a raconté à l'évêque que ce garçon avait été son compagnon de voyage lors de leur traversée des Alpes. Un jeune homme assez agréable, a-t-elle dit, connu sous le nom de Mr Hawkins. Elle a supposé qu'il était le fils de la sœur de Darcy, Georgina. Cependant, l'évêque affirme que Darcy n'a qu'une sœur, et qu'elle n'est mariée à personne du nom de Hawkins, mais à un certain sir Gilbert Gosport, et que leur fils fait actuellement des études au Magdalen College, à Oxford. Son nom est Christopher Gosport, aussi, vous voyez, il n'y a pas matière à confusion ici.

— Je suppose que c'est un parent de Mrs Darcy, répondit Harry qui n'avait pas encore flairé le scandale.

Et Titus pria intérieurement pour que cela n'arrive pas ! *Au diable cet évêque inquisiteur !* Et qu'est-ce qu'un évêque venait donc faire à Venise ? Il ferait jaser Mrs Vineham, et c'était une femme perspicace, qui pourrait bien faire le rapprochement.

— Non, non, Mr Collins est certain que ce n'est pas le cas. Et ce n'est pas tout, car l'ecclésiastique m'a dit qu'il n'y a pas deux jours de ça, il a croisé un jeune homme qui était le portrait craché de Darcy. Ils se sont rentrés dedans, et il s'apprêtait à présenter ses excuses lorsqu'il a été frappé par la ressemblance. Avant qu'il ait pu dire quoi que ce soit, ou demander au garçon qui il était, celui-ci avait lâché une grossière exclamation – c'est ce qu'affirme l'évêque, mais je suis sûre qu'il est extrêmement susceptible – et s'était sauvé comme un lièvre effarouché.

— Le mystère n'en est pas un, déclara Harry. Cet insaisissable Mr Hawkins est un bâtard de Darcy.

— Camilla ne m'a jamais parlé de l'existence d'une telle personne.

— Elle a trop de délicatesse d'esprit pour cela ; ou bien peut-être qu'elle ne sait pas qu'elle a un demi-frère illégitime.

Lady Hermione rit.

— De la délicatesse d'esprit ! Vous tenez des propos bien moyenâgeux, Harry ! Je suis bien contente de dire que Camilla n'est pas pudibonde, et ce n'est pas quelque chose qu'elle cacherait à Alexander. Alors vous avez sans doute raison, elle ne doit pas connaître l'existence de ce garçon. Mrs Vineham dit que ce n'est qu'un jouvenceau et qu'il ne doit guère avoir plus de dix-sept ou dix-huit ans, ce qui rend cette affaire encore plus choquante, puisque l'aînée des demoiselles Darcy a bien vingt-trois ans. Selon moi, ce ne sont que des racontars, Mr Darcy n'est pas ce genre d'homme. Et j'ai de l'expérience dans ce domaine, car mon mari était un coureur invétéré. C'est autant une question de tempérament que d'éducation, vous savez.

Titus voyait à l'expression de Harry que son ami n'était pas dupe : pour lui, tout homme était ce genre d'homme.

— Il y a deux jours, avez-vous dit ? Le garçon avait-il l'air particulièrement bouleversé ?

— Pourquoi l'aurait-il été ? Oh, parce qu'il s'est enfui en courant… Je suis certaine que cela ne signifie rien ; vous savez comme ces ecclésiastiques aiment à flairer les mauvaises actions. Si ce jeune homme se révélait être un Darcy, sinon de nom, du moins de naissance, il serait très regrettable que ce secret éclate au grand jour.

— Où l'évêque a-t-il fait cette étrange rencontre ? demanda Titus.

— Il me l'a dit, mais je n'écoutais pas : il est tellement pénible quand il discourt de façon pédante à propos de tout et de rien ! Cela a-t-il une importance ?

L'esprit de Titus était en ébullition. Il se pourrait que Mrs Vineham mentionne que lui aussi faisait partie du groupe de voyageurs qui comptait le prétendu Mr Hawkins. Auquel cas, lady Hermione trouverait cela incroyable qu'il n'y ait pas fait allusion.

— J'ai voyagé avec Mrs Vineham et lord Lucius, et d'ailleurs, George Warren était aussi des nôtres, de même qu'Emily et son nouvel époux. Je n'ai pas fait particulièrement attention à Mr Hawkins ; c'est un jeune homme de bonne famille, qui voyage à l'étranger pour rejoindre une cousine, je crois. Il a effectivement reconnu qu'il avait un lien avec la famille Darcy ; la ressemblance était là, mais pas aussi marquée que semble le penser votre évêque. Je ne me souviens pas qu'il ait prétendu être un neveu. Je pense que Lavinia Vineham cherche à semer la zizanie.

— Alors ça, je veux bien le croire ! s'écria lady Hermione.

Comme Alethea avait dû prendre peur en croisant son ecclésiastique de cousin, ici, à Venise, un homme qui avait toutes les chances de la reconnaître immédiatement ! Inexplicablement, Titus se sentit plus joyeux d'apprendre qu'Alethea était saine et sauve, et qu'elle avait toute sa présence d'esprit pas plus tard que deux jours auparavant. Il semblait qu'elle n'était ni morte, ni dans le dénuement le plus complet. La scélérate !

Elle avait sûrement fui l'évêque avant de s'écrouler de rire une fois en sécurité.

Lady Hermione s'était levée et s'apprêtait à s'en aller, mais pas avant d'avoir rappelé à Harry qu'elle invitait les deux gentlemen à l'accompagner à l'opéra.

—Il s'agit d'une représentation de Mozart, disait-elle à présent à Titus. Avec un Chérubin remarquable, à ce qu'il paraît.

Titus, qui adorait la musique et qui s'efforçait de ne jamais manquer un *Figaro*, accepta l'invitation avec un plaisir véritable, et Harry, après avoir déclaré qu'il préférait de loin les opéras italiens plus modernes, annonça qu'il serait néanmoins des leurs.

—Car lady Hermione rassemble toujours autour d'elle une foule de gens intéressants, dit-il après qu'elle fut partie. On est assurés de se divertir en sa compagnie.

Figgins habillait Alethea, cette tâche pouvant difficilement être confiée à quelqu'un d'autre. La jeune fille, pour qui la vie du théâtre était un véritable enchantement, en dépit de l'hostilité manifeste de ses camarades musiciens, ne comprenait pas la désapprobation continuelle de sa femme de chambre.

—J'ai honte d'être ici, parmi ces actrices et ces danseuses, déclara Figgins. Elles jouent peut-être des rôles de comtesse et de Dieu sait quoi, mais pour autant, ce n'est pas un endroit où vous devriez chanter, et rien de ce que vous pourrez avancer ne me fera changer d'avis. Chaque fois que je pense à ce que lady Fanny dirait, si elle l'apprenait, ou Mr Fitzwilliam…

Elle ferma les yeux d'horreur.

Alethea savait parfaitement ce que dirait son cousin Fitzwilliam. le gentleman était un modèle de rectitude conjugale, aux opinions tranchées – selon lui, les femmes avaient besoin d'être conseillées, protégées et guidées – et serait pris d'une attaque s'il avait la moindre idée de ce qu'elle manigançait. Le simple fait qu'une jeune femme revête des vêtements d'homme l'horrifierait ; l'initiative de fuir un époux et de voyager seule à l'étranger dépasserait même son entendement ; quant à chanter un rôle masculin, en public, à Venise… Non, elle préférait ne pas imaginer la réaction de son oncle.

Lady Fanny serait choquée, Letty serait à la fois outrée et pétrie de vertu indignée, et pour ce qui était de ses parents, mieux valait ne pas songer aux sentiments et aux opinions que les actes de leur fille leur auraient inspirés. Alethea savait en son for intérieur que même Camilla et Wytton trouveraient son apparition publique dans un opéra tout à fait abominable.

Mais quel autre choix avait-elle ? Valait-il mieux mourir de faim ? Ou se prostituer ? Au moins de cette manière pouvait-elle gagner l'argent dont Figgins et elle avaient besoin pour survivre, et ce de façon respectable, jusqu'au retour de sa sœur à Venise.

De plus, elle n'aurait manqué cette occasion pour rien au monde. Cela la fascinait de se retrouver parmi des femmes qui gagnaient leur pain, n'en déplaise aux critiques de Figgins sur ce mode de vie ; d'ailleurs, beaucoup de ces chanteuses étaient des épouses, avec des enfants, menant une existence très ordinaire lorsqu'elles étaient loin des feux de la rampe et du maquillage. Les hommes étaient indépendants ; même s'ils avaient un revenu satisfaisant, ils pouvaient exercer le droit ou entrer en politique ou dans la marine, ou, à un niveau plus bas de l'échelle sociale, pratiquer quantité de métiers ou d'activités. Les dames du rang d'Alethea pouvaient écrire – si, à l'instar de Miss Griffin, elles avaient un don pour cela – ou devenir préceptrices, et c'était tout. Où était la justice dans tout cela ?

Figgins, les lèvres pincées, ajusta les hauts-de-chausses d'Alethea et ferma les yeux lorsque sa maîtresse entreprit de créer un renflement réaliste avec un mouchoir chiffonné.

— Je suis obligée de le faire, avec ces culottes moulantes, sans cela on va comprendre que je suis une femme qui se fait passer pour un castrat. Si cela arrivait, on me jetterait probablement des œufs et des tomates pourris, et cette idée ne me plaît pas du tout.

— Le public ne ferait jamais ça !

— D'après Massetti, les spectateurs italiens sont extrêmement versatiles, et démonstratifs, dans leur appréciation comme dans leur mépris.

Figgins ne faisait pas confiance à Salvatore Massetti, non, pas le moins du monde. C'était un étranger intrigant et retors, qui ne voulait aucun bien à Alethea, et cette dernière se délectait trop de ces inepties théâtrales pour s'en rendre compte. Il était vrai qu'il leur avait donné une somme d'argent très raisonnable, mais Figgins doutait qu'elles voient jamais l'ombre d'un autre penny. Une fois la représentation terminée, et quand il n'aurait plus besoin d'Alethea, il ne voudrait plus entendre parler d'elle.

Elle aida Alethea à enfiler son manteau, une redingote jaune qui se portait par-dessus un gilet très chic. Elle devait admettre, en reculant pour admirer son œuvre, qu'Alethea faisait un jeune homme convaincant et impressionnant. Ses sourcils droits, qui lui conféraient un air magistral, y contribuaient, ainsi que sa silhouette filiforme et ses longues jambes, à peine galbées ; voilà ce qu'on gagnait à laisser le chagrin vous ôter l'appétit.

Au moins n'était-elle pas malheureuse à présent. Non, loin de là : elle était surexcitée et jubilait. Eh bien, Figgins avait vu cette étincelle dans son regard par le passé : il y aurait des pleurs et des grincements de dents, comme disait toujours maman.

— Je crois que je vais être malade, annonça Alethea.

— Pas dans ce manteau, certainement pas, répondit Figgins en le lui enlevant d'une main et en lui faisant passer une bassine de l'autre. C'est de la nervosité, voilà tout. Vous n'avez pas le tempérament pour tout cela, pas comme ces filles qui s'exhibaient déjà sur scène alors que vous appreniez encore à broder ; elles sont conditionnées pour ça, pas vous.

— Ne soyez pas si rébarbative, rétorqua Alethea, à présent pâle comme un linge. Massetti dit que ça passera dès que j'aurai commencé à chanter.

Figgins récupéra la bassine et entreprit d'arranger la cravate d'Alethea.

— Faites attention à cette gamine qui joue Susanna, c'est une petite effrontée. Elle a les mains baladeuses, elle n'hésitera pas à vous tripoter pour voir de quoi il retourne si vous la quittez des yeux un instant, et alors votre masque tombera en même temps que ce mouchoir caché dans vos hauts-de-chausses.

— Je me tiendrai sur mes gardes, promit Alethea. Écoutez, c'est l'ouverture, je dois y aller. Ne me souhaiterez-vous pas bonne chance ? Vous allez devoir regarder le spectacle depuis les coulisses, et vous tenir prête avec ma robe.

Figgins redoutait chaque moment de la représentation. Elle était submergée par la peur : la peur du scandale, la peur que Miss Alethea chante si mal que les gens la sifflent et la fassent sortir de scène sous les huées, la peur que la jeune fille oublie les paroles ; comment pouvait-on se souvenir de toute cette musique sans se tromper ? Elle retiendrait son souffle jusqu'à ce que le rideau soit baissé sur ces maudits paysans se pavanant sur les planches, et que, Dieu merci, tout soit terminé.

Massetti était satisfait du public, une salle comble, murmura-t-il au baryton qui passait par là. Toute sa publicité avait été payante ; un jeune castrat frais et dispos avait l'attrait de la nouveauté, le projet se révélait rentable.

Il était content d'Alethea, également, put remarquer Figgins au sourire qui oscillait sur ses lèvres minces. Il claqua des doigts avec délices au tonnerre d'applaudissements qui éclata après que Chérubin eut chanté son premier solo ; il est vrai que c'était un air assez entraînant, mais Figgins espérait ne plus jamais l'entendre après cela.

Le dernier acte débuta ; le décor tranchait avec l'obscurité de la nuit, une obscurité dont les mots et la musique se faisaient l'écho, produisant un contraste éclatant avec le comique intrinsèque de la pièce. Figgins ne remarqua rien de tout cela, elle comptait simplement les minutes qui la séparaient du tomber de rideau.

— Tiens donc, dit une voix froide et familière à son oreille. Mr Figgins, n'est-ce pas ? Je souhaite m'entretenir avec votre maîtresse. Va-t-elle sortir de scène par ici ?

— Oui. C'est-à-dire… Je ne vois pas de qui vous voulez parler.

— Oh, mais si, répondit Titus sur un ton qui fit regretter à Figgins d'être née.

« Ma très chère Hermione,

Je ne vous écris qu'un petit mot, en vitesse, pour vous conter quelques nouvelles que je viens d'apprendre et qui pourraient intéresser Camilla, car elles concernent son père et sa sœur.

Le secrétaire de Mr Darcy à Vienne s'appelle Charles Ingham, et c'est un neveu de Freddie ; un fils cadet, vous savez, destiné à une carrière dans la diplomatie. Il a eu récemment l'occasion d'écrire à Freddie à propos d'une affaire de famille, et a mentionné en passant une chose étrange qui s'est produite. Mr Napier s'est rendu à Vienne où, contre toute attente, il n'est pas directement allé voir Mr Darcy, mais a demandé partout si quelqu'un avait vu sa femme !

Cela est arrivé jusqu'aux oreilles de Charles qui, intrigué, s'est arrangé pour rencontrer Napier, lequel l'a interrogé fort longuement, l'accusant presque de mentir ; seul le fait que Mr et Mrs Darcy ne se trouvaient pas à Vienne à ce moment-là, puisqu'ils étaient de nouveau partis en Turquie, l'a convaincu que Charles disait la vérité.

Il semblerait que Napier ait exprimé son intention de se mettre en route pour Venise, pour rendre visite aux Wytton, lesquels devaient, il n'en doutait pas, cacher son épouse. Bien sûr, Charles s'est montré très intéressé de savoir pourquoi Mrs Napier devrait se cacher de lui, mais à ce moment-là Napier s'est aperçu qu'il en disait trop et il est parti, pour reprendre les mots de Charles, « comme s'il avait le diable aux trousses ».

Alors, où peut donc être Alethea ? Elle est soi-disant revenue en Angleterre après avoir séjourné chez Georgina Mordaunt à Paris, mais si c'est bien le cas, elle n'est pas retournée à Tyrrwhit House. Napier a réussi à dissimuler son absence continue et a manifestement l'intention de la localiser.

Je sais que vous me l'auriez dit si elle s'était trouvée à Venise. Je me demande vraiment où elle est passée. Est-il possible qu'elle se soit enfuie avec un homme ? Je tremble en pensant à la réaction de Mr Darcy si cela était avéré.

Néanmoins, vous voilà à présent prévenue, car Napier semble d'une humeur fort désagréable, et il est probable qu'il finisse par se présenter à votre porte. Écrivez-moi dès qu'il le fera, car ma vie est sinistre en ce moment et j'attends avec impatience toutes les nouvelles croustilleuses du reste du monde.

Votre amie, toujours aussi dévouée,
Belinda »

Quatrième partie

Chapitre 22

*Ê*tes-vous obligée de bâiller ainsi ? La voix de Titus trahissait toute sa colère envers Alethea, même s'il voyait bien qu'elle était exténuée. Peut-être était-ce le cas de tous les chanteurs, nuit après nuit ; pas étonnant qu'ils soient si lunatiques. Ou étaient-ce la nouveauté, le manque d'expérience, et le fait d'avoir interprété ce rôle alors qu'elle avait les nerfs à vif, qui l'avaient tant affaiblie, mentalement, physiquement et émotionnellement ?

— Je ne comprends pas comment vous avez pu élaborer un plan aussi farfelu.

— Mr Manningtree, déclara-t-elle dans un autre prodigieux bâillement, vous m'avez traînée jusqu'ici par la force, vous m'avez enlevée, pour tout dire, et lorsque Figgins et moi essayons de partir, vous nous en empêchez.

— Certes, nom de Dieu ! Il n'est pas question que vous me faussiez compagnie. J'ai parcouru tout Venise à votre recherche, mon inquiétude grandissant un peu plus chaque jour. J'avais tellement peur que… mais peu importe ! Vous pouvez attendre ici jusqu'au retour de lady Hermione, qui ne saurait tarder à présent. Elle ne doit pas être partie bien longtemps après nous.

— Lady Hermione ?

— Lady Hermione Wytton, la mère d'Alexander Wytton. Vous ne la connaissez pas ? (Ils entendirent des voix et des pas rapides à l'extérieur.) La voilà qui arrive justement.

— Ça, par exemple ! s'écria lady Hermione en entrant comme une bourrasque dans la pièce. Chérubin, rien que ça ! Quel plaisir vous nous avez procuré ce soir, quelle voix !

— Madame, puis-je vous présenter Mrs Napier ? dit Titus.

Alethea sembla avoir cessé de respirer, et la couleur disparut subitement de son visage. Affolée, elle se leva et fit face à Titus.

— Comment avez-vous su ? Ne me dites pas que vous êtes un ami de mon mari ? Vous n'aviez aucune raison valable de me poursuivre et de me trahir ! (Trop consternée pour être polie, elle ignora lady Hermione.) Ne m'appelez pas par ce nom, ou c'en est fait de moi !

— Mrs Napier ? Bonté divine ! Mais vous n'êtes pas du tout un garçon ! Vous êtes Alethea, Alethea Darcy. Maintenant que je vous regarde bien, c'est évident. Avec le maquillage vous êtes très différente, mais on croirait voir votre père ! Nous ne nous sommes jamais rencontrées toutes les deux, ce que je déplore, car je sais à quel point Camilla est attachée à vous. Ma chère, je vous en prie, ne pleurez pas.

— Je ne pleure pas, rétorqua Alethea en se passant rapidement la main sur les yeux. C'est seulement que j'ai fait tellement d'efforts pour maintenir mon déguisement, et à présent, tout cela est vain. Quand avez-vous découvert mon identité, monsieur ?

— J'ai su que vous n'étiez pas un homme dès notre première rencontre à Paris. Votre ressemblance avec

Mr Darcy vous a trahie, nul besoin d'avoir inventé la poudre pour en déduire qui vous étiez.

— Monsieur, vous ne comprenez pas bien ma situation. Personne ne doit savoir que je suis ici, pas en tant que Mrs Napier, à aucun prix ! Oh ! pourquoi a-t-il fallu que vous vous en mêliez ? Qu'est-ce que cela peut bien vous faire qui je suis ou ce que je fais ? Pourquoi m'avez-vous pourchassée ?

— Dès que j'ai appris que les Wytton n'étaient pas à Venise, j'ai entrepris de vous retrouver. Une jeune femme bien née, seule à Venise ! C'est impensable ! Je connais votre père et Wytton est l'un de mes plus anciens amis, tout homme d'honneur en aurait fait autant.

— Et à présent, tout cela va se savoir, et je vais être déshonorée, complètement déshonorée !

— Que diable espériez-vous en désertant ainsi votre mari et en voyageant, déguisée en garçon, à travers l'Europe ?

— Est-ce là ce que vous avez fait ? s'écria lady Hermione. Je suis stupéfaite, ma chère, stupéfaite ; quelle intrépidité ! Comment vous êtes-vous débrouillée ? Vous devez me raconter tout cela, mais d'abord, je vais commander quelques rafraîchissements. Vous avez l'air d'avoir besoin de vin et de nourriture.

— Au préalable, Mrs Napier devrait ôter ces vêtements de pantomime, et revêtir des habits plus adaptés à son statut de femme et à son rang, intervint Titus.

La vision de la jeune fille dans son manteau de velours et ses hauts-de-chausses ajustés offensait sa susceptibilité – cette jeune fille n'avait-elle donc aucune pudeur ?

Elle leva le menton, et le regarda posément.

— Je n'ai pas de robes, et si j'en avais une, je ne la porterais pas. Grands dieux ! comme vous me compliquez les choses ! Ma redingote, mon pantalon et ma chemise sont tous au théâtre.

— On a fait apporter votre valise, elle devrait être ici à présent.

— Ma valise ?

— Vous l'aviez laissée à la *Pensione Donata*. Je suppose que vous vous êtes trouvée à court d'argent ? Entreprendre un tel voyage sans avoir suffisamment d'argent pour subvenir à ses besoins : voilà un comportement bien féminin.

— Ce n'est pas vrai, intervint Figgins, qui avait observé sa maîtresse en silence. Elle avait de l'argent, et plus qu'assez, et vous n'avez pas le droit de dire des choses pareilles ! On a volé Miss Alethea, on l'a violemment agressée et volée !

— Non ! s'exclama lady Hermione, horrifiée. Est-ce pour cela que vous chantiez à l'opéra ce soir ? Pour de l'argent ?

— Bien sûr.

La voix d'Alethea était sereine, mais le regard qu'elle lança à Titus le mit au défi de faire un commentaire ou d'y trouver à redire.

— Il ne vous est pas venu à l'esprit de demander de l'aide à l'une des nombreuses familles anglaises établies à Venise, qui connaîtraient votre père et votre mère, et…

— Et qui auraient ébruité l'histoire à travers toute la ville et jusqu'en Angleterre en un clin d'œil, déclara lady Hermione. Cela suffit, Titus. Alethea s'en est sortie magnifiquement, vraiment, c'est une jeune femme courageuse. Voilà un domestique. Un verre de vin vous redonnera des forces, puis il faudra que vous mangiez.

— J'ai été malade avant de chanter, répondit Alethea en observant les plats de viandes froides et de fruits. Le trac. Alors j'ai très, très faim.

C'en était trop, pensa Titus avec indignation. Se comporter de façon scandaleuse au point de transgresser les principes de son éducation et de la société à laquelle elle appartenait, et ensuite annoncer calmement qu'elle avait faim ! N'avait-elle donc pas honte de ce qu'elle avait fait ?

Visiblement pas. Pouvait-on confier le secret d'Alethea à lady Hermione ? Sans le moindre doute. C'était l'une de ces rares femmes vers qui un homme pouvait se tourner pour demander de l'aide dans une pareille crise. Emily en était une autre, mais Emily n'était pas là, et Emily ne faisait plus partie de sa vie. Pourtant, pourquoi avait-il besoin du secours de lady Hermione ? Comment s'était-il retrouvé impliqué dans cet imbroglio, où tous les ingrédients du plus détestable des scandales étaient réunis ?

— Il est impossible pour Mrs Napier…

— J'aimerais que vous ne m'appeliez pas comme cela, précisa Alethea tout en mâchant une grosse bouchée de jambon. Miss Darcy, je vous prie, ou Alethea… Je n'ai pas d'objection à ce que vous utilisiez mon prénom.

— Peut-elle rester avec vous pour le moment ? Il n'y a aucune femme chez Harry… D'ailleurs, comment vous êtes-vous débarrassée de lui ?

— Il a rencontré un ami, et tous les deux avaient l'intention de faire un tour dans les coulisses, pour lorgner les danseuses d'opéra, je suppose, et tenter d'apercevoir le castrat.

Titus soupira.

— Vous voyez, madame, sermonna-t-il Alethea, avec le genre de compagnie que vous vous êtes permis, à quels dangers vous vous êtes exposée.

Elle lui lança un regard très direct.

— On peut s'exposer à bien pire sans mettre un pied dans un théâtre, et même, sans mettre un pied dehors.

— Titus, cessez donc, l'admonesta lady Hermione. Alethea a traversé suffisamment d'épreuves sans que vous lui fassiez la morale. Depuis quand êtes-vous devenu si remarquablement vertueux et moralisateur ?

Titus fut réduit au silence. Il ne voulait s'admettre à lui-même, et encore moins avouer à lady Hermione, qu'il détestait l'idée que les gens regardent Alethea, qu'il avait détesté la voir au centre de toutes les attentions lorsqu'elle était sur scène et qu'il s'était détesté d'avoir ressenti, malgré lui, de l'admiration pour la façon dont elle avait chanté. Entreprendre un plan aussi fou dépassait déjà toutes les compétences imaginables chez une jeune femme, mais quant à mener ensuite à bien son projet, et à chanter d'une façon aussi émouvante… voilà qui était impardonnable !

— Vous n'écoutez pas ce que je vous dis.

Les mots de lady Hermione le tirèrent de sa rêverie ; il sursauta et présenta ses excuses.

— C'est impossible, dans ces circonstances, commença-t-elle.

Ils entendirent des voix, des bruits de pas sur le marbre à l'extérieur, des pas lourds, un craquement de chaussure.

— Mon Dieu, nous sommes complètement perdus ! s'écria lady Hermione.

Titus la regarda, étonné. Avait-elle un amant ? Qui lui rendait visite à cette heure ? Cela n'était pas inconcevable, même si elle n'était plus de première jeunesse, mais au fond, il n'avait jamais imaginé... Quelqu'un de peu recommandable, peut-être, il connaissait des dames qui se satisfaisaient auprès d'un jeune et beau gondolier, ou... Non, la voix s'exprimait en anglais, bruyamment et posément, de manière à se faire comprendre du domestique italien, et disait que les instructions de lady Hermione de refuser l'entrée aux visiteurs ne s'appliquaient pas à lui, qu'il était un invité, pas un visiteur.

Alethea semblait pétrifiée. Ah! Son insouciance n'était donc pas à toute épreuve! Cependant, pourquoi un tel affolement? Cela ne l'avait pas dérangée de se faire passer pour un homme auprès d'Anglais auparavant. Était-ce à cause de considérations vestimentaires? Le manteau et les hauts-de-chausses qu'elle portait étaient certes outranciers, mais c'était, après tout, la ville des masques et des costumes.

Lady Hermione et Figgins tirèrent un grand panneau qui se trouvait contre la cloison. Il représentait un paysage pastoral avec des nymphes, une peinture de style classique, et était assorti aux élégantes silhouettes en trompe-l'œil sur les murs. Alethea se précipita derrière le panneau, juste au moment où la porte s'ouvrait pour laisser entrer un ecclésiastique à la démarche pesante, à la poitrine parée de pourpre et au visage rose.

Le visage tout aussi rose, Alethea émergea de sa cachette une quinzaine de minutes plus tard, après que lady Hermione eut finalement réussi à se débarrasser de l'importun. La jeune fille devait ses couleurs à une hilarité réprimée; elle y succomba en se laissant tomber dans un fauteuil.

Titus, indigné d'avoir à passer ne serait-ce que cinq minutes en compagnie d'un individu pareil, demandait à lady Hermione quel démon avait bien pu la posséder pour qu'elle accepte d'héberger ce raseur insipide. Puis il se tourna vers Alethea.

— Cet évêque est votre cousin, je présume ?

— Oui, répondit Alethea quand elle put cesser de rire. Et c'est un homme tout à fait épouvantable, n'est-ce pas ? Il est si pontifiant ! Et toujours en train de faire la morale… Comme nous redoutions ses visites autrefois !

— Je suis surpris que votre père lui ait autorisé l'accès à votre maison.

— Il est impossible de le garder à distance. Cousin Collins est quelqu'un de très obstiné dans son genre. Sa femme, Charlotte, est une très bonne amie de maman, alors elle est contrainte de le supporter. Papa était rarement là quand il venait, il paraissait toujours avoir une affaire urgente en ville en ces occasions. Mon cousin rend également des visites à mon grand-père, dans le Hertfordshire, car il héritera de la propriété là-bas, un bien inaliénable, ou quelque chose comme ça. Il a du mal à croire que grand-père soit en aussi bonne santé… Je suis certaine qu'il espérait prendre sa place il y a bien des années.

— C'est le genre d'homme à qui il ne sert à rien de résister, confirma lady Hermione. Il a annoncé son arrivée à Venise en me faisant part de son intention de résider chez moi sous prétexte que nos familles sont maintenant liées ; je n'ai guère pu le lui refuser, tant il est inflexible. Je suppose que c'est comme cela qu'il est devenu évêque.

—Je n'ai jamais eu beaucoup d'estime pour la charge épiscopale, dit Titus, mais comment un individu pareil a atteint une telle éminence, je ne peux me l'imaginer.

—Ce n'est pas un véritable évêque, précisa Alethea. Il ne siège pas à la Chambre des Lords, chose qu'il adorerait… Je ne pense pas qu'il s'y distinguerait, ils sont tous tellement ennuyeux.

—Pas un véritable évêque ? Vous voulez dire qu'il ne fait que s'habiller comme s'il en était un ? Les parades vestimentaires semblent être monnaie courante dans votre famille.

Alethea trouvait que son esprit ne fonctionnait pas aussi clairement qu'elle l'aurait souhaité, et pour le moment, il lui paraissait impossible d'expliquer ce qu'elle voulait dire.

—C'est l'évêque de Wroxeter, dit lady Hermione, pas de Gloucester ou de Durham ou d'un évêché de cette envergure. Pouvons-nous laisser Mr Collins de côté pour l'instant ? Comme vous l'avez entendu, il s'est retiré pour la nuit, et semble parti pour plusieurs heures de prodigieux ronflements. À présent, vous comprenez pourquoi Alethea ne peut pas rester ici avec moi.

—Je ne parviendrai pas à me faire passer pour Mr Hawkins devant lui, déplora Alethea, pas même une minute. Il a beau être un homme stupide, il ne l'est pas à ce point. Je l'ai heurté de plein fouet l'autre matin, et j'ai dû m'enfuir à toutes jambes avant qu'il me reconnaisse.

—C'est le genre d'invité rôdeur, qui fourre son nez partout où il n'a pas lieu d'être, ajouta lady Hermione. Alethea peut dormir ici cette nuit, et en effet, je pense qu'elle est sur le point de s'endormir sous nos yeux, mais il est trop risqué pour elle de demeurer plus longtemps.

N'ayez pas l'air aussi en colère, Titus, je vais trouver une solution. À présent, allez-vous-en, et vous pourrez revenir demain matin. L'évêque se met en route pour plusieurs heures de visites chaque matin à 10 heures ; il adore faire le tour des églises et s'offusquer de tout le catholicisme ambiant. J'ai cru que j'allais devoir lui faire respirer des sels lorsqu'il est revenu de Saint-Marc.

Alethea, bâillant une nouvelle fois avec ostentation, souhaita froidement et d'une voix ensommeillée la bonne nuit à Titus, et suivit son hôtesse hors de la pièce.

Combien il était agréable, délicieux même, de se réveiller dans un lit confortable, entre des draps propres, avec une femme de chambre souriante qui ouvrait les volets et vous proposait une tasse de chocolat chaud !

Le chocolat fut suivi d'un plateau où étaient disposés des petits pains, des confitures, des fruits et une cafetière. Alethea dévora tout jusqu'à la dernière miette, et s'adossa sur les oreillers moelleux pour réfléchir à sa situation.

— Vous allez devoir porter cette robe vieillotte qui était dans votre valise, dit lady Hermione en entrant avec Figgins. Car vous êtes bien trop grande pour entrer dans aucun de mes vêtements.

— Faut-il vraiment que je m'habille en femme ?

— Oui, car je pense qu'il est temps que Mr Hawkins et Chérubin disparaissent tous deux.

Alethea soupira et regarda la tenue que Figgins avait étendue sur le lit.

— Il est tellement confortable de porter un pantalon et des hauts-de-chausses, madame.

— Une robe sera plus fraîche par cette chaleur, vous verrez. Et vous ne pouvez pas être un homme pour toujours ; vous ne pouvez pas devenir un homme.

Alethea souhaita de nouveau, comme elle l'avait souvent rêvé auparavant, être née garçon. Comme sa vie aurait été différente ! Comme tout était différent pour ses jeunes frères, comme on encourageait leur indépendance, quelle liberté ils auraient en comparaison avec son monde étriqué ! Pour la première fois depuis qu'elle s'était enfuie de Tyrrwhit House dans cette voiture, elle se sentait complètement perdue.

— Je ne sais pas quoi faire, dit-elle en entortillant les beaux draps en lin entre ses doigts. Dans combien de temps Camilla reviendra-t-elle ? Peut-être pourriez-vous me prêter assez d'argent pour aller jusqu'à Vienne ?

Lady Hermione s'installa sur le tabouret de velours qui était placé entre les fenêtres.

— J'ai justement des nouvelles de Vienne pour vous.

Elle lança un regard en direction de Figgins.

— Je n'ai pas de secrets pour Figgins, la rassura immédiatement Alethea. C'est ma confidente, et je n'aurais pas survécu sans elle.

— Très bien, alors je vais vous donner les derniers échos de Londres, où une très bonne amie me tient informée de tout ce qui se passe en ville. Il semblerait que votre mari, ce Mr Napier, soit en route pour Venise.

Alethea pâlit et plaqua ses mains contre sa bouche. *Napier, ici, à Venise ?*

— Avec ma chance, je vais tomber sur lui à la minute où je mettrai le pied dehors. Que puis-je faire ? Où puis-je aller ?

— C'est ce dont nous devons discuter. Attendez, cependant, il y a d'autres nouvelles de Londres, et il vaut mieux que vous les entendiez. Il y a de fortes rumeurs concernant une séparation entre vous et Mr Napier, et les gens disent que vous vous êtes enfuie avec un autre homme. Londres adore les scandales, surtout les scandales adultères, et les membres de la bonne société sont si terre à terre qu'ils se jettent avidement sur les histoires de ce genre.

Alethea resta silencieuse un moment. Cela avait été prévisible. Tôt ou tard, son absence, même de la forteresse de Napier à la campagne, serait remarquée et commentée. Mais ces ragots étaient le cadet de ses soucis.

— N'y a-t-il aucune possibilité de réconciliation entre Mr Napier et vous ? Vous pourriez peut-être le rencontrer ici, avec d'autres personnes présentes si besoin est, moi-même, ou votre cousin.

— Cousin Collins ! Je ne crois pas. Non, madame, je ne vivrai plus jamais auprès de Mr Napier. Plus jamais. Cela m'est égal si je dois vivre recluse et déshonorée pour le restant de mes jours. Rien ne pourrait être pire que de retourner auprès de lui et d'être derechef sous sa coupe. Je crois sincèrement qu'il finirait par me tuer.

Alethea regretta d'avoir laissé échapper ces mots. Ils avaient un accent mélodramatique, et elle n'avait pas envie d'aborder les horreurs de son mariage avec une femme qui, si bienveillante et bien intentionnée soit-elle, restait une étrangère.

Lady Hermione ne s'embarrassait pas de telles inhibitions. Elle était décidée à aller au fond des choses. Titus pouvait bien justifier ce comportement par une éducation négligente ainsi qu'une disposition à l'indiscipline et à l'insouciance ; elle savait reconnaître le désespoir et le chagrin profond quand ils se présentaient à elle – et aucun de ces deux états ne semblait naturel chez une jeune personne du tempérament et du caractère d'Alethea.

— Vous allez tout me raconter, déclara-t-elle avec fermeté.

Quelle différence faisait une robe ! pensa Figgins en attachant celle, toute simple, d'Alethea.

— Oh, comme cela est étouffant après le pantalon de devoir de nouveau porter des jupons !

Figgins était parfaitement contente d'avoir retrouvé ses propres vêtements.

— Il était temps que cette mascarade cesse. On était toujours à l'affût, toujours à craindre d'être découvertes. Je ne dis pas que ça n'a pas marché – et on doit être reconnaissantes pour cela, car on est ici, avec des gens qui vont vous aider – mais mon cœur battait la chamade en permanence.

Des gens pour l'aider, oui, cela était vrai. Figgins ne pouvait pas en dire autant des propres sœurs d'Alethea ; au moins Miss Camilla l'aurait-elle secourue si elle avait pu ; quant à Miss Letty et Miss Georgina – Figgins continuait de les nommer ainsi, comme du temps où elle était employée à Aubrey Square – c'est à peine si elles méritaient le nom de sœurs.

Il était assez facile d'écarter les problèmes des autres lorsque vous n'en aviez aucun vous-même. Si elles avaient entendu la moitié de ce que Miss Alethea avait raconté à lady Hermione, elles auraient certainement manifesté leur vive compassion pour leur cadette, mais elles n'avaient rien voulu savoir de cette affaire.

Tandis que Figgins finissait de l'habiller et de la coiffer, elle trouvait Miss Alethea inhabituellement silencieuse. Sans doute en train de tramer quelque nouveau plan qui les replongerait dans les ennuis. Cette lady Hermione avait la tête sur les épaules, et même si c'était une grande dame, elle voyait tout cela d'un œil très pragmatique. Elle n'avait pas perdu de temps à plaindre Miss Alethea, ce qui était aussi bien, car cette dernière ne pipait mot, regrettant sans doute d'avoir parlé aussi franchement. Mais il fallait que les choses soient dites, car désormais, il ne viendrait jamais à l'idée de cette lady de suggérer que mari et femme essaient de se réconcilier.

—Je pense que nous devrions aller à Rome, suggéra Alethea. J'y serais en sécurité auprès de Camilla et de Wytton, et je ne pense pas que Napier me suivrait jusque là-bas. Ensuite, lorsque papa et maman seront de retour à Vienne, je suis sûre qu'il y en aura bien un d'entre eux qui m'y escortera.

Rome ! Figgins ne voulait pas le moins du monde se rendre à Rome. Pourtant, si c'était là où Miss Alethea avait décidé d'aller, alors elle était certaine qu'elles partiraient pour Rome.

—Lady Hermione m'envoie faire quelques emplettes ce matin, avec l'une de ses femmes de chambre qui parle anglais et italien, pour que je puisse vous acheter d'autres habits, et en prendre pour moi aussi.

Elle apprécierait cette excursion ; comme il serait différent de vaquer à ses occupations dans sa propre peau, en n'étant pas sur ses gardes à chaque instant, et en n'ayant pas à s'inquiéter des idées farfelues qui pourraient traverser la tête de sa maîtresse !

La simple pensée de la nuit précédente, de l'opéra, du spectacle, mettait Figgins mal à l'aise. Par chance, ce Mr Manningtree s'était trouvé au théâtre et il avait agi avec une grande présence d'esprit. Comme les choses auraient pu être différentes si Miss Alethea ne lui avait pas faussé compagnie aussitôt qu'elles étaient arrivées à Venise !

Pour autant, on ne tirait rien de bon à regretter le passé, on ne pouvait pas l'effacer, alors autant se le sortir de la tête.

On frappa à la porte, une domestique fit une révérence, et Miss Alethea fut priée de se rendre auprès de lady Hermione si elle était prête.

La jeune fille s'examina dans le haut miroir sans enthousiasme.

— Je suis bien plus jolie en homme qu'en femme, déclara-t-elle tout bas en sortant de la pièce.

Titus n'était pas du même avis. La jeune femme qui apparut sous ses yeux révélait pleinement la beauté qu'avaient laissé promettre ses seize ans. Il lui prit la main et la porta à ses lèvres. Elle le considéra d'un œil froid et réservé, celui de quelqu'un qui ne l'aimait pas et qui ne lui faisait pas confiance.

Cependant, en jeune fille bien élevée, elle le remercia, avec une légère raideur, de les avoir conduites, elle et Figgins, en sécurité dans la maison de lady Hermione. Puis elle se tourna vers cette dernière, qui était assise sur un canapé, et qui les observait tous les deux avec un regard perçant et une expression intéressée sur le visage.

Lady Hermione n'était pas le genre de femme à trahir une confidence, mais elle était suffisamment perspicace pour savoir qu'elle aurait besoin de l'aide de Titus pour régler les problèmes d'Alethea, et qu'il serait mieux qu'il sache, crûment et sans détour, ce qu'Alethea avait eu à endurer au cours des mois qu'elle avait passés avec Napier.

Il n'avait pas vraiment été surpris, ni par la nature du comportement de cet homme, ni par le fait qu'Alethea ait été poussée à s'enfuir à tout prix.

— Mon père a siégé en tant que magistrat dans plusieurs cas similaires, apprit-il à lady Hermione. Cette conduite est impardonnable. Un homme qui traite une femme, n'importe laquelle – et n'importe quelle créature qui se trouve en son pouvoir – de cette façon s'expose au risque de ne plus être protégé par la société.

— Napier est-il dérangé ?

— Toute personne sensée dirait de ce genre de comportement que c'est celui d'un être qui n'a pas toute sa tête, mais non, je ne pense pas qu'on puisse affirmer que cet individu est fou. Il y a la satisfaction sexuelle, cela va sans dire, mais dans son cas, il y a également un sentiment exagéré de pouvoir, la revendication d'une autorité patriarcale couplée aux exigences et aux attaches de la vie conjugale qu'un homme immature pourrait être réticent à assumer, et qui sont parfois associés à une peur de paraître efféminé. Bien entendu, il n'est pas question d'excuser ce genre d'homme, quelles que soient les raisons perverses qui le poussent à tant de cruauté.

— Alethea semble penser que la loi va le soutenir ; il l'a conduite à croire qu'il avait la possession pleine et entière de son corps et de tous ses biens, et qu'elle ne possédait rien qu'il n'aurait pas choisi de lui accorder.

— La loi ne le protégera pas. Une séparation serait la solution classique, et peut-être, à terme, un divorce. Dans la plupart de ce type de cas, la femme retourne dans sa famille.

— Quant à cela, déclara lady Hermione, Alethea a essayé, en l'absence de ses parents, de s'assurer la sympathie de sa sœur Mrs Barcombe, mais Napier, toute fouine qu'il est, a charmé cette dernière et l'a persuadée qu'Alethea ne souffrait de rien d'autre que d'un excès de pudeur de jeune fille.

— De la pudeur de jeune fille ! Je doute que Miss Darcy – car je refuse de l'appeler Mrs Napier – ait jamais eu un soupçon de pudeur de jeune fille.

— Cessez donc de faire les cent pas et asseyez-vous près de moi, ici ; prenez donc une tasse de café, ou un verre de vin si vous préférez. Alethea ne va pas tarder à descendre, et alors, nous devrons nous concerter et décider de ce qu'il faut faire.

Alethea arriva, le visage légèrement blême, des cernes sous les yeux qui attristèrent Titus, mais déterminée à ne montrer aucun signe de faiblesse. S'il ne l'avait pas côtoyée, s'il n'avait pas été témoin de ses agissements – et s'il n'en avait pas compris le sens –, il n'aurait jamais cru une femme capable de prendre sa vie en main de la façon dont celle-ci, à peine plus qu'une jeune fille, l'avait fait.

Elle annonça, très calmement, son intention de partir pour Rome.

Elle le regarda de ses yeux clairs et résolus.

— Ne prenez pas cet air-là, Mr Manningtree. Il ne tient qu'à moi, et à moi seule, de décider ce que je dois faire et où je dois aller.

— Tout doux, Alethea, intervint lady Hermione. Où que vous alliez, vous allez avoir besoin d'une escorte et je n'ai aucune envie de parcourir l'Europe par cette chaleur. Titus, en revanche…

— Je n'ai pas besoin d'escorte.

— En Italie, si, croyez-moi, vous en avez besoin.

— Il se trouve que je n'ai pas l'intention de quitter Venise pour le moment, commença Titus, mais il ravala ses mots devant le regard exaspéré de lady Hermione. Peut-être qu'il serait mieux que Miss Darcy s'installe ici à Venise jusqu'à ce que des dispositions soient prises pour qu'elle puisse se rendre où il lui plaira.

— Titus, vous êtes usant. Alethea ne peut pas demeurer ici, pas avec son cousin dans la maison.

Titus avait oublié l'évêque.

— Au diable cet homme ! Vous allez devoir le congédier. Vous trouverez bien un moyen de vous débarrasser de lui.

— Nous n'avons jamais réussi, dit Alethea. Quoi que nous fassions, il restait toujours aussi longtemps qu'il l'avait prévu. Je me souviens qu'une fois nous nous étions déguisées avec des draps et…

— Je peux très bien l'imaginer, l'interrompit Titus, si vos sœurs sont comme vous. Combien de temps a-t-il l'intention de séjourner chez vous, madame ?

— Au moins quinze jours encore. Je vais me retirer dans ma demeure dans les montagnes ; je le fais toujours pendant la chaleur des mois d'été, vous savez, aussi vais-je avancer mon départ. Il pourra rester seul ici, s'il le souhaite.

— Dans les montagnes ! Pourquoi Alethea ne vous accompagnerait-elle pas ?

— Mon cher Titus, je croyais que les hommes étaient censés avoir un esprit rationnel. Si Napier venait à Venise, il se mettrait à ma recherche dès qu'il comprendrait que Camilla n'est pas ici. Il découvrirait sans peine mon adresse dans les collines, c'est à peine à une demi-journée d'ici, et je ne manquerais pas de le découvrir sur le seuil, scrutant par-dessus mon épaule pour apercevoir Alethea.

— Le même argument est certainement valable aussi pour Rome. Une fois qu'il aura découvert que Camilla et Wytton sont là-bas, il pourrait y tenter sa chance.

— Rome est une grande ville, pourquoi les trouverait-il? demanda Alethea.

— Wytton a un large cercle de connaissances, expliqua sa mère. Dès que mon fils pourra s'arracher de ses inscriptions et de ses vieux monuments, lui et Camille sortiront en société. La communauté anglaise n'est pas si importante, un homme comme Napier ne mettra pas longtemps à les localiser.

— Il n'y a donc nulle part où je sois à l'abri de lui? se lamenta Alethea.

— Je pense, répondit lady Hermione, que l'endroit le plus sûr pour vous à présent est l'Angleterre.

— L'Angleterre! Je ne peux absolument pas retourner en Angleterre. Où pourrais-je aller?

— Lady Fanny vous accueillerait à bras ouverts, j'en suis certaine. Je suis surprise que vous n'ayez pas cherché refuge chez elle en premier lieu.

— Lady Fanny m'accueillera peut-être, mais pas Mr Fitzwilliam, dit Alethea sans ambages. Il me déteste cordialement, et cela a toujours été le cas, et il m'obligerait à retourner à Tyrrwhit House. Il est stupide, borné, et il n'a aucune idée…

— Quand il apprendra la façon odieuse dont Napier vous a traitée, la coupa lady Hermione, je pense que son attitude changera. Vous faites partie de sa famille, il vous soutiendra.

— Non, il ne le fera pas, pas plus que ne l'a fait ma sœur Letty. (Elle prit une profonde inspiration en s'efforçant de se maîtriser.) Je ne prétends pas qu'il approuverait la manière… la manière dont les choses se passaient entre mon mari et moi, mais simplement qu'il refuserait d'écouter si j'essayais de le lui expliquer. Il n'écoute jamais rien de ce que je dis.

Il y avait une note de panique dans sa voix, et Titus, qui ne connaissait que très peu Fitzwilliam, soupçonnait fortement que la jeune fille avait raison. Il semblait être le genre d'homme à faire l'autruche pour éviter tout désagrément sur le front conjugal. Pour cet ancien soldat courageux, reconnaître un tel degré de désaccord domestique et de cruauté dans son cercle se révélerait une tâche plus ardue que le siège de Badajoz.

— Dans ce cas, vous devez vous rendre à l'abbaye, déclara lady Hermione.

— À l'abbaye ?

— Oui, à l'abbaye de Sillingford, la demeure d'Alexander et de Camilla dans le Herefordshire.

— Mais y a-t-il quelqu'un là-bas ?

— La gouvernante. Je vous donnerai une lettre pour elle, et elle fera en sorte que vous y soyez comme chez vous.

— Une bonne solution, dit Titus. Peut-être pourra-t-on faire croire à la société distinguée qu'Alethea y était depuis tout ce temps.

— Les gens savent qu'elle s'est rendue à Paris.

— Pour rendre visite à sa sœur. Quoi de plus normal ou de moins digne de commérages ?

L'espoir réapparaissait sur le visage d'Alethea.

— Il y a toutes les chances que Georgina dise à tout monde que je suis venue à Paris pour fuir Napier.

— Une lettre de votre père réprimera tout désir qu'elle pourrait avoir de raconter ce genre de choses ; tout ce qu'elle a à faire est de tenir sa langue.

La jeune femme s'était déplacée pour se tenir près de l'une des hautes fenêtres qui donnaient sur le quai et le canal, large et scintillant dans le soleil. Elle tourna la poignée pour ouvrir la porte et fit un pas sur le balcon, clignant des yeux dans la lumière du jour.

Titus entendit de l'agitation en dessous, et s'avança pour tirer Alethea loin de la fenêtre. Il la ramena brusquement à l'intérieur de la pièce et regarda ensuite par-dessus la balustrade.

Ses yeux tombèrent directement sur le visage levé et furieux de Norris Napier.

Chapitre 23

*L*ady Hermione, comprenant ce qui venait de se passer, passa à l'action.

— Napier est sans aucun doute ici pour me rendre visite, pour découvrir si je sais où vous vous trouvez, Alethea. Je vais le recevoir dans le salon, et il pourra dire ce qu'il voudra, je nierai tout.

La jeune femme était transie de peur. Le fait que Titus ait aperçu Napier l'avait bouleversée, faisant remonter d'un seul coup toute une série de souvenirs douloureux. Et voilà qu'à présent, alors qu'elle courait le plus grand danger, son courage l'avait désertée.

Figgins ne voulait pas de ça.

— Miss Alethea, secouez-vous ! Ce n'est pas le moment de tomber dans la mélancolie.

— Non, en effet, dit lady Hermione. C'est le moment d'agir. Allez immédiatement repasser vos hauts-de-chausses et vos bottes.

— Il me reconnaîtra, quoi que je porte.

— Non, car il ne vous verra pas, déclara Titus.

Lady Hermione ne prêta aucune attention aux sombres paroles d'Alethea.

— Titus, vous l'escorterez jusqu'en Angleterre ; non, il n'y a pas de « mais » qui tiennent ! Vous voyagerez sur votre voilier.

— Mon voilier ?

—Oui, il est au port de Livourne, vous me l'avez dit vous-même. Prenez une chaise jusqu'à Livourne, et mettez immédiatement les voiles pour l'Angleterre.

—Est-ce raisonnable ? demanda Titus. Un scandale s'ajoute à un autre, et si jamais…

—Ne commencez pas à jouer les donneurs de leçons, Titus. Laissons Alethea et Figgins se comporter avec circonspection, ce qu'elles sont tout à fait capables de faire, et personne n'en saura jamais rien. Alethea a pris beaucoup de risques, qu'est-ce qu'un de plus ? Il faut qu'elle retourne en Angleterre aussi vite que possible, afin que Napier se retrouve comme un imbécile avec sa conviction de l'avoir vue à Venise.

—Il sera sur mes talons où que j'aille, observa Alethea.

Titus s'impatienta.

—Vous lui avez faussé compagnie auparavant, vous pouvez recommencer. Allez avec Figgins, et pendant que lady Hermione accueillera Napier, nous partirons.

Il adressa quelques mots dans un italien rapide à l'un des serviteurs de lady Hermione, et tendit la main à Alethea.

—Debout ! Et dépêchez-vous d'aller dans votre chambre remettre votre déguisement, l'exhorta-t-il.

Son énergie était contagieuse, et Alethea se sentit émerger du désespoir qui l'avait envahie. Pourtant, elle hésitait.

—Je me disais que, s'il me croise alors que je porte mes vêtements d'homme, cela rendra les choses encore plus compliquées qu'elles ne le sont déjà.

Figgins la poussa hors de la pièce.

—C'est impossible, Miss Alethea, alors ne vous tracassez pas avec ça.

Ils entendirent des voix dans l'entrée en dessous. Celle de Napier, aiguisée comme un couteau, interrompait les serviteurs qui le questionnaient sur l'objet de sa visite, et exigeait qu'on le conduise immédiatement dans la maison, et précisément là où lady Hermione se trouvait. D'ailleurs, il savait parfaitement vers quelle pièce se diriger, car il avait aperçu des gens, à peine une minute plus tôt, sur le balcon.

Alethea se cacha précipitamment dans l'embrasure de la porte. Puis, tandis que Napier, en dépit de ses protestations, était introduit dans le salon en dessous, elle et Figgins filèrent à l'étage.

La porte fut refermée. Lady Hermione parlait calmement ; les paroles de Napier, tout juste polies, leur parvenaient depuis le salon tandis qu'Alethea et sa femme de chambre redescendaient à pas de loup l'escalier qui menait à l'entrée

La gondole attendait, dansant sur les remous produits par le passage d'une barge qui transportait une grande statue de bronze représentant un homme à cheval.

Titus aida Alethea à monter à bord, puis Figgins.

— Asseyez-vous de ce côté, s'il vous plaît. Gardez vos têtes bien baissées et camouflez votre visage avec ce chapeau, Alethea.

— Faut-il que nous passions devant lui ? Ne pouvons-nous pas partir de l'autre côté ?

— Non, ce chemin est meilleur. Il ne s'attendra pas à vous voir, et il faut que j'aille par là, je dois m'arrêter pour récupérer mon valet et trouver un cabriolet.

— Il va nous suivre, jusqu'aux Alpes et au-delà, s'affola Alethea en s'asseyant sur l'un des tabourets noirs mis à la disposition des passagers par le gondolier.

— Pas le moins du monde, la rassura Titus. À présent, prenez un air décontracté.

— Le voyez-vous ? chuchota Alethea, n'osant pas lever les yeux.

— Il est sur le balcon, et s'adresse à lady Hermione avec une certaine véhémence. Quelle chance qu'il soit apparu au moment exact où je sortais sur le balcon ! Ainsi, nous avons pu savoir qu'il était à vos trousses. À présent, vous pouvez vous détendre, nous l'avons dépassé, il nous regarde, il ne remarque rien ; le voilà qui recommence à sermonner lady Hermione.

— Il devait arriver, c'était obligé, il va suivre toutes les pistes, comme un véritable limier. Que lady Hermione soit la mère d'Alexander, c'est une aubaine pour lui. Je suis sûre qu'il s'est rendu à la maison de Camilla aussi, et il poursuivra toutes les connaissances que je pourrais avoir à Venise.

— Ne pensez plus à lui, dit Titus. Nous nous sommes enfuis sans encombre. À présent, tout ce qu'il nous reste à faire, c'est quitter le pays. Comme j'espère que lady Hermione va lui présenter l'évêque !

Le voilier de Titus Manningtree était amarré à Livourne. Titus l'avait envoyé en Italie lorsqu'il avait débarqué après avoir franchi la Manche, et le bateau était resté là après une traversée tranquille, avec son équipage qui attendait de nouvelles instructions.

Le jeune capitaine du vaisseau – un ancien officier de la Marine nationale, renvoyé à terre après Waterloo en ayant touché une demi-solde, comme bon nombre de ses collègues, puis entré au service d'un particulier – prenait du bon temps. Il aimait le climat, se délectait de la compagnie d'éblouissantes beautés, certaines respectables, d'autres un peu moins, et trouvait la nourriture et le vin italiens tout à fait exquis.

Il faisait une sieste dans sa cabine après une nuit de réjouissances, lorsque tout le voilier fut secoué d'une soudaine énergie. Réveillé, il entendit frapper à sa porte.

— Mr Thorogood, à votre service, monsieur. Mr Manningtree vient juste d'arriver dans une diligence tirée par quatre chevaux. Un attelage de premier choix, et pantelant comme si Lucifer lui-même avait tenu les rênes! Mr Manningtree a l'air d'être de méchante humeur; il a avec lui un jeune gentleman ainsi que ce Bootle, qui fait une tête de dimanche pluvieux. Ils montent tous à bord.

Pendant que Thorogood, hors d'haleine, délivrait son message, Coletree avait enfilé son manteau et s'était précipité sur le pont. Finie la vie idyllique! Tout cela n'augurait rien de bon; quant à faire ses adieux à ses nouveaux amis, le capitaine savait qu'il n'en serait même pas question.

— Êtes-vous prêt à partir, Coletree? Tout l'équipage se trouve-t-il à bord?

— Nous pourrons quitter le port dans une demi-heure, monsieur, répondit-il en rendant grâce à Dieu intérieurement d'avoir pris au pied de la lettre les vieilles instructions de son maître d'être toujours paré à mettre les voiles.

— Nous rentrons en Angleterre, déclara Mr Manningtree. Faites préparer une cabine pour mon invité, Mr Hawkins. Son domestique partagera ses quartiers.

Cela était inhabituel, mais ce n'était pas le rôle de Coletree de discuter les ordres de son employeur. L'Angleterre! Eh bien, ce n'était pas si mal. La saison de cricket battrait son plein, et sa mère et sa sœur seraient contentes de le voir, comme toujours.

—Aussi vite que possible, ajouta Mr Manningtree. Il n'y a pas un moment à perdre.

Les vents furent favorables, et le voilier se préparait à traverser la Méditerranée à une vitesse record. Il gîtait avec assurance, magnifique spectacle de voiles blanches contrastant avec le bleu vif du ciel, l'eau moussant le long de ses flancs tandis qu'il fendait la houle de la mer chaude. Et heure après heure, Alethea restait allongée dans sa petite cabine étouffante, souhaitant être morte. Après les quelques premiers jours, devant l'insistance de Titus, elle sortit d'un pas chancelant sur le pont, dans l'air frais, et réussit à avaler une bouchée ou deux de nourriture, « une cure infaillible contre le mal de mer », lui assurèrent les officiers.

Et qui eut des résultats désastreux.

Figgins ne cessait de lui donner du vin coupé d'eau, de lui essuyer le front et d'éventer son visage brûlant. Son propre mal de mer avait rapidement disparu, et elle ne comprenait pas pourquoi sa maîtresse était si malade. Elle lui administra du laudanum, qui apaisa les haut-le-cœur d'Alethea, mais qui lui causa des rêves agités.

Titus descendit pour lui tenir compagnie, envoyant Figgins prendre l'air et se reposer sur le pont, même si cela lui fendait le cœur de voir Alethea si pâle et en proie à tant de douleur, se tournant et se retournant sous l'effet de l'opiacé et marmottant des phrases incohérentes. Elle lui semblait en proie à une terreur permanente, celle de voir Napier surgir à tout moment, et passer la porte pour la ramener de force dans la prison douloureuse qu'était son mariage.

Le mariage! pensait-il intérieurement tandis qu'à son tour, il se dégourdissait les jambes sur le pont. Quel piège c'était! Quel supplice lorsque les choses se passaient mal, comme c'était si souvent le cas. Il s'immobilisa à côté de Figgins, qui, penchée par-dessus le bastingage soigneusement briqué, contemplait l'eau transparente qui scintillait.

— C'est comme s'il y avait un autre monde là-dessous, dit-elle en lui montrant un banc de poissons aux couleurs vives qui filaient comme des flèches dans leur domaine de profondeurs salées.

Figgins était à présent très bronzée sous l'effet du soleil d'Italie. Fluette et nerveuse comme un chat, la voilà, remarqua Titus, qui avait entrepris, pieds nus et momentanément insouciante pendant qu'Alethea dormait, de se joindre aux plus jeunes des membres de l'équipage qui chahutaient sur le gréement.

Il s'était d'abord inquiété, craignant qu'elle ne tombe, mais Coletree l'avait observée d'un œil expert, et avait déclaré d'un ton rassurant que le jeune homme était aussi habile qu'un singe, exactement le genre qu'il aurait aimé avoir sur un navire du temps où il était encore dans la marine.

« Le sel de la terre, monsieur, ou peut-être devrions-nous dire le sel de la mer ; ce sont des hommes comme lui qui ont sauvé notre peau, et protégé la liberté de notre pays, à maintes reprises. »

Pas exactement, Mr Coletree, songea Titus. Une fois de plus, il en revenait à cette question contrariante : comment Figgins et Alethea avaient-elles pu s'en sortir si formidablement dans un monde entièrement conçu pour la moitié masculine de l'humanité ?

Titus avait remarqué auparavant que les notions habituelles de rang ne s'appliquaient pas en mer ; à la place, une frontière était établie entre d'une part les matelots et les officiers, en charge et dans leur élément, et d'autre part les passagers, simples marins d'eau douce. Ici, il pouvait avoir une conversation avec Figgins qu'il n'aurait pas pu avoir à terre.

Elle aussi était pour une fois disposée à baisser sa garde. Titus n'en était pas conscient, mais elle avait décidé, depuis un bon moment déjà, qu'il faisait partie de cette espèce rare, un homme à qui l'on pouvait faire confiance.

Elle l'avait dit à Alethea, s'asseyant à ses côtés pendant de longues heures, lui parlant de tout ce qui lui passait par la tête, sans savoir avec certitude si sa maîtresse entendait quoi que ce soit.

— Malgré son tempérament impulsif et sa colère, il n'a pas une once de la méchanceté de Napier en lui. Il s'installe avec le chat du bateau roulé en boule sur ses genoux, et lit un livre écrit tout petit, gratouillant le matou sous le menton, tout gentiment. Et il est poli avec les membres d'équipage, il ne prononce jamais un mot dur. Il n'aime pas qu'on le contrarie, et s'il n'a pas assez de choses pour le tenir occupé, eh bien, c'est aussi le cas de la plupart des messieurs dans ce monde, mais c'est un homme sur lequel vous pouvez compter.

Elle repoussa une mèche brune du front agité d'Alethea.

— C'est aussi bien, vu notre situation. Vous comprenez pourquoi lady Hermione vous a confiée à ses soins, elle est on ne peut plus rusée et toujours à l'affût des séducteurs, elle ne plaisante pas avec ça.

—Mr Hawkins se sent-il un peu mieux ? demanda Titus à Figgins.

Elle secoua la tête.

—Non, et ce ne sera pas le cas tant qu'elle ne sera pas en sûreté sur la terre ferme, et encore, elle est tellement exténuée que je ne suis pas sûre qu'elle recouvre le moral ; toute cette affaire est un véritable sac de nœuds. Elle ne voit pas comment elle peut s'en sortir, ou en tout cas, elle ne sait pas comment s'en tirer sans avoir à mener une existence qui ne lui plaira pas.

—Pourquoi a-t-elle épousé Napier ? (La voix de Titus était teintée d'amertume.) Comment en est-elle arrivée à faire une aussi grossière erreur ? Pourquoi sa famille l'a-t-elle permis ?

—Il était charmant et bel homme, il était pendu à son cou, et ô combien enchanté par sa musique, ça a toujours été le moyen de gagner ses faveurs, et ses parents ne pensaient qu'à son petit frère, et ce n'est pas un reproche, car on a désespéré pour sa vie à un moment. Et puis les gens jasaient, à propos d'elle et de Penrose Youdall ; tout le monde pensait qu'elle allait l'épouser, seulement il s'est marié au débotté avec une espèce de dinde que sa mère avait choisie pour lui.

—Penrose Youdall ?

Une vague de jalousie traversa Titus, si intense et si inattendue qu'elle lui coupa le souffle. Il parvint à se ressaisir, même si les articulations de ses doigts, qui empoignaient le bastingage, étaient blanches et crispées. Il poursuivit :

—Est-ce qu'elle l'aimait ?

Figgins lui lança rapidement un regard entendu.

— Passionnément, qu'elle l'aimait, comme toutes les demoiselles qui rencontrent pour la première fois un jeune homme qu'elles trouvent à leur goût.

— Vous êtes cynique, Figgins.

— Je l'ignore, puisque je ne suis pas sûre de comprendre ce mot. Mais je sais comment les choses étaient entre Penrose et elle, et j'ai deviné dès le départ que ça ne marcherait pas.

Il se raccrocha désespérément à un semblant d'espoir.

— Que ça ne marcherait pas ? Pourquoi donc ?

— Il n'était pas bien pour elle, voilà pourquoi. À vingt-quatre ans, il était encore sous la coupe de sa mère. Oh, pour sûr, il était ébloui par elle ; il est tombé amoureux d'elle en un clin d'œil. Vous la voyez maintenant, épuisée et maigre, mais c'est une beauté, Mr Manningtree, trop grande et trop originale pour certains hommes, mais le genre de filles qui brise des cœurs. Seulement, ça a été le contraire, c'est lui qui lui a brisé le cœur.

— Maudit soit-il ! J'espère que sa femme lui mène la vie dure.

— Non, il s'en sortira plutôt bien avec elle, ils se méritent, ces deux-là. Ordinaire, voilà ce qu'il était, quand vous lui ôtiez ses façades de bonne humeur, son entrain et ses conversations enjouées, et tout ça aura disparu avant ses trente ans.

— Il a l'air d'être mortellement ennuyeux.

— Il ne l'était pas pour ma maîtresse, sinon, elle ne l'aurait même pas regardé ; mais c'est ce qu'il va devenir.

— Alors elle était encore sous le coup d'une déception sentimentale lorsqu'elle a épousé Napier ?

— Elle a épousé Napier pour faire taire les commérages, les médisances de ses ennemis et les mots compatissants de ses amis, elle ne supporte pas la pitié. C'est l'orgueil des Darcy qui a triomphé d'elle. Elle ne voulait pas laisser le monde voir à quel point cela l'affectait, et en épousant un gentleman élégant et fortuné, elle a réduit les mauvaises langues au silence. Il paraît qu'il vaut mieux en avoir fini avec un ancien amour avant de s'engager dans un nouveau, et c'est assez vrai; si elle s'était donné le temps d'oublier Mr Youdall, elle aurait considéré Napier bien différemment. En fait, à ce moment-là, je crois qu'elle a pensé que si elle ne pouvait pas se marier Penrose, alors cela n'avait pas beaucoup d'importance avec qui elle se mariait.

Figgins fut embarrassée un instant, comme si elle en avait trop dit.

— Vous me pardonnerez d'avoir parlé si librement, monsieur, mais c'est difficile de refouler tout ça, et je suis tellement inquiète pour son avenir. Maintenant, si vous voulez bien m'excuser, je dois retourner auprès d'elle.

Seul près du bastingage, Titus réfléchissait à l'avenir d'Alethea. Il refusait délibérément de s'attarder sur ses propres sentiments envers elle; il avait compris, avant même cette réaction à la mention de Penrose Youdall, à quel point il était attiré par Alethea, et son attirance était devenue un attachement dont l'intensité l'inquiétait.

Il savait, mieux que Figgins, ce qui attendait la jeune fille : la condamnation de la société, parce qu'elle avait remis en question l'institution sacrée qu'était le mariage dans les classes supérieures. Napier était riche et avait des relations, et Alethea, diraient certaines personnes, s'était mal comportée en révélant qui il était vraiment.

Une séparation était l'issue probable, puis il faudrait encore – tâche laborieuse – démêler tous les liens légaux et financiers qui avaient été noués dans l'optique d'une union entre familles aisées ; Napier contesterait sans doute tous les efforts des avocats des Darcy pour récupérer une partie de ce qui avait été une fortune considérable afin qu'elle puisse subvenir à ses besoins. Puis un acte de divorce au Parlement, et tous les détails sordides de ce mariage raté seraient imprimés et placardés dans les rues, au vu et au su de tous les curieux qui se délectaient et se repaissaient de ce genre de lecture.

Alethea se verrait exclue de la vie londonienne et de ses distractions. Une autre jouerait d'audace pour y revenir, mais sûrement pas elle. D'après Titus, la jeune fille se moquerait bien de ne plus faire partie de ce monde, celui-là même qui l'avait menée à sa perte et dans lequel elle ne serait jamais tout à fait à sa place. La connaissant comme il la connaissait à présent, il avait du mal à l'imaginer en sage débutante, et pourtant, c'est ce qu'elle avait été si peu de temps auparavant. Elle avait enduré plus de choses au cours des quelques mois qui avaient suivi son entrée dans le monde que ce que la plupart des dames de son rang et de son milieu n'en supportaient durant leur vie entière.

Après une période de discrétion et de repli, elle pourrait peut-être se remarier. Les femmes divorcées – très peu nombreuses, tant le divorce était éprouvant et dégradant – convolaient souvent en secondes noces, avec beaucoup de bonheur dans certains cas. Si votre mari vous avait abandonnée, qu'il avait ouvertement commis un adultère et que, par cruauté, il vous avait imposé des enfants illégitimes, alors vous pouviez peut-être, après un laps de temps décent, espérer trouver un homme plus agréable et réussir une seconde union. Si vous aviez souffert aux mains d'un époux de la façon dont Alethea avait souffert, quelle chance y avait-il que vous vous autorisiez à tomber amoureuse ?

Combien de courage, de cœur, et d'optimisme resterait-il à Alethea après qu'elle aurait enduré ce que lui réservait sans aucun doute l'avenir, en plus de tout ce qu'elle avait déjà traversé ?

Les nausées et les vertiges se calmèrent, et Alethea, faible comme un chaton, eut l'impression d'avoir les idées claires pour la première fois depuis qu'elle était montée à bord. Elle insista pour s'habiller et se rendre sur le pont, inspirant avec gratitude l'air frais, piquant et salé, et se réjouissant du scintillement du soleil sur l'eau ainsi que de la vitesse avec laquelle le bateau fendait les flots.

Figgins lui apporta un bouillon, qu'elle engloutit en deux gorgées ; il y avait même un soupçon de couleur sur ses joues lorsque Titus la rejoignit pour lui exprimer d'une voix prudente et cérémonieuse son plaisir de la voir rétablie.

Elle sourit sans le regarder, les yeux rivés sur les zones terrestres qui se resserraient de chaque côté.

— Le détroit, dit-il. Là-bas se trouve l'Espagne, et plus près de nous, c'est Gibraltar.

— Le décor de quelques combats passionnants pendant la dernière guerre, déclara Coletree derrière eux. Prenez ma lunette, monsieur, et vous apercevrez peut-être les macaques berbères sur le pic là-bas.

— Avez-vous pris part à certains de ces combats ? demanda Titus.

— Lorsque j'étais un tout jeune aspirant, je me suis retrouvé au milieu d'une vive bataille, ici dans le détroit, avec les Espagnols et les Français ligués contre nous, raconta Coletree, son visage s'illuminant à ce souvenir.

— Une bataille capitale, si je me souviens bien. Vous autres marins dominiez tout le monde à l'époque.

— Ah, mais cette fois-là, tout dépendait de vous autres dans l'armée, monsieur. Comme nous nous sommes réjouis lorsque nous avons eu vent des victoires de Wellington en Espagne! Nous avons bu à tire-larigot en l'honneur de nos collègues à terre, je peux pour l'assurer!

Les mots berçaient Alethea. Les hommes étaient bien étranges, si enthousiastes à s'attaquer, à se battre et à se tuer les uns les autres, souvent, semblait-il, sans aucune animosité personnelle. Griffy lui avait dit comme les choses auraient été dramatiques si on avait laissé Bonaparte s'emparer de l'Europe, mais tout cela avait eu lieu il y avait bien longtemps, et loin d'elle. Elle ne pouvait imaginer ces eaux fascinantes submergées par le bruit et la fureur des batailles, pas à présent que des bateaux de pêche, des navettes et des navires de plaisance allaient et venaient sous les vents contraires.

— Nous laissons la Méditerranée ici et entrons dans l'Atlantique, lui annonça Titus.

— C'est exact, et, avec le mercure qui a chuté ces dernières vingt-quatre heures, on risque de se retrouver dans une zone de mauvais temps, déclara Coletree en reprenant pied dans le présent.

Alethea lui lança un regard horrifié.

— Pire que ce que nous avons déjà enduré?

Il la dévisagea, abasourdi.

— Nous avons eu un temps idéal depuis que nous avons quitté Livourne, monsieur, je n'en ai jamais vu de meilleur.

— Mais le mouvement des vagues était si intense !

Il rit.

— Oh, c'est ce que disent toujours les martyrs du mal de mer. Vous n'êtes pas le seul, vous savez ; Nelson lui-même est resté prostré pendant ses premiers jours en mer. Pour ceux qui souffrent de ce mal, même une mer d'huile est un maelström, mais ne vous inquiétez pas trop. Vous avez passé le plus dur, vous verrez que si ça se mettait à souffler, vous ne seriez absolument pas affecté. Seulement, faites attention où vous mettez les pieds, car il est assez facile de tomber dans l'escalier qui mène aux cabines ou de s'assommer en tombant de sa couchette, et une jambe cassée est bien pire que le mal de mer, croyez-moi !

Chapitre 24

*E*t le vent souffla effectivement, par rafales, cinglantes, violentes, et même si l'*Ariane* était un voilier vigoureux, il faisait peine à voir lorsqu'il remonta le Tage, se frayant un chemin dans la foule de bateaux pilotes et de barques de pêche.

— Rien que l'on ne puisse réparer assez rapidement, affirma Coletree à Titus tandis que les hommes donnaient le dernier tour de corde après avoir jeté l'ancre dans le grand port. Pas comme dans la marine, quand il fallait tomber à genoux pour obtenir un espar ou remplacer une voile déchirée. Je suis navré de ce contretemps, car nous progressions à bonne allure.

Titus avait demandé au capitaine si les réparations ne pouvaient pas attendre qu'ils aient atteint l'Angleterre, mais Coletree n'avait pas voulu risquer le vaisseau ni la sécurité de l'équipage et des passagers.

— Les chances sont bonnes d'avoir une mer d'huile pendant toute la traversée, mais le contraire n'est pas impossible, et nous avons quelques eaux capricieuses à franchir. Si vous n'y voyez pas d'inconvénient, monsieur, j'aime autant que tout soit en ordre avant d'aller plus loin.

Alethea se tenait derrière eux, n'écoutant pas leur conversation, toute son attention focalisée par la blancheur étincelante des bâtiments disposés, rangée après rangée, sur les collines qui s'élevaient à pic depuis le quartier principal. Une débauche de fleurs et d'arbrisseaux aux couleurs vives avait envahi les balcons, les toits et les terrasses ; tout était si coloré, le soleil brillait tellement, et les scènes à terre semblaient si animées et si pittoresques qu'Alethea se sentit submergée par une vague de bonheur ; la première depuis de nombreux jours.

Figgins observait, les yeux écarquillés, les gens aller et venir dans les parcs et sur les places à ciel ouvert sur la rive nord du fleuve.

— Ces hommes ne sont pas décents ! s'écria-t-elle. Des culottes courtes, et les bras nus, et les jambes aussi !

— Peu importe leur peau nue, regardez comme ils ont fière allure avec leur turban rouge !

— Et ces individus qui vont et viennent là, ces types basanés avec des théières sur la tête, c'est qui ?

— Ce sont des porteurs maures, répondit Titus, amusé par les remarques ingénues de Figgins.

— Et des moines, regardez ! poursuivit cette dernière. Avec leur bure marron sale ; on en a vu assez de ces papistes, à Venise, et voilà qu'il y en a d'autres !

— C'est pire, déclara Titus. Car il y a l'Inquisition ici au Portugal, vous savez, qui surveille de près les pratiques religieuses des gens et s'assure de leur orthodoxie.

— Je sais ce qu'est l'Inquisition, intervint Alethea. J'ai lu un livre tout à fait passionnant dont l'histoire se passait en Espagne, à propos d'une femme noble qui échappe de peu aux terribles tortures des inquisiteurs.

— J'en déduis que vous êtes une lectrice des romans Minerva, déclara Titus.

— Oui, et je l'avoue volontiers, et je me moque que vous trouviez cela inconvenant. Ces messieurs prennent toujours de grands airs quand il est question de romans, surtout s'ils sont en trois volumes et ont une couverture marbrée.

— Vous êtes injuste envers moi. Je prends bien du plaisir avec un roman en trois tomes, et j'aime autant lire le pire d'entre eux qu'une série de sermons ou d'essais écrits à l'université par quelque sinistre érudit.

— Je suis ravie de l'entendre ; ainsi, vous n'avez pas tous les torts.

Il lui lança un regard rapide et attentif.

— Suis-je en tort d'une manière générale ?

— Oh, comme les hommes le sont, vous savez. En voulant imposer votre façon de faire, en boudant quand votre volonté est contrariée, et en pensant que vous pouvez interrompre une femme à tout moment. Ces messieurs sont tous pareils à cet égard.

— Je ne boude jamais.

— Examinez votre conscience : vous verrez qui est le meilleur juge de cela, vous ou bien ceux qui doivent subir votre mauvaise humeur. (Son attention fut attirée de nouveau par l'activité sur le port.) Regardez cette file de mules, ma parole ! On dirait bien que la première connaît le chemin ! Et cette charrette, tirée par des bœufs ! Quand pourrons-nous aller à terre ? Je meurs d'envie d'explorer les lieux. Et ces bosquets touffus là-bas, de quoi s'agit-il, monsieur ? Et d'autres encore, là-haut.

Elle les indiqua du doigt.

— Des orangeraies, répondit Titus, après un moment d'hésitation quant à l'endroit qu'elle lui désignait.

— Vous n'irez jamais à terre ! s'écria Figgins.

— Bien sûr que si. Qui sait si je pourrai jamais revenir à Lisbonne ? Je veux voir autant de choses que possible tant que je suis ici.

— Permettez-moi de vous escorter, proposa Titus. J'ai l'intention de descendre pour me dégourdir les jambes, et je crois me rappeler suffisamment de choses de l'époque où j'étais à Lisbonne pour vous servir de guide.

— Vous êtes déjà venu ici ? Comme je vous envie, de posséder ce voilier, et de pouvoir prendre la mer et visiter Lisbonne ou tout ce qu'il vous plaira, au moment où vous en avez envie !

— La dernière fois que je suis venu ici, c'était il y a quelques années, lorsque je servais dans l'armée de Wellington. À cette époque, la ville était pleine de militaires, il y avait des soldats anglais à tous les coins de rue, et le port grouillait de navires de la Marine nationale. Il n'était pas question de voilier à cette époque.

— Comment nous rendons-nous à terre ? s'enquit Alethea.

— Nous demandons à un des hommes d'appeler un bateau ; toutes ces petites embarcations avec des taudes sont destinées à transborder les gens, à travers le port ou vers les faubourgs de la cité.

— C'est étrange, dit Alethea lorsqu'ils furent conduits en bonne et due forme sur la terre ferme, de ne pas saisir un traître mot de la langue qui est parlée autour de soi. Le dialecte vénitien était très différent de la langue que j'ai apprise, mais les Italiens et moi pouvions nous comprendre. Voilà un marchand de limonade. Je meurs de soif. Qu'est-ce que ces drôles d'hommes ont dans ces tonnelets, vous le savez ?

— Ils vendent de l'eau. Ce sont des Espagnols, de Galice. Tous les vendeurs d'eau à Lisbonne viennent de Galice, je ne sais pas pourquoi. Vous sentez-vous capable de parcourir ces rues fort abruptes après votre supplice en mer ? Si vous pensez pouvoir réussir l'ascension, nous pourrons profiter de la brise en haut et d'une vue magnifique sur la ville ainsi que sur le fleuve et le port.

Rien n'aurait pu arrêter Alethea. Elle recouvrait ses bonnes jambes, et était impatiente d'en découvrir le plus possible.

— Vous parlez le portugais, dit-elle, d'un ton presque accusateur, tandis qu'ils montaient en direction de l'église de San Roque, et que Titus échangeait quelques paroles joviales avec l'un des mendiants étendus en travers de l'entrée d'un palace.

— J'ai appris la langue pendant mon séjour ici. La plupart d'entre nous ont acquis quelques notions de portugais, et aussi d'espagnol. Pour un militaire, une connaissance rudimentaire de la langue du pays dans lequel il se bat est presque indispensable.

Il s'immobilisa pour laisser tomber une pièce dans la main tendue de l'homme.

— Est-ce que ces vagabonds sont malades ? demanda Alethea.

— Non, pourquoi le seraient-ils ?

— La façon dont ils sont allongés là. Pensez à la façon dont les mendiants vous accostent à Londres.

— Ils ne se donneraient pas tout ce mal, et ils n'ont nul besoin de nous importuner : donner l'aumône est monnaie courante ici. Qui plus est, il fait chaud et il est plus facile de simplement s'étendre dans un coin ombragé ; peut-être aussi ont-ils de meilleures manières que nos mendiants londoniens.

Un service venait de se terminer lorsqu'ils atteignirent l'église de San Roque, et l'assemblée des fidèles se déversait dans la lumière du soleil. Alethea était déçue de n'être pas arrivée assez tôt pour écouter la musique, mais elle était enchantée par la vue de ces femmes dodues aux dents très blanches et régulières, qui sortaient de l'église en bavardant et en riant. *Pas de visage dominical sérieux ici*, pensa-t-elle, et elle remarqua, avec une sorte de détachement soudain, que beaucoup de ces regards expressifs étaient tournés vers Titus.

Dans l'effervescence de sa fuite et lors de son voyage brumeux sous les traits de Mr Aloysius Hawkins, elle n'avait jamais envisagé Titus à travers les yeux d'une femme, comme ceux à présent posés sur lui.

Il n'était pas beau comme Napier pouvait l'être avec ses traits réguliers et sa bouche ciselée, et n'avait pas non plus un air de pirate comme ce désagréable Mr Warren, mais il avait l'avantage d'être grand, et avait assurément de l'allure. C'était ce nez magistral, sans aucun doute. Il n'avait rien d'un coureur, pourtant, et il y avait un soupçon de danger dans son expression ainsi que la promesse d'une nature plus sensuelle dans sa bouche bien faite. Son visage n'avait rien de grincheux, en dépit de toute la brusquerie et de toute la colère dont il avait fait preuve en Suisse et en Italie, et elle devait lui reconnaître un sens de l'humour qui se lisait aussi sur ses traits. Elle se demanda qui était la femme qu'il était allé voir à Venise. L'avait-il trouvée ? Une autre Emily Lessini, ou peut-être une beauté italienne plus étincelante.

— À quoi pensez-vous ? interrogea-t-il après un moment. Vous avez l'air ailleurs.

— Oh, à rien d'important, répondit-elle en rougissant. Je serai bien triste de retourner à nos ciels gris d'Angleterre.

—C'est l'été à présent, vous pouvez espérer avoir autant de soleil qu'ici.

Elle s'appuya sur un muret et regarda au loin l'immense étendue de la mer.

—Peu importe combien le soleil brille, ou à quel point il est chaud, Londres ne sera jamais comme cet endroit. Ici tout a un éclat qui est complètement différent.

Elle s'interrompit et inspira le parfum des fleurs d'amandier tout près.

—Je n'ai pas l'habitude de faire particulièrement attention à ce qui m'entoure, poursuivit-elle. Je crois que certaines personnes ressentent le monde à travers leurs yeux et d'autres à travers ce qu'elles entendent ; je fais partie de ces dernières. Ici, cependant, je me sens obligée de contempler sans cesse ce qui m'entoure. Je veux graver dans ma mémoire autant d'images que possible, pour tout raconter à Miss Griffin lorsque je la reverrai.

—Une amie à vous ? s'enquit-il.

—Mon ancienne préceptrice. C'est à présent un écrivain reconnu ; elle a écrit plusieurs de ces romans à couverture marbrée, qui ont rencontré un succès considérable.

—Et qui lui ont apporté une indépendance, je suppose. J'ai souvent pensé que la condition de gouvernante était difficile, et j'avoue que la simple idée d'occuper cette position dans la maison des Darcy, avec l'obligation de vous instruire et de vous guider vous et vos sœurs, me fait froid dans le dos. Ou peut-être que vos quatre sœurs – vous en avez quatre, n'est-ce pas ? – étaient toutes dociles et gentilles. Même si

Mrs Wytton ne m'a jamais donné l'impression d'être du pain bénit pour une préceptrice.

— Dociles et gentilles ? Non, vraiment pas !

Alethea pensa à ses sœurs aînées : Letitia la moralisatrice, Camilla la résolue, Georgina la fantasque, et Belle l'entêtée, et elle se mit à rire.

— La plus âgée de mes sœurs était considérée comme trop gentille, mais en réalité, elle était aussi têtue que cette mule en bas qui refuse de tourner au coin de la rue. Elle est pieuse, aussi, ce qui est insupportable, ou en tout cas, elle prétend l'être.

Titus cligna des yeux.

— Votre amour sororal est touchant !

— Je pense que nous tenons autant les unes aux autres que la plupart des frères et sœurs, mais c'est une erreur de croire que l'on est obligé d'apprécier ses frères et sœurs. Et Letty n'a pas voulu m'écouter lorsque je… (Elle s'interrompit brutalement, peu encline à parler de Letty, ou de Georgina.) Letty et Georgina sont plus préoccupées par les convenances que je ne le suis. Ou que Camilla ne l'est.

Elle se tut, puis, sentant qu'elle devait faire un effort, lui demanda :

— Avez-vous des frères et sœurs ?

— J'ai une sœur et un frère.

— Les aimez-vous ?

— J'aime ma sœur… enfin, quand elle n'essaie pas de se mêler de ma vie et d'arranger mes affaires à ma place.

— Oh, c'est de famille, n'est-ce pas ?

Les moments de bonne camaraderie étaient terminés. Il fronça les sourcils, elle se retrancha dans ses propres pensées et ils ne parlèrent plus jusqu'à ce qu'ils furent redescendus de la colline et installés à la terrasse d'un estaminet sur une petite place. Alethea soupçonnait que Titus avait suggéré cette pause seulement pour lui permettre de se reposer, mais en vérité, elle était bien contente de s'asseoir, car il y avait une multitude de choses à regarder pendant qu'ils se détendaient et buvaient leurs cafés. Les mouettes tournoyaient dans le ciel azur, des fleurs d'un rose surprenant resplendissaient dans les jardinières fixées à toutes les fenêtres, de l'eau jaillissait agréablement de la bouche ouverte d'un élégant dauphin dans la fontaine.

Alethea soupira d'aise.

—J'aimerais que cet instant dure toujours.

Un jour, Titus loua des chevaux et ils se rendirent à Alhandra, une jolie petite ville sur les rives du Tage.

Mr Manningtree avait été agréable, courtois et réservé depuis le jour où ils étaient montés à San Roque. Il l'avait accompagnée au cours d'une ou deux autres expéditions, et bien que parfaitement aimable, s'en était tenu fermement à des sujets de conversation neutres. Elle avait senti le voile de réserve, et l'avait regretté, mais ne pouvait faire autrement que de le respecter. Malgré tout, ce qu'il avait à dire valait la peine d'être entendu, et elle prit conscience qu'il y avait bien longtemps qu'elle ne s'était pas trouvée en compagnie d'un homme intelligent, et qu'elle y prenait du plaisir.

D'autres jours, il avait pris les dispositions pour qu'elle et Figgins soient escortées où bon leur plairait par un ou deux des matelots de Coletree. Elles s'étaient rendues à Sintra de cette façon, une ville magnifique, avait-il dit à Alethea, mais celle-ci n'avait pas apprécié sa journée ; elle était rentrée épuisée et se plaignant à sa femme de chambre d'un mal de tête.

Titus semblait prendre garde à ne pas froisser la susceptibilité d'Alethea, et à la grande surprise de la jeune fille, il ne fit aucune remarque sur son inconséquence ni sur les ennuis qui l'attendaient ; elle lui en fut reconnaissante. Il demeura calme et posé, maintint son sang-froid. Les accès de colère de Titus ne l'inquiétaient pas ; en fait, ils l'amusaient plutôt, mais elle n'était pas d'humeur à affronter des sentiments exacerbés, et c'était comme s'il le sentait.

Ou peut-être étaient-ce seulement la lumière vive et claire, la chaleur du soleil et la gentillesse des gens qui procuraient un sentiment de bien-être au jeune homme, comme c'était le cas pour elle. Elle avait l'impression que c'était un endroit où il avait été heureux autrefois et, alors qu'ils étaient assis près des chevaux à l'ombre d'un large chêne-liège, déjeunant de pain et de fromage, et savourant du vin local, léger, pétillant et rafraîchissant, elle lui en fit la remarque.

Il s'adossa contre le tronc de l'arbre, l'esquisse d'un sourire aux lèvres.

—J'étais heureux, c'est vrai. À cette époque, je n'en étais pas encore venu à détester l'armée, je trouvais ce mode de vie intéressant et la compagnie de mes camarades officiers agréable. Et j'ai lié amitié avec une charmante Portugaise, je n'ai jamais connu quelqu'un qui riait autant. Que de bons moments nous avons partagés !

Alethea essaya de l'imaginer à cette époque. Grand et élégant dans son uniforme, elle en était sûre, il avait dû être un officier compétent et accompli, comme le lui laissait deviner cette autorité naturelle qui émanait de lui. Pas étonnant qu'une beauté portugaise se soit attachée à lui. Elle jetait probablement son dévolu sur l'un ou l'autre des officiers chaque fois que l'armée était en ville.

Alethea n'avait jamais éprouvé le moindre intérêt pour la vie militaire. Elle comptait de nombreux colonels, majors et capitaines parmi ses connaissances à Londres, mais avait toujours jugé ennuyeuses les discussions liées à l'armée.

À présent, cependant, elle se découvrit impatiente d'écouter les récits de Titus sur le temps qu'il avait passé dans ce pays, enthousiaste à l'idée d'en apprendre un peu sur son passé.

— Nos lignes étaient là-bas, dit-il en indiquant une zone au-delà de gigantesques orangeraies. Ma brigade occupait Alhandra pendant que les Français se massaient à la frontière. Tous les civils étaient partis, c'était une ville fantôme lorsque nous sommes arrivés, très différente de ce qu'elle est aujourd'hui. (Il se leva, et lui tendit la main pour l'aider à se relever.) Je vais vous montrer où nous logions, un camarade et moi-même.

Ils remontèrent à cheval, parcoururent la rue principale de la petite bourgade animée, et Titus s'arrêta devant une église.

— Une église ? demanda Alethea. Comment se fait-il que vous ayez logé dans un lieu pareil ? Je pensais avoir séjourné dans des endroits étranges ces dernières semaines, mais nous n'avons jamais dormi dans une église.

— Nous nous sommes installés confortablement dans la sacristie, raconta Titus en regardant à l'intérieur de l'obscur bâtiment. Si aucun prêtre ne vient nous importuner, je vous montrerai nos quartiers.

Il y avait un curé, mais il était jeune et dépourvu de curiosité, et une aumône lui fit hausser posément les

411

épaules en signe d'assentiment lorsque Titus l'informa qu'ils s'attarderaient un peu. Le prêtre leur fournit obligeamment une lampe, qui éclairait si faiblement qu'Alethea songea qu'elle ne servirait pas à grand-chose.

—Quelle pièce lugubre! murmura-t-elle tandis qu'ils pénétraient dans une salle au plafond haut, un lieu où les ombres dansaient dans la pâle lueur de leur lanterne. Qui sont ces gens funestes dans les niches murales?

—Des représentations de saints, je suppose.

—Pourquoi sont-ils vêtus de robes noires, comme des moines? J'aimerais que leurs yeux ne brillent pas autant. Regardez comme leurs vêtements s'agitent dans les courants d'air! Assurément, c'est un endroit effrayant. Griffy adorerait cela! On se croirait dans l'un de ses romans. N'étiez-vous pas consterné de découvrir que vous alliez devoir partager vos quartiers avec des compagnons aussi inquiétants?

—Pas le moins du monde. Nous étions joyeux, affamés et fatigués, aussi n'avions-nous ni temps ni énergie à consacrer à quelques moines défunts. Nos capes étaient très humides, je me souviens de cela, et nous étions plus préoccupés par le fait de nous maintenir au chaud et au sec que par une poignée de saints disparus. Heureusement pour nous, les prêtres n'avaient pas emporté leurs vêtements sacerdotaux avec eux, de sorte que nous avions chacun une brassée d'habits pontificaux aux couleurs criardes pour nous servir de lit. Nous avons dormi aussi profondément que possible, sans être le moins du monde dérangés par ce qui nous entourait ni par nos compagnons là-haut dans les murs.

La luminosité à l'extérieur fit cligner des yeux Alethea.

— Je n'arrive pas à imaginer ce qu'une telle existence pouvait bien être. L'excitation, l'aventure, et tout le reste, cela ne vous manque pas ?

— Le temps où j'étais à l'armée ? Cette époque de ma vie où j'étais jeune et pétri de ferveur patriotique. «Les illusions romantiques d'une folie juvénile et passionnée», comme disait un de mes amis. Nous avons passé des bons moments, certains très bons même, mais il y a aussi la brutalité pure de la guerre qui au final mine le moral de tout homme qui possède la moitié d'un cœur ou d'une âme. Et la disparition de tant d'amis et de compagnons, ce sentiment de perte vous accompagnera toujours, j'en ai peur ; même si à l'époque on y pensait peu, c'était le lot quotidien de la profession des armes, et nous avions peu de temps pour pleurer.

— Et il y avait des compensations sous la forme d'une demoiselle portugaise bien proportionnée.

— Oh, quant à ça… Nos chevaux attendent à l'ombre là-bas. Il faut nous remettre en route pour Lisbonne. Coletree espère attraper la marée ce soir.

— Alors notre temps ici est terminé ?

— Oui.

Chapitre 25

*S*outhampton. *Un autre port, mais quel décor différent !* De bas nuages noirs filant dans un ciel chargé de pluie. Alethea frissonna, et Figgins descendit lui chercher son pardessus.

Titus s'entretenait avec Coletree tandis que le pont résonnait du bruit de pas pressés et de consignes scandées ; l'*Ariane* se glissait dans son lieu de mouillage. Ne se souciant ni de ses cheveux ni de son visage trempés, le jeune homme était sur le qui-vive. Il s'approcha d'Alethea et lui souhaita le bonjour.

— Nous devons planifier soigneusement la dernière partie de notre voyage. Ce sera mieux si nous nous rendons directement à *La Couronne*. C'est l'hôtellerie la plus grande et la plus fréquentée de Southampton, il y a toujours du remue-ménage là-bas, aussi notre arrivée ne sera-t-elle pas remarquée. Notre départ ne le sera pas plus, car vous entrerez dans l'auberge en tant que Mr Hawkins et son valet, et vous en ressortirez en tant que Mrs Napier et sa femme de chambre.

— Vous avez l'ordre facile, dit Alethea. Je pense que je peux prendre mes propres dispositions, je ne vois pas pourquoi je ne pourrais pas continuer jusqu'au Herefordshire comme je suis. Nous allons devoir passer au moins une nuit sur la route, et il m'est plus confortable de voyager en Mr Hawkins.

— Croyez-moi, il est préférable que vous ne passiez pas un seul instant en Angleterre en tant que Mr Hawkins. Si vous veniez à être reconnue, et c'est plus probable en Angleterre qu'à l'étranger – et même là-bas, Dieu en est témoin, il a fallu que vous tombiez sur un cousin – alors votre situation, déjà difficile, deviendrait impossible.

Lady Hermione avait conseillé à Alethea de reprendre sa véritable identité aussitôt qu'elle aurait débarqué, et Alethea avait reconnu que son argument était sensé. Cela ne signifiait pas qu'elle allait laisser Mr Manningtree la diriger à sa manière habituelle.

— Je ne pense pas que ça puisse être pire.

— Ça peut l'être, croyez-moi. Nous sommes à cette époque de l'année où les gens de haut rang voyagent à travers toute l'Angleterre, pour se rendre dans leur résidence à la campagne, pour aller voir des amis, pour faire des excursions et des balades. Vous ne manquerez pas de croiser une tante ou une jeune fille avec qui vous étiez au séminaire, et croyez-moi, ni votre pantalon ni vos cheveux courts ne les duperont.

Figgins, qui avait écouté leur échange sans s'en cacher, régla la question.

— Je remets mes propres vêtements dès que possible, et si vous restez en Mr Hawkins, je demanderai à Mr Manningtree de me trouver une place dans le train omnibus et j'irai directement à Londres. J'ai entendu ce qu'a dit lady Hermione, et c'est une dame avec la tête sur les épaules, s'il en existe. Vous rechignez à redevenir Mrs Napier, voilà tout, mais vous êtes Mrs Napier, que ça vous plaise ou non, et vous le serez jusqu'à ce que Lucifer vienne réclamer son dû et fasse de vous une veuve respectable, en mesure de se remarier.

— Oh, comme j'aimerais que cela arrive ! dit Alethea.

— Un divorce vous libérera de votre mari, déclara posément Titus.

— Il ne peut être question de divorce, répondit Alethea. Connaissez-vous le comte de Lullington ? Il est à la tête de notre famille, et même si papa ne prête pas grande attention à ce qu'il dit, il est généralement très influent. C'est un homme à l'esprit étriqué et à la moralité sévère ; il considérerait le divorce de quelqu'un qui lui est lié comme tout à fait inacceptable. Non, une séparation est le mieux que je puisse espérer, et même cela ne sera pas facile.

— On n'a pas été envoyé sur cette terre pour avoir la vie facile, déclara Figgins.

Alethea connaissait ces humeurs stimulantes : la langue acérée de sa femme de chambre camouflait toujours une grande anxiété. Si Figgins pensait qu'elle devait redevenir Mrs Napier sitôt qu'elles auraient débarqué, alors elle avait probablement raison.

— Très bien, concéda-t-elle d'une voix triste, ne remarquant pas l'expression inquiète qui passa alors sur le visage de Titus. Allons pour *La Couronne*. Comment allons-nous poursuivre vers Sillingford ?

— En chaise de poste, dit Titus. J'ai toujours une voiture à Southampton, puisque c'est ici que l'*Ariane* est généralement amarré en Angleterre. Je souhaite que votre voyage soit aussi confortable que possible.

On s'affairait effectivement à *La Couronne* : la cour grouillait de chevaux et d'attelages attendant leurs passagers ou déchargeant des voyageurs à l'air las qui n'auraient que le temps d'avaler un café avant de devoir attraper la marée.

Personne ne les remarqua entrer tous les quatre dans l'auberge. Bootle réserva rapidement une salle privée, Mr Hawkins et son valet disparurent dans l'escalier de bois, et une quinzaine de minutes plus tard, Alethea descendit dans sa robe vieillotte, accompagnée par sa femme de chambre, et rejoignit Mr Manningtree dans le salon privé pour le petit déjeuner.

— Figgins est peinée par mon apparence, dit Alethea à Titus tandis qu'elle mangeait de bon cœur du jambon, des œufs et plusieurs tranches de pain. Il semblerait bien que la perspective de me voir croiser une de mes élégantes connaissances ainsi accoutrée l'inquiète plus que mon déguisement.

— Je n'avais pas pensé à cela, convint Titus en fronçant les sourcils. Bien sûr, vous allez avoir besoin d'habits. Vous ne pouvez pas vraiment envoyer chercher les vôtres à Tyrrwhit House ; que faut-il faire ?

— Il y aura quelques-uns des vêtements de Camilla à Sillingford, répondit Alethea. Je suis plus grande qu'elle, mais Figgins se débrouillera pour que je puisse les porter. J'espère seulement ne pas avoir à essuyer la colère de ma sœur lorsqu'elle rentrera et qu'elle s'apercevra qu'elle piétine les ourlets de ses tenues préférées.

Ses propres mots lui paraissaient irréels, comme prononcés en rêve. « Vêtements », « Sillingford », « Camilla » : tout cela réapparaîtrait sans doute dans sa vie en temps voulu, mais pour l'instant, son existence était réduite au moment présent, à cette pièce dans l'auberge, et, une demi-heure plus tard, elle se limiterait à l'intérieur d'une voiture bien aménagée et munie de bonnes suspensions.

— Nous logerons à Oxford cette nuit, déclara Titus en montant sur son cheval. Et nous atteindrons

Sillingford demain soir. C'est un voyage éreintant, mais nous n'avons pas une minute à perdre.

Alethea ne s'était pas rendue à l'abbaye de Sillingford depuis le mariage de sa sœur. Les jeunes mariés étaient partis pour l'étranger immédiatement après la cérémonie, et avaient rendu visite à Mr et Mrs Darcy à Constantinople, avant de passer l'hiver en Égypte parmi les tombeaux et les pyramides, une aventure qui avait enchanté Camilla, si Alethea en jugeait par ses lettres enthousiastes.

La pluie et son état d'esprit firent du voyage vers le Herefordshire une épreuve plus qu'un plaisir. Comme tout était gris derrière les vitres de la voiture ! Les champs étaient détrempés, des campagnards à la mine renfrognée avançaient péniblement, se protégeant des éléments avec des objets de fortune ; elle vit même, dans un village, un jeune garçon courant avec un seau renversé sur la tête. Cela la fit rire, et l'égaya un peu.

— Nous y sommes presque, dit-elle à Figgins en reconnaissant l'église du village et le long mur de brique patiné qui bordait cette partie de la propriété.

Le véhicule effectua un virage serré pour franchir le portail, puis les voyageurs roulèrent bon train à côté du fossé, l'abbaye devant eux, un rayon de soleil perçant les nuages juste à ce moment-là, leur indiquant que le pire de l'orage d'été était sans doute passé.

— Il n'y aura pas de problème avec Mrs Burden, la gouvernante de Sillingford, avait dit lady Hermione. Elle vous reconnaîtra immédiatement comme étant la sœur de Camilla, elle n'oublie jamais un visage. Et elle peut sembler un soupçon grincheuse, mais aucun de ses proches ne doute de la bonté de son cœur. Titus vous l'attestera.

— C'est exact, Mrs Burden et moi-même nous apprécions depuis de nombreuses années.

La voiture était à présent à la porte ; le majordome attendait, et un valet de pied en livrée de campagne s'empressa d'ouvrir la porte du véhicule et d'abaisser le marchepied. Un palefrenier arriva en courant pour prendre les rênes des mains de Titus tandis que celui-ci mettait pied à terre.

— Mr Manningtree, j'ai entendu dire que vous étiez à l'étranger… C'est bon de vous revoir. Ça doit être cette jument de King's Head, le relais de poste de Hereford, je la reconnais à sa chaussette blanche. Un des garçons la reconduira quand elle se sera reposée et aura été bouchonnée.

Mrs Burden était dans la grande salle, sur laquelle donnait la porte d'entrée. Petite et mince, elle sourit en apercevant Titus.

Elle souhaita la bienvenue à Alethea et accepta sans sourciller que l'armoire de Camilla soit pillée pour les besoins de sa cadette.

— Vous voudrez sans doute vous reposer après votre voyage, dit-elle à Alethea. Je vais envoyer quelqu'un en cuisine immédiatement avec l'ordre qu'on vous prépare un souper. Vous préférerez peut-être dîner dans le petit salon, la salle à manger est complètement close depuis que Mr et Mrs Wytton sont partis. Mr Titus, resterez-vous dîner ?

— Non, non, je dois y aller. Je passerai sûrement dans la matinée, pour prendre des nouvelles de Mrs Napier.

Avant qu'Alethea ait pu le remercier ou lui dire « au revoir », il avait pris congé. Une étrange morosité la gagna, qu'elle mit sur le compte de la fatigue causée par les secousses et le bruit d'un si long voyage.

— J'ai l'impression que chacune de mes dents s'est déchaussée, déclara-t-elle à Mrs Burden en la suivant dans l'escalier de pierre puis jusqu'à une chambre au premier étage.

Elle s'endormit aussitôt que Figgins eut tiré les rideaux autour du traditionnel lit à baldaquin, et fut réveillée par des rais de lumières filtrant à travers les coutures. Elle bâilla et se glissa hors du lit pour aller à la fenêtre s'imprégner du paysage estival, idyllique dans son dégradé de verts, voilé d'une brume légère qui annonçait une belle journée, et animé du chant des oiseaux. Un jeune coq s'égosilla, en retard sur son devoir, et dans l'un des enclos, un cheval hennit à l'intention de son compagnon. Tout était si paisible. Elle soupira d'aise, longuement, et sonna la cloche pour appeler Figgins. Quelle heure pouvait-il être ? Comme elle avait dormi, et comme elle avait faim !

Figgins aussi avait dormi, mais s'était levée plus tôt ; elle avait trouvé le temps de retoucher l'une des robes de Camilla de sorte qu'elle allait plus ou moins à Alethea.

— Et elle tomberait drôlement mieux si vous vous remplumiez un peu, vous avez encore la peau sur les os, même si ce n'est pas aussi catastrophique qu'avant.

Alethea prit un bon petit déjeuner, puis se rendit dans la salle de musique. Son beau-frère avait un piano décent, se souvenait-elle, un Broadwood. Elle espérait qu'il était accordé ; quelques arpèges la rassurèrent et elle commença à fureter dans les piles de partitions. Comme cela faisait longtemps qu'elle n'avait pu s'offrir le luxe de jouer tant de ses morceaux préférés !

Ses doigts manquaient cruellement d'entraînement, et elle s'installa pour s'exercer. Absorbée par la musique, elle n'entendit pas le bruit des sabots dans la cour, ni les pas rapides approchant de la salle de musique. La porte fut brusquement ouverte, sans cérémonie.

— Bien sûr, vous êtes là.

— C'est une visite très matinale, Mr Manningtree, vous allez choquer les domestiques.

— Peu importent les domestiques. Il fallait que je vienne immédiatement après avoir entendu la nouvelle.

— Quelle nouvelle ?

— C'est bien simple : Napier, votre mari, est mort.

Chapitre 26

Incrédule, Alethea dévisageait Titus.

—Mort ? Il ne peut pas être mort.

—Il l'est, je vous l'assure, et ce depuis une semaine.

Alethea baissa les yeux vers ses mains, encore posées sur les touches.

—Mort, se répéta-t-elle doucement.

Elle ne parvenait pas à saisir la réalité derrière ces paroles, leur sens lui échappait. Un autre mot se glissa dans sa tête. *Veuve.* Elle était veuve.

Elle se leva du tabouret du piano et se dirigea vers la fenêtre, regardant sans les voir les espaces verts. Puis elle s'adressa à Titus, reflété par le carreau.

—Je suis bien contente. Voilà, c'est abominable de parler comme cela d'un être humain, n'est-ce pas ? Néanmoins, cela a le mérite d'être honnête.

—Vous ne serez peut-être plus aussi contente lorsque vous apprendrez la façon dont il a disparu, répondit sèchement Titus.

—Comment est-ce arrivé ?

—Il a été assassiné.

—Assassiné !

Elle ressentait à présent un peu du choc et de l'angoisse que l'on attendrait ordinairement d'une jeune femme à qui l'on vient d'annoncer le décès de son époux, après moins d'un an de mariage.

— Qui l'a assassiné ? Cela s'est passé en Italie, je suppose, seulement, comment la nouvelle a-t-elle voyagé aussi vite ? A-t-il été empoisonné ?

— Vous lisez décidément trop de romans ! Non, il a été tué par balle, et avec l'un de ses propres pistolets.

— Peut-être qu'il s'est suicidé ?

— On aurait pu le croire, s'il n'avait pas été atteint dans le dos. Et cela ne s'est pas produit en Italie, mais à Londres.

— À Londres ! Comment est-il possible qu'il se soit trouvé à Londres ? Nous nous sommes assurés qu'il continuerait de me chercher en Italie.

— Il n'en reste pas moins qu'il est rentré en Angleterre mardi dernier, en parfaite santé, et qu'il a été retrouvé mort mercredi matin.

— Comment l'avez-vous appris ?

— J'ai reçu ce matin une lettre de ma sœur, qui a supposé que je pourrais être intéressé. C'est également dans les journaux que j'ai fait envoyer chercher aussitôt : on s'inquiète sérieusement que l'assassin n'ait pas encore été appréhendé et traduit en justice, on dénonce nos rues peu sûres pour les citoyens honnêtes, et ainsi de suite.

— Il y a une semaine ! (Alors qu'ils étaient encore en haute mer, Napier avait rendu son dernier souffle à Londres.) Je n'ai jamais mis les pieds dans sa maison londonienne, annonça-t-elle de façon irrationnelle. Il ne me laissait pas aller à Londres.

— Vous pourrez vous y rendre aussi souvent que vous le désirez à présent, car je pense que la demeure vous revient.

Alethea cligna des yeux, étonnée.

— Je… c'est-à-dire, je n'ai aucune idée de la façon dont les choses sont prévues. Les avocats… tout a été arrangé par les avocats. Je ne considérais pas cela comme important, et bien sûr, mon opinion sur les aspects financiers n'a jamais été sollicitée.

— Je serais très surpris que votre fortune personnelle, au moins, n'ait pas été protégée dans l'éventualité du décès de votre époux. Pour le reste… Mais il n'est pas temps de penser à cela. Nous devons envisager ce que vous allez faire.

— Dois-je jouer les veuves éplorées ?

Tandis qu'elle prenait pleinement conscience des événements, elle se rassit.

— Les journaux parlent de vous en ces termes, une femme seule et dévastée dans le manoir de Napier.

— Mais les gens à Tyrrwhit House savent que je n'y suis pas.

— C'est exact, et on doit déjà se poser des questions sur vos allées et venues. Cela est arrivé il y a tout juste une semaine, ça ne fait pas si longtemps. Que préféreriez-vous faire ? Je vous conseillerais de vous rendre à Londres, ma voiture est à votre disposition, ou bien vous pouvez faire préparer celle de Wytton pour vous y conduire.

Même dans le tourbillon de pensées qui se bousculaient dans sa tête, Alethea se rendit compte que Titus, pour une fois, ne lui dictait pas sa conduite. Et, pour une fois, elle aurait vraiment aimé qu'il le fasse.

— Vous me recommandez d'aller à Londres ? N'y a-t-il pas une autre solution ? Ne puis-je pas rester ici ?

— Je pense qu'il est mieux pour vous d'être à Londres en ce moment ; néanmoins, cette décision ne tient qu'à vous. Vous êtes très pâle, permettez-moi d'appeler Figgins.

—C'est le choc, je viens juste d'assimiler la nouvelle. Napier, mort ! Pour de vrai ? Et d'une façon si terrible… Y a-t-il eu un intrus ?

Titus secoua la tête.

—D'après les journaux, il semblerait qu'il ait dîné avec une autre personne ce soir-là. Il n'y avait aucune trace d'effraction.

—Où étaient les domestiques ? Peut-être que l'un d'eux est le meurtrier… Si vous saviez comme ils sont désagréables ! Je ne serais pas surprise d'apprendre que l'un d'entre eux, n'importe lequel, a commis un crime.

—Peut-être, mais il est peu probable qu'ils soient tous des assassins en puissance. Je ne parlerais pas des serviteurs si j'étais vous. (Il s'interrompit, puis reprit d'une voix plus douce.) Si vous avez l'intention de vous rendre à Londres, vous seriez avisée de ne pas tarder, et même de partir sur-le-champ. Vous séjournerez chez lady Fanny, je suppose ?

—Fanny ? Je n'avais pas pensé… Oui, oui ; je ferais mieux d'aller à Aubrey Square.

Alethea ne perçut rien du voyage, indifférente à un paysage qui, si peu de temps auparavant, n'évoquait que désolation et grisaille et qui resplendissait à présent sous la lumière estivale. Elle était tout entière absorbée dans ses pensées : sa situation, ses secrets – tant de secrets –, ce qu'on attendrait d'elle à Londres…

La voiture tourna dans Aubrey Square, et Fanny était là, à la porte, ouvrant les bras et escortant sa cousine à l'intérieur tout en lançant une volée d'ordres : qu'on apporte du vin, des sels, qu'on mande un docteur…

—Fanny, je ne suis pas malade.

— Non, mais vous êtes si maigre et si pâle ! Ma chère ! cria-t-elle avec effroi, vous portez du jaune, c'est absolument indécent, où sont vos habits de deuil ?

— Mes habits de deuil ? répondit Alethea, tandis que Fanny la poussait dans un canapé et lui ordonnait de mettre ses pieds en hauteur. Je n'ai pas eu le temps de penser à cela.

— Non, pas un mot de protestation, je vois à quel point le voyage vous a éreintée. Dawson va apporter des serviettes chaudes pour vos mains et votre figure, et de l'eau de Cologne. Oh, vous êtes si jeune pour être veuve, tout cela est tellement affreux ! Et mourir de la sorte !

— Fanny, intervint Alethea en s'asseyant très droite. Je vais être honnête avec vous : la mort de Napier ne me cause aucun chagrin.

— C'est le choc ; Seigneur ! Je savais qu'on aurait dû envoyer chercher le docteur Molloy.

— Ce n'est pas le choc, c'est la raison. Notre mariage a été épouvantable… Non, écoutez-moi, Fanny, car je dois parler avant que mon cousin Fitzwilliam fasse son apparition, il mourra lui-même s'il entend ce que j'ai à dire.

Fanny porta ses mains à son visage.

— Alethea, vous n'êtes pas consciente de ce que vous racontez. Et comment se fait-il que vous soyez si bronzée ? Ne me dites pas que vous êtes sortie sans protéger votre peau du soleil ! Comment allez-vous récupérer votre teint ? Et vous êtes si maigre ! Et je suis sûre que vous avez encore pris au moins deux centimètres.

— Écoutez-moi un peu, Fanny. Vite, tout de suite, tant que nous sommes seules. Napier n'était pas l'homme qu'il semblait être. Il était méchant…

Non, brutal avec moi, il me traitait d'une façon dont il n'aurait pas traité son chien.

Fanny la dévisageait, atterrée. Alethea voyait qu'elle était ébranlée jusqu'au fond de son âme, mais Fanny n'était pas innocente ; elle évoluait dans la société depuis suffisamment longtemps pour savoir que tous les mariages n'étaient pas heureux.

— Un homme si charmant, des manières si exquises, et une véritable passion pour la musique… Nous pensions tous, nous espérions… Mais comme vous ne veniez plus à Londres, je me suis posé des questions. J'ai écrit à Letty, mais elle m'a affirmé que Napier était le plus prévenants des maris, et Fitzwilliam répétait que vous aviez toujours été indomptable, et que vous vous calmeriez bien assez tôt. Et, bien sûr, lorsqu'il y a un enfant…

— Dieu merci ! il n'y a pas eu d'enfants de mon union avec Napier.

Les paroles d'Alethea furent si sincères que Fanny se tut.

— Était-ce à ce point difficile ?

La compassion la perdrait. Elle ne pleurerait pas, il ne fallait pas qu'elle pleure.

— Cela n'aurait pas pu être pire.

— Oh, mon Dieu ! Tout cela est trop pour moi, le meurtre d'abord, et puis vous, assise ici si calmement à me dire…

— Napier était violent de nature, et profondément égoïste. Il voulait détruire mon âme et ma musique, ma raison de vivre, et c'est pour tout cela que je ne suis pas une veuve éplorée.

— Non, non, je le vois bien. Seulement, Alethea, vous devez rester discrète. Toutes ces révélations ne doivent en aucun cas dépasser ces murs. Il faut que vous portiez du noir et que vous vous montriez sombre, sinon éplorée. On admire toujours la dignité, et vous attirerez beaucoup de compassion, jeune comme vous êtes.

— De la compassion ! C'est la dernière chose dont je veuille !

— J'espère que vous n'avez rien dit à Tyrrwhit House qui pourrait trahir vos sentiments.

— Je n'y étais pas, répondit Alethea en rougissant malgré elle. J'ai voyagé aujourd'hui depuis Sillingford.

— Sillingford ! Camilla est-elle revenue ? Comment cela se fait-il ?

— Camilla est toujours à l'étranger, mais sa belle-mère m'a invitée à séjourner là-bas.

— Alors lady Hermione est de retour, je ne le savais pas.

Devait-elle lui avouer que lady Hermione Wytton était toujours en Italie ? Alethea opta pour un silence discret. Dawson entra avec un verre de vin et quelques macarons. Elle salua Alethea d'un regard bienveillant, et déclara qu'elle était désolée d'apprendre tous ses ennuis, et qu'un dîner serait servi pour elle au rez-de-chaussée.

— Je suis sûre que Miss Alethea, Mrs Napier je veux dire, est bien trop bouleversée pour manger.

— Bien au contraire. Merci, Dawson.

— On a envoyé chercher Mr Fitzwilliam à son club et il devrait arriver d'un instant à l'autre, annonça Dawson à Fanny.

Alethea s'affola. Mr Fitzwilliam désapprouverait sa robe jaune, son séjour à Sillingford, sa venue à Londres, son manque de larmes, tout ce qui la concernait.

— À présent, écoutez-moi, Alethea, prévint Fanny aussitôt que Dawson eut quitté la pièce. Pas un mot à Fitzwilliam de vos sentiments. Vous devez être une gentille fille, je sais que vous en êtes capable, et afficher l'attitude que les gens attendent de vous. Tout d'abord, il faut que nous vous procurions des vêtements noirs; Dawson saura bien où vous dénicher quelque chose à porter tout de suite, et puis ma couturière viendra demain et nous pourrons vous habiller correctement. Du noir, en juin, et avec vos couleurs, c'est si peu seyant! Mais enfin, on n'y peut rien.

Heureusement, la soirée se passa mieux que ne l'avait redouté Alethea. Le voyage, l'épreuve de devoir faire bonne figure et la gêne qu'elle éprouvait en sachant à quel point ses cousins seraient horrifiés s'ils avaient la moindre idée d'où elle s'était trouvée ces dernières semaines, tout cela lui causa un véritable mal de tête.

— Y avait-il une quelconque désunion entre vous et Napier? demanda Fitzwilliam en attaquant un bol de fraises à la crème. Nous avons appris de Georgina que vous aviez été à Paris sans votre mari, même si elle ne nous a donné aucun détail…

Dieu soit loué! Pour cela au moins…

— … et puis il y a eu des rumeurs selon lesquelles Napier se comportait bizarrement. Les gens disent qu'il s'est rendu à Vienne, pour voir Mr Darcy…

— Papa est de nouveau à Constantinople, alors cela ne peut pas être le cas, répondit Alethea en choisissant ses mots avec précaution. Napier était le genre d'homme à agir sous une impulsion.

Cela était assez vrai.

Fitzwilliam s'essuya la bouche et posa sa serviette.

— Toute évocation d'une mésentente entre vous et Napier doit être niée. Nous ne pouvons nous montrer trop prudents dans un moment pareil.

La jeune femme porta une main à ses yeux.

— Alethea, vous devriez aller vous coucher, je vois que votre tête vous fait très mal, dit Fanny. Figgins vous montera une tisane, et demain matin, peut-être que les choses ne sembleront pas aussi difficiles.

La matinée apporta une activité bienvenue. Des robes, des chaussures, des chapeaux, tous d'un noir uniforme, arrivèrent à Aubrey Square ; Figgins et Dawson se jetèrent dessus, aiguilles et ciseaux à la main, pour les rendre portables par Alethea. Mme Foutgibu se présenta pour prendre des mesures et lui proposer encore d'autres modèles de vêtements noirs.

— Il vous faudra une garde-robe complète de noir, vous devez vous attendre à au moins trois mois de deuil complet, déclara Fanny.

Cette perspective déprima Alethea encore un peu plus. À peine deux semaines plus tôt, elle se délectait des couleurs éclatantes de Lisbonne ; à présent son monde s'était réduit à un noir cauchemar.

— Sans doute puis-je quitter mes habits de deuil lorsque je suis ici, à l'intérieur, dit-elle.

Fanny fut catégorique.

— Tout Londres en aurait vent, vous savez comme les domestiques parlent, et si nous avions des visiteurs et qu'ils vous apercevaient… Non, il ne faut pas y penser.

Et ce fut donc vêtue de noir de la tête aux pieds qu'Alethea s'assit le jour suivant aux côtés de Fanny aux funérailles et à l'inhumation de Napier dans le caveau familial à Tyrrwhit. Mr Fitzwilliam avait fait le déplacement pour représenter la famille ; tout au long du service funèbre, aux instants convenus, Fanny et Alethea lurent quelques passages du livre de prières.

— Amen, fit Alethea en refermant le livre et en le posant avec un bruit sourd sur la table. Fin de l'histoire.

— Je sais que vous n'aimiez pas votre époux, et à juste titre, observa Fanny d'un ton de reproche, mais ce n'est guère le moment d'être légère.

— Il a vécu dans la violence et il est mort dans la violence, ajouta Alethea, mais à voix basse.

Elle était peut-être libérée de lui, mais il n'était pas question de liberté, au sens large du terme, à Aubrey Square. Fanny avait informé Fitzwilliam que Napier n'avait pas bien traité Alethea ; il avait fait la moue, avait pris un air sombre, et avait déclaré que les jeunes femmes n'étaient pas toujours les meilleurs juges du comportement de leur mari.

Il attendait d'Alethea qu'elle se comporte avec une extrême bienséance, déclarant que la moindre frivolité en cette période difficile devait être déplorée.

Nerveuse, cernée par une vie de famille qu'elle trouvait assommante, Alethea regretta – sans toutefois se l'admettre – la compagnie de Titus, son esprit brillant et divertissant ; tout se mit à l'agacer. Cela inquiéta Fanny, qui comprenait un peu la nature turbulente de sa jeune cousine ; Alethea en devint furieuse contre elle-même, contre sa propre ingratitude, et au final, encore plus irritable.

— Peut-être devriez-vous aller à Pemberley, lui suggéra Fanny.

Non, Alethea ne voulait pas se rendre dans le Derbyshire ; les souvenirs du monde plus heureux de son enfance étaient trop vifs.

— Je ne souhaite pas aller à la campagne, merci, répondit-elle à Fanny.

Puis Mr Fitzwilliam mentionna Melville Place, où se situait le pied-à-terre londonien de Napier.

— C'est une bonne adresse, déclara-t-il. Vous n'aurez aucun mal à trouver un locataire en temps voulu.

— Comment! s'écria Alethea. Dans une maison où un meurtre a eu lieu? Seule une goule voudrait la louer.

Mr Fitzwilliam parut surpris.

— Votre mari n'a pas été tué à Melville Place, dit-il. Je pensais que vous le saviez, il a été assassiné ailleurs.

Chapitre 27

— *P*ourquoi faut-il que nous entrions par l'arrière ? demanda Alethea à Figgins, tandis que celle-ci insérait la clef dans la serrure de la petite porte ouvrant sur la venelle du 17 Melville Place.

— La scène d'un crime attire toujours les badauds.

Une fois à l'intérieur, et lorsqu'elles eurent refermé derrière elles, elles furent coupées du brouhaha de Londres. Aucune tête ne les observait depuis les écuries, aucune odeur familière de cheval, de foin et de cuir ne flottait dans l'air. Un portillon se balançait sur une charnière grinçante. Une voiture, brancards levés, était garée sous l'abri. L'herbe poussait entre les pavés. Tout était négligé, et ce décor triste et abandonné poussa Alethea à s'interroger un peu plus sur son défunt mari.

Elle ne savait rien de sa vie londonienne et s'était contentée de remercier le ciel lorsque Napier se rendait en ville pour quelques jours, ou même pour une semaine entière. Pourtant, elle avait rapidement compris qu'elle paierait au prix fort le répit procuré par l'absence de son mari dès que celui-ci rentrerait à la campagne, son désir de la dominer et de la détruire exalté par son séjour à Londres.

— Napier n'a pas été assassiné ici, dit-elle. Je n'en avais pas conscience jusqu'à ce que Mr Fitzwilliam se mette à parler de cette maison.

—Ça ne fait aucune différence. Si tous ces badauds vous aperçoivent et vous reconnaissent pour ce que vous êtes, ils vont être attirés comme des mouches. Mieux vaut passer par là et ne pas leur en donner l'occasion.

—Ça a l'air si abandonné sans chevaux, ni valets de pied, ni garçons d'écurie. Je me demande pourquoi c'est si mal entretenu.

—On le découvrira bien assez tôt.

—Il n'a jamais aimé cette maison, reprit Alethea tandis que Figgins poussait la porte qui menait au quartier des domestiques. Un jour, alors qu'il était ivre, il a dit que, chaque fois qu'il y mettait les pieds, il entendait la voix de son père résonner à ses oreilles. Je crois que les deux hommes ne se sont jamais bien entendus. Son père le désapprouvait. Je suis sûre que c'était quelqu'un de digne d'estime.

—Tant mieux pour lui, répliqua Figgins en s'engageant dans un passage étroit, obscur et malodorant ; car alors, il est peut-être assis sur un nuage au paradis, tandis que Napier, s'il a ce qu'il mérite, va rôtir en enfer sur une broche brûlante que Lucifer lui-même fera tourner.

Elles trouvèrent Watts, l'imposant gardien, assis dans la cuisine, une pipe d'argile à la main, et un gros chat tigré roulé en boule sur ses genoux. Il dirigea ses yeux rouges et avinés vers elles, et se leva de sa chaise en bois après avoir calé le chat sous son bras musculeux.

—Voilà Mrs Napier, dit brusquement Figgins. Alors, posez ce gros animal par terre, et rendez-vous utile.

Le gardien dévisagea Alethea.

—Mrs Napier ? Dans la cuisine ?

— Oui, nous sommes passées par ici par commodité, répondit Alethea. Néanmoins, si vous voulez bien nous conduire à l'étage… Il y a une forte odeur de renfermé ici.

Alethea n'était pas le moins du monde perturbée de se trouver dans une partie de la maison où la plupart des jeunes dames ne s'aventuraient jamais. Quelques années auparavant, lorsque Figgins et elle quittaient en douce le domicile des Fitzwilliam à Aubrey Square, vêtues en hommes, pour qu'Alethea puisse se joindre à ses amis musiciens, elles avaient l'habitude d'aller et venir par l'entrée des serviteurs.

Elles franchirent les portes qui séparaient les deux parties de la demeure et arrivèrent dans le vestibule. Hormis les rais de lumière poussiéreux filtrant à travers l'imposte au-dessus de la porte, il y faisait aussi sombre qu'à l'étage inférieur.

— Je n'attendais pas de compagnie, dit le gardien, Mrs Watts et moi on n'a pas de chambre de prête.

Alethea ouvrit la porte la plus proche et se retrouva dans un petit salon miteux, meublé à la mode du siècle dernier, avec un tapis turc passé sur le sol et de pitoyables rideaux de soie damassée qui pendaient aux fenêtres.

— Ouvrez ces volets, Watts! ordonna Figgins. Allons, un peu d'entrain!

Alethea gribouilla quelques notes de musique dans la poussière qui couvrait une commode excessivement décorée, puis observa, quelque peu étonnée, la crasse sur ses doigts gantés.

— Qu'est-ce que vous espériez en faisant ça? demanda Figgins. Et le bas de votre robe est tout plein de poussière aussi; la saleté se voit énormément sur le noir.

Elle se retourna vers Watts, qui était sur le point de s'esquiver pour retrouver sa chaise à la cuisine.

—Ça lui était donc égal à votre maître, ajouta Figgins, que sa maison soit si mal tenue ? Où sont les autres domestiques ?

—Il n'y en a pas. Il y avait Mr Holbis, de temps en temps, qui s'occupait de Mr Napier ; son valet de chambre qu'il était, mais il a été renvoyé avec une demi-paie quand Mr Napier est parti, et il n'est jamais revenu. Mr Napier ne séjournait jamais dans cette maison, même s'il y a quelques-uns de ses vêtements à l'étage, même que Mr Holbis a dit qu'ils étaient démodés. Il n'a pas eu le droit de les prendre, ce qui n'était pas bien, car les vieilles nippes reviennent toujours au valet, comme chacun sait.

—Holbis était une créature obséquieuse, apprit Alethea à Figgins. Je suis bien contente qu'il ne soit pas là, il ne nous servirait à rien. Cependant, s'il n'y a pas de femmes de chambre, pas de valet de pied, personne dans la cuisine, nous n'allons guère pouvoir rester ici.

—Il va falloir vous affairer, vous et Mrs Watts, et voir ce que vous pouvez faire, dit Figgins au gardien.

Il la regarda fixement, interloqué.

—On pourra jamais s'affairer assez pour remettre de l'ordre dans cette maison. Au temps du vieux Mr Napier on était douze, sans compter ceux qui étaient à l'écurie.

—Laissez-moi m'occuper du personnel, déclara Figgins en grimaçant tandis qu'elle soulevait un coussin. On n'a pas besoin de douze personnes, mais il nous faut un cuisinier et un aide à la cuisine, quelques femmes de chambre, et quelqu'un pour frotter. Je vais faire venir mon frère Jack, si ça vous convient, Miss Alethea. Il vient de quitter la marine, où il était le garçon de service d'un officier qui a été fait amiral et qui est parti prendre un poste à terre à l'étranger. Jack n'avait plus envie de retourner à l'étranger, il a eu sa dose pour toute sa vie, qu'il dit, alors il va chercher un emploi par ici. En attendant, il peut venir nous donner un coup de main. Eh, vous ! Watts ! Trouvez un garçon qui pourra porter un message. Secouez-vous, on n'a pas toute la journée.

Une cloche carillonna au loin, suivie par de brusques coups secs à la porte d'entrée.

— Eh quoi, à présent ? fit Watts, visiblement perturbé. Qui l'eût cru, des visiteurs, et à cette heure ! Ils ne voient pas que le heurtoir est bloqué, pour dire qu'on reçoit personne ?

— Ce doit être Griffy, intervint Alethea en se précipitant dans l'entrée.

Elle enlaça chaleureusement la femme à l'air plutôt farouche qui se tenait dans l'entrée, vêtue d'un manteau de basin bleu, onéreux mais passé de mode, et qui regardait autour d'elle, consternée.

— Oh, je suis tellement contente que vous soyez venue, Griffy, nous sommes dans un tel pétrin ! Avez-vous entendu pour Napier ?

— Y a-t-il une seule personne à Londres, à part dans les maisons de fous, qui n'en a pas entendu parler ? répondit Miss Griffin. Eh bien, Figgins, je suis heureuse de voir que vous êtes revenue auprès de Mrs Napier. Surtout, faites bien attention avec cette malle, elle contient des feuillets, et j'aimerais mieux éviter qu'ils tourbillonnent partout dans la pièce, merci. Alethea, que faites-vous ici ? Pourquoi n'êtes-vous pas avec lady Fanny ou avec les Gardiner ?

— J'ai été chez les Fitzwilliam, et j'ai cru devenir folle ; je n'avais rien à faire, avec Fanny qui débordait de sollicitude et mon cousin qui me sermonnait sans cesse, aussi ai-je décidé de venir ici et d'y demeurer.

— Il est tout à fait inconvenant que vous soyez seule ici, à un moment pareil.

— J'ai Figgins, et maintenant vous, ma chère Griffy.

— Je ne suis pas du tout certaine de rester. Votre message était si pressant que je me suis sentie obligée de poser ma plume, laissant en suspens le passage le plus excitant de mon roman, et de venir à Melville Place. Cependant, tout a l'air d'être en piteux état et comme vous le savez, je n'ai guère le tempérament d'une femme d'intérieur.

— Non, non ! Nous ne vous demanderons rien de ce genre, je vous le promets. Nous allons vous trouver un endroit confortable pour que vous puissiez écrire et vous continuerez votre roman exactement comme vous l'auriez fait chez vous, dit Alethea. Le soir, vous pourrez me lire votre travail, comme au temps de la salle d'étude. Et je vous raconterai tout de mes voyages… Nos aventures périlleuses à travers les Alpes vont vous passionner.

— Vous avez été à l'étranger ? Je ne le savais pas. Pour tout dire, je n'ai pas eu de vos nouvelles depuis votre mariage. Vous ne m'avez jamais écrit.

— Oh, si ! Je l'ai fait, mais Napier s'est assuré qu'aucune de mes lettres ne soit jamais envoyée. Comme j'ai été dupée sur son caractère ! Vous ne pouvez imaginer quel monstre il était en réalité.

— Je le peux, répondit Miss Griffin en lançant un regard significatif à Watts.

— Vous êtes encore là ? s'étonna Alethea. Vous pouvez disposer, Watts, et faites exactement ce que Figgins vous a demandé.

Il n'avait pas l'air de trouver cette perspective très séduisante, et s'éloigna en grommelant tandis que Figgins adressait un torrent d'instructions à son large dos plein de ressentiment.

— Eh bien, voilà ce qui s'appelle un chat, dit Miss Griffin, qui aimait les félins. Un très bel animal. Pourquoi riez-vous ?

— Oh, parce que Napier ne supportait pas les chats, et voilà que cette créature règne en maître dans sa maison ! Même si je ne sais pas pourquoi je l'appelle sa maison, car il semble qu'il n'y ait jamais vécu. Je me demande où il séjournait lorsqu'il venait à Londres.

— Je peux vous le dire, c'est dans les journaux. Je suppose que vous ne les avez pas lus. Il louait une chambre à quelques rues d'ici, dans une jolie pension, apparemment, rénovée avec goût. (Elle lança un regard perçant à Alethea.) C'est là-bas qu'il a été tué, vous saviez au moins cela, n'est-ce pas ?

— Je savais qu'il n'avait pas été tué ici, et j'en suis bien contente, autrement je n'aurais pas pu venir. Griffy, notre mariage n'était pas… (Elle hésita, cherchant ses mots.)… un mariage heureux.

— Peut-être bien, mais vous feriez mieux de tenir votre langue en présence d'autres personnes, en particulier des domestiques. On peut faire confiance à Figgins, bien entendu, mais quant aux autres, il vaut mieux s'en méfier. Ce Watts a l'air d'un type tout à fait désagréable.

En voyant Miss Griffin ôter son chapeau, Alethea soupira de soulagement.

— Vous restez ? Oh, merci mon Dieu !

— Pour l'instant, répondit Miss Griffin. À présent, Figgins aurait-elle l'amabilité de nous préparer du café ? Une tasse de café fort, s'il vous plaît.

Figgins tint parole : à la mi-journée, son frère, vêtu d'un tablier de valet de pied, s'affairait dans la demeure. Une amie de leur mère, qui avait autrefois été servante, vint prêter main-forte en cuisine, assistée de sa petite-fille, une enfant maigrichonne et enchifrenée. Jack se débrouilla pour dénicher une poignée d'anciens compagnons de bord qui étaient plus que ravis de pouvoir gagner quelques shillings en remettant la maison en état, comme ils l'auraient fait d'un navire ; Mrs Watts, de peur de se voir supplantée si elle laissait qui que ce soit approcher de ses serpillières et de ses seaux, se mit au travail avec une énergie surprenante, de sorte que la demeure commença à ressembler de nouveau à quelque chose.

Tout cela n'intéressait pas beaucoup Alethea. Elle avait trouvé un clavecin dans le salon de réception, dont la caisse était légèrement rongée par la vermine, mais dont les cordes étaient intactes. Elle entreprit immédiatement de l'accorder, provoquant les regards outrés de Mrs Watts qui se mit à marmotter à propos du veuvage, ce à quoi Alethea ne prêta aucune attention.

Tout absorbée qu'elle était par sa musique, elle ne parvenait pas, malgré tout, à refouler ses angoisses quant à son avenir. Plus que tout, elle avait besoin de savoir où elle en était, financièrement et légalement. Comment pouvait-elle le découvrir ? En interrogeant l'avocat de la famille, pour sûr, mais celui-ci serait choqué qu'on lui pose une telle question, et s'exprimerait probablement dans une langue tellement alambiquée qu'elle n'en comprendrait pas un traître mot.

Son père pourrait l'éclairer, ou Mr Gardiner ; mais aucun d'entre eux n'était disponible pour l'heure. Mr Fitzwilliam pourrait savoir ou ne pas savoir ; dans les deux cas, elle ne pouvait compter sur lui pour lui dire la vérité. Il serait tellement horrifié, il l'était déjà tellement à l'idée qu'une jeune femme se permette d'afficher la moindre velléité d'indépendance, qu'il se déroberait, se mettrait en colère et ne lui serait d'aucune utilité.

Griffy avait-elle une idée sur la question ?

— Aucune, répondit cette dernière, alors qu'elles étaient assises toutes les deux à la table du dîner. Je n'ai jamais eu l'occasion d'hériter ; tout l'argent que je possède et que j'ai jamais eu est le fruit de mon travail. Et puisque je ne me suis jamais mariée, j'ai toujours géré mes propres affaires. Votre situation est différente, il y a des biens et d'importantes sommes d'argent en jeu, mais vous avez plusieurs membres de votre famille pour vous conseiller et vous guider.

— C'est bien ça le problème, je ne veux pas être guidée. Je veux être comme vous, sans personne pour me dire ce que je peux faire ou ne pas faire.

— Voilà votre côté sauvage qui resurgit, Alethea. Je vous ai toujours mise en garde contre cette tendance à vous affranchir des contraintes ; vous n'avez aucun moyen de savoir quelles seront les conséquences de vos actions.

Figgins était entrée dans la salle à manger pour débarrasser la table et servir le dessert.

— Demandez à ce Mr Manningtree, Miss Alethea, voilà mon conseil. Il va sûrement être magistrat et tout ça, s'il y a bien quelqu'un qui saura de quoi il retourne, c'est lui.

— Mr Manningtree ? s'étonna Miss Griffin. Un homme intelligent et tourmenté… Je me souviens de l'avoir rencontré au mariage de cette chère Camilla. Je suis certaine qu'il s'y connaît dans ce domaine, mais qu'a-t-il à voir avec vous ?

Alethea, repensant à tout le temps qu'elle avait passé en compagnie de Titus Manningtree, et dans quelles circonstances scandaleuses, dut réfléchir avant de répondre.

— J'ai beaucoup vu lady Hermione, la mère d'Alexander, récemment, et Mr Manningtree est un très bon ami à elle, elle est sa marraine en fait. Il a fait grande impression à Figgins.

— Figgins a un œil aiguisé pour juger les gens, mais vous ne pouvez pas poser des questions aussi directes à un homme que vous ne connaissez que de loin. Dans la famille, nous sommes habitués à vos façons ; malgré cela, il a trop souvent fallu étouffer et dissimuler vos intrigues ainsi que vos manigances les plus folles aux êtres qui vous sont chers. Un homme qui vous est relativement étranger serait choqué de vous entendre parler de cette façon.

Non, il ne le serait pas, se dit Alethea. Au cours des moments de camaraderie qu'ils avaient passés ensemble à Lisbonne, elle avait fini par comprendre que même si Titus n'aimait ni n'approuvait nécessairement ce qu'elle avait fait, il avait une nature suffisamment non conformiste pour ne pas se formaliser de ses actions. Il s'était inquiété avant tout des risques qu'elle avait pris et des éventuelles conséquences de ses actes si cela venait à se savoir.

De toute évidence, Titus considérait le comportement d'Alethea indigne d'une jeune femme ;

pourtant, il s'était montré bienveillant avec elle, et elle avait l'impression qu'il comprenait parfaitement à quel point son mariage avait été éprouvant. Elle ne pensait pas qu'il serait surpris ni offensé par son manque de sensibilité si elle venait à lui demander conseil ; d'un autre côté, elle avait suffisamment de sens social pour savoir qu'elle prenait un risque en faisant appel à lui, étant donné sa situation… Cela éveillerait les ragots à Londres. Que les gens commèrent à son sujet était une chose, et d'après le cousin Fitzwilliam, ils le faisaient déjà, mais elle ne mettrait jamais en danger la réputation de Titus ; elle lui devait au moins cela.

Titus relut le mot. Comme Alethea écrivait mal ! Ou peut-être avait-elle griffonné cela à la hâte ? Pour une raison ou pour une autre, en examinant l'écriture coulante, animée et imparfaite de la jeune fille, Titus eut l'impression de la voir apparaître devant lui, et ce fut avec un sourire aux lèvres qu'il replia le billet et sonna Bootle.

— Je sors, Bootle. À pied, j'ai besoin de me dégourdir les jambes.

— Vous allez au club, monsieur ?

— Oui, j'irai plus tard, et je dînerai là-bas.

Titus ne précisa pas à Bootle qu'il se rendrait au cercle seulement après être passé à Melville Place. Son valet, cependant, n'avait nul besoin qu'on lui dise qu'une dame était impliquée : sans cela, pourquoi son maître aurait-il apporté un soin si particulier à son nœud de cravate et pourquoi aurait-il revêtu son nouveau manteau ? Pas pour le club, oh, non ! Mr Manningtree y affichait habituellement une décontraction qui n'était pas au goût de Bootle, et se moquait bien de présenter une mise négligée aux autres membres, certains de véritables dandys à l'œil critique… Et cette désapprobation visait ses compétences à lui, Bootle, et non le manque d'intérêt de son maître pour son apparence.

Le message avait insisté à la fois sur l'urgence et le secret, d'où, sans doute, les consignes d'Alethea d'entrer par les écuries. Rien ne se faisait de façon conventionnelle avec la jeune fille ; que manigançait-elle encore ?

Il se présenta à l'heure, et elle l'attendait près de la porte de la cuisine.

— Mr Watts dort profondément, dit-elle dans un murmure en guise de bienvenue, et Mrs Watts est partie rendre visite à sa fille dans Sheep Lane. Néanmoins, traversons sans un bruit, car on ne sait pas à quel point son sommeil est profond.

À en juger par le volume des ronflements, Titus songea que la trompette du Jugement dernier suffirait à peine à tirer Mr Watts de son sommeil, mais il se conforma aux instructions d'Alethea, et ils traversèrent la cuisine en silence pour rejoindre l'autre partie de la maison.

Alethea lui indiqua une porte, et il se retrouva dans un petit salon qui avait connu des jours meilleurs. Il fronça les sourcils. Napier avait dû être un piètre gentleman pour laisser sa demeure se délabrer de la sorte ; cela entrait en contradiction avec la réputation de l'homme.

— Ne prenez pas cet air dégoûté, c'est miteux, j'en suis tout à fait consciente. Napier ne venait jamais ici. Il n'a plus habité cette maison, vous savez, après le décès de son père. Ils ne s'entendaient pas. À mon avis, le vieux Mr Napier n'ignorait pas que son fils n'était pas exactement comme il aurait dû être.

—Les pères savent généralement ce genre de choses, répondit sèchement Titus. Même s'ils sont souvent réticents à reconnaître que leurs descendants puissent avoir des défauts.

—Était-ce le cas avec votre père ? Je crains que papa soit parfaitement au courant des défauts de tous ses enfants. Cela ne veut pas dire qu'il soit un parent sévère, ou qu'il ne se réjouisse pas de nos succès.

—Je connais un peu votre père ; un homme comme lui doit être admiré par tous ceux qui le côtoient.

Il fut surpris de voir le plaisir que ces mots procurèrent à Alethea. Puis, elle arbora une mine plus grave.

—C'est ce qui rend la situation plus difficile, que je ne puisse pas me confier à lui comme je le devrais. En tout cas, pas avant d'avoir réglé les choses moi-même.

La voilà repartie, déterminée à s'attaquer à tous ses problèmes toute seule. Il aurait voulu l'aider, plus que tout, lui dire « laissez-moi m'occuper de tout cela pour vous », mais comment le pourrait-il ? Il ne faisait pas partie de sa famille, n'était pas un ami de longue date, et n'avait d'autre statut que celui qu'elle voudrait bien lui accorder. Et il ne se faisait guère d'illusions à ce sujet. Pourtant, elle lui avait demandé de venir.

—Vous n'êtes pas seule dans la maison ? s'inquiéta-t-il tout à coup. Vous avez Figgins avec vous ?

—Oui, Figgins s'occupe très bien de moi, et il y a aussi Miss Griffin, mon ancienne préceptrice. Elle est à l'étage, en train d'écrire, c'est l'écrivain dont je vous ai parlé.

—Je parie que vous l'aidez pour ses intrigues, c'est-à-dire, si vos idées ne sont pas trop fantasques.

Elle lui lança un regard interrogateur.

— Est-ce là une critique de mes actes ?

— Je vous assure que ce n'en est pas une. Je ne me permettrais pas de vous critiquer.

— Oh, vous êtes très noble tout à coup, vous m'avez réprimandée et admonestée à travers toute l'Europe, et voilà qu'à présent, vous affirmez cela.

— Certains de vos exploits peuvent être critiqués ; ce n'est pas la même chose que de porter un jugement sur votre personne.

— Mais vous l'avez fait, fréquemment.

Ce qui était vrai ; aussi, comment pouvait-il se faire pardonner ? Il ne pouvait pas lui dire : « Votre comportement est scandaleux, mais à présent, je vous admire plus que toutes les femmes que j'ai jamais connues. » Et encore moins lui avouer qu'il n'aurait jamais cru qu'une femme puisse lui importer à ce point. Et lui qui avait affirmé à Harry avoir passé l'âge de tomber amoureux. Comme ses belles paroles étaient loin ! Sur le moment, il avait eu l'impression que le seul fait de les prononcer provoquerait la raillerie et le châtiment des dieux ; eh bien, c'était assurément le cas.

— Si je l'ai fait, alors je vous présente mes excuses. Je n'en avais pas le droit.

Elle le regarda, étonnée. Il poursuivit :

— Vais-je rencontrer cette Miss Griffin ?

— Elle ne sait pas que vous êtes ici, j'ai pensé qu'il était préférable de garder secrète votre visite. Vous ne voudriez pas que la bonne société sache que vous fréquentez quelqu'un dont le nom est dans les journaux.

— Comme si cela m'importait le moins du monde !

— Peut-être que non ; il se trouve que cela m'importe à moi.

Il fut surpris, et cela se vit sur son visage.

— Je suis peut-être insouciante et maladroite en ce qui me concerne, mais ce n'est pas une raison pour attirer les autres dans mon infortune. Ma famille ne peut éviter l'implication, vous si.

— Je suis à votre service, je vous prie de me croire.

— Je vous crois, et c'est pourquoi je vous ai fait mander. Vous êtes exactement la personne qui peut répondre à une question très importante. Quelle est ma situation, aux yeux de la loi, à présent que je suis veuve ? Je n'ai que dix-huit ans, vous savez, aussi, dois-je attendre d'avoir vingt et un ans pour pouvoir disposer de ma fortune… et de ma vie ?

— Pourquoi me demander cela à moi ? Votre famille a certainement un conseiller juridique…

— Oui, et il me recommandera simplement d'attendre que mon père rentre en Angleterre et s'occupera de tout pour moi.

— N'avez-vous pas l'intention de retourner dans la demeure de votre père ? C'est la coutume dans ces circonstances, vous êtes si jeune.

— À Pemberley ? Non. C'était la maison de mon enfance, et mon enfance fait partie du passé. Mon mariage a été malheureux, et il m'a changée. De même, mon goût de la liberté s'est renforcé ces dernières semaines. Je ne souhaite pas m'installer comme une excentrique, car cela contrarierait les miens, mais j'aimerais avoir ma propre maisonnée… si cela est possible d'une manière ou d'une autre. Figgins a dit que vous alliez sûrement devenir magistrat, et j'aurais dû y penser moi-même ; naturellement, un homme dans votre position doit avoir une grande connaissance de la loi.

— Il y a bon nombre de questions légales sur lesquelles je ne me risquerais pas à donner mon avis, mais je peux répondre à la vôtre. Aux yeux de la loi, vous êtes majeure. Vous pouvez vivre comme il vous plaira et où bon vous semblera. Que votre famille le permette ou non est un tout autre problème. La pression morale peut être bien plus forte que toutes les lois d'un pays.

— Merci! dit-elle avec une réelle gratitude. Je savais que je pouvais compter sur vous pour m'expliquer les choses d'une façon claire et sensée.

— C'est-à-dire, à condition que vous ayez des fonds suffisants à votre disposition pour vous installer seule, et que l'argent ne soit pas bloqué.

Le visage d'Alethea se décomposa.

— Oh, mon Dieu! Si je ne peux disposer de mon argent, alors, il faudra que j'entreprenne d'en gagner.

Une vague d'inquiétude submergea Titus.

— Alethea, j'espère que vous ne pensez pas à l'opéra; certes, vous avez une très belle voix, mais cette existence est tellement…

— Non, même si je suis heureuse de penser que je pourrais m'engager dans ce métier si jamais j'y étais contrainte. J'adore la musique, mais je ne suis pas faite pour la scène, je l'ai su très vite. Il faut un don pour se produire en public que je ne possède pas. Non, il doit y avoir d'autres moyens pour une femme indigente de gagner sa vie. Griffy l'a toujours fait.

— Vous êtes une Darcy, pas une préceptrice.

— J'étais une Darcy, je ne le suis plus. Mon nom, malheureusement, est maintenant Napier et, à cause de mon mari, c'est un nom qui n'a rien d'honorable.

— Vous êtes jeune, vous vous remarierez. Vous êtes libre de choisir votre propre époux, vous n'avez pas à demander la permission à qui que ce soit.

— Je l'ai choisi la première fois, et voyez comment cela s'est terminé. Non, j'en ai fini avec le mariage, c'est la seule chose dont je sois certaine.

Titus sentit son cœur se serrer. Elle avait l'air si calme, si sûre d'elle.

— Mon union avec Napier m'a donné une piètre opinion de la gent masculine. Les hommes n'ont qu'à suivre leur route, je suivrai la mienne.

— Nous ne sommes pas tous comme Napier !

Il s'exprima avec une véhémence involontaire, et elle parut surprise.

— Sans doute que non, mais Napier s'est révélé tout autre une fois marié. Non, « chat échaudé craint l'eau froide », comme dit le proverbe. Je ne m'aventurerai plus jamais dans le mariage, même pas pour avoir la satisfaction de perdre le nom de Napier. À présent, je ne veux pas paraître malpolie, mais je ne sais combien de temps encore Watts va continuer à ronfler, aussi, je pense que vous feriez mieux d'y aller.

Sir Humphrey était un homme courtois, mais ses yeux froids reflétaient l'intelligence et la perspicacité. Il connaissait, déclara-t-il après s'être incliné, le père de Mrs Napier.

Ce qui ne remonta pas le moral d'Alethea. Chaque fois qu'elle pensait à son père, et à ce qu'il aurait à dire lorsqu'elle le reverrait, elle se sentait faible. Même si elle lui cachait la moitié de la vérité, il y en avait suffisamment dans son comportement pour susciter

451

ses reproches les plus caustiques, reproches qui seraient d'autant plus cuisants qu'elle saurait l'avoir déçu.

— Êtes-vous seule ? demanda sir Humphrey en parcourant la pièce des yeux.

La porte s'ouvrit, et Miss Griffin entra.

— Figgins m'a dit que vous souhaitiez que je sois présente, affirma-t-elle avec un regard d'avertissement à Alethea.

Alethea n'avait rien demandé de tel, l'arrivée de sir Humphrey l'ayant prise complètement au dépourvu. Elle n'avait jamais rencontré cet homme, et n'avait aucune idée de la raison de sa présence. Ayant plus d'expérience, Miss Griffin savait exactement qui il était, et pourquoi il devait être là, et elle avait abandonné son manuscrit sans hésitation lorsque Figgins avait accouru à l'étage avec la nouvelle de son arrivée.

Sir Humphrey fut présenté à Miss Griffin. Puis, une fois assis, il adressa ses condoléances à Mrs Napier pour la perte prématurée de son mari, et sans autre préambule, leur exposa la raison de sa visite. Il était magistrat, la mort de Napier avait été un homicide, et le meurtrier devait être trouvé et traduit en justice. Étant donné les circonstances, Mrs Napier lui pardonnerait de la déranger dans son chagrin, mais c'était son devoir de découvrir si elle possédait des informations qui pourraient les aider à appréhender le criminel.

Alethea s'apprêtait à parler lorsque sir Humphrey leva une main.

— Si vous pouviez simplement répondre à quelques questions…, poursuivit-il. Je ne vous en demande pas plus.

Ces quelques secondes de répit donnèrent à Alethea le temps de réfléchir. Cet homme n'était pas comme

Fitzwilliam, dont les opinions tranchées l'empêchaient de porter son regard au-delà de ses convictions et de ses préjugés. Sir Humphrey n'était pas quelqu'un qui se laisserait facilement tromper et duper. Il n'était pas non plus du genre à se laisser émouvoir par des larmes, des lamentations et des gémissements de veuve éplorée ; elle avait l'impression qu'il avait une idée de l'être qu'était vraiment Napier. Une retenue digne, une froideur polie et de la réserve étaient de rigueur ; sans oublier une grande prudence. Elle acquiesça.

— Vous n'avez pas accompagné votre mari à Londres.

C'était une affirmation, pas une question.

— Non.

Ne développe pas, se dit-elle, *donne des réponses courtes et précises.*

— Était-ce inhabituel ?

— Je n'accompagnais jamais mon époux à Londres. Il préférait que je demeure à la campagne.

— Et cette fois-ci aussi, vous êtes restée à Tyrrwhit House ?

Il y avait une lueur dans son regard, et Alethea évita de justesse de tomber dans ce qui était peut-être un piège.

— Non. J'ai choisi de ne pas y rester.

— Donc vous n'étiez pas à Tyrrwhit lorsque Mr Napier est venu à Londres. Vous étiez, je crois, partie pour Paris.

— Ma sœur, lady Mordaunt, vit là-bas.

— Oui. Y avait-il une désunion entre vous et votre mari, Mrs Napier ? Pour que mariés depuis si peu de temps, vous choisissiez de passer une si longue période éloignés l'un de l'autre ?

— J'ai toujours été proche de mes sœurs.

— Quand êtes-vous revenue au pays?

Alethea décida que le moment était venu de tenter quelque chose.

— Si vous voulez savoir où je me trouvais le jour où mon mari a été tué, tout ce que je peux vous dire est que j'étais, toute cette semaine, en compagnie de gens qui pourront répondre de ma présence.

— Leurs noms?

— Je préfère ne rien dire. Vous pouvez me croire sur parole. Si d'aventure je venais à être soupçonnée, je serais en mesure de vous citer mes compagnons. Mais si vous cherchez une meurtrière, vous allez devoir regarder ailleurs. Mon époux était un homme fort désagréable ; je suis certaine qu'il s'était fait beaucoup d'ennemis.

À sa grande surprise, sir Humphrey sembla accepter cela.

— Mr Napier jouissait d'une excellente réputation, mais nos recherches ont révélé quelques irrégularités dans son mode de vie qui…

— De grâce, n'en dites pas plus, je ne veux rien savoir.

— Pouvez-vous me parler d'ennemis de votre mari dont vous auriez connaissance?

— Non.

Sir Humphrey lui lança un regard pénétrant, mais il n'avait pas d'autres questions. Puis, alors qu'il s'apprêtait à prendre congé, il déclara :

— Je crois que vous aviez une servante à votre service à Tyrrwhit, une certaine Meg Jenkins.

— Mon mari avait une domestique de ce nom, oui. Je ne peux rien vous apprendre à son sujet, c'étaient mon époux et la gouvernante qui s'occupaient de recruter tout le personnel. Il l'a congédiée à Noël.

— Savez-vous pour quelle raison ?

— Je suppose que son travail n'était pas satisfaisant.

— Comme vos réponses, déclara Miss Griffin lorsque sir Humphrey fut parti. Ma parole, Alethea ! Je n'avais pas idée que vous pouviez être à ce point comme votre père, si hautaine et si posée.

Alethea s'effondra sur le canapé, atterrissant avec tant de force que de petits nuages de poussière s'élevèrent dans les airs.

— Ai-je été hautaine ? Ce n'était pas mon intention.

— Selon moi, c'était la meilleure chose à faire. De cette façon, vos réponses évasives semblaient dues à la réserve et à la fierté, comme s'il vous répugnait d'admettre avoir épousé un homme qui n'était pas digne de vous.

Alethea rit. Elle regrettait que Titus n'ait pu la voir endosser ce rôle, un rôle dont elle était sûre qu'il ne la croyait pas capable.

— C'est ce que disent les soldats, n'est-ce pas, que l'on doit avancer prudemment sur un terrain accidenté ?

— Vous étiez avec des gens ? Quel genre de personnes, Alethea ? Je suis très surprise que sir Humphrey n'ait pas insisté sur ce point.

— Oh, la meilleure compagnie qui soit, seulement, cela ne m'arrange pas de donner des noms pour le moment.

Alethea perçut la perspicacité dans les yeux de Miss Griffin, et rougit.

— Ne me regardez pas comme cela, dit-elle. Je n'ai rien fait de mal, rien dont je sois le moins du monde honteuse ; cependant, je ne souhaite pas entraîner d'autres personnes dans cette histoire. Cet homme sait très bien que je n'ai pas tué Napier.

— Je pense que c'est le cas, voilà pourquoi il vous a laissée vous en tirer à si bon compte.

Si c'était cela s'en tirer à bon compte, que le ciel protège la pauvre âme qui croiserait le chemin de sir Humphrey lorsque celui-ci était d'une humeur plus féroce. Alethea avait passé cette épreuve du mieux qu'elle avait pu.

— C'est curieux, cette histoire avec Meg Jenkins. Je me demande pourquoi il a posé des questions à son sujet.

— Un domestique qui garde rancune sera toujours soupçonné.

— Je n'ai vu cette servante que rarement… Une fille de la campagne, au visage innocent. Une Galloise, timide et très jeune ; elle n'avait guère plus de quinze ans.

— Un morceau de choix pour un individu aux mœurs dissolues, observa Miss Griffin.

Alethea pensa à la maîtresse de son mari : Mrs Gillingham, une femme hypocrite et suffisante.

— Je ne savais pas qu'il avait pour habitude d'importuner les servantes, dit-elle.

— Je pense que vous ignoriez beaucoup de choses sur cet homme, déclara Miss Griffin pour clore le sujet. J'aimerais à présent retourner à mon écriture, et je vous conseille de vous sortir la visite de sir Humphrey de la tête. Un peu de musique vous remontera le moral, j'en suis certaine.

Alethea ne se sentait pas à proprement parler mal à l'aise, c'était plutôt un sentiment de curiosité qui la taraudait. Qui avait détesté Napier au point de le tuer ? L'agression était-elle le résultat d'une soudaine dispute ? Une erreur dans le feu de l'action ? Ou bien un crime prémédité par vengeance ou en guise de punition ? Elle comprit qu'elle ne le saurait peut-être jamais, que la mort de son époux pourrait devenir l'un de ces nombreux meurtres dont l'auteur n'est jamais traduit en justice.

Figgins était encore plus pessimiste.

— Les autorités vont pendre une pauvre créature pour un crime pareil, c'est toujours ce qu'elles font.

— Comment ? Un homme innocent ?

— Ou une femme. Cela ne déplairait pas aux Londoniens.

Une bonne nuit de sommeil eut raison de sa mélancolie : oubliant la visite de sir Humphrey et les remarques de Figgins, Alethea se leva gaiement de son lit et alla se poster à la fenêtre, pour admirer Londres baigné dans la lumière pâle du soleil. Elle chantonna doucement en buvant son chocolat tandis que Figgins l'aidait à s'habiller.

— Comme il est inconfortable de porter du noir par une journée comme celle-ci ! dit-elle à sa camériste qui tentait de mettre de l'ordre dans les cheveux bouclés de la jeune fille. Ne pensez-vous pas que je pourrais porter des couleurs plus claires dans la maison ?

Figgins lui tira les cheveux.

— Quoi ! Avec des gens comme ce sir Humphrey qui viennent à tout moment ?

— Je suis sûre que nous n'aurons pas d'autres visiteurs, répondit Alethea avec assurance.

Elle se trompait. Une heure plus tard, alors qu'elle était assise au piano, faisant ses gammes avec application, elle entendit tambouriner à la porte.

Elle cessa de jouer, ses mains posées sur le clavier, et prêta l'oreille.

Elle reconnut la voix de Letty. Diable, que faisait-elle à Londres ? Puis une autre voix, tout aussi familière, celle de Mr Fitzwilliam. Figgins aurait sûrement la présence d'esprit de leur refuser l'entrée… Seulement, pour tenir Letty à distance, la domestique ne ferait pas le poids.

La porte s'ouvrit.

—Ma parole ! C'est un moment bien choisi pour jouer du piano, ironisa Mr Fitzwilliam. Je suis venu avec Letty, pour vous annoncer ce qui vient de se passer, et pour vous ramener à Aubrey Square.

—J'ai dit à Figgins de préparer vos affaires, affirma Letty. J'ai été profondément choquée en apprenant que vous étiez dans cette maison.

—Comment allez-vous, Letty ? J'espère que Figgins sait qu'elle ne prend ses ordres que de moi.

—Trêve de balivernes ! Il est évident que vous n'avez pas entendu la dernière nouvelle. J'ai cru mourir de honte lorsque Mr Fitzwilliam me l'a annoncée. Quand je pense que notre nom…

—Oh, pour l'amour de Dieu, Letty, quelle nouvelle ?

—La pire qui soit, répondit Mr Fitzwilliam.

Titus, en tant que *whig*, n'était pas membre du *Pink's*, le club *tory*, mais fréquentait le *Benedict's*, un établissement situé de l'autre côté de St James. Il y avait pris une tasse de café, avait discuté avec ses amis des nouvelles iniquités du gouvernement en place, et était à présent confortablement installé dans un fauteuil de cuir, parcourant négligemment un journal, l'esprit tout à fait ailleurs, du côté de Melville Place, réfléchissant à une excuse pour se rendre de nouveau au numéro 17.

Un certain Harvey Greendale, un membre qu'il connaissait de vue, s'entretenait avec un inconnu au visage rougeaud et vêtu d'un manteau bleu.

—Voilà qui va porter un coup à la fierté des Darcy, déclarait Greendale.

—C'est une honte, et la jeune fille n'a que dix-huit ans, une belle façon de se comporter! J'ai toujours dit que Darcy était trop indulgent avec ses filles. Il devrait passer moins de temps à voyager à l'étranger aux frais de la princesse et s'occuper un peu plus de sa famille.

—Adultère et meurtre, voilà de sacrées accusations portées contre sa fille! Vous pouvez me croire, il va revenir sur les chapeaux de roues. Pensez-vous qu'elle devra passer en jugement?

—Elle sera bien obligée, répondit l'homme au manteau bleu. C'est un crime trop important et qui a trop fait jaser pour être complètement étouffé.

—Elle ferait mieux de quitter le pays si sa famille veut la tirer d'affaire.

—La vraie question, c'est de savoir qui est l'homme avec qui elle s'est enfuie? Ces jeunes femmes ne font preuve d'aucune discrétion dans leurs aventures, voilà bien le problème. Son amant aurait bien pu appuyer sur la détente, mais on affirme que c'est une femme qui a tiré. Difficile de se passer du témoignage des domestiques.

—À présent que cette histoire a éclaté au grand jour et qu'elle est dans les journaux, ce sera le défilé des témoins, on n'y coupera pas.

Titus s'était figé en entendant ces paroles. Tout en tournant les pages de son journal, il se rendit compte, avec une étrange sensation de distance, que ses mains tremblaient.

Là, sous ses yeux, noir sur blanc, s'étalaient les détails croustilleux du scandale, avec les mots mielleux et les lourds sous-entendus de rigueur, destinés à rassasier une société de censure. Le quotidien avait appris avec un profond regret, pouvait-on lire, que les autorités étaient impatientes de vérifier les allées et venues de Mrs N., veuve de Mr N., tragiquement assassiné, au moment dudit meurtre. Il y avait quelques raisons de croire, poursuivait le paragraphe, que tout n'allait pas pour le mieux dans le couple récemment marié, et que Mrs N. avait quitté le domicile de son époux avec un certain Mr H., un jeune homme dont personne ne savait où il se trouvait actuellement. Le journal tenait de source sûre que le coupable était une femme, et que Mrs N. n'était pas en mesure de fournir des détails convaincants quant à ses propres déplacements au cours de la nuit où cet acte terrible avait été perpétré, en dehors du fait qu'elle était en compagnie de «gens» tout ce temps.

Le rédacteur en chef concluait dans un épanchement de moralité : l'issue sinistre des investigations, écrivait-il, devrait mettre en garde toute femme qui envisagerait de briser les liens du mariage ; il ajoutait que Mr D., le père de Mrs N., rentrerait au pays aussitôt que possible.

Titus, littéralement submergé par la colère, froissa le journal et le lança violemment dans la cheminée, où, en cette chaude soirée de juin, aucun feu ne brûlait. Un ou deux membres élevèrent la voix en signe de protestation ; la plupart d'entre eux, après avoir jeté un coup d'œil au visage blême de rage de Titus, se gardèrent d'exprimer leur opinion.

Comment le quotidien s'était-il procuré ces informations ? Titus avait croisé sir Humphrey, un vieil ami, au club la veille au soir, s'était assuré que ce dernier avait rendu visite à Alethea, qu'il avait été tout à fait satisfait de ses réponses, et qu'il poursuivait son enquête auprès de dames d'un genre tout autre : des filles liées à des établissements plus à la mode comme les bains ou les maisons de débauche.

— Napier a-t-il été tué par une prostituée ? avait demandé Titus.

— Peut-être pas, avait répondu sir Humphrey, car les femmes n'ont pas l'habitude des pistolets, mais il y a tout lieu de penser qu'une fille de ce genre – vêtue avec une grande élégance, mais certainement pas une dame – a rendu visite à Napier cette nuit-là, et Mrs Gillingham, qui s'occupe de la maison où logeait Napier, a reconnu qu'il recevait souvent des femmes pour la nuit. Il semble également, avait poursuivi sir Humphrey, avec une sorte de dégoût sévère, que les visites de Napier à Londres étaient motivées par ce type de rendez-vous. Et il laissait dépérir sa toute jeune épouse à la campagne, avait-il ajouté.

Nul doute que la prostituée qui avait rendu visite à Napier avait un protecteur ; c'était probablement lui qui avait tiré le coup fatal.

Où donc, alors, la rumeur relatée dans le journal avait-elle trouvé son origine ? se demanda Titus. Ici ou là, comme tous ces articles abjects… Et comment la presse avait-elle eu vent de l'existence de Mr H. ?

Il se souvint qu'il avait promis d'être présent à une réception chez sa sœur. Il pourrait y apprendre tous les commérages qui circulaient, se dit-il, et au moins sa sœur ne croirait-elle pas ce qu'elle avait lu dans les gazettes. Néanmoins, il se mit à douter du bon sens de celle-ci lorsqu'il aperçut Mrs Vineham parmi les invités.

— Vous êtes donc de retour en Angleterre, s'écria-t-elle tandis qu'il la saluait. J'ai trouvé l'Italie terriblement ennuyeuse, Byron était complètement entiché de cette épouvantable Italienne, lord Lucius a été encore plus pénible qu'à l'accoutumée, aussi ai-je décidé de rentrer au pays aussitôt que possible. À propos, êtes-vous au courant de l'abominable scandale concernant ce jeune Mr Hawkins?

— Mr Hawkins? fit Titus, le cœur battant.

— Eh bien, oui, le jeune homme avec lequel vous vous êtes lié d'amitié, le neveu de Mr Darcy, eh bien, il se trouve qu'il n'est rien de tel. J'ai rencontré un homme à Venise, un assomant évêque, je ne vous dis pas, mais il est apparenté à la famille et m'a assuré que ce neveu n'existait pas. Voilà qu'à présent il apparaît que c'était l'amant de Mrs Napier et qu'elle s'est enfuie avec lui… C'est incroyable, je sais, mais parfaitement vrai, je l'ai entendu de la bouche de plusieurs personnes qui connaissent les intéressés. Si jeune, et cet air canaille! Nous vivons dans un monde bien pernicieux, n'est-ce pas, Mr Manningtree?

Le sourire qu'elle lui adressa dessina deux fossettes sur ses joues et ses yeux s'agrandirent en une invitation explicite.

— Si le jeune homme s'enfuyait avec Mrs Napier, pourquoi voyageait-il vers l'Italie?

— Oh, pour fuir sa famille à elle, les Darcy ont eu vent de la liaison et étaient déterminés à les empêcher de s'enfuir ensemble. Il aurait dû se battre en duel s'il était resté en Angleterre, et il est sans doute inapte à ce genre de choses, car enfin, il est à peine plus âgé qu'un garçonnet. Alors, il l'a abandonnée et a pris ses jambes à son cou, seulement, lorsqu'il a atteint l'Italie, elle a dû le rappeler, car il paraît qu'il a quitté cet endroit dans une précipitation monstrueuse. Et à présent, on sait dans toute la ville ce qu'il, ou elle, ou tous les deux ont fait à ce pauvre Mr Napier. N'est-ce pas choquant?

—N'est-ce pas simplement une rumeur malveillante? Je me garderais bien, madame, d'être si prompt à salir le nom de quelqu'un d'autre; les commérages malfaisants se retournent bien souvent contre les colporteurs de ragots.

—Grands dieux! vous êtes bien sinistre et moralisateur ce soir. Je sais pourquoi, vous vous êtes laissé duper par Mr Hawkins; combien les hommes peuvent détester qu'on leur montre qu'ils manquent de jugement!

Exaspéré au-delà de toute patience, Titus alla trouver sa sœur, décidé à prendre congé.

—Vous ne pouvez me demander de rester lorsque vous invitez des créatures comme Mrs Vineham, déclara-t-il.

—Oh, cette langue de vipère… Je ne l'ai pas du tout invitée, elle est venue avec les Durston, et je ne pouvais pas décemment lui refuser l'entrée.

—Je vous conseille de le faire la prochaine fois, elle n'appartient pas à la société civilisée.

—De grâce, ne la laissez pas vous chasser… Où partez-vous donc si hâtivement?

—Dans une maison close, répondit-il, la laissant sans voix et outrée au centre de son élégante salle de réception.

—Tout ce qui vous arrive est votre faute! s'écria Letty. Si vous aviez rempli votre devoir d'épouse, rien de tout cela ne se serait produit.

— Mon devoir ? Si vous aviez été mariée avec un homme pareil, vous ne parleriez pas de devoir !

— Alethea, cela suffit, intervint Mr Fitzwilliam. Letty est venue du Yorkshire, a voyagé le plus vite possible et de façon très inconfortable, ne s'arrêtant qu'une nuit en chemin, dans le seul but d'être avec vous.

— Elle aurait aussi bien pu demeurer chez elle. Qui lui a demandé de venir à Londres, à seule fin de mettre son nez dans mes affaires ?

Elle était allée trop loin. Le visage de Letty était rouge de colère et celui du cousin Fitzwilliam blême de mécontentement.

Sa rage avait triomphé d'elle ; elle aurait beau essayer, elle ne pourrait retirer ses paroles.

— Vous accourez à présent à mes côtés, mais quel soutien m'avez-vous apporté lorsque je suis venue jusque dans le Yorkshire pour vous dire quel genre d'homme j'avais épousé ?

— Vous êtes jeune et inexpérimentée, comme je vous l'ai expliqué à l'époque. C'est le devoir d'une femme de se soumettre à son mari, et…

— Et vous êtes d'accord avec elle, je suppose, dit Alethea à Mr Fitzwilliam, qui recula d'un pas.

— Quelle véhémence ! Bien sûr que votre sœur a raison. Cela ne signifie pas que je ne sois pas conscient que vous et Napier n'étiez pas parfaitement bien assortis… Toutefois, un homme est maître en sa demeure, et s'attend à ce que son épouse lui témoigne respect et obéissance.

Comme Fanny le fait avec vous ? songea Alethea intérieurement, une pointe d'humour perçant sa fureur : Mr Fitzwilliam n'était-il pas entièrement sous la coupe de Fanny ?

Le moment d'amusement passa, et elle s'adressa à son cousin avec une froide courtoisie.

— Mon défunt mari était un homme qui aimait manier le fouet. Sur sa femme. Je ne pense pas qu'une pudeur de jeune fille était à l'origine de la haine que j'éprouvais pour mon mari, ni qu'il était de mon devoir, en tant que femme, de me soumettre à un tel traitement.

— Napier, un adepte de la flagellation! s'écria Mr Fitzwilliam. Je n'ai jamais rien entendu d'aussi monstrueux!

— Que dites-vous? s'indigna Letty. Comment pouvez-vous inventer une chose pareille?

C'était la différence entre eux deux. Mr Fitzwilliam, un homme bon et plein d'humanité, bien qu'un peu trop à cheval sur les convenances, savait bien, pour évoluer dans le monde, que de tels penchants existaient.

À présent, il s'empourprait de colère.

— Cela est tout à fait inattendu! Êtes-vous en train de me dire qu'il vous traitait, vous, son épouse… Vous dites…

— Oui.

— Alethèa, protesta Letty en pinçant les lèvres, vous allez trop loin, aucune femme de bonne famille…

— Exactement! fit Mr Fitzwilliam. Aucune femme de bonne famille ne devrait avoir à subir un traitement pareil. Si un homme… enfin, il y a des filles en ville qui sont consentantes… c'est-à-dire… (Les mots lui manquèrent.) C'est une honte. Alethea, pourquoi ne vous êtes-vous pas confiée à Fanny?

Alethea comprit qu'elle supportait mieux la désapprobation de Mr Fitzwilliam que son inquiétude. Elle se mordit la lèvre et secoua la tête, craignant de laisser échapper des mots qu'elle regretterait.

—Ou aux Gardiner ?

—Alethea exagère, j'en suis sûre, s'écria Letty.

—Je ne crois pas, répondit Mr Fitzwilliam. (Alethea ne lui avait jamais vu un air aussi sévère). Ce n'est pas le genre de chose qu'une jeune épouse inventerait. J'aurais simplement aimé qu'Alethea pense à demander conseil à une dame plus âgée, avec une plus grande expérience du monde que ses sœurs. Il est compréhensible qu'elles n'aient pas eu connaissance de ce vice particulier.

—Camilla aurait compris et m'aurait aidée, dit Alethea avec témérité. Et Georgina savait pertinemment de quoi je parlais, seulement, elle a choisi de faire la sourde oreille. Letty n'est pas entièrement fautive, elle s'est laissé duper par les dehors charmants de Napier. Il savait se rendre extrêmement agréable : c'est ce qui m'a induite en erreur, lorsque j'ai accepté de devenir sa femme.

—Je pense qu'il n'y a rien de plus à dire à ce sujet.

Letty s'apprêtait visiblement à contester, mais Mr Fitzwilliam ne lui prêta aucune attention. Il poursuivit :

—Alethea, je suppose que votre femme de chambre aura réuni ce dont vous avez besoin. Nous pouvons partir immédiatement.

—Je vous suis reconnaissante de votre visite, monsieur, mais je ne rentre pas avec vous à Aubrey Square.

—Sottises ! s'exclama Letty. Vous avez toujours été ainsi, têtue comme une mule, n'écoutant jamais les conseils avisés de vos aînés.

—Quand on parle d'entêtement…

Alethea s'interrompit ; il ne servait à rien d'entamer une dispute avec Letty. Toute discussion était vaine avec la plus âgée de ses sœurs : elle avait raison et vous aviez tort.

— Je reste ici, à Melville Place, conclut-elle.

Mr Fitzwilliam ne dit rien, mais lui tendit un journal plié qu'il avait apporté.

— Je pense que vous devriez lire ceci.

Ses yeux parcoururent les paragraphes, son esprit saisissant à peine ce qu'ils signifiaient, mais en comprenant suffisamment pour savoir de quoi on l'accusait.

Pour autant, les reproches, les menaces, les appels à son bon sens, à sa raison, à ses qualités humaines, à sa bonne éducation, furent sans effet. Elle demeura inflexible.

— Sincèrement, monsieur, je suis aussi préoccupée que vous par le fait que notre nom ait été traîné dans la boue par la presse, mais je ne pense pas que ma présence à Aubrey Square fera la moindre différence. Mon honneur sera blanchi lorsque le meurtrier sera débusqué ; d'ici là, je suis au pilori, et il sera mieux pour moi de rester ici, à l'intérieur.

— Seule, dans une maison à Londres ? dit Letty. Il n'en est pas question.

— Elle n'est pas seule, dit une voix douce à la porte. Pardonnez-moi de m'imposer, Mrs Napier, mais j'ai pensé que vous pourriez avoir besoin d'un peu de soutien.

— Miss Griffin ! s'exclama Mr Fitzwilliam d'un ton sévèrement accusateur. Encouragez-vous cette folle lubie d'Alethea ? Je vous en prie, n'en faites rien, car vous vous rendriez complice de sa désobéissance à l'égard de la volonté de sa famille.

— Il n'est pas en son pouvoir de désobéir aux ordres de ceux qui ont autorité sur Alethea, déclara Letty.

—Oh, taisez-vous, Letty, fit Alethea. Vous n'avez pas autorité sur moi, non, ni Mr Fitzwilliam. Je suis veuve, et aux yeux de la loi, je suis responsable de mes actes. J'ai décidé de ne pas me rendre à Aubrey Square, aussi le sujet est-il clos. Miss Griffin me tient compagnie ; il me semble qu'il n'y a rien en cela qui puisse faire ergoter les langues diaboliques de la bonne société.

Chapitre 28

*D*epuis qu'elle avait épié la conversation entre sir Humphrey et Alethea, Figgins avait retourné les choses dans sa tête. Elle s'éloignait à présent rapidement de la porte tandis que Mrs Barcombe sortait comme un ouragan, une tache de couleur sur chaque joue. Mr Fitzwilliam n'avait pas l'air très content non plus ; ce n'était guère surprenant après ces méchants mots sur Miss Alethea dans le journal.

Miss Griffin avait montré l'article à Figgins moins d'une demi-heure auparavant.

— Savez-vous où se trouvait Alethea ? Étiez-vous avec elle ? Connaissez-vous l'identité de ce Mr H. ?

— Je ne peux vous dire que ce que Miss Alethea vous dira elle-même, qu'elle ne s'est pas enfuie avec un homme, et oui, je sais où elle était, et ce n'était pas à Londres en train de tuer son mari à coup de pistolet.

— Je n'ai pas supposé un seul instant que cela soit le cas. Néanmoins, je crains qu'elle n'ait une bonne raison de rester évasive et que lorsque la vérité éclatera, elle ne soit plongée dans un scandale encore plus profond. Il faut que la vérité soit connue, tout de suite, afin de blanchir son nom de ces accusations honteuses.

Et vous ne savez pas tout, songea Figgins.

— Rien de tout cela n'a besoin d'être révélé si on attrape le meurtrier, dit-elle.

—Oh, dans ce cas… Mais je me demande s'il y a une chance pour que cela arrive. De toute évidence, sir Humphrey ne soupçonne pas Alethea. Maigre consolation, car le monde croira toujours le pire.

—Meg Jenkins, fit Figgins. Pourquoi sir Humphrey a-t-il mentionné Meg Jenkins ?

Miss Griffin lui lança un regard perçant.

—Est-ce Miss Alethea qui vous a dit cela ?

Figgins n'écoutait pas. Figgins était partie.

—Jack ! cria Figgins en se précipitant dans la cuisine où son frère était en train d'astiquer une carafe en cristal. Est-ce que tu sais si une Meg Jenkins, renvoyée de Tyrrwhit House, a jamais paru chez maman ?

—Elle ne m'en a pas parlé.

—Je le savais ! s'exclama Figgins. Je savais qu'elle atterrirait en ville ! Un morceau de choix comme elle n'avait pas la moindre chance d'obtenir un travail respectable. Jack, j'ai besoin que tu me trouves une putain.

—Une putain ? Ne parle donc pas comme ça. Qu'est-ce que tu veux faire avec une putain ?

—Pas n'importe quelle catin, une en particulier. Je crois savoir qui était cette fille avec Mr Napier, la nuit où il est mort.

—Eh bien, si tu le sais, tiens ta langue et n'en dis pas un mot.

—Quoi ? Avec les journaux qui accusent Miss Alethea du crime ?

Jack s'était pris d'une grande affection pour Alethea, une jeune dame très courtoise selon lui, pas du genre à jouer les aristocrates, et avec un sourire, un « s'il vous plaît » et un « merci » lorsqu'elle voulait que quelque chose soit fait. Et Martha ne jurait que par elle, et Martha savait très bien juger les gens, presque aussi bien que maman.

—Dis-moi comment tu le sais.

Figgins s'assit à la table, et lui raconta tout sur Meg et sur les vilaines habitudes de Mr Napier. Il l'écouta, guère surpris ; il en connaissait un rayon sur les hommes qui aimaient le fouet. C'était un vice répandu dans la marine, il pouvait citer une dizaine d'officiers de sa connaissance, certains d'entre eux d'un grade supérieur dans l'armée, qui avaient ce genre de penchant, et c'était la même chose à terre.

—Si sir Humphrey cherche cette jeune fille, pourquoi t'embêter avec ça ? Il la trouvera pour sûr.

—Il ne sait pas où chercher. Il ne fait que chercher des gens qui auraient pu en vouloir à Napier. C'est moi qui ai fait le rapprochement.

—Et tu as tiré la mauvaise conclusion, si tu veux mon avis. Si elle s'est en effet engagée dans ce métier, qui te dit qu'elle a été liée à Napier ?

—Si nous la trouvons, nous pourrons le lui demander.

—Retrouver une putain à Londres, c'est pire que de chercher une aiguille dans une botte de foin ! Il y en a des milliers.

—C'est une jolie fille… Elle aura été ramassée par une des maisons huppées, tu peux en être certain.

Jack se leva, ôta son tablier, et enfila sa veste en haussant les épaules.

—On ne s'ennuie jamais avec toi, frangine. Une chasse à la putain, vraiment ! Espérons que ça n'arrive pas aux oreilles de maman.

Figgins rapporta ses découvertes à sa maîtresse.

—Meg Jenkins? dit Alethea. Il y avait une servante de ce nom, à Tyrrwhit. Comment se fait-il que vous pensiez à elle à présent? Elle a été renvoyée, je ne sais pas pourquoi; encore un caprice de Napier, je suppose.

—Ah, c'était un peu plus que ça, répondit Figgins avant de lui raconter sa rencontre avec la malheureuse Meg. Je lui ai dit d'aller trouver maman, mais elle ne l'a jamais fait. Jack a mené son enquête, et un de ses camarades fricote avec une petite du nom de Polly. Elle fait de la retape, et elle affirme qu'il y a une Meg Jenkins qui travaille avec elle dans une maison close, un endroit très chic, sur King Street.

—King Street? s'étonna Alethea.

Pour elle, King Street voulait dire *Almack*.

—Oui, on danse de bien d'autres façons sur King Street, des façons que les nobles gardent pour eux.

Alethea fronça les sourcils.

—Figgins, je suis navrée qu'une servante atterrisse dans un endroit pareil, mais pourquoi me parlez-vous de cela? C'est bizarre, cependant, que vous songiez à elle justement maintenant, car sir Humphrey m'a posé des questions à son sujet.

—Oui, et je l'ai entendu, et c'est ce qui m'a fait réfléchir. Je pense que la police la cherche parce qu'elle sait quelque chose à propos du meurtre.

Alethea était tout ouïe à présent.

—En effet, vous avez peut-être raison.

Auquel cas, pensa-t-elle, elle préférerait nettement parler à cette jeune fille elle-même, avant qu'un policier mette la main sur elle.

—Figgins, nous sortons.

— Titus ! Grands dieux, qu'est-ce que cela signifie ? s'exclama Alethea.

Titus, qui l'eût cru ! Se tenant calmement sur l'escalier de service de l'une des maisons les plus célèbres de Londres, la regardant d'un air interrogateur. Elle avait blêmi et le savait ; son visage devait exprimer sa consternation et son sentiment de trahison.

— Qu'est-ce que cela signifie, en effet ? dit-il doucement mais d'une voix pressante. Nom de Dieu ! que faites-vous ici, dans un endroit pareil ?

— Ce n'est pas plus honteux pour moi d'être ici que pour vous.

Cela n'était pas vrai. Si l'univers de King Street et celui dans lequel évoluait toute femme respectable étaient contigus, une ligne stricte les séparait néanmoins. Seuls deux genres de femmes venaient dans cet antre de débauche : les belles de nuit, et les domestiques qui les servaient, et nettoyaient derrière elles et leurs clients. Un lieu comme celui-ci était interdit à Alethea ; c'était un monde à part, qu'elle pourrait frôler à travers les hommes de son rang qui fréquentaient ces établissements, mais dans lequel elle n'aurait jamais le droit de s'aventurer.

Sauf qu'elle l'avait fait. Habillée en homme une fois de plus – elle et Figgins avaient pillé l'armoire de Napier – elle avait fait intrusion en terrain défendu, se risquant dans un univers où le désir s'achetait et se vendait, et où la différence entre les sexes était marquée à l'extrême.

Et pour y trouver Titus ! Titus, un habitué des lupanars – même les plus à la mode –, elle n'aurait jamais cru cela possible ! Comme elle l'avait mal jugé ! Était-elle condamnée à ne jamais appréhender correctement le caractère d'un homme ?

Titus ouvrit une porte à sa gauche, et, sans cérémonie, la poussa à l'intérieur, ne tenant pas compte de Figgins qu'il laissa dans l'obscurité du palier.

—Lâchez-moi immédiatement, dit Alethea.

—Parlez moins fort ! Voulez-vous alerter toute la maisonnée ?

—Qu'est-ce que c'est que cette pièce ? questionna-t-elle en découvrant l'extraordinaire opulence de la chambre.

Autour d'elle, tout n'était que soies, damas et dentelles ; un châle scintillant de pierres précieuses avait même été jeté négligemment sur un paravent. Deux immenses miroirs dorés, chacun surmonté d'une paire de chérubins à la moue boudeuse, reflétaient la lumière des dizaines de bougies du chandelier suspendu au centre de la pièce et celle des différents bougeoirs posés sur le peu de surface libre qui restait. Ses pieds s'enfoncèrent dans le tapis ; les chaises rembourrées et la méridienne de velours rouge semblaient avancer vers elle, énormes et déformées. Elle ferma les yeux et se mit à tanguer.

—Ne vous avisez pas de vous évanouir, la prévint Titus. Pas ici. Ne vous évanouissez pas, m'entendez-vous ?

Une odeur puissante, musquée et irrespirable, flottait dans l'air et lui faisait tourner la tête... Elle prit une profonde inspiration et se mit alors à éternuer de manière irrépressible.

—Êtes-vous obligée de faire ça ? Pour l'amour de Dieu ! prenez mon mouchoir.

Elle y enfonça son nez. Il était propre et frais, et le simple contact du tissu lui éclaircit les idées.

—Qu'est-ce que c'est que cette pièce ? demanda-t-elle de nouveau.

— C'est la chambre privée de Mrs Legrange, la propriétaire de cette maison.

— Cette maison ? Vous voulez dire qu'elle dirige cette maison ? Les filles ?

— Oh, vous savez donc quel genre d'établissement c'est ?

— Bien sûr que je le sais. Je ne suis pas stupide.

— Pardonnez-moi, mais que vous veniez dans un lieu comme celui-ci, avec ce déguisement-là, est tout à fait imprudent.

Alethea, à présent moins importunée par les effets du parfum, rendit son mouchoir à Titus. Il le replia machinalement et le fourra dans sa poche.

— Ce sont les vêtements de Napier, dit-elle.

— Ils vous donnent triste allure. Et je suppose que c'est Figgins dehors, qui se cache, l'oreille collée à la serrure, à coup sûr ?

— Figgins ne ferait pas une chose pareille.

— Vraiment ? Allons, appelez-la, nous devons trouver un moyen de vous faire sortir d'ici avant que vous soyez découvertes.

— Personne ne va nous découvrir, c'est pour cela que nous sommes dans cette partie de la maison. D'après Jack… C'est-à-dire, j'ai cru comprendre que c'est ici que vivent les filles, lorsqu'elles ne sont pas… en service dans l'autre partie de la demeure. Je ne partirai pas, je suis ici pour une raison bien précise.

— Tout comme moi, mais vous allez assurément quitter cet endroit, et immédiatement.

— Nous savons tous pour quelle raison vous êtes ici, mais en ce qui me concerne, je suis venue pour découvrir la vérité, conclut-elle précipitamment, consciente que l'expression de fureur sur le visage de Titus avait cédé la place à l'amusement.

— Vous pensez pouvoir deviner la raison de ma visite ici ?

— Pourquoi les hommes se rendent-ils dans une maison close ?

— Je suis navré que vous ayez une si piètre opinion de ma moralité.

— Je vois combien vous êtes familier des lieux. Nous nous trouvons dans cette épouvantable chambre, et vous savez à qui elle appartient, et ce qu'est cette personne.

— Mrs Legrange et moi avons eu une liaison il y a bien des années. Lorsque j'étais à peine plus âgé que vous ne l'êtes à présent. Si étonnant que cela puisse paraître, et même si nos chemins ont pris des directions très différentes, nous sommes restés en contact… en tant qu'amis, pas en tant que client et vendeur, je vous l'assure.

Elle était bien bonne celle-là ! se dit Alethea. Mais qu'est-ce que cela pouvait bien lui faire si Titus choisissait de passer du temps en compagnie de créatures aussi peu recommandables ?

— Je vous prie de me laisser passer, je souhaite faire ce pour quoi je suis venue, et ensuite je m'en irai.

— Pourquoi êtes-vous venue ? Est-ce pour parler à Marguerite Piercey ?

— Non, pas du tout, je n'ai jamais entendu parler d'une Marguerite Piercey de toute ma vie.

Il la regardait attentivement.

— Anciennement connue sous le nom de Meg Jenkins. Ah, c'est bien ce que je pensais. Alors nous avons la même idée en tête, seulement, je me demande comment vous avez débusqué cette fille.

— Elle fut autrefois au service de mon mari et elle a été renvoyée. Elle s'est rendue à Londres pour chercher du travail, et le frère de Figgins, Jack, a découvert qu'elle avait atterri ici.

— C'est tout à fait exact. Une histoire somme toute assez banale, bien que triste.

— Et je ne peux pas imaginer ce que vous lui voulez. Ou peut-être que si.

— Vous vous trompez dans vos suppositions vulgaires. Moi aussi, je souhaite simplement parler à Meg Jenkins.

— Pourquoi ?

— Parce que je pense qu'elle pourrait savoir qui a tué Napier, et à moins que le meurtre ne soit éclairci, il ne vous restera pas une once de réputation.

— Et cela vous concerne-t-il ?

Il baissa les yeux vers elle, le regard impénétrable.

— Peut-être pas, mais je crois que oui. (Il attrapa un chandelier et ouvrit la porte avant de tendre la main et de saisir celle d'Alethea.) Allons-y ensemble, puisque vous êtes ici et que vous ne tiendrez pas compte de mon conseil.

— Attendez-vous de moi que je le fasse ? répliqua-t-elle en tentant de garder une voix posée, chose qu'elle avait du mal à faire lorsque son cœur battait à tout rompre et qu'elle respirait difficilement.

Le contact de sa main la perturbait, elle voulait la retirer, mais s'aperçut qu'elle ne le pouvait pas.

— Encore un étage, murmura Figgins lorsqu'ils sortirent de la chambre de Mrs Legrange.

— Je peux trouver mon chemin toute seule, dit Alethea à Titus.

Il ne prêta aucune attention à ses paroles ; au lieu de cela, il tira la main de la jeune fille sous son bras tandis qu'ils montaient le large escalier.

Au palier suivant, ils frappèrent à une porte. Silence.

Figgins pencha la tête vers la serrure, et Alethea réprima un fou rire en levant les yeux vers Titus et en découvrant son visage amusé dans la lueur de la chandelle.

Figgins secoua vivement la poignée, et à la grande surprise d'Alethea, la porte s'ouvrit.

À quoi s'était-elle attendue ? À un autre boudoir ? À un lit somptueux et à des tentures magnifiques de tous côtés ? C'était stupide, se dit-elle en parcourant des yeux la pièce sommairement meublée. C'était là que Marguerite, ou Meg, dormait, pas là où elle exerçait son métier. Il y avait deux lits étroits dans la petite pièce. Sur l'un d'entre eux était allongée une jeune fille avec des cheveux d'une blondeur irréelle, et de grands yeux bleus cernés d'ombre. *Comme un personnage tout droit sorti d'un conte de fées*, songea Alethea. Mais lorsqu'un torrent d'injures émana de la jolie bouche en cœur, elle comprit que la belle tenait plus de la fée Carabosseque de la gentille marraine.

Figgins fut choquée.

— En voilà une belle façon de parler ! Je parie que vous fichez une peur bleue aux hommes si vous les incendiez comme ça. Fermez votre clapet, Polly, et laissez nous parler à Meg.

La bouche en cœur se tut, et la belle de nuit dévisagea le jeune homme qui venait de la rabrouer.

— Comment connaissez-vous mon nom ? Je ne vous ai jamais vu de ma vie.

— Peu importe comment je connais votre nom. Est-ce que c'est Meg?

— Marguerite, dit l'autre fille.

Elle était en train de se brosser les cheveux, balançant en avant la lourde masse brune pour attraper les mèches de derrière. Elle portait une robe un peu sale sur une combinaison et pas grand-chose d'autre, dévoilant largement son opulente silhouette. Des yeux de biche les toisèrent tous les trois des pieds à la tête, s'attardant plus longuement sur Titus.

— Vous êtes Meg Jenkins, commença Alethea. Vous avez été employée autrefois à Tyrrwhit House, où vous étiez au service de mon... de Mr Napier.

La jeune fille tenait fermement la brosse à cheveux dans son poing serré tandis qu'elle glissait du lit pour se mettre debout.

— Polly, va chercher Mikey, dis-lui qu'il y a des hommes ici, dis-lui de venir et de les mettre dehors.

— Non, Polly, ne vous avisez pas de faire une chose pareille, intervint Figgins. Ou vous le regretterez.

Titus, pendant ce temps, avait posé une main sur la bouche de Meg pour étouffer ses cris.

— Asseyez-vous. Je veux des informations, c'est tout, et je suis prêt à vous payer généreusement pour les obtenir.

— Je ne sais rien, rien du tout, protesta Meg, toute son agressivité l'abandonnant d'un coup tandis qu'elle s'effondrait sur le lit. (Elle avait l'air très jeune et effrayée, et ses yeux étaient ceux d'un animal acculé.) Je n'ai rien fait de mal.

Alethea, prise d'une compassion soudaine, s'approcha et s'agenouilla auprès d'elle. Elle commença à passer son bras autour d'elle, mais le laissa retomber lorsque Meg grimaça et émit un cri de douleur.

Alethea se leva et baissa les yeux vers elle.

— Montrez-moi votre dos, dit-elle. Vous a-t-il fouettée ?

Des larmes coulaient le long des joues de Meg et elle les essuya avec le dos de sa main.

— Il a demandé après moi. Je ne savais pas que c'était lui… pour moi, c'était juste un autre gentleman… je n'ai jamais entendu son nom, sinon je n'y serais pas allée. Je ne sais pas comment il m'a retrouvée, vous savez, je pense que c'était par hasard.

Sa voix avait une nette inflexion campagnarde ; Alethea éprouva des remords lorsqu'elle comprit que la jeune fille n'avait pas été élevée dans le genre de maison où elle aurait pu s'attendre à finir comme cela.

— Il était ivre mort, et plein de méchanceté. Il a dit qu'il me battrait à mort, et je savais qu'il le pensait.

— Ce ne sont que des mensonges, contesta la voix perçante de Polly. Elle invente tout. Elle va avec ceux qui aiment les coups de fouet, c'est pour ça qu'elle est toute coupée. Ces marques guériront bien assez tôt, et pour le reste, ce sont des mensonges, comme je l'ai dit. Moi et Mrs L. et toutes les filles, on jurera toutes qu'elle n'a pas quitté la maison ce soir-là. Mikey, aussi, qui garde la porte, et certains de nos gentlemen réguliers, on jurera tous ! Maintenant, sortez, avec vos manières précieuses et vos belles paroles, ou j'ouvre grande la fenêtre et je crie comme une damnée.

Le retour vers Melville Place se passa dans une sorte de brouillard pour Alethea. Son esprit était un imbroglio de pensées et de souvenirs, les images

480

fusaient : la Meg qu'elle avait connue avant, Napier dans son humeur noire, la chambre de Mrs Legrange, et Titus, si menaçant et pourtant solide comme un roc.

Elles se faufilèrent par l'entrée de service, puis Figgins, nerveuse, inquiète et marmottant des malédictions dans sa barbe, aida Alethea à monter dans ses appartements. Elle apporta une bouillotte pour réchauffer le lit, et trouva sa maîtresse déjà entre les draps, les yeux clos, le visage encore tendu et épuisé.

Elle la souleva et lui fit boire le grog brûlant et fort qu'elle lui avait préparé, puis souffla les chandelles avant de s'en aller, l'esprit bourdonnant de spéculations, rejoindre sa propre mansarde.

Alethea dormit par intermittence. D'abord trop exténuée pour ne pas céder au sommeil, elle s'éveilla aux heures sombres précédant l'aube et resta allongée, tout à fait immobile, l'esprit lucide, les idées noires. Qu'avait-elle fait ? Quel fléau avait-elle appelé sur elle, sur sa famille ?

Elle repensa à son existence d'avant, c'était à peine un an plus tôt et la personne qu'elle était à l'époque lui apparut comme une étrangère.

Quelle naïveté ! Quelle innocence ! Elle croyait alors savoir tout ce qu'elle avait besoin de savoir pour se faire sa place dans le monde, et elle n'aurait pas pu se tromper davantage. Elle avait avancé maladroitement, aveuglément, de folie en folie, n'écoutant jamais le moindre avis, uniquement préoccupée de son propre sort.

Elle n'avait pas rendu grâce à la gentillesse de Fanny et avait dédaigné les conseils de ses parents ; comme elle aurait aimé avoir écouté ces voix qui la mettaient en garde, et ne pas s'être précipitée tête baissée dans le mariage ! Le dépit, la fierté, et ses sentiments blessés avaient triomphé de sa raison et de son bon sens ; elle avait prêté plus d'attention à ce que le monde dirait d'elle qu'à la voix profonde de son cœur. Elle n'avait pas aimé Napier, elle avait fait une grossière erreur en l'épousant. S'engager dans une union sans amour – y avait-il seulement eu de la tendresse ? – avait été un acte malhonnête et déshonorant.

Elle s'était figuré, stupidement, qu'on pouvait se contenter de vivre sa vie en surface, que si elle ne pouvait pas être avec Penrose pour le restant de ses jours, alors, peu importait vraiment avec qui elle vivait. Quelle folie ! Et quel prix elle avait payé pour son égarement et pour avoir trahi ses propres sentiments !

À présent, en regardant en arrière, elle comprenait combien elle s'était laissé submerger par sa passion pour Penrose, et avec quelle imprudence elle avait permis à cette attirance de prendre une importance capitale à ses yeux.

Et voilà qu'à peine un an plus tard, Penrose n'était rien de plus pour elle… qu'une amitié superficielle, une connaissance de jeunesse.

Ses yeux lui piquaient, mais elle était trop lasse pour trouver du réconfort dans un torrent de larmes.

Des pensées se bousculaient dans sa tête. Elle avait attiré la disgrâce sur elle, sur sa famille, et peut-être même sur Titus… Seigneur ! Comment allait-elle pouvoir se sortir de cet épouvantable chaos ? Quelle folie s'était emparée d'elle pour qu'elle se déguise en homme et parte pour Venise ? La vie avec Napier lui avait-elle coûté la raison ? Ce n'était pas qu'un mauvais pas, c'était un véritable désastre, un scandale qui secouerait profondément la bonne société. Elle ne pourrait plus jamais vivre en Angleterre. Quel genre de sombre avenir l'attendait dans un lointain pays, où tout ce qu'elle pourrait espérer était que personne n'ait entendu son nom et l'horrible histoire qui y était attachée ?

Et le plus cruel, c'est que tout cela n'avait servi à rien, que tout cela avait été vain. Letty ne comprenait peut-être pas, ou voulait ignorer, ce qu'avait été Napier, mais il apparaissait à présent que Fanny aurait compris, immédiatement, et aurait su exactement ce qu'il fallait faire ; oui, et Mr Fitzwilliam l'aurait soutenue, lui aussi.

Elle n'aurait pas eu besoin d'aller plus loin qu'Aubrey Square. Au temps pour sa fierté d'être parvenue à atteindre Venise avec seulement Figgins pour l'accompagner ! Elle avait cru à une vraie réussite, alors qu'en fait, elle avait été démasquée à la première occasion où elle s'était retrouvée au milieu de concitoyens. Certes pas par tous, seulement par Titus, et il était absurde de supposer que l'on pouvait leurrer un homme aussi perspicace que lui.

Combien il devait la mépriser ! Seul son sens de l'honneur l'avait conduit à l'aider. Elle avait été si choquée en le trouvant dans cette maison de débauche qu'elle avait immédiatement attribué les pires motivations à sa présence là-bas, et en cela également elle avait été injuste envers lui. Tout ce qu'il souhaitait était de blanchir son nom à elle, de faire lever toute suspicion pesant sur elle sans qu'elle ait à dévoiler qu'elle s'était trouvée en sa compagnie au moment du meurtre.

Comme les journaux feraient leurs choux gras d'une telle histoire ! Même si elle n'avait pas tiré le coup fatal, c'était tout aussi répréhensible de sa part d'être aux côtés d'un autre homme alors que son mari rendait son dernier souffle. Ils feraient de Napier un martyr, dédaigné par sa femme, assassiné sous son propre toit. Peu importait que ce toit fût loin d'être respectable, et qu'il y avait reçu de très mauvaises fréquentations. Il était la victime, elle serait marquée au fer rouge comme une épouse adultère sans vergogne, et Titus serait condamné de toutes parts pour avoir participé à ce complot.

L'aube et les premières lueurs troubles d'une chaude journée d'été ne soulagèrent en rien son esprit en émoi. Elle finit par somnoler un peu et s'éveilla en sursaut lorsque Figgins passa son visage par la porte.

— Des visiteurs en bas, siffla-t-elle. C'est lady Hermione, et un gentleman très élégant que je n'ai jamais vu auparavant. Je vous ai laissée dormir, vu que vous avez encore de grands cernes noirs sous les yeux, seulement maintenant, vous feriez bien de vous lever aussi vite que possible.

Alethea descendit l'escalier en courant, ignorant Figgins qui la suppliait d'attendre qu'elle lui ait brossé les cheveux. Alethea se moquait que le nuage de boucles brunes ne soit pas coiffé ni relevé avec des épingles, et que sa robe noire soit à peine agrafée dans le dos : tout ce qu'elle voulait c'était voir lady Hermione.

— Bonté divine ! l'accueillit cette dernière. Alethea, ma chère enfant, comme le noir vous va bien ! Permettez-moi de vous présenter Mr Hellifield, qui m'a escortée depuis Venise. C'est un vieil ami de Titus et il est impatient de faire votre connaissance.

— Je suis très honoré, dit Harry en s'inclinant avec grâce au-dessus de sa main. Pardonnez l'intrusion, madame, mais lady Hermione m'a permis de l'accompagner. Je mourais d'envie de connaître la femme qui a à ce point perturbé Titus.

— Perturbé ?

C'était épouvantable, voilà que les amis de Titus se mettaient tous à la dénigrer.

— Eh bien, oui, il était grand temps que l'on vienne ébranler ses manières suffisantes. Il m'a affirmé avoir passé l'âge de tomber amoureux, et je suis bien content que les faits lui aient donné tort.

Elle était cramoisie.

— J'ai causé beaucoup d'ennuis à Mr Manningtree, et j'en suis sincèrement désolée.

— Balivernes ! rétorqua lady Hermione.

Alethea fronça les sourcils et tourna son attention vers cette dernière. Elle avait été si enchantée par sa visite qu'elle n'avait pas pris la peine de lui en demander la raison.

— Comment se fait-il que vous soyez à Londres ? s'enquit-elle. Vous partiez pour les montagnes, pour fuir mon cousin, l'évêque.

— C'est exact, mais ensuite, l'annonce de l'assassinat de Napier est parvenue jusqu'à Harry, qui a une méthode sans pareille pour recevoir les nouvelles d'Angleterre plus rapidement que tous ceux que je connais. Il est venu m'en informer, et j'en ai déduit immédiatement que vous alliez devoir faire face à un certain nombre de difficultés, aussi ai-je demandé à Harry de m'accompagner pour mon retour au pays.

— Oui, et quel trajet diabolique ! Lady Hermione aurait dû être soldat, je n'ai jamais connu personne qui voyage aussi vite ni qui ait besoin d'aussi peu de repos en route.

— J'ai toujours pu dormir dans les voitures, répondit brusquement lady Hermione. Je ne peux me permettre de lambiner en chemin s'il est impératif que je me trouve quelque part.

Alethea se souvint de ses bonnes manières, et sonna la cloche pour que Figgins apporte des rafraîchissements.

— Comme je suis contente de revoir Figgins ! s'exclama lady Hermione. Cette jeune fille est une perle.

— On ne peut pas en dire autant du majordome, toutefois, fit remarquer Harry.

Alethea voyait qu'il balayait la pièce du regard avec une expression de déplaisir sur sa délicate physionomie.

— Mon mari n'habitait jamais dans cette demeure, expliqua-t-elle sur un ton d'excuse, et le personnel a été réduit à un vieux gardien et à sa femme. Toute la maison est dans un état épouvantable, complètement miteuse, et le frère de Figgins a endossé le rôle de majordome, mais il a plutôt l'habitude des bateaux que des élégants hôtels particuliers londoniens.

— Ceci explique cela, dit Harry apparemment satisfait.

Il but une tasse de café, se leva, et prit congé de ces dames avec une politesse exquise.

— Je suis, contrairement à lady Hermione, tout à fait éreinté par mon voyage. Aussi vais-je me rendre à mon club où je pourrai faire un paisible somme dans un fauteuil confortable.

— Ce ne sont que des paroles, dit lady Hermione tandis que la porte se refermait sur lui. Il a peut-être l'air de n'être qu'un dandy, mais il a été le plus coriace des soldats et n'est pas le moins du monde fatigué par le voyage. Il est parti rejoindre Titus ; Hellifield est l'homme le plus curieux que je connaisse, et il a l'impression, à juste titre, que je ne lui ai pas raconté toute l'histoire. Je doute qu'il tire grand-chose de Titus, notre ami sait être muet comme une tombe quand il le souhaite. À présent, ma chère enfant, rapportez-moi exactement ce qui s'est passé, et comment vous vous êtes retrouvée dans un tel pétrin.

Alethea avait beau essayer, le récit qu'elle fit de son retour vers l'Angleterre, de la découverte de la mort de Napier, de l'attitude surprenante des Fitzwilliam, et de la fâcheuse posture dans laquelle elle se trouvait, fut décousu et hésitant. Lady Hermione écouta patiemment, posant des questions de temps à autre, et convoqua finalement Figgins dans la pièce. À la surprise d'Alethea, Figgins entra avec Miss Griffin.

Lady Hermione se prit immédiatement d'amitié pour l'austère écrivain, et en moins de temps qu'il n'en faut pour le dire, les deux femmes se concertaient. Avec des précisions de la part de Figgins, le récit devint plus clair. La plupart de ce qui fut dit était nouveau pour Griffy, et Alethea s'empourpra en voyant son ancienne préceptrice secouer la tête à l'écoute de ses aventures extraordinaires.

— Eh bien, c'est certes quelque chose d'avoir chanté dans un théâtre italien déguisée en castrat, mais on peut au moins affirmer ceci : personne ne le croira jamais.

La tristesse s'empara d'Alethea une fois de plus. C'était gentil de la part de lady Hermione de venir en Angleterre pour l'aider, plus que gentil, mais que pouvait-elle faire ? Qui pouvait faire quelque chose ?

Néanmoins, lady Hermione ne semblait pas avoir le moindre soupçon de fatalisme dans le sang.

— Tout est clair dans ma tête à présent, et la situation n'est pas si catastrophique. Titus se sera chargé de cette Meg Jenkins, j'en réponds, de sorte que tout ce que nous avons à faire est de rendre votre position inattaquable.

— Cela est plus facile à dire qu'à faire.

— Les choses doivent vous paraître insupportables pour le moment. Harry et moi avons remarqué plusieurs personnes peu recommandables qui rôdent autour de cette maison, et l'une d'entre elles vendait à la criée un grand journal faisant le point sur la mort de Napier. Combien tout cela est déplaisant !

— Alors, que faut-il que nous fassions ? demanda Miss Griffin, qui trouvait de toute évidence tout cela bien plus intéressant que la plus terrifiante des intrigues qu'elle pouvait tirer de sa plume.

— Eh bien, c'est très simple. À présent que je suis en ville, je vais tout simplement raconter à tout le monde que vous étiez avec moi.

— Avec vous, madame ? s'écria Alethea, étonnée. Mais ce n'est pas vrai.

— Bien sûr que non, vous étiez bien trop occupée à être malade à bord du voilier de Titus. Mais quelle importance ? La vérité c'est que vous n'étiez pas à Londres en train d'assassiner Napier, et si l'on doit parfois passer par des voies détournées pour faire entendre la vérité, alors, qu'il en soit ainsi.

— Cela ferait assurément taire tous les commérages et ôterait toute suspicion qui pèse sur Alethea, déclara Miss Griffin. Seulement, cela fera-t-il l'affaire ? Vous croira-t-on ?

— Certainement. J'affirmerai qu'Alethea était à Paris avec moi. Les gens semblent savoir qu'elle s'est rendue à Paris récemment. Et vous pouvez remercier Georgina pour cela ; on dirait bien qu'elle ne sait pas tenir sa langue, ajouta-t-elle. Quoi de plus naturel qu'Alethea ait été avec moi jusqu'à… Rappelez-moi, quand êtes-vous arrivée en Angleterre ? Lundi de la semaine dernière ? Puis vous vous êtes rendue, Alethea, sur mon invitation, à Sillingford… Rien de plus convenable, c'est la maison de sa sœur, après tout.

Titus n'en croyait pas ses yeux. Harry, en personne, assis au club, un verre de vin à ses côtés, l'air parfaitement à son aise. Le jeune homme traversa la pièce à grandes enjambées.

— Juste ciel ! Harry, que faites-vous ici ? Comme je suis heureux de vous voir !

Harry se leva.

— Je suppose que vous serez encore plus heureux de voir lady Hermione, qui m'a amené d'Italie comme sur un tapis volant. Nous sommes venus régler vos petits tracas, Titus, voilà tout.

— Je vous remercie, mais je crois pouvoir m'occuper seul de mes affaires.

— De vos affaires, certes, mais de celles d'Alethea Darcy – non, enfin, Alethea Napier, bien entendu, j'oubliais – sont hors de votre portée.

— Parlez moins fort, pour l'amour de Dieu ! Personne ne sait que je connais Mrs Napier, et c'est mieux pour elle si les choses demeurent ainsi.

— Vous ne la connaissez pas ! Alors que lady H. me dit que vous avez partagé une cabine avec elle pendant tout le trajet de retour d'Italie ? l'interrogea Harry.

— Je n'ai rien fait de tel, répondit Titus en tirant sur sa cravate. Ne brandissez pas son nom ainsi, c'est très offensant.

— Ah, j'ai touché un point sensible, n'est-ce pas ? Eh bien, elle est veuve à présent, et riche, alors la voie est libre.

— Libre… Je ne sais pas où vous avez été pêcher une idée pareille, Harry, mais vous faites totalement fausse route. J'ai aidé Alethea à se sortir d'une situation difficile, sur l'insistance de lady Hermione, et c'est tout.

— Pas tout à fait. Il y a la petite affaire de Chérubin, pour commencer.

— C'était cela, la situation difficile. À présent, laissez tomber, Harry, ou vous allez commencer à m'agacer.

Harry leva une main lasse.

— Je ne voudrais pas vous irriter pour tout l'or du monde, connaissant votre nature belliqueuse. Vous souhaiterez sûrement voir lady Hermione. Vous la trouverez dans sa demeure de Bruton Street, en train d'écrire des lettres à ses nombreuses connaissances, sans nul doute. Le beau monde se fait rare à Londres en ce moment, autrement elle serait engagée dans une véritable orgie de visites. Je dois dire que c'est très honorable de sa part de se donner tant de mal pour blanchir le nom de la jeune fille. Bien sûr, il y a le lien de parenté, elle adore la femme d'Alexander. Cependant, nul besoin de se tracasser, mon ami, lady H. s'occupe de tout.

Alethea avait craint de ressentir une gêne en présence de Titus. Pourtant, lorsque celui-ci vint lui rendre visite ce soir-là, guidant lady Hermione à travers les écuries pour entrer dans la maison, la jeune fille eut l'impression d'accueillir un vieil ami.

— Comme c'est original, fut l'unique commentaire de lady Hermione tandis qu'elle émergeait dans l'entrée. Je comprends parfaitement que l'on veuille éviter d'attirer l'attention, mais, à mon sens, l'intérêt des gens pour cette affaire va très rapidement s'essouffler.

Il y avait tant de choses qu'Alethea voulait savoir.

—Que va devenir Meg? fut sa première question. Elle ne faisait que se défendre contre des violences… Elle n'aura pas à passer en jugement, n'est-ce pas?

—Il ne saurait être question d'un procès, ce serait laver du linge bien trop sale en public, affirma Titus. Et si Meg était arrêtée et jugée, je crains fortement qu'elle ne soit pendue, à cause de tous les faux serments que ses amis ne manqueront pas de faire à son sujet, comme ils l'ont assuré. Les cours ne croient jamais les femmes de ce genre, et le public se satisfait de voir un meurtre se conclure par une pendaison.

—Vous avez dit que sir Humphrey était à ses trousses… Bonté divine! Il l'a probablement déjà trouvée.

—Il aura trouvé l'endroit où elle résidait jusqu'à récemment, mais j'ai bien peur que l'oiseau n'ait quitté le nid. Meg Jenkins est à l'heure qu'il est de l'autre côté de la Manche, où Mrs Legrange possède plusieurs établissements. Je ne pense pas qu'elle soit faite pour ce métier, cependant, et Mrs Legrange reconnaît que Meg gardera trop de cicatrices sur son corps pour travailler dans une maison huppée. Alors, elle va prendre un nouveau nom, et on lui donnera de bonnes références ainsi qu'une somme d'argent afin qu'elle puisse décrocher un emploi plus respectable.

Alethea recouvra un peu d'optimisme; elle avait été heureuse que lady Hermione se soit débrouillée pour la sortir de ses propres ennuis, mais en même temps très inquiète au sujet de Meg.

—Je suppose que tout cela n'est pas bien, et que la loi devrait être respectée, mais si cela signifie que cette malheureuse doit être pendue pour avoir assassiné Napier, alors qu'il s'apprêtait à la tuer, peu m'importe la loi.

Des cicatrices, des cicatrices permanentes sur le corps de la pauvre Meg ; Napier avait dû être d'humeur très violente ce soir-là. Alethea elle-même avait souffert de coupures et d'ecchymoses, mais il ne s'en était jamais pris à elle avec une telle brutalité, et elle guérissait vite. Les marques qui lui restaient s'estomperaient avec le temps. Pas comme les autres blessures que Napier lui avait infligées, se dit-elle avec une amertume passagère. Puis elle songea, avec philosophie, qu'elle avait eu de la chance. Il s'était peut-être retenu avec sa jeune épouse, mais s'il était capable de faire cela à Meg, un jour ou l'autre, il l'aurait attaquée avec la même licence, et elle n'aurait peut-être pas eu de pistolet sous la main.

— Pensez à tout cela comme à un cauchemar dont vous venez de vous réveiller, lui conseilla Titus, qui avait observé son visage.

— Oui, répondit-elle.

— On se souvient des horreurs, je crois, pour le restant de ses jours, mais les souvenirs s'émoussent avec les années, ils ne nous affectent plus avec autant de force lorsque la vie prend un nouveau tour.

Il parlait comme quelqu'un qui avait eu un aperçu de son propre enfer et Alethea repensa à l'auberge en Suisse : la bataille de Waterloo et ses conséquences étaient son cauchemar à lui. Comme celui de tant d'autres assurément. Parce qu'ils étaient libres de mener des existences aventureuses, on avait tendance à oublier à quel point les hommes pouvaient souffrir eux aussi ; et pour couronner le tout, eux aussi, comme les femmes, avaient leur part de chagrins conjugaux et de tragédies familiales.

Lady Hermione se leva.

— Vous serez heureuse de quitter cette maison, Alethea, je n'ai jamais vu d'endroit aussi poussiéreux et aussi morne. À présent, je vais vous laisser vous débrouiller quelques minutes, je souhaite m'entretenir avec Miss Griffin. Non, ne prenez pas la peine de me montrer le chemin, Figgins peut s'en charger.

Il y eut un long silence après qu'elle eut quitté la pièce. Alethea caressait du bout des doigts la dentelle de sa robe noire ; comme elle détestait devoir porter des vêtements de deuil ! Elle ne voulait pas regarder Titus ; à quoi pensait-il, pourquoi ne disait-il rien ?

— Puis-je vous demander quels sont vos plans ? s'enquit-il finalement. Comme l'a souligné lady Hermione, vous ne voudrez sûrement pas rester ici.

— Je n'y ai pas beaucoup réfléchi, répondit Alethea. Les Fitzwilliam me conseillent vivement de m'installer chez eux à Aubrey Square ; je pourrais aussi retourner à Pemberley jusqu'au retour de mes parents. Les Gardiner m'ont également proposé de m'héberger.

— Il y a vos sœurs.

Alethea secoua la tête.

— Je ne pense pas que je supporterais leur compagnie pour le moment. (Son visage se fendit d'un sourire.) Letty insisterait sur le deuil le plus absolu, elle est très à cheval sur ce genre de choses, et Belle ne voudra certainement pas d'un corbeau dans sa demeure alors qu'elle est sur le point de mettre au monde son enfant.

— Partez pour l'étranger. Là-bas, vous n'aurez pas besoin de porter le deuil, pas même au cours des trois premiers mois. Retournez en Italie, où vous pourrez séjourner chez les Wytton.

Alethea avait une bonne raison d'éviter ses sœurs dans l'immédiat, une raison qu'elle n'était pas prête à avouer à Titus. La perspective de se retrouver parmi des couples heureux en ménage la hérissait, et il n'y avait aucun doute que ses quatre sœurs étaient comblées avec leurs maris et dans leurs vies comme elle ne l'avait jamais été, et n'avait aucun espoir de l'être jamais. Elle secoua la tête.

— Plus de félicité conjugale que vous n'en pouvez supporter ? demanda Titus.

Il était terriblement clairvoyant, et sa perspicacité la mettait mal à l'aise.

— Je devrais peut-être revêtir mon pantalon et mes bottes, et éviter ainsi de porter du noir, suggéra-t-elle avec un sourire empreint d'ironie.

— Alethea, ne vous avisez pas… Ah ! vous plaisantez, je vois.

Il faisait les cent pas dans la pièce tandis qu'ils parlaient ; il semblait embarrassé. Il fit un pas vers elle et s'apprêtait à reprendre la parole lorsque la porte s'ouvrit et que lady Hermione entra, talonnée par Miss Griffin.

— Nous avons discuté longuement, annonça lady Hermione. Si vous acceptez notre conseil, vous ferez vos bagages une fois de plus, et braverez les vagues de la Manche. Non ! Vous n'aurez pas à voir votre sœur Georgina, ni Camilla, ni personne que vous connaissez. Je voudrais que vous veniez avec moi en Italie, et que vous séjourniez tout l'été en ma compagnie dans les montagnes, cela ramènera de la couleur sur vos joues. Et dans un endroit éloigné de l'Angleterre, où vous n'aurez pas à vous soucier de porter le deuil. Puis, à l'automne, vous pourrez aller à Vienne rejoindre vos parents.

Son moral remonta instantanément à la perspective de fuir l'Angleterre pour passer l'été avec lady Hermione. Elle se tourna vers Miss Griffin.

— Griffy, pensez-vous que ce soit une bonne idée ?

— Je vous le recommande fortement. Vous pouvez placer vos affaires entre les mains de l'avocat de Mr Darcy, et partir jusqu'à ce que votre moral et votre santé soient complètement rétablis. Je suis persuadée que c'est exactement ce que vous conseilleraient de faire Mr et Mrs Darcy, puisqu'il est hors de question que vous alliez les rejoindre à Constantinople, ce n'est pas le genre d'endroit dont vous avez besoin pour le moment. Et lady Hermione a très gentiment étendu son invitation pour que je vienne en Italie plus tard dans l'année, lorsque j'aurai terminé mon livre.

Alethea la serra spontanément dans ses bras, puis, après un moment d'hésitation, fit de même avec lady Hermione.

— Vous êtes tous si bons avec moi !

Si l'on en jugeait par l'expression de Titus, lui-même n'aurait pas refusé une accolade, mais il ne dit rien, et peu après, repartit avec lady Hermione.

— J'aimerais que vous veniez, Figgins, mais vous n'y êtes pas obligée si vous ne le souhaitez pas.

— Je vous l'ai déjà dit, où vous irez, j'irai, et je ne pense pas que ce sera aussi terrible que cette ville thermale dont vous parliez. Vous n'êtes pas faite pour être livrée à vous-même, si vous voulez la vérité. Je n'aime pas trop l'étranger, je le reconnais, et j'ai eu mon lot de montagnes, mais on ne fait pas toujours ce qu'on veut dans la vie. À présent, allez vous coucher, et on peut espérer que vous aurez une nuit moins agitée que la précédente. Vous appeliez dans votre sommeil, et vous vous tourniez et vous retourniez comme si vous aviez le diable aux trousses. Maintenant que votre esprit est apaisé, vous pourrez peut-être dormir comme un loir.

— Je suis fatiguée, admit Alethea en bâillant sans retenue.

Elle ne dormit pas, pas tout de suite. Elle resta sous les couvertures, repensant à cette journée extraordinaire, et au retournement de situation qui avait eu lieu. Puis elle se souvint des mots de Harry à propos de Titus ayant passé l'âge de tomber amoureux. Qu'avait-il voulu dire par là ? Rien, ou bien tout… Et d'ailleurs, qu'est-ce que l'âge avait à voir là-dedans ? Titus était jeune. Plus âgé qu'elle, bien sûr, mais…

Elle se retourna, tapant fermement sur ses oreillers. Titus avait semblé distant ce soir, et grave. Cela devait aller à l'encontre de sa nature de se trouver mêlé à des histoires aussi louches ; comme sa propre stupidité avait mis en péril d'autres personnes ! Lady Hermione était obligée de mentir pour sauver sa réputation, et Titus avait fait disparaître Meg au nez et à la barbe des autorités.

Cela la fit sourire. C'était un homme très résolu, et plus que de taille à faire face à sir Humphrey, malgré toute l'intelligence de ce dernier.

Elle apprécierait d'être en Italie avec lady Hermione, mais craignait de s'y sentir seule. Elle se demanda comment Titus allait passer le reste de l'été. À Beaumont, sans doute, à s'occuper, pour changer, de ses propres affaires.

Elle s'endormit, en pensant, pour la première fois depuis de nombreuses semaines, à quelqu'un d'autre plutôt qu'à ses propres problèmes.

« Ma très chère Hermione,

Quelle ne fut pas ma surprise, à mon arrivée en ville, de découvrir que votre nom était sur toutes les lèvres ! On ne parle plus que du meurtre de Napier. Il faut dire qu'à Londres, en cette saison, le scandale se fait aussi rare que la société ; qu'on trouve un bon coupable pour ce crime et toute cette affaire sera oubliée !

Nous avons dîné avec sir Humphrey hier soir. Il est considérablement soulagé, je pense, que les choses aient pris cette tournure, car même s'il aurait aimé arrêter le meurtrier, il est bien conscient qu'un procès révélerait tous les détails sordides… Et en ce moment précis, que les vices de Napier soient claironnés aux quatre vents ne plairait ni au gouvernement ni aux autorités. Napier avait trop de relations, tout comme sa femme, pour que l'opinion publique ne s'enflamme pas devant de telles révélations ; sir Humphrey a évoqué avec beaucoup d'émotion les radicaux, les émeutes, et tout cela.

Ainsi, tout s'est arrangé pour le mieux, et j'espère qu'Alethea trouve enfin quelque satisfaction après cette période si troublée. Pensez-vous qu'elle s'en remettra ? Elle a du caractère, mais tout de même, être mariée à un homme pareil, et ensuite le meurtre… cela suffirait à tourmenter même les tempéraments les plus placides, ce qu'elle n'est pas.

On dit que la prostituée qui était avec Napier, celle qu'il a presque battue à mort – avez-vous jamais entendu parler d'une telle brutalité ? –, comptait parmi ses connaissances. Apparemment, Mrs Gillingham, chez qui il avait ce logement, l'a croisée par hasard – je suppose aisément qu'elle est plus que familière du fonctionnement de cette maison de débauche – et l'a reconnue, se souvenant de l'époque où elle était une domestique dans la maison de Napier. Il semblerait qu'il ait tenté de lui faire des avances lorsqu'elle était à Tyrrwhit, mais qu'elle n'ait pas voulu en entendre parler. Mrs G. était donc mue par la vengeance lorsqu'elle a demandé à la maquerelle que la jeune fille soit envoyée à Napier ce soir-là. C'était mal de la part de cette femme de se plier à cette volonté, parce qu'elle a des filles qui sont disposées, moyennant finances, à se faire fouetter, alors que celle-ci n'en faisait pas partie.

Quoi qu'il en soit, cette malheureuse est introuvable, et pour ma part, je lui souhaite de réussir dans ce qu'elle entreprendra. Ainsi va le monde, les hommes séduisent ou agressent leurs domestiques, et ces jolies petites servantes qui vont à Londres finissent dans des maisons closes… Mais les actes de Napier ont dépassé les limites de la décence.

Est-ce vrai, ce que les gens disent, que cet homme a logé sous son toit, à Tyrrwhit House, Mrs Gillingham, qui était sa maîtresse – même si j'ai le sentiment que ce mot est trop courtois pour la décrire – et ce à plusieurs occasions, obligeant de ce fait son épouse à la fréquenter ? Je n'ai jamais rien entendu de plus choquant, et, comme vous le savez, j'entends tout.

J'espère que l'air de la montagne vous convient, et vous procure un soulagement bienvenu après la chaleur de Venise. Nous sommes rentrés d'Écosse, et nous partons passer une semaine ou deux au bord de la mer ; le médecin de Freddie lui a recommandé de prendre des bains marins.

De grâce, écrivez-moi vite et donnez-moi des nouvelles d'Alethea,

Votre amie dévouée,
Belinda »

Cinquième partie

Chapitre 29

A u moment où Alethea posa les yeux sur la Villa Serena, elle sut qu'elle allait y être heureuse. Le bâtiment n'était ni grand ni imposant, mais ses pierres patinées, ses volets bleus et ses fleurs éclatantes lui donnaient un charme fou. Rien n'aurait pu être plus différent de Londres ou de la campagne anglaise. Ici, il y avait des montagnes miroitant dans la lumière matinale, de hautes prairies mouchetées de fleurs, un lac, argenté sous les rayons du soleil, et une quiétude totale.

Alethea n'aurait jamais pensé qu'elle apprécierait un jour la paix et la tranquillité. Elle avait toujours aimé qu'il y ait de la vie et du mouvement autour d'elle, et elle en était venue, en grandissant, à trouver le calme de Pemberley très ennuyeux ; pourtant, elle était là, parfaitement contente de rester assise des heures durant sur la terrasse, le visage ombragé par un chapeau de paille à larges bords, ne faisant rien d'autre que d'embrasser du regard le splendide paysage.

Dans l'air plus frais du soir, elle trouvait du réconfort dans la musique, en s'adonnant à de longues séances de piano forte ou en jouant d'une flûte qu'un invité avait oubliée.

— Non pas que j'aime beaucoup la flûte, dit-elle à lady Hermione. Même s'il fut un temps où j'en

503

jouais souvent. À Londres, lorsque j'étais encore en salle d'étude.

— Maintenant, lorsque vous regardez en arrière, vous voyez des jours sereins et sans histoires, n'ai-je pas raison ? dit lady Hermione. Alors qu'à l'époque, les restrictions que l'on vous imposait vous irritaient, et vous protestiez face à la liberté et aux plaisirs du monde dont jouissaient vos sœurs aînées.

— Pas tout à fait, car même si j'aimais beaucoup aller à Londres, je ne leur enviais pas les exigences de la Saison, l'obligation de se rendre à tel bal et à telle soirée, et ce, qu'elles en aient envie ou non. Être obligée de se montrer courtoise envers tout le monde, cela m'ennuie terriblement.

Lady Hermione rit à ces paroles.

— Vous êtes exactement comme votre père quand il était plus jeune. Il a toujours eu d'excellentes manières, mais lorsqu'il trouvait quelqu'un pénible ou sans intérêt, il était incapable de le cacher. Il a réussi à masquer son mépris pour ses prochains, essentiellement grâce à votre mère. Elle lui a aussi appris à rire.

Après une pause, lady Hermione poursuivit :

— Je suppose que vous serez ravie de les revoir tous les deux.

Alethea réfléchit à la question en sirotant un vin blanc frais et sucré dans un magnifique verre muni d'un long pied.

— Oui, je serai très contente de les revoir. Maintenant que papa m'a écrit si gentiment et avec tant de compréhension, je pense pouvoir lui faire face sans trop de nervosité.

Elle avait d'abord été mortifiée, puis reconnaissante, que son cousin Fitzwilliam ait pris l'initiative d'écrire à Mr Darcy ; au même moment, sans que son mari le sache, Fanny avait rédigé une lettre bien plus franche pour Mrs Darcy. Alethea avait donc échappé à l'embarras d'avoir à raconter aux deux êtres qui lui étaient le plus proches le triste récit de son mariage désastreux et de sa fin mélodramatique.

Papa avait rédigé l'une de ses missives énergiques : il y condamnait Napier, mais rappelait également à Alethea en quelle fâcheuse posture son impétuosité et sa forte personnalité pouvaient la mettre, si elle n'y prenait pas garde. Elle était à présent une femme riche et indépendante, une situation loin d'être simple pour quelqu'un d'aussi jeune, et elle aurait besoin de toute son intelligence ainsi que de toute sa raison, mais il avait confiance en son jugement et en son bon sens. Certes, l'infortune avait placé sur son chemin un homme indigne et sans honneur – et même deux individus de ce genre – mais cela ne devait pas lui faire prendre en aversion le sexe opposé.

— Parfaitement vrai ! s'écria lady Hermione, lorsque Alethea lui fit part de ce qu'avait écrit son père. Au début, vous aurez tendance à détester tous les hommes, mais vous dépasserez cela.

— Ce n'est pas tant une question de haine, répondit Alethea après quelques instants de réflexion. Mais plutôt de méfiance.

— Toute personne qui traverse la vie en faisant aveuglément confiance à autrui est stupide. Pourtant, les personnes dignes de foi existent, hommes comme femmes. Et à moins de vous enfermer dans un couvent, ce qui n'est guère un moyen agréable de passer le restant de vos jours, vous allez devoir arriver à un accord avec les hommes ; ne les rejetez pas dans leur totalité car il y a autant de différences dans leurs caractères qu'il y a de fleurs dans ces prairies.

— Je ne pourrais pas aimer un homme violent, ou qui a mauvais caractère, ni un qui soit faible ou stupide.

— Cela élimine environ quatre-vingt-dix pour cent de la gent masculine, cependant, cela en laisse quelques-uns qui valent la peine d'être connus. Toute femme est amenée à perdre un jour ses illusions sur les hommes, et je suppose que l'inverse est vrai aussi. Lorsque nous sommes jeunes, nous nous déifions les uns les autres, puis nous comprenons bien vite que nous ne sommes que des êtres humains, imparfaits. Certains ont plus de défauts que d'autres, certains sont véritablement méchants, comme vous l'avez appris à vos dépens, pourtant, avec le temps, nous apprenons à tolérer les faiblesses de ceux que nous aimons et à en apprécier les grandes qualités.

— S'ils en disposent. Napier semblait avoir beaucoup de belles qualités. Sa passion pour la musique, sa prévenance…

Alethea s'interrompit, étonnée. La voilà qui parlait de Napier avec détachement ; comment était-ce possible ?

— Les individus de cette espèce ont généralement beaucoup de charme. Ne me demandez pas pourquoi, mais c'est ainsi. Tirez des leçons de votre expérience, et soyez prudente lorsque vous rencontrez un homme qui vous donne l'impression que vous êtes à ses yeux plus intéressante que n'importe qui d'autre au monde. Vous pouvez être sûre que ses intentions sont mauvaises.

Quelques vers de Ben Jonson traversèrent l'esprit d'Alethea.

— « N'aime aucun homme, ne fais confiance à aucun homme, ne médis d'aucun homme en sa présence, ni n'encense aucun homme derrière son dos », cita-t-elle, assez tristement.

— Ceux qui souscrivent à cette philosophie ne sont pas rares parmi mes connaissances, fit remarquer lady Hermione. Seulement, traverser la vie de cette façon est singulièrement malheureux. (Elle s'interrompit, les yeux fixés sur quelque chose qu'Alethea ne voyait pas.) J'ai épousé un débauché, cela a été mon erreur. Le père d'Alexander était un libertin. Il a essayé de m'être fidèle, mais en vain ; une femme attirante faisait tôt ou tard apparition dans sa vie, et il n'avait aucune volonté pour lui résister.

Alethea sentit un frisson lui parcourir la colonne vertébrale. Subir cela ou un époux adepte de la flagellation… la torture était presque similaire.

— Comment vous en sortiez-vous ?

— Comme tout le monde. J'ai beaucoup souffert dans un premier temps, puis j'ai eu Alexander et les autres enfants, ce qui a donné à ma vie une direction différente. Et j'aimais beaucoup mon mari. Il me faisait rire, et avait l'esprit vif ; tout comme vous, je ne supporte pas les imbéciles. Avec le temps, la puissance de mes sentiments pour lui, et par conséquent la souffrance causée par ses liaisons, s'est estompée. Je me suis trouvé de nouveaux intérêts.

Voulait-elle parler d'amants ? se demanda Alethea. Si elle en jugeait par le sourire malicieux flottant sur les lèvres de lady Hermione, c'était le cas.

— La vie ne se passe pas comme on s'y attend. Lorsque nous faisons nos débuts dans le monde, notre avenir semble aussi lisse et pur que de la neige vierge.

C'est une illusion, bien sûr, et bientôt nous tissons une toile d'erreurs et d'échecs autant que de réussites et de victoires, et nous prenons l'habitude de marcher sur des pavés accidentés plutôt que sur des chemins dorés. C'est ce qui rend l'existence si intéressante, on apprend vite que l'on ne sait jamais ce que l'avenir nous réserve.

— J'en doute, madame, pour la plupart des femmes, la vie se passe sans surprise. Le cadre étroit et contraignant de la sphère conjugale offre peu de diversité.

— Vous seriez surprise de voir à quel point ces petites vies peuvent être animées et variées.

Des conversations comme celle-ci donnaient matière à réflexion à Alethea. Elle n'avait jamais auparavant passé de temps auprès d'une dame comme lady Hermione, perspicace, expérimentée, pleine d'esprit et de sagesse. Les femmes plus âgées qu'elle connaissait avaient toutes leurs qualités : le sens commun et l'esprit pratique de Fanny, l'intelligence et l'aversion pour l'hypocrisie de Miss Griffin, la gentillesse et le bon sens de Mrs Gardiner, et enfin, la chaleur, l'humour et l'amour de sa mère.

Aucune d'entre elles, néanmoins, n'avait vécu pleinement son existence comme l'avait fait lady Hermione, et Alethea aimait ce sentiment que lui donnait sa compagne : le sentiment que la vie était une aventure, un voyage à savourer, dans les bons comme les mauvais moments, et par-dessus tout, une source de jouissance.

— Nous sommes restées seules ici assez longtemps, annonça lady Hermione un matin. Vous ne pouvez pas vivre recluse du monde pour toujours, et nous allons finir par nous ennuyer en tête à tête, sans personne d'autre à qui parler. De plus, les serviteurs deviennent oisifs, et je vois que votre Figgins attend impatiemment de vous voir porter certains des vêtements qui vous ont été envoyés. L'admirable Miss Griffin se propose de venir visiter Venise à l'automne, nous ne pouvons donc pas espérer sa compagnie plus tôt, mais je vais inviter quelques autres amis à présent que le temps se rafraîchit.

Alethea connaissait son devoir et avait acquiescé, poliment, mais sans enthousiasme. Et ce jour-là, alors qu'elle regardait depuis la terrasse la route qui serpentait en contrebas, elle aperçut un cavalier solitaire qui approchait. Elle n'avait pas demandé à lady Hermione qui elle allait inviter, et elle était certaine que tous les amis de sa bienveillante hôtesse valaient la peine d'être rencontrés ; pourtant, son cœur se serra à la perspective que se referme son idyllique parenthèse estivale.

La silhouette devint de plus en plus nette. L'homme faisait avancer son cheval à une cadence tranquille, jetant de temps à autre un coup d'œil à la villa au-dessus de lui. Il serra la bride à l'animal, protégea ses yeux, puis fit un geste de la main.

C'était Titus.

Dieu du ciel! pensa-t-elle, le cœur battant. Il était la dernière personne qu'elle s'attendait à voir, la dernière personne qu'elle voulait voir. *Faux*, lui murmura une petite voix dans sa tête. Il était trop étroitement associé à ces épouvantables semaines ; comment être détachée et détendue en sa présence ? *Non*, répondit-elle à la petite voix, elle ne voulait pas le voir.

Il traversait la terrasse pour venir à sa rencontre, la main tendue.

— Je suis heureux de constater que vous avez si bonne mine.

Titus avait décidé de ne pas se rendre en Italie, de ne pas essayer de voir Alethea. Il avait de ses nouvelles par une source indirecte, Belinda Atcombe, qu'il avait rencontrée dans la maison de campagne des Jerrold. Lady Hermione séjournait à la campagne, lui avait-elle dit, avec pour seule compagnie la demoiselle Darcy, Mrs Napier, qui avait traversé des moments tellement difficiles. Titus avait très envie de savoir si lady Hermione avait ajouté quelque chose au sujet d'Alethea, comment elle était, si elle était heureuse, si elle avait pu chasser de son esprit la tristesse de son mariage et la mort de son mari.

La sœur de Titus, qui connaissait mieux son frère qu'il ne pouvait l'imaginer, avait remarqué son humeur maussade et son agitation, et en avait tiré ses propres conclusions.

— Vous êtes tombé amoureux de celle qui s'appelait autrefois Alethea Darcy, lui déclara-t-elle sans détour alors qu'ils étaient assis ensemble dans le salon un après-midi. Non, ne me regardez pas avec ses yeux noirs et n'essayez pas de le nier, je ne suis pas aveugle. Elle est trop jeune pour vous, a un tempérament bien trop fougueux, et gardera toujours des séquelles de ce qu'elle a traversé avec cet infâme Norris Napier, mais il ne sert à rien de vous dire tout cela.

— Je pense comme vous.

— Alors, vous devriez aussi songer que vous êtes suffisamment âgé pour savoir qu'il n'y a pas de mariage idéal, et qu'aucune femme ordinaire ne vous donnera jamais satisfaction. Vous ne pouvez pas vous attendre à une paisible vie de famille avec une jeune personne de cet acabit ; mais une telle existence vous intéresse-t-elle le moins du monde ? Non, bien sûr que non. Après tout ce temps passé aux côtés de lady Hermione, elle aura recouvré sa confiance en elle et dans les autres, j'en suis certaine ; personne n'est plus à même que lady Hermione pour lui réapprendre à penser et à ressentir correctement. Elle ne la laissera pas s'appesantir sur le passé, et sera tantôt bienveillante, tantôt encourageante, en fonction de ses besoins.

Titus n'écoutait pas, il était perdu dans ses propres réflexions.

— Alethea me trouve dominateur et conformiste.

— Alors elle doit apprendre à mieux vous connaître afin de découvrir que vous n'êtes rien de tel.

— La façon dont elle a été traitée, d'abord par ce crétin de Penrose Youdall et ensuite par Napier, lui aura causé une aversion éternelle pour les hommes.

— Je n'ai jamais entendu de telles âneries, rétorqua lady Jerrold avec une grande vigueur. Alethea est une jeune femme très courageuse ; elle n'est pas du genre à tourner le dos à ce que la vie a à offrir. Allez en Italie – lady Hermione sera ravie de vous voir –, passez du temps avec elle et avec votre Alethea. Cela épargnera au moins à mes tapis d'être usés jusqu'à la corde par vos incessants allers et retours.

Titus avait ignoré son conseil, était rentré à Beaumont, où il avait arpenté ses terres, agaçant son intendant et poussant toute sa maisonnée à souhaiter qu'il soit ailleurs.

— Rester assis dans la bibliothèque, contempler le feu ou regarder la pluie battre les carreaux, à quoi tout cela mène-t-il ? lui demanda Bootle d'un ton hautement désapprobateur.

Ce dernier n'avait pas été étonné lorsque son maître avait bondi du lit par une grise matinée, criant qu'on lui apporte du café, ses bottes, son cheval. Il partait pour Southampton, rejoindre l'*Ariane*, il allait mettre les voiles pour la Grèce ou l'Amérique, ou pour tout autre endroit où il ne pleuvait pas et où il ne serait pas entouré d'imbéciles.

Bootle n'avait pas non plus été surpris lorsque l'*Ariane* avait doucement glissé vers son mouillage à Gênes, et que Mr Manningtree lui avait dit qu'il partait à cheval rendre visite à lady Hermione Wytton dans sa villa dans les montagnes, et lui avait ordonné de le suivre avec ses bagages dans une voiture.

Le cœur de Titus bondit lorsqu'il aperçut Alethea sur la terrasse. Il s'était presque convaincu qu'il arriverait trop tard, qu'elle serait déjà loin, en Angleterre, à Rome, n'importe où ailleurs. Pourtant elle était là, plus belle que toutes les femmes qu'il avait jamais connues, ne portant plus ces minables vêtements de deuil, indiciblement chère à ses yeux, et se riant de lui parce qu'il avait sautillé afin d'éviter une abeille.

Alethea lui tendit sa main, mais au lieu de la serrer, il la prit entre les siennes, la tint, et regarda la jeune fille droit dans les yeux, intensément, pendant un court instant qui sembla durer une éternité.

Les joues brûlantes, elle essaya de se forcer à prononcer quelques paroles courtoises ; elles ne vinrent pas.

C'était sa présence physique qui l'avait déconcertée, car en réalité, il n'avait pas quitté ses pensées pendant toutes ces semaines ; tandis qu'elle se remettait de l'expérience éprouvante des mois précédents, le souvenir du gentleman, de sa sollicitude, de sa gentillesse et, oui, de son caractère autoritaire, lui revenait sans cesse.

Son amitié était de celles qu'elle estimerait toujours, avait-elle dit à lady Hermione, qui était partie d'un de ses rires malicieux et entendus. L'amitié entre les sexes, avait rétorqué cette dame avec dureté, était bonne pour les enfants, les imbéciles, et les personnes d'un âge avancé que la vie avait vidées de leurs sentiments.

C'était faux, avait protesté Alethea. Elle avait rencontré des hommes à Londres, qui portaient des hauts-de-chausses et qui se comportaient comme des hommes, mais dont on savait instinctivement qu'ils n'avaient aucun intérêt pour les femmes. On pouvait être amie avec ce genre d'hommes, n'est-ce pas ?

Lady Hermione s'était montrée impitoyable en rejetant cette idée.

— Les hommes comme lord Lucius, je suppose. Ils n'ont rien à voir avec ce qui nous occupe. D'ailleurs, Titus n'est pas de ceux-là.

Pour sûr, il ne l'était pas. Mr Manningtree était complètement viril, il n'y avait rien d'efféminé en lui. Pourtant, il émanait de lui une chaleur et une clairvoyance qui étaient très éloignées du tempérament d'un Norris Napier.

Alethea avait aussi beaucoup pensé à son mari, au cours de ces semaines. D'abord soulagée d'apprendre la disparition de son bourreau, elle avait par la suite nuancé son jugement, car elle n'aimait pas se réjouir du décès d'un homme, même de celui qui lui avait fait tant de tort. Pourtant, c'était peut-être mieux qu'il soit mort, car il aurait fini par tuer une femme.

Après que la fièvre initiale et le scandale du meurtre se furent estompés, des rumeurs avaient surgi au sujet de son défunt époux, et ces ragots l'avaient horrifiée. Lorsqu'il était en vie, ses contemporains l'avaient jugé selon les apparences, estimant qu'il était un gentleman de bonne famille, sympathique, un favori parmi les dames, et un compagnon agréable au club. Après le décès de Napier, ses victimes recouvrèrent leur voix : ici une servante, là un jeune garçon du temps où il était à l'école. Même la société londonienne, large d'esprit et indulgente vis-à-vis des excès masculins, avait été scandalisée par ces révélations.

Napier hantait encore ses rêves, même si c'était de moins en moins le cas. Au fur et à mesure, elle apprit à s'extraire de ses cauchemars dès que les ombres obscures de ces nuits terrifiantes se levaient pour la tourmenter. Elle le rapetissait en imagination, le faisait décroître jusqu'à ce qu'il devienne un simple pantin inoffensif. Plus que tout, elle luttait pour lui pardonner. Son vice était inné et indéniable. Mais elle avait eu ses torts aussi. Si elle n'avait pas subi cette cuisante déception avec Penrose, aurait-elle seulement envisagé d'épouser Napier ?

Certainement pas.

Penrose était différent. À Penrose elle ne pardonnait pas, parce qu'il n'y avait rien à pardonner. Leur ardeur, la passion qui les unissait, avait été plus forte que leur moralité ou que leur devoir. On pouvait lui reprocher d'être venu à elle comme un cœur à prendre, alors qu'il avait toujours su que sa famille lui destinait une tout autre fiancée, mais elle était persuadée qu'il était sincèrement tombé amoureux d'elle, que tout cela n'avait pas été feint.

Penrose ne hantait pas ses rêves, qu'elle soit éveillée ou endormie. Lorsqu'elle pensait à lui, c'était avec indifférence, pas avec angoisse. Il appartenait à une autre vie, où elle-même était une autre.

Et elle avait fini par croire, au cours de son séjour en Italie, que son cœur était de nouveau entier, et qu'il le resterait. Sa liaison amoureuse et son mariage l'avaient immunisée contre l'amour, et, de cette façon, l'existence suivrait son cours bien plus facilement.

À présent, avec Titus à ses côtés, la perturbant plus qu'elle ne voulait se l'admettre, toute son assurance et sa tranquillité étaient réduites à néant. Titus, dont la main était posée sur la bride de son cheval tandis que l'animal se déplaçait de côté et faisait de brusques mouvements de tête. C'était une bête magnifique, au poil lisse et brillant, puissante, avec les oreilles dressées vers l'avant, et d'intelligents yeux noirs qui parcouraient les alentours.

— Cette monture vient de l'écurie de Harry, dit-il en baissant le regard vers elle comme s'il avait conscience qu'une conversation était nécessaire pour calmer leur embarras.

— Je vais appeler quelqu'un pour prendre votre cheval, déclara-t-elle, souhaitant tout à coup lui échapper.

— Si vous voulez parler du palefrenier de lady Hermione, vous jouerez de malchance, répondit-il en lui montrant du doigt la prairie qui s'étalait en contrebas.

Antonio était là, se promenant aux côtés de sa bien-aimée, une jolie jeune fille du village. Ils s'enlaçaient par la taille, entièrement absorbés l'un par l'autre.

Elle détourna le regard, gênée par la proximité du couple. Titus observait les tourtereaux avec quelque amusement.

— Quand lady Hermione n'est pas là, les souris dansent, fit-il remarquer.

— Elle est partie pour la journée, mais comment le savez-vous ?

— Je l'ai croisée en chemin, elle m'a dit que vous seriez ici. Et que vous seriez contente de me voir, ajouta-t-il en la regardant de nouveau droit dans les yeux.

Elle se rendit compte qu'elle n'avait guère eu de contact physique avec Titus, hormis une simple poignée de main. Ils n'avaient jamais dansé ni valsé ensemble, ne s'étaient jamais assis côte à côte sur un sofa dans les salons de la bonne société. Le temps qu'ils avaient passé ensemble s'était déroulé dans des circonstances bien différentes, pensa-t-elle, se souvenant de Lisbonne et des heures joyeuses qu'ils avaient partagées.

— Alethea, dit-il, et il y avait quelque chose dans sa voix qui fit s'accélérer les battements de son cœur, un sérieux et une chaleur qui lui firent monter le rouge aux joues. Je suis venu expressément pour vous voir. Je me suis tenu à l'écart aussi longtemps que j'ai pu, car seul un égoïste vous imposerait ses attentions alors que…

Il hésita, comme s'il n'était pas certain de ses mots.

— Je serai toujours heureuse de vous voir, commença-t-elle d'un ton épouvantablement guindé.

Qu'est-ce qu'elle racontait ?

Il enroula les rênes autour de son bras, tandis que son cheval remuait et trépignait avec impatience. Il caressa d'une main apaisante le nez de l'animal, et lui souffla dessus, tournant la tête de sorte qu'il s'adressait au paysage plutôt qu'à Alethea.

— Si vous êtes encore… Je sais que vous avez souffert, et vous avez sans doute désavoué tous les hommes. Seulement, il se trouve que je ne peux plus attendre.

Il se tourna pour lui faire face de nouveau.

—Alethea, je suis profondément amoureux de vous. Je ne dirai pas que je ne peux pas vivre sans vous, car cela ne serait que des mots, mais…

Alethea fut submergée par une vague de joie, mêlée de crainte et de panique.

—Non, fit-elle d'une voix étrange et voilée. S'il vous plaît, ne dites rien. Vous êtes très gentil… Je suis très sensible à l'honneur que vous me faites, mais… je ne peux pas me remarier.

Un silence s'installa entre eux. Puis, finalement, il reprit la parole.

—Je craignais que vous me répondiez cela, et je comprends vos sentiments à ce sujet. Je vous en prie, écoutez-moi pourtant. Si l'idée du mariage vous est à ce point pénible, si vous ressentez une réticence à vous soumettre à l'autorité et au pouvoir que la loi confère à un époux, alors je partagerai avec plaisir votre vie à n'importe quelle condition. Dites-moi seulement que vous ressentez un peu d'amour pour moi, que vous pensez qu'avec le temps, vous pourrez apprendre à…

Elle leva une main pour l'interrompre. Elle devait à présent s'avouer la vérité, et par conséquent, la lui avouer à lui : elle était tombée amoureuse de lui, inconsciemment, presque à l'instant où elle l'avait rencontré.

On pouvait voir l'âme de Titus au fond de son regard lorsqu'il sourit à Alethea ; ce n'était pas un sourire triomphant ni entendu, mais un sourire qui surgit sur ses lèvres en même temps qu'il lisait dans le cœur de la jeune fille. Elle lui demanda alors :

—Vous voulez dire que vous accepteriez de vivre avec moi ?

— Oui. Exactement comme un homme et sa femme, et pour moi les liens entre nous seront aussi forts et aussi authentiques que n'importe quels vœux. Mais je ne vous veux pas enchaînée et dépendante contre votre volonté, et au prix de votre bonheur.

Elle était stupéfaite. Ce qu'il proposait signifiait son exil de son pays natal, la fin de ses ambitions politiques, une séparation d'avec sa famille et d'avec bon nombre de ses amis, une exclusion du monde dans lequel il était né. Était-il vraiment prêt à faire un tel sacrifice ?

Elle était sans voix. En silence, elle leva les mains ; il les prit, les pressa contre lui, puis elle fut dans ses bras, les sens égarés dans une voluptueuse obscurité tandis qu'il l'embrassait avec une passion grandissante.

Finalement, pensa Alethea, dans le confort extatique de ses bras, il n'y avait pas eu de gêne, pas d'autres paroles échangées que ces mots d'amour. Ses défenses s'étaient écroulées devant sa proposition, devant ses yeux débordants d'estime et d'amour.

Lady Hermione, à son retour quelques heures plus tard, regarda le couple d'un air malicieux, et annonça son intention de se rendre à Venise ; elle avait certaines affaires à régler là-bas, prétendit-elle.

Ce qui les laissa seuls pour quelques jours de bonheur total, à s'aimer, à parler, et à rire ensemble ; ils gravirent les pentes autour de la villa, galopèrent côte à côte à travers les prairies et passèrent des heures idylliques à naviguer sur le lac.

En rentrant à la maison un après-midi, satisfaits et fourbus de chaleur, Alethea empourprée et riant d'un débat qu'ils avaient eu sur le chemin du retour, ils découvrirent qu'il y avait au moins un visiteur dans la villa.

— Diable ! s'exclama Titus, c'est votre beau-frère, l'ecclésiastique.

C'était vrai. Barleigh Barcombe était adossé à la balustrade de pierre qui bordait la terrasse, et les regardait approcher.

Alethea frissonna. Si Barleigh était là, Letty ne devait pas être loin… La plus critique de ses sœurs, la personne qu'elle avait le moins envie de voir au monde.

Barleigh les accueillit avec une bienveillance nuancée d'une certaine raideur. Où, s'enquit-il, était lady Hermione ?

— À Venise, répondit Titus avec un parfait sang-froid.

— Letty ? parvint à demander Alethea. Est-elle avec vous ?

Barleigh les regarda tour à tour avec un sourire qui s'élargissait.

— Non, Alethea, elle est restée en Angleterre avec les enfants.

— Alors, on vous a permis de vous rendre seul à l'étranger ?

Son sourire était plus contrit à présent.

— C'était plus un ordre qu'une permission, Alethea. On m'a envoyé pour vous ramener à la maison.

Titus émit un grognement moqueur.

— Qui est ce « on » ?

— Letty et lady Mordaunt, ainsi que lady Fanny, sont extrêmement perturbées par des rumeurs qui sont arrivées jusqu'à leurs oreilles, selon lesquelles vous, Alethea, n'étiez pas sous la responsabilité de lady Hermione mais en compagnie d'un homme.

—En effet, dit Titus en recouvrant sa bonne humeur. Elle est avec moi.

—Et lady Hermione ne séjourne pas ici ?

—Comme je vous l'ai expliqué, elle se trouve à Venise en ce moment.

—Ah.

—Laissez-moi vous conduire à votre chambre, fit Alethea. Avez-vous un serviteur avec vous ? Sinon, je suis certaine que Bootle s'occupera de vous.

—Avant que vous me combliez d'hospitalité, dit Barcombe d'un ton plutôt las, puis-je vous demander si vous rentrerez en Angleterre avec moi ?

—Non, répondit Alethea. Suivez-moi.

Pendant le dîner, il revint au sujet : tout cela paraissait bien indécent, elle qui était veuve depuis si peu de temps, sa jeunesse, la différence d'âge entre elle et Titus – on penserait qu'il profitait d'elle –, l'inconvenance de ne pas porter le deuil…

Alethea et Titus écoutaient et se tenaient la main sous la table, en attendant que l'homme s'essouffle.

Ce dernier s'adossa finalement au dossier de sa chaise et posa sa serviette sur la table avec un soupir.

—Eh bien, voilà tous les arguments que j'ai pu rassembler. J'ai fait mon devoir ; à présent, je peux avoir l'esprit tranquille.

Alethea le dévisagea.

—Est-ce que vous dites… ? Tous ces sermons, vous ne les pensiez pas ?

—Pas le moins du monde. En tant qu'ecclésiastique, je me dois de vous dire que je trouve votre moralité choquante et dépravée. En tant qu'être humain, et au risque de rendre ma chère femme folle de rage, si elle venait un jour à l'apprendre, je ne peux que vous souhaiter le plus grand bonheur.

— Quel homme sympathique vous êtes ! s'enthousiasma Titus en sautant sur ses pieds et en contournant la table pour attraper la main de Barcombe. Et, avec la permission d'Alethea, il y a quelque chose que vous pourriez faire pour nous qui n'apaisera sans doute pas la colère de Letty, mais qui fera progresser votre moralité.

— Mariés ! s'écria lady Fanny en ouvrant ses lettres à la table du petit déjeuner. Mon amour, ils sont mariés.

— Qui est marié ? demanda Mr Fitzwilliam en beurrant sa troisième tranche de pain.

— Alethea et Titus Manningtree. (Elle finit de parcourir la lettre.) Comme il est généreux, la gestion de sa fortune restera entre les mains d'Alethea, à l'exception de l'argent des Darcy qui devra être bloqué pour leurs enfants.

— Lui laisser la gestion de sa fortune ? dit Mr Fitzwilliam en s'étouffant avec son café. Je n'ai jamais rien entendu de plus scandaleux ; cet homme est un radical, voilà tout, un *whig*, un jacobin, un authentique libre-penseur !

— Et par conséquent, il est l'homme idéal pour Alethea, dit Fanny avec une immense satisfaction.

Achevé d'imprimer en février 2013
Par CPI Brodard & Taupin - La Flèche (France)
N° d'impression : 72349
Dépôt légal : février 2013
Imprimé en France
81120817-2